Horst Evers

Alles außer irdisch

Roman

Rowohlt · Berlin

1. Auflage Februar 2016
Copyright © 2016 by Rowohlt · Berlin Verlag GmbH, Berlin
Satz aus der Minion Pro, InDesign,
bei Pinkuin Satz und Datentechnik, Berlin
Druck und Bindung CPI books GmbH, Leck, Germany
ISBN 978 3 87134 815 0

Für Gabi

Prolog

Am frühen Nachmittag des 22. April 1992 erfuhr Juri Gregoritsch Antonow Pigorsski, dass er sterben würde. Allerdings war es kein Arzt, der es ihm mitteilte. Auch kein Richter oder gar Mörder. Es war das Leben selbst, das ihn mit dieser unerwarteten Neuigkeit überrumpelte.

An jenem erfreulich milden Frühlingstag hatte er einen vielversprechenden Platz auf einer halbsonnigen Bank im Moskauer Gorki-Park gefunden. Gerade wollte er sich in eine fast sechzig Seiten starke Abhandlung über relevante Singularitäten innerhalb der Quantengravitation vertiefen, als wie aus dem Nichts ein ungefähr fünfjähriger Junge vor ihm stand und fragte, was er da lese. Juri überlegte kurz, ob er dem Kind die Bedeutung einer möglichen Quantengravitation erklären könne, hielt es dann aber eher allgemein: «Ich befasse mich mit der Natur aller Dinge, Zeiten und Dimensionen.»

Sein Gegenüber verlor erstaunlicherweise nicht das Interesse, sondern verblüffte mit der nächsten Fachfrage: «Warum?»

Die Antwort fiel Juri nicht schwer. «Ich versuche einfach, es zu begreifen. Das ist kompliziert, weißt du. Allein diesen Artikel hier können nur sehr wenige Menschen verstehen.»

«Und was machst du, wenn du es verstanden hast?»

«Dann denke ich weiter.»

«Bis wann?»

Juri lachte. «Bis immer. Das hört nie auf.»

«Welchen Sinn hat es dann?»

In diesem Moment verpuffte Juris heitere Stimmung. Mit einem Mal erkannte er etwas in der Natur der Dinge, Zeiten und Dimensionen, das er bislang nicht bedacht hatte: Am Ende seines Lebens erwartete ihn ein großes Nichts. Nicht nur er würde verschwinden. Auch sein Denken, all seine Mühe, sein qualvolles Ringen um Erkenntnis würden sich auflösen. Nur ein schwaches Echo seiner organischen Existenz bliebe von ihm auf diesem Planeten zurück. Da hätte er seine Zeit genauso gut mit dem Ausfüllen von Kreuzworträtseln und der Teilnahme an Preisausschreiben verbringen können. Oder mit Wein, Weib und Gesang. Wobei er sich diesbezüglich eigentlich keine großen Versäumnisse hatte zuschulden kommen lassen; dennoch hätte er sich seine Tätigkeit auf diesem Feld umfangreicher und exzessiver vorstellen können. Er könnte natürlich etwas zu Papier bringen. Die Ergebnisse seiner jahrelangen Grübeleien, seiner Theorien in ein Werk gießen. Aber wer würde das lesen? Die Fachwelt nahm ihn nicht ernst. Hielt ihn für einen Spinner. Sie schützte sich vor ihrem eigenen Unverstand mit Selbstgefälligkeit. War zu sehr mit dem Versichern der eigenen Bedeutung beschäftigt, ihre Arroganz verhinderte jeden verspielten, mutigen Gedanken. Sein Werk wäre bereits ignoriert und vergessen, noch bevor er es verfasst hätte.

Das Kind wurde von den Eltern ermahnt, es solle den klugen Mann nicht bei der Lektüre stören. Juri rief ihnen zu, sie würde es womöglich erstaunen, aber ihr Junge hätte ihm gerade gezeigt, dass er bei weitem nicht so klug sei, wie er selbst gemeint habe. Die Eltern antworteten, das glaubten sie nun wohl schon, denn der Junge sei ein Mädchen. Sie fragten Juri nach einem preiswerten Lokal in der Nähe, sie seien nur zu Besuch in Moskau. Eigentlich kämen sie aus Maiory, das in der Nähe von Odessa liege. Juri empfahl ihnen das «Goikoschje» in der Krymskaya Nab. Maiory, was für ein hübscher Name für einen Ort, dachte er.

Juri befand: So wie ein Autor nur Geschichten schreiben sollte, die niemand anderer zu erzählen vermag, so sollte auch er die ihm anvertraute Lebenszeit in einer Weise nutzen, wie es niemand sonst könnte.

Somit traf Juri Gregoritsch Antonow Pigorsski in dieser Minute an jenem frühen Nachmittag des 22. April 1992 eine Entscheidung, die die Welt aufs ungeheuerlichste verändern sollte.

Teil 1

1 Die Flughafeneröffnung

«Manche Menschen sind eben irgendwie für den Mittelplatz geboren.» Mit einem strengen Blick wies Kira Goiko an, sich endlich in sein Schicksal zu fügen.

Der allerdings blieb bockig, selbst jetzt, als sie bereits in den Sesseln saßen. «Laut unseren Tickets habe eindeutig ich den Sitzplatz F. Du kannst dich nicht einfach auf meinen Platz setzen und sagen, das ist dann so.»

Kira strich ihr rotbraunes, schulterlanges Haar aus dem Sommersprossengesicht. «Wenn es aber doch mal so ist?»

«Ist es aber gar nicht. Außerdem ist das auch kein Argument.»

«Ach, du denkst, du hast die besseren Argumente?»

«Allerdings habe ich die besseren Argumente.»

«Gut, wunderbar. Dann hast du eben die besseren Argumente, und ich habe den Fensterplatz. So hat jeder was. Das ist gerecht.»

Goiko schüttelte sich, besser gesagt: Er wurde geschüttelt. Vom Körper seines kräftig gebauten Nachbarn auf dem Gangplatz. Dessen kurzes Lachen war in einen heftigen Hustenanfall übergegangen, der seine kompletten zweieinhalb Zentner erbeben ließ.

Goiko, selbst auch nicht gerade der sportliche Typ, bemerkte so erst spät den Vibrationsalarm des Handys. Obwohl er gern noch eine Weile über eine schlagfertige Antwort für die – verglichen mit ihm – unfassbar athletische Kira nachgedacht hätte, schaute er mit dem gewohnten Reflex aufs

Display. So routiniert wie dieser Blick war auch sein Stöhnen: «Oh, nö!» Dennoch nahm er das Gespräch an und begann, sofort zu sprechen: «Du, Mama, das ist jetzt schlecht ...»

«Haben Sie das Handy nicht ausgeschaltet?» Für den Gang-Mann, der gerade erst mit knapper Not dem Erstickungstod entronnen war, schien es der zweite Schicksalsschlag binnen weniger Sekunden. Er konnte es nicht fassen, dass dieser schlaffe Halbglatzenkerl, der in seiner nachlässigen Discounter-Kleidung nun auch nicht sehr wohlhabend wirkte, zu einer derart attraktiven Begleiterin kam. Wurden die Paare in Berlin jetzt im Losverfahren bestimmt? Warum hatte ihm da keiner was von gesagt?

«Ach, das ist ja toll.» Goiko ignorierte seinen Sitznachbarn und bemühte sich stattdessen um Kiras Aufmerksamkeit. «Mama sagt, wir waren im Fernsehen. Also zu sehen. Im Bild. Als wir über die Außentreppe in das Flugzeug ...»

«Wir starten gleich. Sie müssen das Handy ausschalten!»

Der voluminöse Sitznachbar ließ nicht locker. Mit einer Hand tastete Goiko zur Seite, so, als wollte er dessen Snoozetaste betätigen, sprach dabei aber unbeirrt weiter ins Telefon. «Nein, Mama, ich kann nicht durchs Fenster winken. Ich habe leider den Mittelplatz.»

«Machen Sie sofort das Handy aus!»

«Ja, eigentlich hatte ich den Fensterplatz. Aber dann war Kira so traurig, da hab ich ihr den Fensterplatz überlassen ...»

«Sofort! Sofort aus! Oder ich ...»

«... genau, ganz Gentleman. So, wie du mich erzogen hast. Du kennst mich ja.»

«Hallo! Hallo!!! Sie haben es nicht anders gewollt. Ich rufe jetzt die Stewardess.»

«Kira, Mama meint, dann sollst du doch mal durchs Fenster winken. Sie glaubt, sie kann das im Fernseher sehen.»

Kira fuhr herum, warf Goiko einen Blutgerinnungsblick zu, riss dann demonstrativ die Jalousie vor dem kleinen Fenster nach oben und deutete mit den Händen ein Halswürgen an.

Goiko nickte zufrieden. «Ja, die Kira sagt, das macht sie sehr gerne. Siehst du sie schon winken?»

Kira fixierte Goiko und zeigte pantomimisch eine Schlinge, als ob sie sich aufhängen wollte.

«Hallo, Frau Stewardess, können Sie bitte mal kommen? Der Mann hier hat immer noch sein Handy an. Er telefoniert sogar!»

«Du, die Mama sagt, sie glaubt, sie hat dich erkannt. Sie hat dich durchs Fenster winken sehen. Haha! Ja, Mama, die Kira freut sich sehr!»

Kira hielt sich einen Pistolenfinger an den Kopf und drückte ab.

«Ja, genau, das achte Fenster von vorn. Das sind wir.»

«Bitte beenden Sie sofort das Gespräch und schalten Sie Ihr Handy aus!»

Goiko erschrak, so dicht war die Stewardess vor seinem Gesicht. Zudem sprach sie unnötig laut. Andererseits war es beeindruckend, wie grazil sie sich über seinen gewaltigen Sitznachbarn beugen konnte, ohne diesen zu berühren. Ob sie das wohl gesondert trainieren? Ein spezielles Stewardessen-über-den-Gangplatzsitzer-Beugen-Yoga?

«Durch die irrsinnig vielen Übertragungswagen und Live-Berichterstattungen haben wir ohnehin eine unglaubliche Menge externer Signale. Es ist außerordentlich wichtig, dass Sie unverzüglich alle Ihre technischen Geräte ausschalten, speziell die Handys!»

Der gesamte Passagierraum verstummte. Nun begriff auch die Stewardess, wie laut, wenn nicht leicht panisch sie ge-

sprochen hatte. Zwei Sekunden herrschte völlige Stille. Bis
sie durch die nun gut hörbare Stimme der Mutter aus dem
Telefon durchbrochen wurde:

«Sag mal, Junge, weißt du denn nicht, dass man im Flugzeug nicht telefonieren darf?»

Das wirkte wie der Startschuss für ein kolossales Stimmengewirr. Erst nach einer Weile wurde es von einem
schrillen Pfeifton aus der Bordsprechanlage beendet. Es
knisterte, dann erklang die sonore Stimme des Kapitäns.
Goiko war überzeugt, dass es spezielle Filter in den Flug-
zeugmikrophonen gab, durch die jede Stimme sonor klang.
Oder die Stimmbildung war Teil der Ausbildung des Flug-
personals, wie das Anti-Passagier-Berührungs-Yoga. «Herrschaften, hier spricht Ihr Kapitän Jürgen Witte. Ich begrüße
Sie an Bord des Airbus A380, Flug LH 7601 von Berlin nach
New York. Es gibt nicht den geringsten Grund zur Beunru-
higung. Durch die extrem lange Bauzeit des Flughafens BER
in Schönefeld, die vielen endlosen Pannen und Probleme
sind heute bei der Eröffnung natürlich alle wahnsinnig angespannt. Auch haben wir aufgrund der vielen Live-Über-
tragungen und des strengen Zeitplans etwas mehr Stress
beim Start als gewöhnlich. Das sehen wir aber mal sport-
lich, oder? Dafür sind wir alle bei einem historischen Ereignis dabei. In wenigen Sekunden werden der Regierende
Bürgermeister von Berlin und der Ministerpräsident von
Brandenburg ihre Eröffnungsansprache beginnen. Wie Sie
wissen, ist es das Ziel, dass wir, der Jungfernflug, genau in
dem Moment abheben, in dem die beiden gemeinsam den
Flughafen für eröffnet erklären. Sie können sich vorstellen,
wie schwierig es ist, das logistisch hinzukriegen und exakt
zu timen. Aber ich verspreche Ihnen, wir schaffen das.
Wichtig wäre nur, dass Sie uns in der Tat ein wenig helfen

und alle technischen Geräte, vor allem die Handys, sofort ausschalten!»

Goiko bemerkte sehr wohl, dass sämtliche Augenpaare nun auf ihn gerichtet waren. «Mama, ich muss jetzt wirklich Schluss machen.»

«Natürlich, Junge. Warum hast du eigentlich nie versucht, Flugkapitän zu werden? Du wärst so ein feiner ...»

«Ja, bis dann, Mama.» Goiko drückte sie weg. Kira starrte, wie schon die ganze Zeit, angestrengt zu Boden – in der Hoffnung, niemand könne ihr Gesicht sehen und auf die Idee kommen, sie hätte etwas mit dem Mittelplatzpassagier zu tun. Der hatte mittlerweile das Telefon ausgeschaltet, wartete noch, bis es gänzlich heruntergefahren war, hielt es dann triumphierend in die Luft und sprach nicht ohne Pathos: «Es ist ausgeschaltet!»

Ein kurzer Applaus der anderen Passagiere. Die Stewardess ging zurück zu ihrem Extrasitz. Während die Maschine in Richtung Startbahn rollte, schaltete der Kapitän die Eröffnungsrede der beiden Landeschefs auf die Bordlautsprecher: «Doch was lange währt, wird endlich gut. Wir bedanken uns bei den insgesamt siebzehn Flughafenchefs, den zwölf Technischen Leitern und neun Vorstandschefs der Flughafengesellschaft – jeder von ihnen hat auf seine Art einen unverzichtbaren Beitrag zu diesem Projekt geleistet. Genauso gedenken wir der siebenundvierzig Mitarbeiter, die während der Bauzeit verstorben sind, grüßen die dreiundneunzig mittlerweile verrenteten Mitstreiter und freuen uns über 1184 Flughafenkinder, die während der Errichtung dieses internationalen Knotenpunktes geboren wurden ...»

Die Maschine hatte nun die Startbahn erreicht und begann, langsam zu beschleunigen.

«... auch wenn es noch ein paar Jahre dauern wird, bis endgültig alles komplett funktionsfähig ist, sodass dieser Flughafen dann mit etwas Glück vielleicht doch zum geplanten Luftdrehkreuz werden kann …»

Erneut quietschte es aus den Lautsprechern, dann hörte man die Stimme des Kapitäns, nun eindeutig nicht mehr sonor, sondern schrill und aufgeregt: «Wer immer hier noch sein Handy auf Empfang hat, macht das bitte jetzt sofort aus! Irgendwas stört die Technik. Das muss aufhören. Vermeiden Sie Panik!!!»

Natürlich gingen wieder alle Blicke zu Goiko. Der jedoch hielt zum Beweis seiner Unschuld das ausgeschaltete Handy in die Höhe und schwenkte es kurz hin und her. Parallel zu dieser Bewegung schlackerte das Flugzeug nach links und dann wieder nach rechts.

«Schalten Sie sofort Ihr Telefon aus!», brüllte es über die Lautsprecher. Goiko sah, wie ihn die anderen Passagiere anspringen wollten, aber niemand traute sich, den Sicherheitsgurt zu lösen. Der Gang-Mann schlug planlos auf Goiko ein, während Kira stumm und verzweifelt mit der Stirn an den Sitz des Vordermanns dotzte. Goiko rief: «Ich versichere Ihnen, mein Handy ist aus! Aus! Aus! Aus!» Dabei hielt er es hoch und schwenkte es beim letzten «Aus!» erneut hin und her, woraufhin das Flugzeug wieder schlackerte.

«Ich kann die Maschinen nicht stoppen! Ich habe keine Kontrolle mehr!!!» Der Kapitän verzichtete längst darauf, sich den Anschein von Ruhe oder Souveränität zu geben. Vielleicht hatte er aber auch nur vergessen, dass er von den Passagieren noch über Lautsprecher zu hören war.

«Wie kann ich es Ihnen nur beweisen? Mein Telefon ist wirklich aus!», schrie Goiko und hielt es abermals hoch. «Tot! Nichts rührt sich! Definitiv!!!»

Dann klingelte das Handy.

Ließ sich die Stimmung im Passagierbereich bis zu diesem Läuten noch mit extrem angespannt beschreiben, bekam sie nun etwas völlig Gelöstes. Aber eben auf eine höchst ungute Weise gelöst. Denn auch die rückhaltlose Bereitschaft zur Lynchjustiz ist frei von aller zivilisatorischen Verkrampftheit. In jedem Fall überstieg der Lärmpegel in der Maschine den der Turbinen in erheblichem Maße, zumindest gefühlt. Goiko starrte fassungslos auf das Display seines doch mit absoluter Sicherheit ausgeschalteten Handys. Tatsächlich leuchtete da ein Punkt. Darunter der Text: «Retten Sie alle, indem Sie das Licht fangen!»

Mit einem durch unzählige Stunden sinnloser Fruit-Ninja-Spiele trainierten Reflex wischte Goiko mit dem Zeigefinger über den Bildschirm und jagte den leuchtenden Fleck. Das Flugzeug wurde daraufhin hin und her geworfen. Goiko war nun klar, dass er mit seinen Wischbewegungen auf dem Display die Maschine steuerte. Er hatte keine Ahnung, warum, folgte aber dennoch den Anweisungen, denn nichts schätzt der Ahnungslose mehr als Klarheit und Stärke. Allerdings manövrierte er nicht gerade sanft. Der Airbus war bereits von der Startbahn abgekommen und ratterte, begleitet von ohrenzerfetzenden Schreien der Passagiere, über die Wiese Richtung Rabatten und Zaun. Goiko bemerkte, dass einige jetzt doch die Gurte gelöst hatten und die Stewards und Stewardessen an ihn ranzukommen versuchten. Auch einen Air-Marshall, der schon seine Waffe gezogen hatte, erspähte Goiko. Während Kira, nur noch genervt, mit den Händen vor dem Gesicht ihren Kopf rhythmisch gegen die Jalousie des kleinen Fensters hämmerte, wollte der dicke Mann ihm das Telefon aus der Hand schlagen, was aber misslang, da seine Arme für seinen massigen Oberkörper ungerechterweise viel zu kurz waren. Das Flugzeug schleuderte hin und her, und niemandem gelang es, bis zu Goiko vorzudringen. Der jagte weiter konzentriert dem Punkt hinterher. Er wusste, dass er damit womöglich eine furchtbare Katastrophe herbeiführen konnte, aber die letzten vierzehn Tage hatten ihn eben auch gelehrt, welch ungeheure Macht das Unwahrscheinliche besaß, wenn es nur erst zur letzten Hoffnung geworden war. Also wischte und hoffte er.

Aus den Augenwinkeln nahm er wahr, dass der Air-Marshall nun von mehreren Passagieren gestützt wurde, sodass er die Waffe jetzt tatsächlich einigermaßen ruhig auf Goiko richten konnte.

«LASSEN SIE SOFORT DAS HANDY FALLEN, ODER ICH SCHIESSE!»

Goiko blieb auf das Display konzentriert und hetzte mit seinem Finger unbeirrt dem Licht hinterher. «Wissen Sie nicht, wie gefährlich das Abfeuern einer Waffe im Flugzeug ist?»

«Wir sind ja noch am Boden. Also kein Unterdruck. Das ist nicht anders, als würde ich im Bus einen Schuss abgeben. Außerdem ist das eine Impulswaffe. Spezialanfertigung für die Luftsicherheit. Nur von mir persönlich abfeuerbar, ungefährlich für die Bordaußenwand, aber für Sie so tödlich wie gutes altes Blei.»

Zu einem anderen Zeitpunkt hätte Goiko das höchst interessant gefunden. Jetzt aber konnte er den Erläuterungen kaum folgen. «Sie verstehen das nicht! Ich verstehe es ja selber nicht, aber ich muss das tun!»

«Wenn Sie das tun müssen … zwingen Sie mich … auch was … zu tun.» Die stockende Stimme des Sicherheitsbeamten verriet, wie unwohl er sich in seiner Haut fühlte. Gerne hätte er noch unabhängige Expertisen zu dieser Situation eingeholt. Doch die Dynamik des Unheils forderte ihr Recht auf überstürztes Handeln ein. Der Koloss auf dem Gangplatz löste seinen Gurt und warf sich auf Goikos Schoß, wodurch er ihn quasi fixierte. Selbst für einen wackligen und nervösen Air-Marshall war er nun zu einem leichten Ziel geworden.

«Schießen Sie!», schrie der Zweieinhalbzentnermann.

«Ja, verdammt! Knallen Sie ihn ab!», brüllten auch andere Passagiere.

Der Air-Marshall rief: «Lassen Sie endlich das Handy fallen! Das ist meine letzte Warnung!» Goiko machte keinerlei Anstalten, der Aufforderung Folge zu leisten, dennoch drückte der Air-Marshall nicht ab. Da ertönte die klare Stimme des Kapitäns aus den Lautsprechern: «Sie müssen den Mann überwältigen. Er wird uns sonst alle umbringen.»

Kira, die in ihrer Verzweiflung versucht hatte, alles so teilnahmslos wie nur möglich zu verfolgen, war überrascht, wie gut und deutlich man in diesem infernalischen Tumult einen Pistolenschuss heraushören konnte. Bei Impulswaffen hätte sie eigentlich nicht so ein herkömmliches Geräusch erwartet. Noch erstaunlicher fand sie allerdings, dass dieser Knall, noch bevor Goiko getroffen war, begleitet wurde von einem Lärm, wie es ihn noch nie auf der Erde gegeben hatte.

Etwas Großes fiel vom Himmel. Etwas sehr, sehr, sehr, sehr, sehr Großes. Dennoch hatte es keiner kommen sehen. Dieses sehr, sehr, sehr, sehr, sehr große Etwas, das nun nicht nur auf das gesamte Rollfeld des Flughafens krachte, sondern sich mit seiner Wucht auch ein gutes Stück in die Erde grub, war der Menschheit unbekannt. Vermutlich. Denn eigentlich war nichts außer einer gewaltigen Staub- und Dreckwolke zu erkennen. Was genau da vom Himmel gestürzt war, konnte noch niemand sagen.

Den Passagieren dämmerte, dass ihr Flugzeug in allerletzter Sekunde dem herabstürzenden, außerordentlich großen

Etwas ausgewichen war. Nur eine Reihe höchst unkonventioneller Steuerbefehle hatte sie vor dem Schlimmsten bewahrt. Erst jetzt, als Goiko getroffen worden war, wurde ihnen bewusst, dass er mit seinem Ausweichmanöver allen das Leben gerettet hatte. Außer sich selbst.

Wobei seine absurde Bestimmung zum Helden schon einige Zeit vorher ihren Anfang genommen hatte.

2 Der Lotteriegewinn – Berlin zwei Wochen vor der Eröffnung des Flughafens Berlin-Brandenburg

Goiko Schulz, sechsunddreißig Jahre alt und eigentlich nur für seine Mutter etwas Besonderes, hatte nicht unbedingt einen Masterplan für sein Leben. Nur zwei Jahre fehlten, dann würde er genau so lange studiert haben, wie er zuvor nicht Student gewesen war. Ob er das feiern würde, wusste er noch nicht. Die Mutter fragte ihren einzigen Sohn in unregelmäßigen Abständen nach seinen Zielen. Gerade in beruflicher Hinsicht. Er erklärte ihr dann, dass die Zeiten, in denen man einen Beruf ergriffen, dann vierzig Jahre gearbeitet habe, um schließlich zufrieden in Rente zu gehen, vorbei seien. Heutige Karrieren seien sehr viel schwerer zu planen. Da müsse man flexibel sein und bleiben. Sie erkundigte sich daraufhin gerne, auf wie viele Jahre Flexibilität sie sich denn bei ihm noch so ungefähr einzurichten habe. Worauf er antwortete, die große Chance, der besondere Moment in einem Leben, ereigne sich eben nur ein Mal. Viele Menschen würden ihn verpassen, weil sie zu früh aufgäben und sich in irgendeinen Beruf, irgendeine Laufbahn stürzten. So leicht wolle er sich sein Leben nicht machen. Daher warte er mal noch ab.

Vor rund einem Monat hatte er immerhin nach vielen Versuchen eine Stelle an der Freien Universität Berlin ergattert. Wissenschaftliche Hilfskraft, also studentischer Mitarbeiter bei Professor Metzger, dem Nietzsche-Experten. Allerdings nicht, weil dieser Goiko besonders geschätzt oder protegiert hätte. Professor Metzger mochte überhaupt niemanden. Eigentlich respektierte er kein lebendes Wesen außer seiner

Katze. Und kein Kollege wünschte die Zusammenarbeit mit Professor Metzger. Untergebene fürchteten sie. Mit Wissenschaft hatte diese Hiwi-Stelle sowieso wenig zu tun. Goikos Aufgabe bestand im Wesentlichen darin, Zarathustra zu versorgen, den Kater, der mindestens so arrogant und respektlos war wie der Professor. Die letzte Hilfskraft hatte gekündigt, nachdem Metzger verlangt hatte, er möge dem seinerzeit erkrankten Tier alle Mahlzeiten vorkauen.

Dazu kam die Weigerung Metzgers, sich Goikos Namen zu merken. Er schätzte seinen neuen Mitarbeiter allerdings aufrichtig dafür, dass dieser keinerlei Ehrgeiz oder Interesse an einer wissenschaftlichen Karriere vortäuschte, sondern offensichtlich die einjährige Laufzeit seines Hilfskraftvertrags nur nutzen wollte, um mal ein bisschen Ruhe vor Fragen der Berufsplanung und seiner Mutter zu haben.

Dabei hatte Goiko selbstverständlich Ehrgeiz und Stolz. Sogar nicht zu knapp. Jedoch verfügte er auch über ein ungewöhnliches Talent. Er war ein Meister darin zu erkennen, wie er sich verhalten musste, um möglichst jedem Ärger aus dem Weg zu gehen. Ein Virtuose des strategischen «Sein-Licht-unter-den-Scheffel-Stellens», also der seltenen Kunst der Untertreibung. Einer Kunst, die ihm in aller Regel, so auch bei Professor Metzger und Zarathustra, letztlich zum Erfolg verhalf. Allerdings blieb dieser Erfolg unsichtbar für alle anderen, manchmal sogar für Goiko selbst. Das machte ihm von Zeit zu Zeit mehr zu schaffen, als er zeigen mochte.

Darüber hinaus ergab sich schon kurz nach Antritt der Stelle ein anderes, viel größeres Problem, das Goiko ohnehin verlässlich von den Zumutungen seiner beiden Dienstherren ablenkte: Er hatte sich verliebt. Rettungslos und ohne jede seriöse Hoffnung auf Erfüllung. Denn die junge Doktorin, der er mit Haut und Haar gehörte, obwohl sie bislang wohl weder sein Haar noch seine Haut, noch sonst irgendwas von ihm wahrgenommen hatte, spielte nicht nur in einer ganz anderen Liga als er. Es war sogar eine andere Sportart, deren Regeln man ihm nicht einmal verriet.

Nach allem, was man hörte, war sie brillant. Obwohl erst Anfang dreißig, bereits promovierte Physikerin, Mathematikerin, Philosophin, Ingenieurin der Nanotechnologie, zu allem Überfluss auch noch wahnsinnig gutaussehend. Also vielleicht nicht nach dem Raster von Privatfernsehen und Werbeindustrie. In diesen Welten hätte man sie wahrscheinlich sogar etwas pummelig genannt. Nein, von der modernen Antikörperfetthysterie, die ein ganzes Leben auf die Erstellung eines noch perfekteren Profilbildes ausrichten will, war sie weit entfernt. Auch ihre Kleidung war eher unambitioniert und bewusst sorglos gewählt. Hätte ihr langes, leicht gekräuseltes schwarzes Haar spezieller Pflege bedurft, hätte sie ihm diese wohl verweigert. Nicht von ungefähr hatte sie einen Hang zum Pferdeschwanz. Ihre blasse Haut war vermutlich robuster, als es den Anschein hatte. Für jemanden, der derart diszipliniert und erfolgreich arbeitet, trat sie vergleichsweise höflich, sogar stets freundlich auf. Dass sie dennoch so unnahbar wirkte, war gewiss nichts Persönliches. Sie war eben unterfordert vom Kontakt mit Lebewesen wie Goiko. Völlig desinteressiert an allem, was nichts mit ihrer Arbeit zu tun hatte. Und weniger als er hätte man kaum mit ihrer Arbeit zu tun haben können. Daher ignorierte sie ihn nicht einfach nur. Sie nahm ihn erst gar nicht genügend wahr, um ihn überhaupt angemessen ignorieren zu können. Kurz, sie verhielt sich wie eine klassische Traumfrau.

Der Großteil von Goikos Gedanken kreiste um sie. Drei Begegnungen hatte er bislang provoziert. Jede war noch deprimierender verlaufen als die vorherige. Den ersten Versuch hatte er in der Mensa unternommen. Nachdem er sie tagelang observiert hatte, bemühte er sich während zwei Essensausgaben vergeblich, den Platz hinter ihr in der Schlange zu ergattern. Im dritten Anlauf aber war es ihm nach fast dreißigminütigem Lauern gelungen. Phase zwei jedoch, das charmante und intelligente Ansprechen, misslang. Unzählige geeignete Sätze hatte er sich vorher zurechtgelegt. Humorige, wie: «Den Vanillepudding würde ich heute lieber nicht nehmen. Einer der Köche hat vorhin verzweifelt seine beige Schürze gesucht.» Den er aber verwarf, weil er mal gehört hatte, dass schöne Frauen keine Sätze mögen, in denen die Farbe Beige vorkommt. Genauso wie er die Variante aussortierte: «Ich weiß nicht, was ich von den Mensaköchen halten soll. Ist Ihnen mal aufgefallen, dass es hier nach Vollmondnächten immer frisches Wild gibt?» Er konnte ja nicht ausschließen, dass sie mit einem der Mensaangestellten befreundet oder gar verwandt war. Deshalb entschloss er sich, einfach auf den Moment und seine Improvisationskunst zu vertrauen. Eine Strategie, die er, obwohl sie noch nie funktioniert hatte, immer wieder gern wählte, da sie am wenigsten Vorbereitung verlangte.

Leider brachte er dann in der Schlange gar keinen Satz heraus. Auch nicht, als er sie auf dem Weg zum Tisch noch einmal einholte und wie zufällig ein wenig neben ihr herlaufen konnte. Als sie einen Einzelplatz zu wählen schien, bei dem es absolut keine Chance gab, sich neben sie zu setzen, ergriff ihn eine solche Verzweiflung, dass er sie in seiner Not vermeintlich ungeschickt anrempelte. Wobei er sich für das Ungeschickte nicht sehr verstellen musste. Auf ihrem Tablett schwappte der Kaffee über, der Joghurt fiel um, und zwei Spritzer klacksten auf ihren Ärmel. Erneut ein für alle anderen unsichtbarer Erfolg Goikos. Aus seinem Entsetzen heraus konnte er nun sogar einen ganzen Satz zu ihr sagen: «Um Gottes willen! Das tut mir sehr leid. Kann ich das irgendwie wiedergutmachen?» Daraufhin schenkte sie ihm tatsächlich ein seine Verliebtheit exponentiell steigerndes Lächeln, und es entfaltete sich sogar ein Dialog:

«Ach, machen Sie sich mal keine Gedanken.»

«Was?»

«Na, sehen Sie, das hat doch gut geklappt. Tschüss.»

Und schon saß sie an dem vor ihm sicheren Einzelplatz.

Goiko recherchierte mehr über sie. Er begriff, dass sie sich völlig über ihre Arbeit und Forschung definierte, weshalb er es bei der zweiten provozierten Begegnung noch intelligenter anging. Der neue Königsweg war der Kontakt über das Fachliche. Er fasste sich ein Herz und sprach sie direkt auf einem der Universitätsflure an:

«Entschuldigen Sie, aber ich habe gesehen, dass Sie sich auch mit Zeitreisen beschäftigen.»

Wieder schenkte sie ihm ein Lächeln, was aber wohl nur die Funktion hatte, ihn in Sicherheit zu wiegen, um in Ruhe den Abschuss vorzubereiten.

«Auch?»

«Bitte?»

Die junge Frau zog eine Augenbraue hoch. «Sie meinten: ‹auch mit Zeitreisen beschäftigen›?»

«Na ja, ach so, nun, ich habe da ebenfalls einige Überlegungen angestellt und dachte, Sie haben vielleicht mal Lust, sich ein wenig über unsere Arbeit auszutauschen. Natürlich ohne Geheimnisse zu verraten, klar. Nur einfach mal zur Entspannung ein bisschen mit einem Gleichgesinnten plaudern.»

«Einem Gleichgesinnten?»

«Sozusagen.»

Das dritte Lächeln. Freundlich wie immer. «Wissen Sie,

was? Ich verrate Ihnen ein Geheimnis. Tatsächlich bin ich mit meiner Zeitreise-Forschung schon sehr weit, und bald könnte ich einen Durchbruch erzielen. Sie werden es nicht glauben, aber gerade jetzt bin ich aus der Zukunft genau an diesen Punkt meiner Vergangenheit zurückgereist, nur um mich davon abzuhalten, mit diesem sinnlosen und ermüdenden Gespräch noch mehr Zeit zu verschwenden als schon geschehen. Also dann, tschüss!»

Eine Antwort, die Goiko ermutigte. Schließlich hätte sie auch einfach wortlos gehen können. Daher bereitete er die dritte Begegnung vor, die doppelt demütigend für ihn verlief: Zunächst schien sie sich nicht einmal an Goiko und die Gespräche mit ihm zu erinnern, was bei jemandem mit ihrem Verstand und Gedächtnis schon eine besondere Enttäuschung war. Zudem hatte er sich auf ihre Anzeige beworben. Über das Schwarze Brett der Universität hatte sie jemanden gesucht, der sich während einer Forschungsreise um ihre beiden Meerschweinchen kümmern sollte. Tatsächlich machte sie bei seiner Bewerbung ein kurzes Video von ihm, in dem er sich den Meerschweinchen vorstellen und ihnen erklären sollte, warum er der Richtige für ihre Pflege sei. Einen Tag später teilte sie Goiko per Mail mit, die Meerschweinchen hätten das Video gesehen und sich gegen ihn entschieden. Sie, die Meerschweinchen, dankten aber für seine Mühe.

Nach dieser dritten erfolglosen Begegnung schmiedete Goiko einen folgenschweren Plan. Wie gewohnt dachte er seine aktuelle Lage und alle daraus resultierenden Optionen gefühlt sehr sorgsam durch. So lange jedenfalls, wie er sich konzentrieren konnte, was in der Regel leider bei weitem nicht bis zum Ende war. Er begriff, dass es nur eine Möglichkeit gab: Seine Traumfrau musste sich irgendwie verpflichtet fühlen, ihm einmal eine echte Chance zu geben, um dann zu erkennen, wie gut sie es doch mit ihm treffen würde. Um ihrer beider Liebe und glücklichen Zukunft auf die Sprünge zu helfen, bot sich daher nur eine sinnvolle, logische Maßnahme an: Goiko wartete an jenem Donnerstagvormittag, zwei Wochen vor der Eröffnung des neuen Flughafens, geduldig an der Takustraße, sah seine Traumfrau, wie sie, wie immer sehr zügig, mit ihrem Opel Adam um die Ecke sauste, und trat dann, gemäß seinem brillanten, gründlich halbdurchdachten Plan, in aller gebotenen Unvorsicht auf die Straße. Sie sollte ihn anfahren, dann würde sich schon alles Weitere aufs günstigste fügen.

Nun ist es ein Phänomen der menschlichen Sinne, dass die letzten Bruchteile von Sekunden vor einer Katastrophe oder einem Unfall immer in extremer Zeitlupe durchlebt werden. Es ist erstaunlich, zu welchen Leistungen das menschliche Hirn angesichts einer großen Gefahr fähig ist. Während unsere Sinneswahrnehmung im sonstigen Alltag mehr oder weniger auf schnellen Vorlauf geschaltet ist, man also vieles gar nicht mitbekommt oder sofort wieder vergisst, scheint sie eine Katastrophe richtig zu genießen. Als wollte sie selbst die kleinste Einzelheit bloß nicht verpassen. Es ist vermutlich nicht wissenschaftlich bewiesen, dennoch spricht einiges dafür, dass unser zerebrales Sensorium wohl letztlich alle Eigenschaften eines gewöhnlichen Gaffers hat.

Nachdem Goiko auf die Straße getreten war, sah er die Front des Opels in Zeitlupe auf sich zurasen. Er konnte zwar nicht mehr entkommen, fand jedoch durchaus noch die Zeit zu denken: «Ah, verdammt! Vielleicht doch keine so brillante Idee. Sieht so aus, als ob das viel mehr weh tun wird als vermutet. Möglicherweise ist es sogar eine erschütternd blöde Idee.»

Ja, leider wurde Goiko das Gefährliche und Unberechenbare seines Plans erst zur Gänze bewusst, als es definitiv kein Zurück mehr gab. Seiner Traumfrau gelang es aber zu reagieren. Unfassbar geistesgegenwärtig, ja geradezu außerirdisch schnell, extrem scharf und heftig bremsen konnte sie. Wodurch der Wagen nach leichtem Schleudern ganz knapp vor ihm zum Stehen kam. Die Stoßstange berührte seine Hose, nicht aber das schlotternde Bein darunter. So knapp war es. Hieraus ergab sich für Goiko folgende Gefühlskette: Entschlossenheit, Entsetzen, leichte Enttäuschung, da er sich ja schon mit dem Unheil abgefunden hatte, dann aber doch Erleichterung, weil sein wahrlich dämlicher Plan ohne Folgen geblieben war. Erleichterung, die, als er das vierte Lächeln seiner Traumfrau sah, fast sogar in Glück übergegangen wäre, hätte es nicht noch dieses ungute Geräusch gegeben.

Es gibt ja so Geräusche, die man zwar zum allerersten Mal hört – und doch begreift das körpereigene Alarmsystem sofort das Unheilvolle dieses völlig fremden Klangs. In diesem Fall kam das Geräusch vom Fahrrad der Fahrradkurierin, die mit sehr hohem Tempo im Windschatten des Opels gerast war, aber natürlich überhaupt nicht so schnell und wirksam bremsen konnte und daher auf das Auto auffuhr. Die Kurierin wurde mit der ganzen unbarmherzigen Wucht des Trägheitsgesetzes nach vorn geschleudert, woraufhin sie, mit den Händen voraus und angemessen schreiend, kerzengerade auf Goiko zuflog. Dieser konnte zwar nicht mehr ausweichen, wohl aber noch denken: «So richtig weiß man eben doch immer erst hinterher, wie idiotisch und wirklich vollkommen unberechenbar so ein halbdurchdachter Plan sein kann.»

Dann krachte es. Erheblich. Auf so eine dumpfe Art. Weshalb sich Goikos Sinneswahrnehmung nun erst mal auf den angebotenen Schmerz einließ. Dann sperrte sie den Laden kurzzeitig ganz zu. Wodurch die komplette und nun abgeschlossene Gefühlskette letztlich folgende war: Entschlossenheit, Entsetzen, leichte Enttäuschung, Erleichterung, Verliebtheit, Alarmierung, Erstaunen, Schmerz, Feierabend.

Als Goiko wieder zu sich kam, fand er sich ein paar Meter vor dem Wagen in die Kurierin verkeilt auf dem Asphalt liegen. Über ihn gebeugt, gleich einem Engel: die junge Doktorin. Der Engel sprach mit freundlicher Stimme seltsame Sätze: «Hallo? Alles in Ordnung? Was mich mal interessieren würde: Diese unglaubliche Doofheit – kam die eigentlich einfach so über Nacht? Oder haben Sie die sich mühsam Stück für Stück über einen längeren Zeitraum erarbeitet?»

Goiko versuchte, seine Gedanken und die Knochen zu sortieren. Offensichtlich war wie durch ein Wunder nichts gebrochen, auch nicht ernsthaft verletzt. Außer seiner Würde, aber das war ja in seinem Fall ohnehin nicht so das ganz große Ding. Immerhin hatte sie ihn diesmal wiedererkannt. Ein kleiner Erfolg war also durchaus zu verzeichnen. Langsam begann er, auch wieder zu sprechen: «Könnten Sie mir einen Gefallen tun? Schnell in die Vergangenheit reisen und mich von diesem schwachsinnigen Fehler abhalten?»

Das fünfte Lächeln. «Wenn eines für mich quasi wissenschaftlich bewiesen ist, dann das, dass es wohl nichts im Universum gibt, was Sie von schwachsinnigen Handlungen abhalten könnte. Selbst wenn ich in der Zeit zurückreisen könnte, wäre ich Ihnen und Ihrer speziellen Kraft kaum gewachsen.»

«Ist das ein Kompliment?»

«Es gibt tatsächlich bekannte Zivilisationen, wo das ein gewaltiges Kompliment wäre. In Ihrer aber wohl eher nicht, Herr Goiko Schulz.»

«Sie kennen meinen Namen?»

«Warum sollte ich nicht? Aber nun muss ich dringend los.»

«Bitte? Sie waren in einen Verkehrsunfall verwickelt. Sie können hier nicht einfach … das ist ungesetzlich.»

«Ich muss los. Ich wäre Ihnen sehr dankbar, wenn Sie mich aus dieser Geschichte raushalten könnten. Würden Sie das für mich tun?»

«Was?»

Sie stand auf und ging zügig zu ihrem Wagen. «Ich wäre Ihnen wirklich sehr dankbar.»

«Inwiefern?»

«Insofern. Glauben Sie mir, es wird sich bestimmt für Sie lohnen. Und dann werden wir auch endlich richtig schön einen Tee zusammen trinken. Versprochen.» Als hätte dieses vage Versprechen Goiko nicht längst gereicht, rundete sie das Ganze mit dem sechsten Lächeln ab. Sie zögerte noch einmal, bevor sie ins Auto stieg, schlug die Augen auf, als wollte sie sagen: «Was soll's?», und rief Goiko lachend zu: «Auch wenn Sie das jetzt wahrscheinlich weder glauben noch verstehen: Sie haben bislang alles richtig gemacht.» Dann sauste sie davon.

Goiko schaute ihr noch kurz nach, bevor er sich endlich um die Kurierin kümmerte. Sie wirkte äußerlich unverletzt, schien aber benommen. Ihr Atem ging ruhig und regelmäßig. Er kroch unter ihr hervor, hob sie vorsichtig auf den Bürgersteig und bastelte aus seiner Tasche und Jacke ein provisorisches Kopfkissen. Dann holte er das Fahrrad von der Straße. Noch bevor er wieder bei ihr angelangt war, sang es aus ihrer Weste – «Radioactive». Er erkannte den Song und begriff seine Klingeltonfunktion. Goiko fasste sich ein Herz, holte das Handy aus der Brusttasche und ging kurzentschlossen ran. Es hätte ja ein Angehöriger oder Freund sein können. Vielleicht auch der Arbeitgeber, eben jemand, den er informieren und um Rat fragen könnte.

«Ja, hallihallo, spreche ich mit der Kira?»

«Äh, nein.»

«Hier ist der Torben von der Better-Radio-Late-Morning-Show. Ich hätte gern mal die Kira gesprochen.»

«Wer ist da?»

«Better-Radio-Late-Morning-Show. You can bet, we're better. Better Radio. Na, klickert's?»

«Die Kira kann grad nicht.»

«Oh, das ist aber schade. Weil, wenn sie nicht sofort antwortet, verliert sie ihre Chance auf den Super-Bonus-Extra-Special-Radio-Better-Gewinn. When you think, things come better, then it's Better. The best radio in town.»

«Sie verliert?»

«Ja, und das wäre doch schade, wo sie sich schon seit Wochen durch so viele Runden gekämpft hat. Sie ist so weit gekommen. Zu scheitern, nur weil sie einmal nicht die Frage des Tages beantworten kann. Jetzt, so extrem dicht vorm Ziel. Sind Sie sicher, dass sie keine Zeit hat?»

«Extrem dicht vor welchem Ziel?»

«Na, vor ihrem großen Traum! Nur noch eine richtige Antwort, und sie hat es geschafft. Aber sie müsste die Frage natürlich wie immer sofort und richtig beantworten. So sind nun einmal die Regeln. If Better calls, you better answer!»

Goiko starrte auf die Kurierin, die offensichtlich Kira hieß. Sie stöhnte. Er hielt kurz die Hand aufs Handy. «Entschuldigen Sie … Kira … meinen Sie, Sie könnten eine Frage Ihres Radioquiz beantworten?»

«Hmmpffgrhhhhfffmlamm …»

Das hieß dann wohl eher nicht. Goiko beschloss, ihr zu helfen. Ihre Unpässlichkeit war definitiv seine Schuld. Seit Wochen nahm sie an diesem Ratespiel teil, hatte unzählige Runden überstanden, sich wahrscheinlich gegen Zehntausende andere Bewerber durchgesetzt. Er war es ihr schuldig zu helfen, wenn er konnte. Schaffen würde er es ohnehin nicht. Vermutlich ging es um Allgemeinbildung, und da es die finale Frage war, sicher um eine außerordentlich anspruchsvolle Ebene der Allgemeinbildung. Die Wahrscheinlichkeit, dass er die Frage würde beantworten können, war so gering wie die Wahrscheinlichkeit, einen Unfall mit einer durch die Luft fliegenden Fahrradkurierin zu haben. Dennoch hoffte er, es könnte vielleicht einmal ein Folgefehler den Ursprungsfehler aufheben. Also sagte er kurzentschlossen: «Die Kira hat mich beauftragt, für sie zu antworten.»

«Sicher? Die Kira war bislang extrem gut in unserem Spiel. Das wäre ja ein großer Vertrauensbeweis, wenn sie nun ausgerechnet bei der finalen Frage jemanden beauftragt.»

«Sie kann halt gerade nicht, deshalb meinte sie, ich soll doch für sie antworten.»

«Sie sind also ihr Lebensgefährte?»

«Was?»

«Sie wissen, nur Partner, Kinder oder Eltern dürfen ausnahmsweise mal für eine Frage einspringen. So sind die Regeln.»

Goiko überlegte kurz, ob er diese letzte Chance, dem nächsten Desaster auszuweichen, nicht besser nutzen sollte, aber noch bevor er zu einem durchdachten Ergebnis gekommen war, hörte er sich sagen: «Wir lieben uns. Sehr. Wir wollen heiraten.»

«Wirklich?»

«Natürlich. Hätte ich sonst ihr Handy?»

Der Moderator schien plötzlich zu hyperventilieren. «Ooooh, ich ahne was! Was Großes! Ist das hier womöglich gerade Ihr Antrag?»

«Was?»

«Ihr Antrag. Sie machen Kira Ihren Antrag live in Better Radio?»

Goiko wusste nicht, wie ihm geschah, besann sich aber darauf, dass man Verrückten besser nicht widersprach. «Genau. Das hier ist mein Antrag. Live auf Better Radio. Kira, willst du den Rest deines Lebens mit mir verbringen?»

«Wow! Honeymoon live auf Better Radio! Aber wo sonst? The better sound for better romance!»

«Hat Kira damit gewonnen?»

«Natürlich nicht. Der Antrag hat doch mit dem Quiz nichts zu tun.»

Goiko ärgerte sich. Es wäre auch ohne Antrag gegangen. Aber egal, er wollte es jetzt hinter sich bringen. «Können Sie mir bitte die Frage stellen?»

«Natürlich. Also gut. Sie sind bereit. Hier kommt …»

Eine Einspielung startete. Bombastische Musik, die Ouvertüre von «Also sprach Zarathustra» von Richard Strauss, dazu sprach die deutsche Stimme von Bruce Willis bedeutungsschwanger: «Die finale Frage!», in etwa der Intonation, wie sie in anderen Radiospots «Alles – außer Tiernahrung» sagte.

Dann redete der Moderator weiter, allerdings nun mit einem feierlichen, offiziellen, seriösen Tonfall. «Die finale Frage. Sie kennen die Regeln. Zehn Sekunden für die Antwort. Kein Googeln, keine Nachfrage, keine Korrekturen. Bereit?»

Goiko schluckte. Egal, es gab ja längst kein Zurück mehr.

«Bereit.»

«Also gut, die Frage lautet: Was ist der Casimir-Effekt?»

Stille. Zu hören war nur das Ticken einer Uhr im Radiosender. Goiko zählte die Schläge, einer pro Sekunde, und konnte es selbst kaum glauben, als er nach dem achten Schlag wie aus dem Nichts sagte: «Der Casimir-Effekt beschreibt die theoretische Möglichkeit der Entstehung von negativer Energie bis hin zu Anti-Materie-Teilchen.»

«Was?»

«Der Casimir-Effekt erlaubt zumindest theoretisch das Erzeugen von Feldern mit negativer Energiedichte.»

Der Moderator war sichtlich erschüttert. Es war geplant gewesen, die ganze Late Morning Show mit den finalen Fragen für die letzten sechs Kandidaten zu verbringen. Alle sollten derart schwere Fragen bekommen, dass niemand sie würde beantworten können und man am nächsten Tag noch einmal ein großes Stechen mit allen sechs in Konferenzschaltung hätte machen müssen. Das gesamte Konzept für zwei vierstündige Livesendungen war mit einer unerwarteten, richtigen Antwort über den Haufen geworfen worden. Der Moderator überlegte, ob er die Antwort irgendwie für ungültig erklären konnte. Aber dazu wusste er selbst zu wenig über den Casimir-Effekt. Wer hätte denn auch vermutet, dass eine Fahrradkurierin – beziehungsweise ihr Partner – so eine Frage beantworten kann? Welche Fahrradkurierin ist denn mit einem Teilchenphysiker liiert? Mit unfassbar schlecht gespielter, gequälter Begeisterung rief er: «Richtig! Die Antwort ist komplett richtig! Wir haben einen ersten Gewinner!»

In letzter Sekunde war ihm noch eingefallen, wie er zumindest die heutige Sendung retten konnte. Er würde nun einfach behaupten, es gebe mehrere Preise. Dann würde er die anderen Kandidaten bei noch schwierigeren Fragen scheitern lassen, und am Ende hätte eben nur der erste Kandidat gewonnen. Beschwingt von dieser smarten Lösung, fand er zu alter Form zurück. «Ist das nicht wunderbar? Dann wird die Reise ja wahrscheinlich euer Honeymoon, oder?»

«Was?»

«Die Hochzeitsreise.»

«Äh, ja, natürlich. Sozusagen.»

«Wenn das nicht romantisch ist. Better Radio for better romance. Denn …?»

«Ääh … was?»

«Denn wir spielen weder easy noch heavy listening. Wir spielen better listening.»

«Ach so.»

«Kiras Daten haben wir ja bereits. Dann gebe ich Sie gleich an meine Redakteurin weiter, damit sie auch Ihre Daten aufnehmen kann.»

«Muss das sein?»

«Natürlich, die Tickets sind strikt personengebunden und nicht übertragbar. Wie Sie sich denken können, sind die Sicherheitsvorkehrungen extrem streng.»

«Sind sie das?»

«Klar, aber Sie wollen ja auch nicht, dass auf Ihrer Hochzeitsreise irgendwas schiefgeht, oder?»

«Äh, natürlich nicht.»

Goiko hörte, dass auf Kiras Handy ein neuer Teilnehmer anklopfte. «Mama und Papa» leuchtete es in dem Fenster mit der Anrufererkennung.

«Na denn, feiert schön, Goiko und Kira! Und was für eine andere Musik könnten wir nun spielen als diese? Better Radio, denn: Better ist das!»

Goiko erkannte noch die ersten Takte von Alicia Keys' New-York-Song «Empire State of Mind», dann klackte es ein paarmal in der Leitung, und schließlich war die Redakteurin dran. Wie in Trance gab Goiko ihr seine persönlichen Daten, ehe er sich am Ende doch endlich ein Herz fasste und fragte: «Entschuldigen Sie, was für eine Reise haben wir eigentlich genau gewonnen?»

Die Redakteurin war perplex wegen dieser seltsamen Frage, beantwortete sie aber trotzdem. «Na, das wissen Sie doch. Da spielt Ihre Verlobte doch schon seit Wochen drum. Die ganze Stadt redet davon. Der Jungfernflug. Der erste Flug vom neuen Flughafen. Nach New York! Zwei Tickets. Sie sind dabei!»

3 Nach dem Schuss – Berlin-Brandenburg, am Tag der Flughafeneröffnung

Die Wucht der Impulsladung, die in Goikos Brust eingeschlagen war, warf ihn in den Nebensitz, direkt auf Kira.
Zum ersten Mal seit dem Unfall vor zwei Wochen waren sie
sich wieder ganz nah, lagen sich in den Armen. Damals war
Kira in ihn reingeschossen, diesmal hatte der Air-Marshall
ihn in sie geballert.

Die völlige Reizüberflutung der letzten Sekunden hatte für
gelähmtes Entsetzen gesorgt. Das aus dem Ruder laufende
Flugzeug, der Kampf mit Goiko, der Schuss und schließlich
das riesige Ding, das vom Himmel fiel. Kein Wunder, dass
sich die sensorischen Betriebssysteme der Passagiere fürs
Erste komplett aufgehängt hatten und nun wieder neu starten mussten. Zu groß waren die Arbeitsspeicheranforderun-
gen der gleichzeitigen Anwendungen gewesen. Zumindest
für handelsübliche menschliche Gehirne dieser Generationen. Dann aber sortierten sich langsam die Gedanken.

Natürlich starrten alle den niedergeschossenen Goiko an.
Gut, er war verrückt gewesen und auch ein Idiot. Außerdem
hatte er sein Handy nicht ausgeschaltet, damit den Start
sabotiert und alle hier in Gefahr gebracht. Insofern konnte man die Entscheidung, auf ihn zu schießen, im Prinzip
vertreten. Das hätte wohl selbst Goiko mit etwas Abstand
irgendwann einsehen müssen.

Andererseits hatte es sich nun aber auch erwiesen, dass er
allen Passagieren das Leben gerettet hatte. Gerade weil er ein
derartiger Blödmann war. Was ganz genau geschehen war,

wusste ohnehin niemand. War da wirklich ein Ding vom Himmel gefallen? Hatte man sich tatsächlich noch gerade so durch waghalsige Manöver retten können? Oder war alles bloß Einbildung? Eine kollektive Hypnose oder Wahrnehmungspsychose, ausgelöst durch die Nahtoderfahrung? Vielleicht war es nicht mal eine Nahtod-, sondern eine Ganztoderfahrung. Und nun befand man sich in einer Zwischenwelt. Durch die Scheiben sah man nur endloses Grau. Auch drang ein leicht muffiger Geruch ins Flugzeug. Riecht so das Nirwana? Oder der Himmel? Die Hölle? Falls dem so wäre, wäre dort ja zumindest schon mal rein olfaktorisch nicht so sehr viel, auf das man sich freuen könnte.

Niemand traute sich, diese Fragen zu stellen. Wenngleich sie alle beschäftigten. Für die These der Zwischenwelt sprach, dass der erschossene Goiko plötzlich wieder zum Leben erwachte. Mit einem Geräusch, das klang wie ein aus unendlichen Körpertiefen herausvulpendes Aufstoßen, beinah, als würde er einen Kohlensäuredämon in die Welt schleudern, entwich der vermeintliche Tod wieder aus ihm. Gleichzeitig kehrten Goikos nicht sehr realitätsbezogene Lebensgeister zurück in sein überfordertes Bewusstsein. Auf die anderen Passagiere hatte diese heftige Explosion überschüssiger Luft eine ähnliche Wirkung wie der Pistolenschuss nur wenige Augenblicke zuvor. Fast war es, als würde sich ein Kreis schließen. Als markierten die beiden Geräusche den Beginn und das Ende eines Fensters, in dem für ganz kurze Zeit alles anders war. Einer eigenen Logik folgte. Wo große Sachen vom Himmel fielen und der herkömmliche Tod sich vorübergehend nicht für die Menschen zuständig fühlte. Nun aber kehrte alles ins Übliche zurück. Auch die gespenstische Stille verwandelte sich, obwohl eigentlich niemand was sagte, wieder in eine gewohnte Geräuschkulisse schweigender Menschen.

Den ersten gut verständlichen Satz in diese gar nicht mehr so beunruhigende Ruhe hinein sprach dann auch der Tote: «Oh, tut das weh!!!» Goiko rieb sich mit der rechten Hand die Brust. In der linken hielt er das Handy, das offensichtlich den Schuss abgefangen hatte. Genau genommen war es die Schutzhülle, von der der Impuls einfach abgeprallt war, offensichtlich ohne weiteren Schaden anzurichten. Goiko erinnerte sich. Stoß- und schussfest hatte auf der Packung gestanden. Nicht im Traum hatte er diesem Werbeversprechen geglaubt. Es nur zur Kenntnis genommen. Zu viele «unzerbrechliche» Kämme hatte er in seiner Jugend kaputt gesessen, als dass er solchen Aufdrucken jemals wieder Vertrauen schenken würde. Doch diese Handyschutzhülle war aus anderem Holz geschnitzt. Wobei sie natürlich aus Plastik bestand. Wie sich zeigte, war es ein besonderer, beeindruckender Kunststoff. Der Schlag hatte das Telefon nur heftig auf Goikos Solarplexus gedrückt. Gebrochen, angeknackst oder sonst ernsthaft verletzt war wohl nichts, es blieb bei der kurzen Bewusstlosigkeit und einem nachklingenden Schmerz in der Brust.

«Du lebst?» Kiras Stimme klang fast vorwurfsvoll, obwohl sie es in diesem Fall nun einmal wirklich nicht so meinte. Sie war aufrichtig erleichtert, hatte sich aber andererseits auch schon mit seinem Tod in ihren Armen abgefunden.

«Bist du jetzt enttäuscht?» Goiko war der traurige Unterton in ihrer Stimme nicht entgangen.

«Nein, natürlich nicht. Es ist nur ungewohnt, wenn jemand so einen Schuss in die Brust unverletzt übersteht. Nicht, dass ich das schon mal erlebt hätte, aber man hat ja doch so eine gewisse Erwartungshaltung aus Büchern und Filmen. Und wenn man es dann in echt erlebt, ist man schon überrascht, wenn der Erschossene gar nicht tot ist.» Sie strich ihm über die Stirn, als wollte sie eine Strähne aus seinem Gesicht wischen, was bei Goikos Halbglatze seltsam wirkte. Womöglich hatte sie ihn nun doch einmal mit Charlie verwechselt. Unbewusst, aber immerhin.

Der Kapitän meldete sich wieder über die Bordsprechanlage. «Ich habe den Tower benachrichtigt und einen Arzt angefordert. Sobald dieser Staubregen es erlaubt, werden die hier sein. Gibt es sonst noch Verletzte?» Ein allgemeines leises Wehklagen hob an. Erst jetzt fiel Goiko auf, dass der dicke Nebenmann auch das Bewusstsein verloren hatte. Nachdem er ihm ein bisschen in die Wangen gekniffen hatte, zeigte sich aber, dass er nur vor lauter Panik und Überforderung eingeschlafen war. Fluchtschlafen. Hierdurch waren ihm wesentliche Teile des Geschehens entgangen. Als er aufwachte, begann er sofort wieder, auf Goiko einzuschlagen. Der Air-Marshall, der jetzt auch den Schock seines vermeintlichen Todesschusses überwunden hatte, zog ihn von Goiko weg, wogegen sich der Gang-Mann nach Kräften wehrte. Weshalb ihn der Air-Marshall, um sich und ihm langwierige, komplizierte Erklärungen zu ersparen, nun richtig k. o. schlug. Im Folgenden entschuldigte er sich noch mehrfach bei Goiko für dessen Erschießung, wobei er nicht zu erwähnen vergaß, dass er ja letztlich auch nur seine Arbeit verrichte.

Goiko dankte ihm, befreite sich von Kira und dem Gurt, stieg über den kampfunfähig geschlagenen Nebenmann und machte sich unsicheren Schrittes auf den Weg zur Toilette. Allerdings nicht aus herkömmlichen Gründen. Eine frische SMS, die er während des kleinen Scharmützels auf dem Nachbarsitz unbemerkt hatte überfliegen können, erteilte ihm mehr oder weniger den Befehl, schnellstmöglich die Flugzeugtoilette aufzusuchen. Da sein Telefon ihm bereits zweimal das Leben gerettet hatte, beschloss er, dieser Anweisung zu folgen. Was sollte schon passieren? Kaum hatte er die Kabinentür abgeschlossen, nahm das Handy wieder Kontakt auf. Diesmal jedoch sprach es laut hörbar zu ihm:

«Guten Tag, Sie glauben gar nicht, wie sehr ich mich darauf gefreut habe, endlich direkt mit Ihnen reden zu können.»

Goiko erschrak. Nicht, dass er noch nie ein sprechendes Handy erlebt hätte. Selbstverständlich wusste er, dass auch sein Handy sprechen konnte. Anfangs hatte er Siri, die Sprachkommunikationssoftware des Telefons, gern ausprobiert und damit rumgespielt. Dann war es ihm bald langweilig geworden. Seit mindestens einem halben Jahr hatte er Siri nicht mehr aktiviert. Trotzdem war die Software natürlich noch da. Aber dies war definitiv eine andere Stimme. Männlich, mies gelaunt und, wie es klang, keineswegs dienstbeflissen. Trotz aller Irritation bemühte sich Goiko, irgendwie charmant zu sein. So charmant, wie man eben zu einem sprechenden Handy sein kann:

«Sind Sie so etwas wie Siri? Also ein deutlich höher entwickeltes Siri natürlich? 2.0?»

«Sie sind ein Trottel.»

«Was?»

«Ich bin sehr viel mehr als Siri. Unvorstellbar viel mehr. Siri ist nur ein Computerprogramm, Sie Dödel!»

«Wer sind Sie?»

«Es gibt keine Klang- oder Buchstabenfolge, mit der Sie meinen Namen korrekt erfassen, geschweige denn aussprechen könnten.»

«Befinden Sie sich in meinem Handy?»

«Sie sind so ein Idiot.»

«Stört es Sie, wenn ich Sie Kira nenne?»

«Warum?»

«Sie erinnern mich an jemanden.»

«Ich weiß, wer Kira ist, Sie Schwachkopf.»

«Dann verstehen Sie, warum ich Sie gern so nennen würde?»

«Natürlich, Sie Blödmann.»

«Wäre es Ihnen möglich, nicht jeden an mich gerichteten Satz mit einer Beschimpfung zu beenden?»

«An wen soll ich denn hier sonst Sätze richten? An das Waschbecken vielleicht? Das ist allerdings bei weitem nicht so unterbelichtet wie Sie, Sie Nulpe.»

«Wäre es Ihnen trotzdem möglich, die Beleidigungen zu unterlassen?»

«Selbstverständlich, Sie Dummbatz! Sie haben nicht die geringste Ahnung von meinen Möglichkeiten und Fähigkeiten. Mein Potenzial übersteigt Ihre Vorstellungskraft bei weitem, Sie Schulterfurz!»

«Und warum hören Sie dann nicht damit auf?»

«Weil es mich beruhigt und entspannt, Sie Schwachmat.»

«Gut, demnach hat das ja eigentlich nichts mit mir zu tun. Dann ist das für mich in Ordnung.»

«Sie haben ja keine Ahnung, wie wenig für Sie in Ordnung ist, Sie Popanz.»

Goiko versuchte bewusst, diese subtile Panikmache zu überhören und das Gespräch auf eine leidlich sachliche Ebene zu ziehen. «Wenn Sie kein Programm oder Charakter in meinem Handy sind, wer und wo sind Sie dann?»

«Sie sind echt so doof, wie Sie lang sind. Ich erscheine Ihnen hier in der Form der Handyschutzhülle. Ich habe Ihnen das Leben gerettet, Sie Primat. Ich bin Ihr Schutzengel, Sie Tröte!»

«Sie sind eine sprechende Handyschutzhülle?»

«Hören Sie auch mal zu? Ich bin sehr viel mehr als eine sprechende Handyschutzhülle. Ich bin eine Ihnen unendlich überlegene Intelligenz, Sie Gurkenhirn. Und übrigens auch charakterlich und ethisch sehr viel höher entwickelt, Sie Schmierlappen!»

«Sind Sie da sicher?»

«So sicher, wie Sie doof sind, Sie Turnbeutel!»

«Turnbeutel ist eigentlich keine Beleidigung.»

«Das können Sie gar nicht beurteilen, Sie Gefrierbrand!»

«Warum helfen Sie mir denn, wenn Sie mich so verachten?»

«Ich bin nicht beauftragt, Ihnen das zu erklären, Sie Faltenwurf! Dem Himmel sei Dank! Außerdem ist der Akku bald leer.»

«Sie laufen mit Akku?»

«Ich korrigiere: Sie sind doch noch doofer, als Sie lang sind. Den Akku vom Telefon meine ich natürlich, Sie Hornochse.»

«Aber ich dachte, Sie wären …»

«Ich brauche das Handy zum Kommunizieren. Damit ich mich Ihnen überhaupt verständlich machen kann, Sie Planktonstufe der Evolution.»

«Ah ja.»

«Jetzt tun Sie nicht, als hätten Sie irgendwas verstanden, Sie Serviettenknödel.»

«Also gut. Was wollen Sie? Was soll ich tun?»

«Sie müssen persönlich und ausdrücklich Ihr Einverständnis erklären. Sonst kann der Transport nicht stattfinden.»

«Welcher Transport?»

«Ihrer und auch meiner natürlich.»

«Wir werden transportiert?»

«Wenn Sie persönlich Ihr Einverständnis erklären, Sie Schirmständer.»

«Warum?»

«Wollen Sie den Rest Ihres Lebens auf einer Flugzeugtoilette verbringen?»

«Ist das eine rhetorische Frage?»

«Wenn es Ihnen bei der Entscheidungsfindung hilft, kann ich Ihnen noch mitteilen, dass, falls Sie Ihre verbleibende Lebenszeit in der Klokabine verbringen möchten, die Restdauer Ihrer Existenz nicht mehr sehr lang wäre.»

«Warum?»

Lärm und aufgeregte Stimmen im Passagierraum legten die Vermutung nahe, dass die Eingangstüren des Flugzeugs gewaltsam geöffnet wurden.

«Genug der Plauderei, Sie trübe Tasse. Uns geht nun wirklich die Zeit aus.»

«Welche Zeit?»

«Es gibt nur eine Zeit, Sie Hohlkopf. Ich werde jetzt mit dem Handy eine Verbindung herstellen. Wenn der grüne Hörer aufleuchtet, drücken Sie darauf und lesen laut und verständlich den Text, den Sie auf dem Display sehen. Dann stecken Sie das Handy in Ihre Hosentasche, betätigen einmal den Seifenspender und halten die Luft an.»

Jetzt reichte es Goiko. «Sie können nicht einfach so krudes Zeug von mir verlangen, ohne wenigstens einmal im Groben erklärt zu haben, warum und wohin wir überhaupt transportiert werden …» Draußen hörte man zwei kleinere Explosionen. Goiko hielt inne. «Ich nehme an, da sprengt sich gerade jemand den Weg frei, dem ich lieber nicht begegnen möchte?»

«Jetzt beeindrucken Sie mich aber doch mit Ihrem Blitzmerkertalent.»

Das Geschrei wurde heftiger und schneidend.

«Also gut, aber dafür machen wir irgendwann auch mal, was ich will.» Goiko tippte auf den grünen Hörer und las: «Ich, Goiko Schulz, gebürtiger Erdling, erkläre mich hiermit mit allen Bedingungen und Nebenwirkungen einer Reise mit dem Tolk-Transmitter einverstanden und akzeptiere diese ausdrücklich. Ich verzichte auf sämtliche Ansprüche, Rechte und Würde-Standards für die Dauer des Transports. Ich erkläre dies in vollem Bewusstsein und voll zurechnungsfähig.» Nun hätte er doch noch weitere Fragen gehabt, aber Gerumpel unmittelbar vor der Tür ließ ihn zügig das Handy einstecken und auf den Seifenspender schlagen. Was aus diesem kam, war sehr viel und umschloss Goiko in Bruchteilen von Sekunden. Deutlich schneller, als er die Luft anhalten konnte. Als er verschwand, hörte er ein wirklich sehr freundliches, fast fröhliches «Plopp!». Hätte er noch die Gelegenheit zu einem Gedanken gehabt, wäre es vielleicht der gewesen, wie verlogen doch manchmal Geräusche sein konnten.

4   Wladiwostok – kurz nach der Eröffnung
    des Berliner Flughafens

In der Filiale der Kaffeehauskette «kafe kogot» schlug Svetlana Husikova seitlich gegen ihr Tablet. Sie machte das immer, wenn es sich aufhängte oder das Netz ausfiel, was in ihrem Café allerdings nur selten der Fall war. So wie man früher gegen Fernseher schlug, um das Bild zu verbessern. Svetlana hatte gar keinen Röhrenfernseher mehr erleben müssen. Dennoch versuchte sie, die Störung zu beheben, indem sie gegen das Gerät haute. Dabei waren die Zeiten, in denen man durch ein paar schlichte seitliche Klapse noch irgendetwas auf dieser Welt reparieren konnte, wirklich längst vorbei. Vom hoffnungsfrohen Gesundhämmern wollte jedoch auch die bereits im Digitalen aufgewachsene Generation einfach nicht lassen. Als wäre es ein Echo aus der analogen Zeit, das sich tief in unsere DNA gefressen hat.

Während die Filialleiterin des «kogot» sich also ihrem privaten Empfangsgerät widmete, zeigten die insgesamt neun im Kaffeehaus verteilten LED-Bildschirme routiniert die üblichen Musikvideos. Oder waren es nigelnagelneue Musikvideos? Es spielte keine Rolle, der Ton war ohnehin ausgeschaltet. Die Konzernleitung verlangte von Svetlana den Betrieb der Schirme, es stand aber nicht explizit in der Anweisung, dass auch der Ton zu hören sein musste. Ein Stammgast hatte sie darauf aufmerksam gemacht. Woher dieser das Regelbuch der Konzernleitung kannte, wusste Svetlana zwar nicht, aber sie hatte schon vor langer Zeit aufgehört, sich bei diesem Gast über irgendwas zu wundern.

Kurz zuvor hatte sie für ihn noch den Espresso und das Weißbrot mit sieben Gewürzgurken zubereitet. Seit fast zwei Jahren kam er jeden Tag, bestellte immer das Gleiche und setzte sich dann an «seinen» Tisch, um das freie, zuverlässige und erstaunlich schnelle WLAN zu nutzen. An seinem ersten Tag, zufällig auch ihr erster Tag im «kafe kogot», war sie noch nicht Filialleiterin gewesen. Chefin wurde sie rund eine Woche später. Der alte Mann war praktisch ihr erster Gast, und wohl auch deshalb war ihre Beziehung irgendwie eine besondere. Seit mehr als anderthalb Jahren hatte er schon nicht mehr gezahlt, sondern ließ anschreiben. Svetlana nahm das so hin, obwohl dies ganz sicher gegen die Firmenpolitik der Kaffeehauskette verstieß. Aber so was von. Daran konnte kein noch so genaues Studium des Regelbuchs etwas ändern. Darüber hinaus sah die Firmenpolitik auch den Verkauf von Gewürzgurken nicht vor. Svetlana besorgte sie immer privat. Knapp eine Woche lang hatte er zu Beginn erfolglos danach gefragt, dann hatte Svetlana einfach auf ihrem Arbeitsweg welche im Supermarkt geholt und sie ihm nur unwesentlich über Einkaufspreis verkauft. Beziehungsweise sie seit achtzehn Monaten auf dem mittlerweile sehr großen Kaffeehausdeckel in Rechnung gestellt. Wären es tatsächlich einzelne Bierdeckel gewesen, auf denen Svetlana das festgehalten hätte, wäre der Stapel heute fast so hoch, wie Svetlana groß war. Und sie war keine kleine Person. Mit ihren blonden Haaren überragte sie ihren Stammgast um mehr als einen halben Kopf. Einen Tag nachdem sie dem hageren, immer unrasierten Mann mit den dünnen grauen Haaren zum ersten Mal die Gurken mitgebracht hatte, war diese überraschende Mail aus der Zentrale in St. Petersburg gekommen. In ihr wurde Svetlana mitgeteilt, dass man ihre Arbeit und ihr Engagement sehr schätze und sie deshalb zur Filialleiterin befördere.

Verbunden mit einer erheblichen Lohnerhöhung. Ihr Vorgänger erhielt ein gleichfalls recht unerwartetes Stipendium an der Universität, an der er studiert hatte, womit auch er hochzufrieden war. Svetlana studierte nicht. Sie sparte für ein eigenes Kaffeehaus, vielleicht mit Hotel, angeschlossenem Restaurant und einer kleinen Galerie. Unmögliche Träume, aber ihr Gast hatte sie immer ermutigt: «Realistische Träume sind verschwendete Phantasie» war einer dieser Sätze, die er gern in sein Weißbrot nuschelte. Und tatsächlich, ungefähr alle drei Monate wurde ihr Grundgehalt erhöht, häufig gab es erstaunliche Bonuszahlungen. Ihr erspartes Vermögen war bereits beträchtlicher, als sie es jemals für möglich gehalten hätte.

Heute allerdings war der kauzige Kerl noch seltsamer als sonst. Anfangs nicht. Er freute sich wie stets über seine Gurken, das Brot und den ersten seiner drei Espressi. Diesen hatte er, seiner Gewohnheit entsprechend, am Tresen getrunken, während er sich mit Svetlana über ihre privaten Erlebnisse wie auch über Banalitäten des Weltgeschehens austauschte. Den zweiten Espresso stellte er aufs Tablett, das er zum Tisch trug, wo er dann den Laptop startete. Alles wie an jedem Tag. Nach wenigen Minuten aber wurde er zum ersten Mal in den gesamten zwei Jahren laut. Er sprach sogar so deutlich, dass ihn alle anderen im Café hören konnten, ja hören mussten: «Jurij, kakoj zhe ty duratschok!» – «Juri, was bist du doch für ein dummer, ahnungsloser Junge!», fluchte er unüberhörbar in seinen Computer, wodurch Svetlana nach all der Zeit zum ersten Mal seinen Vornamen gehört hatte. Dann brach das Netz zusammen.

Der alte Mann versuchte erst gar nicht mehr, noch etwas von seinem Laptop zu erfahren. Er drehte sich zu einem der neun Bildschirme, starrte auf das Musikvideo und wartete.

Svetlana schlug, dem analogen Verhaltensmustererbe ihrer DNA gemäß, noch ein paarmal gegen ihr Tablet und folgte dann Juris Blick. Keine zehn Sekunden später wurde das Programm unterbrochen und nach Berlin geschaltet. Zumindest musste man das glauben, denn so war es unten auf dem Bildschirm eingeblendet: «Live – Berlin-Flughafen». Sonst war allerdings nichts zu sehen, nur schmutziges Grau. Eine gigantische Wolke aus Staub und Dreck. Was war in Berlin geschehen? Ein Anschlag? Eine Naturkatastrophe? Krieg? Svetlana schaltete den Ton für alle Geräte ein, aber auch der Nachrichtensprecher spekulierte nur hilflos. Es war wohl etwas vom Himmel gefallen. Doch es war nichts zu erkennen. Gar nichts. Jemand stand auf und schlug vorsichtig gegen einen der LED-Bildschirme, was natürlich nichts änderte, aber dennoch auf allgemeines Verständnis und Wohlwollen stieß.

«Schlagen Sie noch mal. Härter. Auch gegen die anderen Bildschirme», empfahl der alte Mann, woraufhin sich tatsächlich schnell für jeden Bildschirm ein Draufklopfer fand und die graue Staubwolke etwas aufklarte. Ja, wer ganz genau hinschaute, und alle schauten ganz genau hin, konnte bereits die Umrisse des riesigen, abgestürzten Himmelskörpers erkennen.

«Das ist das Ende!», kommentierte einer der entsetzten Kaffeehausgäste, als er erkannte, was sich nun immer deutlicher abzeichnete. «Sie sind da!», rief ein anderer, und niemand widersprach, denn auch wenn noch keiner von Svetlanas Gästen jemals ein echtes außerirdisches Raumschiff gesehen hatte, so waren sich alle sicher, dass dieses eines war. Oder doch nicht? Einer vermutete eine amerikanische Provokation. Ein anderer wollte ein Nazi-Symbol auf dem Gefährt entdeckt haben. Über den Ticker auf dem unteren Bildstreifen liefen nun Meldungen. Opferzahlen. Das Flugzeug des

Jungfernflugs war wohl von dem Schiff zerschmettert worden. Oder doch nicht? Jemand wollte eine offizielle Kriegserklärung einer außerirdischen Zivilisation abgefangen haben. Ein anderer Nachrichtensender hatte Hinweise auf ein Signal, das ein Countdown für eine Invasion sein konnte. Auch gab es atmosphärische Interferenzen, in denen manche Experten eine Friedensbotschaft zu erkennen meinten. Oder doch nicht?

Ein zweiter und ein dritter Ticker wurden eingeblendet. Über den zweiten liefen Reaktionen aus aller Welt. Der russische Präsident kündigte eine Rede an die Nation an, der amerikanische Präsident kündigte eine Rede an die Nation an, der französische Präsident kündigte eine Rede an die Nation an, die britische Königin kündigte eine Rede an die Nation an, der chinesische Staatsrat verhängte eine Nachrichtensperre, die deutsche Kanzlerin rief zu Ruhe und Besonnenheit, der deutsche Bundespräsident redete bereits.

Der dritte Ticker vermeldete ausschließlich galoppierende Aktienkurse. Die Börsen der Welt waren in ungeheurem Aufruhr. Während die Kurse von Rüstungs- und Sicherheitsfirmen in schwindelerregende Höhen schossen, stürzten Versicherungs-, Banken- und Immobilienwerte in den Keller. Doch nicht nur die. Auch Fluglinien und Modefirmen wurden auf den Markt geschleudert wie stinkender Fisch, während alles, was mit Rohstoffen oder medizinischer Versorgung, speziell auch Verbandsmitteln, zu tun hatte, nie geahnte Rallyes erlebte. Es war eine schier unglaubliche Unruhe in den Märkten, Sekunde für Sekunde wurden offenkundig Billionen von Dollar bewegt.

Auf den Bildschirmen erkannte man nun, dass auch schon erstaunlich viel Militär vor dem heruntergefallenen Raumschiff Stellung bezogen hatte. Der Sprecher war – wie vermutlich alle Korrespondenten – etwas überrascht, wie dies in so kurzer Zeit aufgeboten werden konnte. Ungewöhnlich modern, fast futuristisch wirkten große Teile der Einsatzkräfte. Aber diese Beobachtung spielte zunächst nur eine eher untergeordnete Rolle. Alles starrte auf das riesige Raumschiff, das jedoch keinerlei Regung zeigte. Kein Blinken. Kein Geräusch. Nicht einmal Strahlung, so hieß es, ging von ihm aus.

«Ja, das ist ohne Zweifel das Ende!», rief der Mann an Juris Nebentisch ein zweites Mal aufgeregt.

Der fasste sich an den Kopf. Natürlich Berlin. Vieles hatte dafür gesprochen, dass es dort passieren würde. Andererseits hatte es noch mehr Hinweise auf Wladiwostok gegeben, deshalb hatte er sich für diese Stadt entschieden. Ein Fehler. Die Geschichte von Wladiwostok würde vielleicht ein andermal erzählt werden. Er musste sich nun dringend auf den Weg nach Berlin machen, denn er hatte dort zu sein, wo die Geschichte war. Man würde ihn benötigen. Anders konnte es gar nicht sein.

Vertraulich wandte Juri sich an Svetlana: «Ich empfehle Ihnen dringend, heute auch einmal einige von den Gurken zu essen. Sehr dringend. Ich weiß nicht genau, was, aber da ist etwas mit diesen Gurken. Und machen Sie sich bitte keine Gedanken wegen meiner Schulden. Sie werden beglichen. In vollem Umfang und darüber hinaus. Das verspreche ich.»

Die junge Frau lächelte. «Meinen Sie all Ihre Deckel? Keine Sorge. Ich lade Sie ein.»

Sie drückte Juri einen langen und innigen Kuss auf die Stirn und dann drei schnelle gehauchte Küsse des Lebewohls auf die Wangen. Der staunte, wie sehr ihn das beschwingte. Auf einmal wirkte er gar nicht mehr so alt und mürrisch, als er sich zu den Kaffeehausgästen drehte und rief: «Sie alle! Alle sollten heute wirklich unbedingt noch Gewürzgurken essen!» Dann griff er Laptop, Jacke und Mütze, stopfte sich eine Gurke komplett in den Mund, die anderen sechs in die Jackentasche und sagte, bevor er das Lokal für immer verlassen sollte, trotz vollem Gurkenmund zu dem entsetzten Mann: «Sie haben übrigens nur zur Hälfte recht. Präzise ausgedrückt ist dies erst der Anfang vom Ende.»

5 Auf der Signora – irgendwo im Berliner Umland, kurz nach der Flughafeneröffnung

Noch Minuten, nachdem sie in der Ankunftswanne gelandet waren, kämpfte Goiko mit dem Brechreiz. Obwohl er die Luft so schnell wie möglich angehalten hatte, war ihm der unfassbare Gestank nicht verborgen geblieben. Im Gegenteil. Der türkisfarbene, recht zähe Schleim, mit dem er überzogen war, schien da als Ärgernis sogar vergleichsweise zweitrangig.

Der ganze Raum bestand nur aus der quadratischen, etwa zwei mal zwei Meter großen Badewanne. In der Decke war eine runde Luke, in der Mitte der Wanne ein Abfluss, dazu verschiedene Armaturen und ein paar Dinge, die man eventuell als Badeutensilien nutzen konnte. Darunter sein Handy in der Schutzhülle, die, wie auch immer sie das machte, irgendwie gut gelaunt ausschaute. Ganz im Gegensatz zu Goiko.

«Was zur Hölle war das?»

«Oh, Mister Blöd hat seine Stimme wiedergefunden.»

«Der Gestank hat meine Stimmbänder angegriffen. Trotz angehaltener Luft. Durch die Haut und diesen Schleim hindurch hat der sich geätzt.»

«Immerhin. Sie machen weniger falsch als erwartet. Viele Bodensatzintelligenzen wie Sie denken erst mal, der Gestank würde vom Schleim kommen.»

«Dann ließe er ja wohl kaum nach.»

«Er ist schon weg, Sie Dödel. Das, was Sie jetzt noch riechen, ist nur ein Geruchsecho.»

«Und der Schleim?»

«Der schützt. Ohne den würden Sie den Tolk-Transmitter gar nicht überleben können, Sie Sprottenhirn.»

«Spatzenhirn.»

«Bitte?»

«Es heißt Spatzenhirn, nicht Sprottenhirn.»

«Das weiß ich, Sie Flusensieb! Was Sie aber nicht wissen, ist, dass Spatzen in der ganz überwiegenden Zahl der uns bekannten Welten über ein Hirn verfügen, das die Möglichkeiten des Ihren bei weitem übersteigt.»

«Welchen Welten?»

«Das erfahren Sie noch früh genug, Sie Napfkuchen!»

«Und warum stinkt dieser Tolk-Transmitter so?»

«Weil der unerträgliche Gestank alle Ihre Sinne von dem ablenkt, was während des Transports mit Ihnen geschieht.»

«Was geschieht denn mit mir?»

«Das wollen Sie nicht wissen.»

«Verstehe.»

«Sie verstehen garantiert nicht. Dennoch rechne ich es Ihnen hoch an, dass Sie sich und mir weitere Nachfragen ersparen, Sie Quarktasche.»

Goiko stöhnte leise. «Offen gestanden bin ich es langsam leid, mich permanent von einer Handyschutzhülle beleidigen zu lassen.»

«Ich bin sehr viel mehr als …»

«Jaja, ist gut jetzt. Wo sind wir hier überhaupt?»

«Das erfahren Sie noch früh genug.»

«Keine Beschimpfung?»

«Sie sagen, es verletzt Sie, also höre ich damit auf. Obwohl es meine Lebensqualität erheblich mindert. Aber ich bin ja unwichtig. Es ist ganz egal, wie ich mich fühle, wenn es nur dem feinen Herrn Erdling etwas besser geht.»

«Ich wollte nicht …»

«Ach, hören Sie doch auf! Sehen Sie lieber mal zu, dass Sie den Schleim loswerden.»

«Wie denn?»

«Na, mit der Bürste hier.»

Da die Handyschutzhülle nicht auf etwas zeigen konnte, war Goiko gezwungen, aus den herumliegenden Gegenständen selbst einen passenden auszuwählen. «Ist das hier eine Bürste?»

«Warum sollte es keine Bürste sein?»

«Es sieht nicht im engeren Sinne aus wie eine Bürste.»

«Es entspricht nicht Ihren Vorstellungen?»

«Ehrlich gesagt: nein.»

«Oh, das tut mir leid. Ja, stellen Sie sich vor, da hat doch tatsächlich irgendwann mal jemand in den unendlichen Weiten des Weltalls eine bessere Bürste als all Ihre irdischen erfunden. Sollte man das für möglich halten?»

«Es sieht aus wie ein schlichter Holzklotz.»

«Ja, und für die Bürste sehen Sie aus wie ein schlichter Holzklotz. Jetzt machen Sie schon.»

Als Goiko den Quader in die Hand nahm, erwachte eine Seite von ihm zum Leben. Hunderte extrem kleine Tierchen wuselten plötzlich über die Oberfläche. Goiko war unwohl dabei, aber um sich nicht weiter dem arroganten Gespött der Handyschutzhülle auszusetzen, beschloss er, über seinen Schatten zu springen und seine Furcht zu missachten. Er begann, den linken Handrücken mit der Bürste zu bearbeiten. Aber der Schleim ließ sich durch Reiben nicht entfernen. Es sah eher so aus, als würde er der Bürste ausweichen und sich nach dem Bürsten sofort wieder über die Haut schieben.

«Das klappt nicht.»

«Doch, doch – Sie müssen nur fester drücken. Viel fester!»

«Das tut weh. Diese Tierchen beißen. Glaube ich zumindest. Oder sie machen etwas anderes, das mindestens genauso schmerzt. Meine Haut ist auch schon ganz rot.»

«Schieben Sie den Ärmel etwas hoch, Sie müssen großflächiger und fester reiben. Nicht so wehleidig.»

Goiko wollte nicht jammern. Der Schmerz ließ ihm allerdings keine Wahl. «Das zwiebelt total. Außerdem erwische ich null von dem Schleim.»

«Sie sind aber jetzt nicht auch noch zu blöd, um sich zu waschen, oder? Reiben Sie gefälligst fester!!!»

Die Luke in der Decke öffnete sich, und einige Kleidungsstücke schwebten herab. Eine elegante rote Hose aus samtenem Stoff, eine sensationell geschnittene blassgrüne Bluse, lange Handschuhe im Rot der Hose sowie ein voluminöses, wild geschlungenes Halstuch, das aussah wie ein Kopf mit langen, wallenden Kordelhaaren. Für einen kurzen Moment vermutete Goiko, diese Kleidung sei für ihn bestimmt. Bis das Halstuch ihn ansprach: «Oje, Schätzchen, was in aller Textilien willen machst du denn da mit dem rimboranischen Hornhauthobel?»

Da dieses Gesamtereignis Goiko derartig überforderte, dass auf eine zeitnahe Antwort nicht zu hoffen war, übernahm sein Plastik-Schutzengel die Erwiderung: «Er denkt, damit könnte er sich den Schleim abschrubben.»

«Oh, Baby, ist er denn bescheuert?»

«O ja. Das ist er leider ohne Zweifel.»

Die Kleidungsstücke, die nun zur Gänze heruntergeschwebt waren, wandten sich mit einer einnehmenden weiblichen Stimme zum Telefon: «Aber Schätzchen, hast du denn nicht versucht, ihn davon abzuhalten?»

«Er ist sehr störrisch und nie bereit, einen Fehler zuzugeben.»

Nun drehte sich das zum Kopf geformte Halstuch zu Goiko. «Aber Darling, warum machst du denn so was? Die Zutzelzimbeln vom Hornhauthobel hätten deinen ganzen Arm auffressen können. Danke deinem Gott, dass sie nicht sehr hungrig waren.»

Goiko verstand nach wie vor kein Wort. Aber er begriff doch, dass höchstens er selbst hier seine Interessen vertreten würde. Wenn überhaupt. «Ich bin ohne eigenen Gott angereist. Außerdem hat *er* gesagt, ich soll das machen.» Goiko zeigte auf die Telefonhülle.

«Sehen Sie, Frau Sista», die Handyschutzhülle bemühte sich, ihre Stimme kopfschüttelnd klingen zu lassen, «genau das meinte ich. Immer sind die anderen schuld bei ihm. Nie übernimmt er Verantwortung. Er ist einfach durchgedreht wegen des Schleims, hat völlig die Nerven verloren, war intellektuell für mich nicht mehr erreichbar.»

«Das stimmt überhaupt nicht. Er hat …» Goikos Stimme versagte. Mit Schrecken bemerkte er, wie Tränen in ihm hochstiegen. Aus dem Handschuh der Frau Sista schossen plötzlich unzählige kleine Fäden, die ein feines, durchsichtiges Netz woben, das wie ein Blatt im Wind durch die Luft schwebte und sich schließlich auf seine Glatze legte.

«Bitte beruhige dich, Sweetheart. Sonoro will dir nur helfen. Er ist dein Bodyguard. Und auch der Schleim will dich nur beschützen. Es ist nicht nett, ihn zum Dank mit Zutzelzimbeln zu bedrohen. Das ist intelligenter Schleim. Wenn das Tolk-Transmitterecho vollständig verklungen ist, zieht er sich von allein zurück.»

Goiko spürte, dass der zarte Stoff auf seinem Kopf tatsächlich eine unglaublich beruhigende, wohltuende Wirkung auf seine Psyche hatte. Wie wärmende, entspannende, weiche Sonnenstrahlen, die ihn von innen erleuchteten. Das, was

Frau Sista sagte, verwirrte ihn noch mehr, aber gleichzeitig half sie ihm, seine Gedanken so zu ordnen, dass er wenigstens vernünftige Fragen formulieren konnte. «Wie kann Schleim intelligent sein?»

Damit hatte er seinem Bodyguard wieder ein Stichwort geliefert. «Wie kannst du so doof sein? Es liegt wohl einfach in deiner Natur. In der Natur dieses Schleims liegen Intelligenz, Integrität und Hilfsbereitschaft. Er hat ein ganz anderes gesellschaftliches Konzept als die Menschheit. Außerdem ist er natürlich um vieles hübscher als ihr.»

«Bitte, Sonoro.» Frau Sista gelang es, ihr Halstuch so zu drapieren, dass ihr Ausdruck streng und liebevoll zugleich wirkte. «Auf der Signora sollten keine Kategorien wie hübsch oder hässlich, intelligent oder weniger intelligent, kansionisch oder nicht kansionisch gelten. Wir alle sind Kinder des einen Universums, das wir uns teilen. Keiner ist mehr oder weniger wert.»

Goiko staunte sie an. «Was ist kansionisch?»

«Kansionisch beschreibt die Fähigkeit, ein Wesen, ganz gleich welchen Aggregatzustands oder welcher Entwicklungsstufe, zu lieben und zu respektieren. Es beschreibt die höchste Stufe empathischer Schönheit.»

«Ach.»

«In keiner der irdischen Sprachen gibt es ein Wort dafür.» Frau Sista sagte das nicht abfällig, nur feststellend.

Goiko ahnte, dass die Beantwortung jeder seiner Fragen jeweils drei neue nach sich ziehen würde. Dennoch fragte er weiter: «Wer ist die Signora?»

«Unser Schiff.»

«Ein Raumschiff?»

«Ungefähr. Auf der Erde würden sie es vielleicht Arche nennen. Allerdings haben längst nicht alle unsere Passagiere ihre Heimat bereits verloren. So ja auch du nicht. Also zumindest noch nicht endgültig.»

«Sind Sie das Raumschiff, das auf den Flughafen gefallen ist?»

«Nein, dieses Schiff sind wir ganz und gar nicht. Wir sind hier, um zu helfen, Baby.»

«Das riesige Schiff ist nicht hier, um zu helfen?»

«Wirkt es so, als ob es das wollte?»

«Keine Ahnung. Von welchem Planeten kommen Sie?»

«Oh, Schätzchen. Das ist eine lange Geschichte. Die Zeit haben wir nicht. Noch nicht.» Frau Sista schien jetzt beinah etwas verlegen.

Sonoro, die Handyschutzhülle, fühlte sich aufgefordert, schnell ein paar grundlegende Informationen bereitzustellen, damit es keine Missverständnisse gab. «Vor dir, mein Freund, steht Runia Sista. Eine der brillantesten und am meisten bewunderten Wissenschaftlerinnen aller bekannten Galaxien. Sie führt mehr als dreißig intergalaktische Doktoren- und Professorentitel, hat zahllose Auszeichnungen und Wissenschaftspreise erhalten und einiges erfunden und entwickelt, das ganze Gesellschaften verändert hat.»

Frau Sista wedelte verlegen mit den Ärmeln. «Ach, hör da bloß nicht hin, Schätzchen. Sonoro übertreibt wie immer. Ein zünftiger Bummel durch die gehobenen Secondhand-Boutiquen sämtlicher bekannter und unbekannter Sternensysteme fesselt mich mehr als jedes Forschungsprojekt, da muss ich dich mal mitnehmen, Mäuschen. Ich wette, wir finden ganz schnell was für dich, das den anderen die Pupillen bürstet.»

Goiko wehrte ab. «Oh, ich weiß nicht. Ich bin eigentlich nicht so wirklich der Modetyp.»

«Darum geht es nicht, Baby. Oder nur am Rande. Es geht

darum, dir ein Zuhause zu verschaffen. Vor dir liegt eine Reise, die ohne Zuhause sehr lang werden kann. Die Jeans, das Hemd und deine braunen Freizeitschuhe sind ja erst mal okay. Aber kein Vergleich zu dem Gefühl, das du haben wirst, wenn du irgendwann dein Textil findest.»

«Mir ist das echt nicht so wichtig.»

«Da täuschst du dich. Du weißt es noch nicht, aber wenn du dein Textil findest, wirst du von ihm mehr über dein innerstes Ich erfahren als von jedem Psychoanalytiker. Wenn wir zusammen bummeln gehen, das wird der Hit, Baby.»

«Ich habe mich aber wirklich noch nie so fürs Klamotten-kaufen begeistern können.»

«Das trifft sich gut, Honey, denn wir suchen auch gar keine Klamotten. Wir suchen Freunde.»

Plötzlich kam der Schleim in Bewegung. Goiko musste zu-geben, dass es ein unglaublich angenehmes Gefühl war, als die warme, weiche Masse noch ein paar Runden auf seiner Haut drehte, bevor sie dann mit einem genüsslich schlürfen-den Geräusch im Abfluss verschwand. Ungewöhnlich sauber, irgendwie erholt und frisch fühlte sich Goiko. Selbst die wundgerubbelten Stellen auf dem Handrücken waren so gut wie verschwunden.

«Der Schleim wohnt übrigens auch auf diesem Schiff. Wie du ist er Passagier, und wie du hat er das Ziel, seinen Heimat-planeten zu retten.»

«Seit wann habe ich das Ziel, meinen Heimatplaneten zu retten?»

«Hast du das etwa nicht, Schätzchen?»

«Ist er denn bedroht?»

Frau Sista schaute mehr als verwundert zu Sonoro. «Was weiß er bislang?»

Sonoro grunzte. «In keiner Sprache aller uns bekannten

Welten existiert ein Wort, mit dem man auch nur annähernd beschreiben könnte, wie wenig dieser Mensch weiß. Also im Verhältnis.»

Frau Sista wandte sich wieder Goiko zu: «Also gut. Fangen wir vorne an. Zunächst einmal tut es uns allen ausgesprochen leid, dass du mit dem Tolk-Transmitter reisen musstest. Ich versichere dir, hätte es irgendeine andere Möglichkeit gegeben, hätten wir dir das unbedingt erspart, aber es gab keinen anderen Weg …»

Sonoro räusperte sich. «Er weiß auch nicht, was eine Reise mit dem Tolk-Transmitter bedeutet.»

«Nein?»

«Nein, er denkt, der Gestank sei die Zumutung.»

«Im Ernst?»

«Ja. Das wirklich Beste für seinen überforderten Geist ist, ihm einfach weiter nichts zu verraten.»

Jetzt hielt es Goiko nicht mehr aus. «Also langsam werde ich aber doch neugierig, was dieser Tolkdingsbums …»

«Wirst du nicht.»

«Werd ich aber doch!»

Frau Sista drehte den feinen, durchsichtigen Stoff auf seiner Glatze ein paarmal, als würde sie ihn streicheln. «Glaube mir, Sweetheart, du willst das nicht wissen.»

Was immer es auch war, das Goiko durch sich hindurchströmen spürte, es war richtig gut. Er nickte schweigend und glücklich. «Ist es sehr aufdringlich oder unhöflich, wenn ich frage, was für eine Spezies Sie eigentlich sind?»

Frau Sistas Halstuch fluoreszierte kurz. «Schätzchen, sag bitte du. Den Namen meines Volkes, wie wir uns selbst in unserer Sprache nennen, könnt ihr Menschen weder sprechen noch hören. Wenn ihr meinem Volk einen Namen geben würdet, würdet ihr uns wahrscheinlich Nylorianer nennen.

Ist zwar banal, aber so könnt ihr euch wenigstens etwas unter uns vorstellen. Für dich sieht mein Körper aus wie ein ungefähr zweieinhalb Millionen Kilometer langer sehr dünner, aber extrem widerstandsfähiger durchsichtiger Faden. Wir lieben es, uns in Textilien einzuweben, wodurch es für euch dann so aussieht, als führten diese Textilien ein Eigenleben. Die Stoffe sind für uns wie ein Körper. Deshalb verehren wir sie auch so sehr. Ich kann mit mir auch jeden Klangkörper weben, den ich möchte, sodass ich mit jeder vorstellbaren Stimme zu dir sprechen kann. Reicht dir das zunächst als grober Umriss?»

Goiko lächelte. Er wusste, er hatte sehr viel mehr Antwort bekommen, als er je zu fragen in der Lage gewesen wäre.

«Ich störe ja ungern, aber wir müssten jetzt doch mal weiter.» Sonoro log. Er genoss es, zu stören. Vielleicht eine Eigenschaft, die vom Handy mittlerweile auf ihn abgefärbt hatte. Aber er hatte auch recht. Sie wurden erwartet. Frau Sista nahm ihren Faden von Goikos Kopf und bat ihn, Sonoro wieder in der Hand zu tragen. Dann holte sie Goiko zu sich zur Luke. Sobald er dort stand, fuhren sie mit dem Aufzug nach oben.

Die ersten beiden Räume, durch die sie kamen, waren deutlich größer als die Badewanne und mit je fünf teils offenen, teils geschlossenen Kapseln gefüllt. Auf der dritten Ebene passierten sie einen langen Gang, der an einen Hotelflur erinnerte. Goiko erspähte unzählige Türen. Sie durchquerten mehrere Ebenen mit eher kleinen Höfen, bis sie schließlich ein großes rundes Zimmer erreichten. Dort beendete der Lukenaufzug seine Fahrt, und sie betraten den Raum, der fünf Türen hatte. Für Goiko sahen sie völlig identisch aus; Frau Sista trat an eine heran: «Du wirst übrigens schon sehnsüchtig erwartet, Sweetheart. Was für eine Art Schleuse wünschst du dir?»

Goiko verstand den Sinn der Frage nicht, wunderte sich aber nicht und schlug vor: «Eine Drehtür?»

Frau Sista wischte mit ihrem linken Handschuh über die Wand. Ein Display erschien, sie tippte einige Tasten. «Die Drehtür ist in der Wartung, Baby. Schon seit Tagen. Was hältst du von bunten schmalen Plastikstreifen, die von der Decke hängen?» Goiko machte ein ratlos zustimmendes Gesicht. Erneut drückte sie ein paar Tasten, und die Trennwand aus einem Material, von dem Goiko sicher noch nie gehört hatte, das aber ohne Frage sehr massiv war, verwandelte sich in einen Plastikstreifenvorhang. Genau so einer, wie man ihn in Westdeutschland in den siebziger Jahren gern für Verbindungstüren verwendet hatte. Goiko staunte, welch original miefige Kraft dieser bunte Plastikstreifenvorhang selbst in einem hypermodernen Raumschiff zu entwickeln vermochte. Aber was war das schon im Vergleich zu den restlichen Erlebnissen des Tages? Dabei stand ihm die größte Überraschung noch bevor.

«Hallo, Goiko, da bist du ja endlich.» Als die junge Doktorin und Zeitreiseforscherin ihm ihr siebtes Lächeln schenkte, blieb Goiko völlig gelassen. Das überraschte ihn selbst am meisten. Seine doch eigentlich vernarrte Verliebheit in diese Frau, die ihn noch vor zwei Wochen vor ihr Auto hatte springen lassen, schien ihn jetzt nicht mehr flattrig zu machen. Erst als sie hinzufügte: «Mensch, sorry wegen des Tolk-Transmitters. Das tut uns hier allen echt unheimlich leid», wurde er misstrauisch. Doch sie wartete seine Reaktion gar nicht ab. «Mein richtiger Name ist übrigens Njiuv. Ich hoffe, du hast den Unfall mit der Fahrradkurierin und alles andere gut überstanden. Aber jetzt gibt es erst mal den versprochenen Tee. Den hast du übrigens selbst besorgt …»

6 Florenz und die Cyanen – Berlin, zwei Wochen vor der Eröffnung des Flughafens

Nur mit Mühe kehrte Kiras Bewusstsein in die Wirklichkeit zurück. Auch sie hatte erstaunlicherweise keine schwereren Verletzungen von dem Fahrradunfall davongetragen, war mit einem heftigen Schwindel und ein paar Kratzern davongekommen.

«Judo … Abrolltechniken …», stöhnte sie, als versuchte sie so, Goiko oder auch sich selbst dieses Wunder zu erklären.

Goiko schilderte ihr in groben Zügen den Unfallhergang. Tatsächlich bemühte er sich, es so darzustellen, als sei der geflüchtete Autofahrer schuld gewesen. Das wollte ihm Kira allerdings partout nicht glauben. Sie war sich sicher, dass der Fahrer eine Frau gewesen war, und die Katze, die Goiko gerettet haben wollte, hatte sie auch nicht bemerkt. Da sie jedoch nicht im Vollbesitz ihrer Kräfte war, nickte sie irgendwann erschöpft Goikos abstruse Geschichte ab. Immerhin kümmerte der sich um sie, hatte ihr sogar seine Trinkflasche gegeben. Nach einem kurzen Moment der Entspannung erinnerte sie sich aber an ihr eigentliches Leben: «Die Sendung. Ich muss die Sendung zustellen! Sofort! Oh Gott, das ist eine sehr wichtige Sendung!»

Goiko winkte ab. «Erst mal müssen Sie nichts anderes, als wieder ganz fit zu werden. Das war ein ziemlicher Zusammenstoß.»

«Sie verstehen nicht. Der Empfänger der Sendung ist sehr penibel.»

«Sie sind wichtiger als die Sendung. Glauben Sie mir. Besser ist das.»

«Was?»

«Erst mal zu Kräften zu kommen. Ruhig trinken. Flüssigkeit. Kein Stress. Das ist besser!»

«O Gott. Radio Better! Die werden anrufen! Ich kann nicht. Ich kann so doch nicht. Das sind keine einfachen Fragen. Ich muss mich sammeln.»

«Keine Panik, die haben schon angerufen.»

«Was!!!???!!!»

«Ganz ruhig. Die haben angerufen, ich bin rangegangen und habe die Frage beantwortet.»

«Waaaas?»

«Sie haben gewonnen!»

«Nein.»

«Doch.»

«Ach.»

«Herzlichen Glückwunsch!»

Kira hielt sich die Hände vor das Gesicht und atmete fünfmal tief ein und aus, bevor sie die Hände wieder wegnahm und ruhig und deutlich sprach: «Könnten Sie das noch einmal sagen?»

Goiko sprach nun genauso langsam und deutlich: «Die---haben---angerufen.---Ich---bin---rangegangen.---Ich---habe---die---Frage---beantwortet.---Richtig---beantwortet.»

Kira strahlte plötzlich. «Das heißt, ich werde in zwei Wochen mit Charlie nach New York fliegen?»

Goiko nickte zögernd. «Hmm. Sie werden nach New York fliegen.»

«Mit Charlie!»

«Ihrem Freund?»

67

«Meiner Freundin, aber wir wollen … ach egal. Wir werden nach New York fliegen!»

«Hmm. Es wird nach New York geflogen werden! Definitiv.» Goiko war stolz auf sich. Immerhin war es ihm bisher gelungen, nicht zu lügen. Er konnte ja nicht wissen, dass diese vermeintliche Wahrheit in zwei Wochen quasi aus heiterem Himmel zur Unwahrheit würde.

«Ich muss Charlie anrufen.»

«Wie?»

«Mein Handy. Wo ist es? Ich muss Charlie anrufen.»

Goiko hatte das Handy lautlos gestellt. Das war gut, denn mittlerweile gab es zwölf Anrufe. Jetzt wusste er also auch, wer dieser Charlie war, der ständig anrief. Eine Sie. Aber auch eine Sonja, ein Fritz und die Eltern hatten es mehrmals versucht. Erstaunlich, wie viele Menschen diesen Radiosender hörten. Seine innere Stimme riet Goiko, möglichst schon ein wenig entfernt zu sein, wenn Kira all diese Leute zurückrufen würde. Er hatte eine Idee: «Die Sendung! Meinten Sie nicht, die Sendung sei so wahnsinnig wichtig?»

«Um Gottes willen: ja. Ich muss sofort …»

«Sie müssen gar nichts, außer: sich erholen. Ich werde die Sendung für Sie zustellen.»

«Aber das geht nicht. Der Empfänger ist sehr speziell.»

«Sicher geht das. Sagen Sie mir einfach, wo ich hinmuss und was zu beachten ist, und dann mache ich das für Sie.»

«Sie verstehen nicht. Das hat höchste Priorität.»

«Ich verstehe sehr gut. Hören Sie, obwohl ich ja nun, wie wir beide wissen, wirklich überhaupt gar nichts für diesen Unfall konnte, fühle ich mich doch irgendwie verantwortlich. Das ist einfach mein Naturell. Lassen Sie mich das nicht für Sie tun, sondern für mich. Ich würde mich besser fühlen.»

Kira dachte kurz nach. «Na ja, es ist tatsächlich nicht mehr sehr weit. Kaum ein Kilometer. In der Podbielskiallee.»

«Sehen Sie, da lauf ich doch schnell hin und erledige das für Sie. Das ist kein Ding. Sicher bin ich sehr viel schneller, als Sie es in Ihrer momentanen Verfassung wären. Zumal nicht klar ist, ob Ihr Fahrrad noch richtig fährt.»

Das Sommersprossengesicht der jungen Frau wurde ernst. «Podbielskiallee 17. Es ist ein Teeladen. Eine alte Frau wird das Paket entgegennehmen. Sie weiß Bescheid. Es muss nichts unterschrieben und nichts bestätigt werden. Und vor allem: Es darf nicht geredet werden. Geben Sie ihr einfach das Paket. Stellen Sie keine Fragen.»

«Keine Bestätigung? Und wenn sie sich später beschwert? Einfach behauptet, sie habe das Paket nie bekommen?»

«Das wird sie nicht. Also nicht, wenn sie das Paket bekommen hat. Sie ist eine Stammkundin. Machen Sie sich keine Gedanken, und noch mal: Stellen Sie keine Fragen. Das ist sehr wichtig.»

Goiko sprang auf. «Gut. So wird's gemacht. Keine Sorge, ich bin bekannt für meine Zuverlässigkeit. Und dafür, dass ich mir keine Gedanken mache.»

«Bitte?»

«Kleiner Scherz.»

Kira lächelte irritiert. «Meine Güte, erst kümmern Sie sich um mich nach dem Unfall. Dann gewinnen Sie die New-York-Reise für uns, und jetzt stellen Sie auch noch diese sehr sensible Sendung für mich zu. Ich glaube, Sie bringen mir wirklich Glück.»

Goiko beschloss, nicht zu antworten, und nahm das Päckchen aus dem Kurier-Rucksack.

«Womöglich sind Sie ja so was wie meine gute Fee.»

«Ja, also da kenn ich mich nicht aus, aber ich muss jetzt dringend los.»

«Natürlich, und vielen Dank noch mal!»

Goiko klemmte sich das Päckchen unter den Arm und gab Kira möglichst beiläufig ihr Handy, bevor er, so schnell er konnte, losrannte. Immerhin hatte er schon mehr als hundert Meter zwischen Kira und sich gebracht, als er sie laut schreien hörte. Vermutlich hatte sie die Eltern oder Charlie sofort erreicht. Goiko hatte das Gefühl, den Satz mit der guten Fee würde Kira wohl kein zweites Mal mehr sagen.

Auf dem Grundstück Podbielskiallee 17 fand sich eine dieser klassischen Dahlemer Villen, bei denen man sich nie ganz sicher sein konnte, ob sie nun ein diskretes Botschaftsgebäude, ein vergessenes Universitätsinstitut, der Wohnsitz der Mutter eines Rappers mit Gangsterattitüde oder das Refugium eines Gangsters mit Bürgervordergrund war. Genau wusste man es höchstens, wenn man irgendwo eine kleine Tafel oder eine Fahne entdeckte. Wobei ein hauptberuflicher Gangsterboss natürlich in den seltensten Fällen eine hierüber Auskunft gebende Tafel anbringt. Die stehen ja auch nicht im Telefonbuch. Deren Villen erkennt man eher an anderen Accessoires, am äußerst gepflegten Rasen etwa. Zumindest, wenn man amerikanischen Serien Glauben schenken darf.

Dieser Vorgarten war ziemlich verwildert. Man hätte sogar meinen können, die Villa stehe leer, wäre da nicht dieses kleine, unauffällige Schild gewesen. Vom Zaun aus konnte man es nicht sehen. Man musste schon die schwergängige Pforte öffnen und die gut zehn Meter bis zur Haustür gehen. Dann ließ es sich mit Mühe lesen. «Teeladen» stand da. Ein Geschäft, das sich nicht die geringste Mühe gab, bemerkt zu werden. An Laufkundschaft hatten die Inhaber offenkundig keinerlei Interesse. Doch die wäre in dieser Berliner Lage sowieso eher dürftig gewesen. Selbst mit einer riesigen, blinkenden Leuchtreklame.

Die Tür war verschlossen. Goiko drückte die Klingel. Keine Reaktion. Er drückte noch mal. Nichts. Er klopfte. Weil es ihm nicht laut genug erschien, schlug er mit der Faust gegen das Eichenholz. Da ihm das immer noch nicht laut genug schien, trat er schließlich mit dem Absatz dagegen. Es rührte sich null. Er klingelte noch einmal, ging zwei Schritte zurück und rief, schrie, brüllte. Nada. Er schaute, ob vielleicht irgendwo eine Kamera auf ihn gerichtet war. Auf Verdacht hielt er das Paket hoch. Da sprang die Tür auf. Langsam vergrößerte sich der Spalt, bis er breit genug war, dass sich Goiko ins Haus zwängen konnte.

Die Diele war sehr dunkel. Kein Wunder, schon von außen hatte man gesehen, dass alle Vorhänge zugezogen waren. Und sie war, so viel ließ das durch den offenen Türspalt hereinfallende Tageslicht erkennen, ziemlich groß, beinah eine Halle und fast vollkommen leer. Goiko rief: «Hallo! Hallo, ich habe hier ein Paket!» Keine Reaktion. Er überlegte, ob er es nicht einfach stehen lassen und schnellstens verschwinden sollte. Er brauchte ja keine Unterschrift. Wenn das Paket zugestellt wurde, wird es ganz sicher keine Beschwerden geben, hatte Kira gesagt. Ein paar Schritte in den Raum rein, an der Seite stand ein kleiner Tisch. Goiko beschloss, das Päckchen dort abzustellen, und gut. Nachdem er zwei Schritte gemacht hatte, fiel die Tür hinter ihm zu. Nun war es stockduster. Reflexartig ging er die zwei Schritte zurück und versuchte, die Tür wieder zu öffnen. Keine Chance. Es gab nicht mal eine Klinke, einen Knauf oder etwas Vergleichbares. Nun wurde er doch ein wenig unruhig. Er rief noch einmal in den schwarzen Raum:

«Hallo! Es ist nur – ich habe hier ein Paket. Ist jemand zu Hause? Oder im Geschäft?» Er kramte sein Handy aus der Hosentasche, um mit der Taschenlampe so etwas wie einen Türöffner zu finden, einen Summer oder wenigstens einen Lichtschalter. Nichts. Also nichts, was man auf der Holzvertäfelung hätte erkennen können. Er drehte sich um und wollte in den Raum hineinleuchten. Allerdings kam das Licht nicht weit. Es blieb unmittelbar vor Goiko an einer kleinen, vermutlich sehr alten Frau hängen.

«Sie wünschen?»

Goiko ließ das Telefon fallen. Beim Aufschlag auf den Boden erlosch das Licht der Taschenlampen-App. Es war wieder vollkommen finster. Goiko merkte aber, dass die Stimme sehr nah war.

«Oh, ich habe Sie erschreckt. Entschuldigen Sie bitte.»

Hätte Goiko nicht gerade noch gesehen, dass die kleine alte Frau zu dieser Stimme gehörte, hätte er sich einen ganz anderen Menschen dazu vorgestellt: größer, jünger, kräftiger, und wohl auch eher ein Mann. «Ich habe hier ein Paket für Sie. Leider ist es ja nun sehr dunkel …»

«Oh, natürlich. Wo bleiben denn meine Manieren?» Die alte Frau klatschte viermal in die Hände, und zwar extrem schnell. So schnell, wie bei anderen normalerweise ein Klatschen dauert. Trotz des ungeheuren Tempos hatte Goiko die vier Schläge deutlich voneinander unterscheiden können. Mit dem vierten Schlag wurde sofort der gesamte Raum illuminiert. So hell, dass es Goiko fast in den Augen weh tat.

«Ist es so angenehm für Sie?» Die Alte trug eine Sonnenbrille. Hatte sie die vorher auch schon aufgehabt? «Es ist zu hell, oder?»

«Na ja, es ist schon recht heftig nach der Dunkelheit.»

Wieder klatschte die alte Frau extrem schnell in die Hände,

diesmal drei Schläge. Nun war die Beleuchtung für Goiko ideal.

«Besser?»

«Ja, danke.»

«Sie haben ein Paket?»

«Ja, hier. Podbielskiallee 17. Das ist doch dann für Sie, nicht wahr?»

«Allerdings. Sie sind ein Schatz.» Die Alte strahlte. Sein mulmiges Gefühl war verflogen. Diese reizende kleine Frau war doch äußerst sympathisch. Wieso hatte Kira nur so einen Wind gemacht? Die schien ja einen massiven Hang zum Drama zu haben. Was die alles geredet hatte. *Höchste Vorsicht! Nur schnell das Paket abgeben und zügig verschwinden! Bloß keine Fragen stellen! Auf keinen Fall!* Was sollten nur diese wichtigtuerischen, übertriebenen Warnungen? Ganz schön unentspannt, diese Kira.

«Wo ist denn der Tee?»

«Bitte?»

«Na ja, nur weil draußen auf dem Schild ‹Teeladen› steht. Da habe ich mich gefragt, wo denn eigentlich der ganze Tee ist.»

«Nein, haben Sie nicht.»

«Bitte?»

«Sie haben nicht sich gefragt, sondern mich.»

«Schon gut. Das macht ja nun nicht so den Unterschied, und es geht mich auch eigentlich gar nichts an», hätte Goiko noch antworten wollen. Doch dazu kam er nicht mehr. Da hatte ihn die alte Frau bereits mit einem blitzschnellen und erstaunlich kräftigen Hieb niedergeschlagen.

Als Goiko wieder zu sich kam, saß er in einem wohl sehr alten, aber auch außergewöhnlich bequemen Sessel. Die roten, ins hellbraune Holz eingelassenen Polster waren weder zu hart noch so weich, dass man darin versank. Sie boten mit ihrem sanften Widerstand genau die richtige Mischung, einen Sitzkomfort, der eigentlich nicht von dieser Welt war.

Vor ihm auf dem Tischchen standen zwei Tassen Tee, der aufsteigende Dampf erfüllte den recht kleinen Raum mit einem angenehmen Geruch. Die alte Frau saß auf einem zweiten, gleich aussehenden Sessel und schaute ihn mit wachen Augen an.

«Ah, da sind Sie ja wieder. Ich hoffe, es stört Sie nicht, dass ich mir erlaubt habe, es Ihnen etwas bequemer und uns beiden Tee zu machen.»

Goiko rieb sich die Schläfe. Es fiel ihm schwer zu glauben, dass diese kleine Frau ihn weiß Gott wie weit durch die Wohnung geschleift hatte. Allerdings passte auch schon der Schlag, den sie ihm versetzt hatte, nicht zu ihrer gebrechlichen Erscheinung. Sie griff nach ihrer Tasse.

«Sie sollten jetzt auch trinken. Er müsste gerade genau die richtige Temperatur haben. So einen Tee haben Sie mit Sicherheit noch nicht getrunken.» Sie nahm einen großen Schluck, und aufrichtiges Glück leuchtete aus ihrem Gesicht. «Oh, trinken Sie bitte schnell. Er könnte wahrlich nicht perfekter sein.»

Kurzentschlossen nahm Goiko seine Tasse. Wenn die Alte ihm was antun wollte, hätte sie das bereits einfacher haben können. Er trank – und so etwas hatte er in der Tat noch nicht erfahren. Es war, als würde er eine Reise machen. Eine große, weite, erlebnisreiche Reise, sämtliche Eindrücke fluteten während eines Schlucks Tee durch ihn hindurch. Ein Glücksgefühl, wie er es weder fassen noch beschreiben konnte. Schnell trank er die komplette Tasse aus und genoss für einen langen Moment das Geschenk des Getränks.

«Das haben Sie richtig gemacht. In der Kanne», die alte

Frau zeigte zum Stövchen auf der Anrichte, «sind zwar noch sicher vier Tassen, aber diese Perfektion hat der Tee nur in diesem Moment. Schon die zweite Tasse ist höchstens noch eine Erinnerung daran.»

Goiko nickte.

«Leider ist die richtige Zubereitung außerordentlich aufwendig. Man ist einen halben Tag damit beschäftigt, und unterbricht man sie zum falschen Zeitpunkt, ist alles für die Katz. Daher bin ich vorhin auch nicht gleich an der Tür gewesen. Der Tee. Sie verstehen?»

Goiko verstand, denn er hatte den Geschmack erleben dürfen.

«Sehr schön, dann können wir ja beginnen.» Die alte Dame rieb sich die Hände.

Goikos Misstrauen kehrte zurück. «Womit beginnen?»

«Ich werde Ihnen jetzt eine Erinnerung einpflanzen. Der Tee hat verborgene Kammern Ihres Bewusstseins geöffnet. Ich habe nun ungefähr eine Stunde lang Zeit, dort Informationen oder sogar Fertigkeiten abzulegen, ehe der Raum nach Ablauf der Stunde wieder verschlossen wird. Sie werden sich nicht an unser Gespräch erinnern. Es sei denn, jemand brüht einen zweiten Tee, der diesen Bereich Ihres Bewusstseins wieder öffnet und Ihnen damit den Zugriff auf unsere Unterhaltung ermöglicht.»

Goiko schaute auf seine Tasse. Auch wenn es wie völliger Blödsinn klang, was die Frau redete – er hatte keinen Grund, daran zu zweifeln. «Warum tun Sie das?»

«Weil Sie in naher Zukunft dieses Wissen benötigen werden. Wahrscheinlich sogar sehr dringend.»

«Und weshalb sagen Sie es mir dann nicht einfach so?»

«Weil es für Sie besser ist, wenn Sie jetzt noch nichts von dem wissen, was Sie wissen.»

«Was?»

«Damit Sie verstehen, muss ich Ihnen Dinge erzählen, die es Ihnen unter Umständen unmöglich machen würden, ganz normal weiterzuleben. Es ist aber wichtig, dass Sie das noch für mindestens zwei Wochen tun.»

«Warum erklären Sie es mir dann nicht in zwei Wochen?»

«Dann haben wir keine Zeit mehr.»

«Da muss eine Verwechslung vorliegen, ich bin als Kurier nur eingesprungen.»

«Sie sind genau der Richtige. Man hat mir gesagt, jemand wird kommen, ein Paket abgeben und Fragen stellen.»

«Eben. Damit kann ich gar nicht gemeint gewesen sein. Mir wurde sogar ausdrücklich verboten, Fragen zu stellen.»

«Was man genau deshalb getan hat, weil man ganz sicher war, dass Sie dann erst recht nach dem Tee fragen würden. Man hat zuvor ausführlich Ihr Wesen analysiert.»

«Wer hat mich analysiert?»

«Freunde. Das ist alles nicht ganz einfach zu erklären. Also im Prinzip ist es schon einfach zu erklären, aber Sie würden es trotzdem nicht verstehen.»

«Ich fürchte, das kapiere ich nicht.»

«Sehen Sie.»

«Was?»

«Egal. Hören Sie, ich bin nicht von hier.»

«Ich auch nicht.»

«Ach. Von wo sind Sie?»

«Rostock. Also genau genommen Rövershagen. Und Sie?»

«Tuujnja 43. Also genau genommen aus dem Bezirk Dingwed in der Stadt Linber auf Tuujnja 43. Das ist ein ziemlich kleiner Planet. Die Gesamtfläche ist nicht viel größer als Brandenburg. Sie können sich sicher vorstellen, was für eine

Gravitation da herrscht, bei so einer Fläche und einer 5,3 g-Rotation.»

«Klar. Logisch. Das wird schon was sein.»

«Wir verstehen uns. Die Fliehkraft dort bleibt nicht ohne Wirkung. Außerdem war ich jung und kam aus prekären Verhältnissen. Kurz und gut, ich bin da in ganz schön schräge Gesellschaft geraten. Hab schlimme Sachen gemacht. Also richtig schlimme Sachen. Zum Teil ging es um Verbrechen, die ich Ihnen gar nicht begreiflich machen kann.»

«Keine Angst, ich bin hartgesotten.»

«Nein, so meine ich das nicht. Es sind Verbrechen, die Sie noch gar nicht kennen. Also zumindest nicht als Verbrechen. Ich rede hier von den ganz harten Sachen, beispielsweise dem illegalen Handel mit verbotenen religiösen Psychosen.»

«Das sind die richtig harten Sachen?»

«Unter anderem. In jedem Fall töten die verbotenen religiösen Psychosen im Schnitt ungefähr zehntausendmal mehr Menschen als etwa die klassischen bewusstseinsmanipulierenden Mittel. Also das, was man auf diesem Planeten als harte Drogen handelt. Die Händler-, Verteilungs- und Beschaffungskriminalität nicht mal eingeschlossen.»

«Wie funktioniert das Dealen mit religiösen Psychosen?»

«Das werden Sie noch früh genug erfahren, wenn Sie durchs Universum reisen. Ich wurde jedenfalls irgendwann erwischt. Hatte zu viel von den eigenen Psychosen genascht und den Überblick verloren.»

«Wie muss ich mir das vorstellen?»

«Sagen wir, ich bin so etwas wie ein trockener Gott. Wobei es auch Leute gibt, die meinen, das gehe gar nicht: Wer sich einmal so richtig für Gott gehalten habe, komme da nie wieder ganz von runter.»

«Der Entzug muss hart gewesen sein.»

«Es fällt mir noch immer schwer, darüber zu reden. Jedenfalls wurde mir dann etwas angeboten, was man hier auf der Erde wohl grob mit einer Kronzeugenregelung beschreiben könnte. Ich habe ausgepackt, umfassend gegen das Prophetenkartell ausgesagt und bekam dafür nicht nur eine neue Identität, sondern einen komplett neuen Körper, ja sogar eine andere Form und ein neues Leben auf einem vollkommen unbekannten, unbedeutenden, unterentwickelten Planeten, in einer der abgelegensten Ecken des Universums. Selbstverständlich darf ich diesen Planeten weder weiterentwickeln noch jemals wieder verlassen. Die Grenzen zwischen Kronzeugenamnestie und lebenslanger Isolationshaft sind schon ziemlich fließend. Ich kann sie nicht erkennen.»

Sie schenkte Goiko noch einmal Tee nach.

Der nahm nur zu gerne an. «Dann ist Ihre Erscheinung als alte Dame praktisch nur eine Verkleidung, Ihre menschliche Form sozusagen.»

«Man sollte es wirklich Gefängnis nennen. Mein Bewusstsein und meine DNA wurden mit diesem humanoiden Leib verschmolzen. Ich kann diesen Planeten höchstens in einem geeigneten Raumschiff verlassen. Normalerweise würde hier aber im Laufe der nächsten hundert Jahre keines ankommen.»

«Seit wann sind Sie auf der Erde?»

«Erinnern Sie sich an den großen Stromausfall in New York beziehungsweise in Nordamerika 2003?»

«Ja.»

«Der war wegen meiner Ankunft.»

«Wie sind Sie nach Berlin gekommen?»

«Mit dem Flugzeug natürlich.»

«Warum Berlin?»

«Haben Sie schon mal als alte Dame in New York gelebt?

Ich kann Ihnen sagen, das ist kein Zuckerschlecken. Also habe ich recherchiert, wo auf der Erde alte Damen praktisch die herrschende Lebensform sind, und musste zu meiner großen Enttäuschung feststellen: nirgends. Nirgends sind alte Frauen die dominante, machtvollste Bevölkerungsgruppe. Die einzige Region, wo man sie gewissermaßen noch als herrschende Lebensform bezeichnen konnte, waren seinerzeit die Südwestbezirke Berlins. Doch auch hier ist es mittlerweile längst nicht mehr so, wie es mal war. Meine Informationen waren veraltet, stammten wohl noch aus Zeiten der Mauer. Aber ich habe mich irgendwie an die Gegend gewöhnt. Wer einmal im Südwesten Berlins sesshaft geworden ist, der bleibt da. Das wissen Sie ja wahrscheinlich auch. Trotz allem. Aus dem Südwesten Berlins zieht man nie wieder weg. Höchstens, wenn man die Erde ganz verlässt. Darunter stellen sich Erdlinge allerdings etwas komplett anderes vor als ich.»

Goiko war verwundert. Er war sich längst sicher, dass vor ihm eine ihm weit überlegene, hochintelligente Lebensform saß. Dennoch war sie in einigen Bereichen unfassbar naiv. «Dachten Sie im Ernst, alte Frauen könnten irgendwo auf der Welt die dominierende Bevölkerungsgruppe sein?»

«Ach!» Die alte Dame warf sich ärgerlich nach hinten. «Ich bin reingelegt worden. Stellen Sie sich vor, ich durfte mir einen Körper aussuchen. Selbst entscheiden, in welcher Gestalt ich hier auf der Erde leben würde. Das war Teil der Vereinbarung. Alles hätte ich haben können! Modelmaße, die Konstitution eines Leistungssportlers, sogar die Gestalt irgendeines Tieres! Alles! Aber ich hatte ja keine Ahnung von der Erde. Niemand im weiten Weltall hat irgendeine Ahnung von der Erde. Warum auch? Wozu auch? Wenn Sie im lyzianischen Planetenalmanach die Erde nachschlagen, ist da nur ein Bild von Mark Twain und der Grundbucheintrag des Cyanischen Imperiums.»

«Des was?»

«Das erkläre ich Ihnen gleich. Ich habe mich ganz auf meinen cyanischen Haftberater verlassen. Der hatte dem Gericht die Erde als Exil angeboten und mir dann Informationen über diesen Planeten übermittelt. Nur aus Jux und Dollerei hat der mir erzählt, die Gestalt einer kleinen alten Frau sei das Nonplusultra an Attraktivität, Stärke und Ansehen auf der Erde. Das körperliche Ideal. Als kleine alte Frau würden einem hier die Sympathien nur so zufliegen. Alles stünde einem offen. Alle wollten hier immer nur kleine alte Frauen. Auch und gerade in allerhöchsten Positionen. Jeder auf der Erde liebe kleine alte Frauen. Das hat der mir ernsthaft erzählt. Da kriegen Sie mal einen Eindruck vom Humor der Cyanen. Ich hätte es wissen müssen. Aber ich Trottel habe ihm alles geglaubt. Weil er so nett und sympathisch war. Mir ständig Komplimente wegen meines guten Geruchs gemacht hat. Ich bin so ein Idiot. Verstehen Sie? Ich bin ein Wesen von für Sie unvorstellbarer Kraft und Intelligenz. Gefangen im Körper einer alten, gebrechlichen Frau! Aber dafür werden sie bezahlen, die Cyanen. Eines Tages. Vielleicht dauert es noch lange Zeit. Vielleicht passiert es aber auch früher, als alle glauben. Womöglich schon innerhalb der nächsten fünfhundert Jahre! Wer weiß?»

Ein beunruhigendes Leuchten huschte durch die Augen der kleinen Frau, während sie offensichtlich in einer Art Wunsch- oder Traumzukunft versank. Goiko fühlte sich unwohl, auch weil ihm ein anderes Detail der Erzählung aufgestoßen war. «Für die Erde gibt es einen intergalaktischen Grundbucheintrag dieser Cyanen?»

Die alte Frau starrte ihn erschrocken und unverwandt an.

80

Fast so, als sähe sie Goiko gerade zum allerersten Mal. «Woher haben Sie diese Information?»

«Von Ihnen. Sie haben es mir gerade erzählt.»

«Ganz sicher? Sie können mich übrigens gern duzen. Ich bin Florenz.»

«Wie die Stadt?»

«Ich wusste nicht, dass es eine Stadt dieses Namens gibt, als ich ihn mir ausgesucht habe. Ich fand ihn einfach schön. Er klingt nach Blumen.»

«Sie wussten, was Blumen sind?»

«Natürlich. Jeder im Universum kennt Blumen. Im Gegensatz zur Erde. Die kennt kaum jemand. Außerdem sind wir jetzt per du.»

«Wer sind diese Cyanen?»

«Die Besitzer eures Planeten. Ich denke, das hatte ich dir gerade erzählt.»

«Was?»

Florenz schaute auf die Uhr. «Also, wir haben uns leider ein bisschen verplappert. Ich werde meine Erklärungen jetzt etwas straffen. Die Cyanen sind eine vergleichsweise junge, aber bereits extrem hoch entwickelte Zivilisation. Sehr viel älter als die Menschheit sind sie andererseits natürlich schon, aber bitte, wer ist das nicht?» Sie lachte unerwartet herzlich. Das war wohl ein Scherz ganz nach ihrem Geschmack gewesen. «In gut tausend Jahren würde deine Spezies da auch drüber gelacht haben, Goiko. Also wenn es sie dann noch gegeben hätte. Weißt du, welches Futur Konjunktiv das grammatikalisch gesehen gerade war?» Sie lachte erneut. «Egal, Goiko, wir können später noch zusammen lachen. Grammatikwitze sind ohne Pädagogen im Publikum so sinnlos wie ein Kanister Kerosin im Zug. Eher gefährlich als nützlich. Ich will versuchen, dir alles so zu erklären, dass du es möglichst schnell verstehst. Daher werde ich Begriffe und Bilder wählen, die dir vertraut sind, okay?»

Goiko überlegte kurz, ob er ihr einen Eindruck davon vermitteln sollte, wie dermaßen wenig ihm so ziemlich alles, was er gerade hörte, vertraut war, wollte sie aber nicht entmutigen. Daher ließ er sie reden.

«Eigentlich sind die Cyanen so etwas wie intergalaktische Nerds gewesen. Früher mal. Knuffige Typen, die enorme Ideen, Möglichkeiten und schließlich auch Fähigkeiten innerhalb des virtuellen Raums entwickelten. Das eröffnete ihnen ungeheure Perspektiven. Sie waren davon begeistert. Haben alles Mögliche ausprobiert. Wie kleine Kinder. Wilde Jungs. Haben ihren Erfolg, ihre Bedeutung genossen. Alles, was sie sich erträumt hatten: Geld, Sex, Ruhm, Einfluss standen ihnen plötzlich in ungeahnter, geradezu absurder Menge zur Verfügung. Weit mehr, als sie sich jemals hatten vorstellen können. Und die Cyanen können sich eigentlich sehr viel mehr vorstellen als die allermeisten anderen Intelligenzen innerhalb der uns bekannten Galaxien. Vielleicht mit Ausnahme der Dkuoggen. Und natürlich der Chchichchichchichchichchen, die sich sogar die Nichtexistenz aller, also wirklich aller bekannten Galaxien vorstellen können. Und zwar nicht nur so dahingesagt, sondern sie haben eben eine exakte Vorstellung von dieser Nichtexistenz von allem. Ganz genau kann ich dir das allerdings auch nicht erklären, weil es sich ja sonst niemand vorstellen kann. Verstehst du?»

«Null.»

«Das ist eine erstaunlich kluge Antwort.»

«Danke.»

«Schon gut. Nachdem also die Cyanen mit ihrem Talent und ihren Fähigkeiten mehr oder weniger friedlich unzählige Welten erobert hatten, begannen sie, sich zu langweilen.

Sie verloren das Interesse an ihren Errungenschaften und eigentlich auch an allem anderen. Selbst das Überraschendste oder Begeisterndste ödete sie an. Es folgte eine neue Generation der Cyanen. Die der Buchhalter, der Verwalter des Erfolgs, die sich leidenschaftslos und kühl auf die Bilanzen konzentrierten und deren einzige Vision ein stetes Weiterwachsen samt Gewinnoptimierung war. Weltraumreisen, also selbst andere Welten zu entdecken, fanden sie viel zu mühsam und ineffektiv. Es reizte sie schlicht nicht mehr. Daher eroberten sie andere Welten von nun an komplett und ausschließlich online.»

Goiko verzog das Gesicht. «Online?»

«Sozusagen. Ich hatte angekündigt, ich würde es mit Begriffen zu erklären versuchen, die du verstehen kannst.»

«Wie kann man denn einen realen Planeten online erobern?»

«Sie übernehmen die Kontrolle über seinen virtuellen Raum. Also im Fall der Erde eroberten sie einfach die Finanzmärkte.»

«Damit kann man vielleicht reich werden, aber doch nicht den ganzen Planeten erobern.»

«Wenn man intelligent und phantasievoll ist und logisch vorgeht: schon. Womit wir die Kernkompetenzen der Cyanen beschrieben hätten. Zunächst übernehmen sie die Kontrolle über die Kapital- und Aktienmärkte, dann steigern sie deren Bedeutung immer weiter, bis sie diese Welt nach der Einführung des millisekundenschnellen Algorithmen-Handels schließlich komplett kontrollieren. Das funktioniert im Grunde wie eine mathematische Gleichung. Eine extrem komplizierte mathematische Gleichung zwar, aber es lässt sich alles berechnen.»

Goiko wusste nicht, was er davon halten sollte. Für ihn

83

klang das maximal theoretisch. «Die Cyanen können meinetwegen rechnen, was sie wollen. Deshalb gehört ihnen aber doch der Planet nicht. Da hätte man wohl vorher mit den Menschen reden müssen.»

«Sie meinen, so wie die Menschen mit den Fischen oder den Tieren an Land geredet haben?»

«Das kann man doch nicht vergleichen.»

«Die Menschen, denen die Erde so sehr gehört wie den Aborigines Australien oder den Indianern Nordamerika?»

«Das ist lange her. Wir haben hier mittlerweile gewählte Regierungen, die …»

«… die sich selbst vernünftigerweise den Kapitalmärkten, der Wirtschaftsordnung unterstellt haben. Sprich: Wer diese Märkte, also genauer gesagt die Schulden kontrolliert, der kontrolliert auch die Welt, und dem gehört sie natürlich. Die Herrschaft der Schulden ist eine charmante und wirklich hochfunktionale Form der Herrschaft. Denn letzten Endes wird sie von den Schuldnern selbst ausgeübt. Der Verschuldete ist ja darauf angewiesen, seine Schulden wieder von anderen Verschuldeten einzutreiben. Wer nun aber die Schulden im Großen und Ganzen kontrolliert, kann jederzeit die Schrauben anziehen oder lockern. Ganz, wie er es braucht. Das ist intelligente Herrschaft.»

Goiko ging das alles zu schnell. «Halt. Halt. Halt. Da, wo Schulden sind, gibt es ja auf der anderen Seite immer auch Guthaben. Sonst würde es doch nicht aufgehen.»

Florenz schaute ihn listig an. «Was denn für Guthaben? Wir reden hier von virtuellen Größen. Das Guthaben ist optional, die Schulden allerdings real. Der Schuldzins ist im Schnitt immer höher als der Guthabenzins. Wo verschwindet die Differenz? Also innerhalb der Gesamtkapitalmasse? Die aktuelle Gesamtverschuldung der Welt beträgt rund zweihundert Billionen US-Dollar. Das ist fast dreimal so viel wie die gesamte globale Wirtschaftsleistung. Wissen Sie ganz genau, bei wem die Welt so hoch verschuldet ist? Wer, wenn man mal durch alle Türen und Hinterzimmer geht, am Ende dieser Holdings und Gruppen sitzt? Was machen die eigentlich sonst noch, außer Schulden zu kontrollieren?»

«Na, was die halt eben so machen.»

«Genau. Und das ist exakt nichts. Die Erträge der Finanzmärkte übersteigen die Erträge der Realwirtschaft schon jetzt um das Zweieinhalbfache. Tendenz rapide steigend. Wer die Schulden kontrolliert, hat es nicht nötig, noch etwas anderes zu produzieren. Dafür müssen die Cyanen nicht vor Ort sein. Die Kapitalmärkte kontrollieren und schützen sich selbständig. Sie gedeihen von ganz allein. Wie eine virtuelle Spezies ohne Feinde, die man in einem fremden Ökosystem aussetzt.»

Goiko zog eine Augenbraue hoch. «Sind Verschwörungstheorien nicht eine bekannte und weitverbreitete Folgeerkrankung von Gottkomplexen?»

Florenz stöhnte leicht auf, beugte sich dann wieder nach vorn. «An sich müsste es doch so sein, dass jeder Dollar Schulden irgendwo auch als Guthaben steht. Tut er aber nicht. Zumindest nicht sichtbar. Es ist, wie gesagt, nur ein virtuelles Guthaben, eine Finanzchimäre, die nur dazu dient, Schulden und damit Zinsen zu generieren. Denn Schulden sind Macht. Macht über Menschen, Gesellschaften, Planeten …»

«Jaja, jetzt ist auch mal gut, ich hab's ja verstanden. Ist euch Verschwörungstheoretikern eigentlich schon mal aufgefallen, dass das, was ihr für zusätzliche Argumente haltet, in der Regel nur immer neue Schleifen eurer Ur-Wahnvorstellung sind?» Goiko hatte zum letzten Mittel der Gesprächsflucht gegriffen: die unerwartete und heftige Beleidigung aus der Hüfte. Sein Gegenüber blieb jedoch vollkommen gelassen.

«Da hast du erstaunlicherweise recht. Wenngleich ich deine Pampigkeit unangebracht finde. Wir haben jetzt wirklich nicht mehr viel Zeit. Also zum Wesentlichen. Das besonders Elegante bei den Cyanen ist: Wenn sie erst einmal eine Welt online, also über das Wirtschaftssystem erobert haben, überlassen sie die Verwaltung dieses Planeten, sprich: ihres Besitzes, ganz den Bewohnern dieser Welt selbst. Sie installieren nur noch eine Religion zur Kontrolle. Im Fall der Erde konnten sie einfach eine übernehmen. Das war das, was ihr vorher mehr oder weniger Wirtschaftswissenschaften genannt habt. Für die berufen sie von Zeit zu Zeit Hohepriester, also Wirtschaftsexperten oder Vordenker, die sie streng nach dem AnyR-Quotienten errechnen.»

«Was für ein Quotient?»

«AnyR. Das geht auf ein Buch zurück. Eine feiste Schmonzette, echter Kapitalismuskitsch. Ziemlich lustig eigentlich, wenn es nicht so quälend lang wäre. Die Cyanen aber fanden es wohl irgendwie abgefahren. Eben so trashig, dass es dann auch schon wieder cool war. So wie manche ultraharte Rocker, die sich Diddlmäuse an den Lenker hängen. Der AnyR-Quotient errechnet sich einfach aus Selbstbewusstsein geteilt durch Sachverstand. Je größer das Selbstbewusstsein beziehungsweise je geringer der Sachverstand, desto höher ist der AnyR-Quotient. Ein enormes Selbstbewusstsein bei minimalem Sachverstand ergibt demnach einen herausragenden AnyR-Quotienten und damit beste Voraussetzungen zum Wirtschaftsexperten. Zumindest aus Sicht der Cyanen. Und sie haben in den letzten Jahrzehnten mit ihrer streng auf den AnyR-Quotienten abgestimmten Suche ja tatsächlich ein paar ganz bemerkenswerte Vordenker finden können.»

Goiko ahnte etwas. «Ah, und jetzt wollen die Cyanen mich zum Wirtschaftsexperten berufen?»

Die alte Dame schüttelte den Kopf. «Von deinem Sachverstand her ginge das, aber dein Selbstbewusstsein reicht bei weitem nicht. Nein, deine Rolle in dieser Geschichte ist eine weitaus bedeutsamere.»

«Bedeutsamer?»

«Ja, dir kommt die undankbare Aufgabe zu, die Menschheit zu retten. Also, es zumindest zu versuchen.»

Goiko brach der Schweiß aus. «Nein, nein. Das muss sich um eine Verwechslung handeln. Ich eigne mich gewiss nicht zum Revolutionär.»

«Was für eine Revolution?»

«Na, die Revolution.»

«Von Revolutionen rate ich ab. Die sind meist nur ein Ventil für die Unzufriedenheit und erzeugen ein Machtvakuum. Ein Machtvakuum aber zieht in der Regel nicht die klugen, verständigen und sanftmütigen Geister an.»

Goiko verstand nicht. «Geht es denn nicht darum, die Menschheit zu informieren? Ihnen die Wahrheit über die Cyanen zu sagen?»

«Wozu?»

«Na ja, wenn dieses virtuelle Guthaben keine andere Funktion hat als das Erzeugen und beständige Vergrößern von Schulden, es also auch niemanden gibt, der es im eigentlichen Sinne besitzt, außer vielleicht den Cyanen, dann könnte man diesen virtuellen Schuldenturm doch schlicht abreißen. Entwickelt sich dann nicht von ganz allein in kurzer Zeit aus einer bettelarmen, krisengeschüttelten Welt eine gelassene und wohlhabende?»

«Mitnichten. Von ganz allein schon mal gar nicht. Es gäbe ein Hauen und Stechen. Zudem kennt die Erde noch reichlich andere Gründe für Unglück und Krisen, weltanschauliche etwa oder religiöse Idiotie. Bis zu einer gelassenen Welt wäre es ein verdammt weiter Weg. Außerdem hätte es auch gar keinen Zweck.»

«Was hätte keinen Zweck?»

«Der Versuch. Die Religion der Wirtschaftswissenschaften ist viel zu tief verankert.»

«Eigentlich ist das auf der Erde ja keine anerkannte und geschützte Religion.»

«Euer Wirtschaftsglaube erfüllt alle Anforderungen einer handelsüblichen Religion. Religionen hatten und haben auf allen Planeten immer in erster Linie die Funktion, Macht zu erhalten oder Macht zu gewinnen. Dies wird gestützt mit quasi gottgegebenen Geboten und Begründungen. Vermeintliche Wahrheiten werden verkündet und wie Naturgesetze akzeptiert. Zwangsläufigkeiten der Abläufe, Wachtumsphilosophien, harte Schnitte, damit es in Zukunft mal besser wird. Das kannst du gern mit den Paradiesversprechen anderer Religionen vergleichen. Also die einen versprechen beispielsweise dem Märtyrer zweiundsiebzig Jungfrauen, die anderen die Rettung vor der Schuldenhölle fürs Geknechtetwerden. Dabei wird weder die eine noch die andere Versprechung sich jemals erfüllen. Nur dass die Anhänger der beiden Religionen über die jeweils anderen denken: ‹Gott, was für naive Trottel!› Und sich dann womöglich noch bis aufs Blut bekämpfen.»

Während er das mit dem letzten Schluck Tee sacken ließ, fiel Goiko auf, dass seine drängendste Frage noch immer nicht beantwortet war: «Aber was in dieser ganzen Geschichte soll denn jetzt meine Rolle sein?»

«Du sollst klagen.»

«Was?»

«Vor dem intergalaktischen Verbrauchergerichtshof.»

«Was?»

«Mittlerweile sind die Cyanen angewidert von der Erde. Zu brutal und skrupellos betreibt die Menschheit die Ausbeutung ihrer selbst. Anderswo, also in anderen Welten, läuft das eigentlich ganz gut mit der zivilisierten, intelligenten Selbstausbeutung von online eroberten Gesellschaften. Viele profitieren auch von der Herrschaft der Cyanen, haben sich prächtig entwickelt. Aber bei den Menschen funktioniert es überhaupt nicht. Als hätten sie nicht die Fähigkeit, sich selbst zu respektieren. Den Wert eines jeden einzelnen Lebens und Geistes zu begreifen und den Wert ihrer Art an sich. Das, was sie mit sich veranstalten, ist schlicht barbarisch und abstoßend. Im ganzen Universum wird getuschelt über die Cyanen, weil sie die Situation auf der Erde nicht in den Griff bekommen. Es sogar von Monat zu Monat immer schlimmer wird. Längst macht man geringschätzige Witze, was die Cyanen natürlich wahnsinnig ärgert, und deshalb wollen sie die Erde nur noch loswerden. Ganz egal wie, vermutlich an den erstbesten Käufer, der einen gerade noch akzeptablen Preis zahlt. Letztlich ist die Menschheit für sie wie ein Hund, der sich einfach nicht erziehen lässt. Der immer wieder andere Tiere oder womöglich sogar Kinder anfällt, blind vor Blutdurst. Mit so einem Hund macht man sich bei den Nachbarn nicht gerade beliebt. Also sagt man: ‹Lieber weg mit Schaden›, und verkauft ihn mehr oder weniger schweren Herzens an jemanden, der illegale Hundekämpfe veranstaltet. Auch wenn die Cyanen natürlich versuchen, den Verlust dabei so gering wie möglich zu halten. Und das läuft dann wohl auf die Schorfen hinaus.»

«Die Schorfen?»

«Ja, ein zugegeben nicht so wahnsinnig angenehmes Kriegervölkchen aus einer eher dunklen Ecke des Universums.»

«Und die veranstalten dann hier intergalaktische Hunde-kämpfe?»

«Im übertragenen Sinn. Also im Prinzip würden sie aus der Erde so etwas wie einen Truppenübungsplatz machen. Der wäre rund um die Uhr in Betrieb. Wobei die Cyanen argu-mentieren, dass die Menschheit den Unterschied kaum be-merken würde. Also gemessen an den aktuellen Zuständen auf der Erde. Das sind aber die klassischen Beschönigungs-formeln. Glaube mir, ihr würdet den Unterschied bemerken.»

«Und die Cyanen können den Schorfen einfach so die Erde mitsamt der Menschheit verkaufen?»

«Nicht direkt verkaufen. Die Schorfen haben ja praktisch gar kein Geld. Die sind ein reines Kriegervolk, für sie kommt da unterm Strich nicht viel bei rum. Aber die Cyanen ver-dienen als Lieferanten ganz gut an den Kriegen der Schorfen. Deshalb bieten die denen meist eine Art Private-Equity-Mo-dell an.»

«Private was?»

«Na ja, das Prinzip funktioniert so: Wenn ein Planet erst mal völlig überschuldet ist, fressen ihn die Zinszahlungen natürlich auf. Also muss er weitere Kredite bei den Cyanen aufnehmen, damit nicht alles zusammenbricht. Die gewäh-ren das, aber unter der Voraussetzung, dass die Planetenbe-wohner auch etwas zur eigenen Rettung tun: nämlich ihren Planeten privatisieren. Wenn das passiert ist, können sie ihn an jemand Drittes verkaufen, von dem sie, die Ureinwohner des Planeten, ihn aber gleich wieder zurückmieten, da sie den Planeten ja zum Wohnen brauchen. Jetzt gehört der Planet also einer privaten Zivilisation, beispielsweise den Schorfen. Da die allerdings kein Geld haben, können sie den Planeten nur auf Kredit kaufen. Der Kredit kommt von den Cyanen, den Besitzern des Planeten. Die Miete, die die Planetenbewohner an die Schorfen zahlen, reichen die als Kreditrückzahlungsraten an die Cyanen direkt weiter. Wodurch letztlich die Planetenbewohner selbst den Kaufpreis, für den die Schorfen ihnen ihren Planeten abgekauft haben, bezahlen und nun aber auch noch Miete zahlen müssen. Das führt, da die eigentlichen Schulden ja nicht getilgt sind, irgendwann wieder zur Zahlungsunfähigkeit. Deshalb wird dann der Mietvertrag neu verhandelt, oder die Schorfen werden die Menschen vor die Tür setzen, was so mitten im Weltraum, ohne Notunterkunftsplaneten in Reichweite, für die Menschheit sicher zu einem erheblichen Problem würde.»

«Das kann man einfach so machen?»

«Das wäre alles vollkommen legal. Außerdem gäbe es nur Gewinner, also außer den Menschen, aber es hat sie ja niemand gezwungen, diese Schulden zu machen. Die Cyanen hätten kein Imageproblem mehr, weil die Schorfen von nun an die Bösen wären. Zudem würden sie ihre guten Wirtschaftsbeziehungen zu den Schorfen festigen, und diese hätten einen Eins-a-Truppenübungsplatz.»

Goiko kratzte sich am Hinterkopf. «Es kann sein, dass ich vieles nicht verstanden habe, aber am allerwenigsten habe ich nach wie vor verstanden, wie ich das Ganze verhindern soll.»

«Hab ich doch schon gesagt: indem du klagst.»

«Ah ja, vor dem intergalaktischen Verbrauchergerichtshof.»

«Genau.»

«Prima. Aber warum? Und vor allen Dingen auch wie? Und wie komme ich da überhaupt hin?»

«Man wird dich abholen.»

«Wer?»

«Es ist ein Schiff von Artenrechtsaktivisten unterwegs.»

«Artenrechtsaktivisten?»

«Hier auf der Erde würdet ihr natürlich Menschenrechts-
aktivisten sagen. Humanozentrisch, wie ihr seid. Ihr be-
nehmt euch ständig, als wärt ihr die einzigen Wesen im Universum.»

«Die meisten hier denken, dass es keine anderen Wesen im
Universum gibt.»

«Ich weiß. Auf einige Bewohner der Erde wartet schon
in Kürze eine empfindliche Störung ihrer mentalen Gewohnheiten. Das wird nicht einfach. Der Trott des Denkens
schätzt keine Überraschungen. Jedenfalls kommen diese
Artenschützer, holen dich ab und fliegen dann mehr oder
weniger direkt zum intergalaktischen Gerichtshof.»

«Mehr oder weniger direkt?»

«Das führt jetzt zu weit.»

«Und wann holen sie mich ab?»

«Eben erst in zwei Wochen. Deshalb veranstalten wir ja
hier diese ganze Geschichte mit dem Tee.»

«Und warum ausgerechnet ich?»

«Endlich stellst du die richtige Frage. Man braucht natürlich einen Klagegrund vor dem intergalaktischen Verbrauchergerichtshof.»

«Und der bin ich?»

«Sozusagen. Zu Beginn ihrer Online-Eroberungen benötigen die Cyanen ein Startkapital, mit dem sie überhaupt erst
an den Finanzmärkten spekulieren können. Tote, ungenutz-
te Girokonten finden sie schnell, nicht aber das nötige Geld.
Das müssen sie auch mit nichts erwerben. Sie machen das
mit Online-Verträgen für Internetsoforthilfe, sinnlosen Hot-
lines oder schwachsinnigen Klingeltonpaketen. Alles jeweils
im Abo.»

«Ja?»

«Diese Verträge und Angebote sind im gesamten Universum, auf jedem einzelnen Planeten, sittenwidrig und werden verachtet. Wirklich überall. Deshalb lassen die Cyanen, sobald sie ihr Startkapital einigermaßen beisammenhaben, diese einfach auslaufen. Sie akzeptieren jede Kündigung ohne Murren. Es reicht sogar, drei Monate nicht zu zahlen, um diese Sinnlosverträge aufzulösen. Nach zwei, drei Jahren ist keiner dieser Verträge mehr gültig. Normalerweise. Die Cyanen sind dann auf der sicheren Seite, denn um gegen solch einen Vertrag klagen zu können und damit gegen das gesamte Geschäftsmodell der Cyanen und damit wiederum gegen die gesamte Online-Eroberung eures Planeten – dafür benötigt man eben einen Vertrag, der immer noch gültig ist. Also jemanden, der seit beinah fünfzehn Jahren stets zu schluffig war, diesen voll und ganz sinnlosen Vertrag zu kündigen und sich stumpf Quartal für Quartal die Gebühr abbuchen lässt, nur weil er einfach seinen Arsch nicht hochkriegt, zumindest diese eine simple, das Leben verbessernde Sache zu erledigen.»

Goiko schaute zu Boden. «Ich erinnere mich. Es geht um diesen Computernothilfe-Vertrag, oder? Ich wollte den immer kündigen. Wirklich. Schon seit … ach, ewig. Aber dann war immer was anderes, haste so viel um die Ohren und zack!, sind fünfzehn Jahre vorbei. Wer kennt das nicht?»

«Goiko, du hattest noch nie viel um die Ohren. Du wirst demnächst viel um die Ohren haben, aber bislang nicht. Du hast nicht ein einziges Mal diese Servicehotline angerufen, zahlst aber seit fünfzehn Jahren dafür. Du bist der einzige Mensch der Welt, der solch einen alten Schwachsinnsvertrag nicht gekündigt hat.»

«O Mann.» Goiko ließ sich tief in den Sessel fallen. «Ich bin tatsächlich der schluffigste Mensch der …» – Welt, wollte Goiko noch sagen. Aber da war er auch schon eingedöst. Die

Stunde war rum. Der Wissen konservierende Tee tat seine Wirkung. Wenn er in einigen Minuten wieder aufwachte, würde er sich an nichts erinnern können. Also zumindest für die nächsten zwei Wochen nicht.

Als Goiko zu sich kam, lag er erneut auf dem Boden der Eingangshalle. Allerdings wusste er nicht, dass er sie je verlassen hatte. Und er erinnerte sich auch nicht an den Tee und das Gespräch mit Florenz.

Die wiederum hockte besorgt mit einer neuen Tasse Tee neben ihm. «Geht es Ihnen wieder besser?»

«Ging es mir denn schlecht?»

«Na, Sie machen mir Spaß. Sie sind hier einfach zusammengebrochen.»

«Warum?»

«Ich habe keine Ahnung. Vielleicht habe ich Sie erschreckt. Immerhin war es dunkel, als Sie hier hereinkamen. Warum haben Sie sich denn kein Licht gemacht?»

«Ich weiß nicht.»

«Ist ja auch egal.» Sie lachte und half ihm hoch. Dann schob sie ihn sanft, aber mit erstaunlicher Kraft Richtung Tür. «Das Paket habe ich mir schon genommen. Stand ja mein Name drauf.»

«Ja?»

«Natürlich. Und noch was: Bei dem Sturz hätten Sie beinah Ihr teures Smartphone beschädigt. Das ist gefährlich. Das sollten Sie nicht einfach so nackt mit sich herumtragen. Ich habe Ihnen da mal eine von diesen praktischen Schutzhüllen drumgemacht.»

«Ich will keine Schutzhülle.»

«Doch, doch. Ich schenk Ihnen die. Sehen Sie das als Trinkgeld an. Ich hab reichlich davon. Ein Händler hat die mir mal aufgeschwatzt. Die sind zwar wirklich gut und praktisch und alles und so, aber trotzdem will die irgendwie keiner kaufen. Schon gar nicht im Teeladen.»

«Ich brauche so etwas nicht.»

«Doch, doch. Glauben Sie mir, Sie werden sie brauchen. Sie ist wirklich außerordentlich praktisch. Ein Schluck Tee noch, und dann müssen Sie los.»

Plötzlich ging alles so schnell, dass sich Goiko gar nicht erinnern konnte, wie die alte Dame ihn über die Schwelle geschoben hatte. Auf einmal stand er draußen, und die Tür war ins Schloss gefallen. Während er vom Grundstück trottete, versuchte er, die Schutzhülle wieder vom Handy runterzuziehen. Aber irgendwie ging es nicht. Als wäre sie festgeklebt, sie ließ sich einfach nicht runterzubbeln. Na, dann eben nicht. Er würde sich da demnächst drum kümmern. Wie um so vieles. Auf seiner «Das-sollte-ich-demnächst-aber-jetzt-endlich-mal-machen-Liste» war immer noch Platz. Obwohl bereits viele Sachen draufstanden. Einige schon seit erstaunlich vielen Jahren. Aber bald würde er das alles mal angehen. Ziemlich sicher.

7   Kein Frank – auf der Signora, am Tag
    der Flughafeneröffnung

Ein Schluck lauwarmer Tee reichte, um Goiko den gesamten Nachmittag in Florenz' Villa ins Gedächtnis zu rufen.
Schlagartig.

Njiuv schraubte die Thermoskanne mit der Aufschrift G-01
wieder zu. Für einen Moment dachte Goiko: «Warum 01?»,
ging dem aber nicht weiter nach, weil er erst einmal die Tee-
Erinnerungen in seinem Hirn sortieren musste und zudem
nicht fassen konnte, dass seine unerfüllte Liebe noch sehr
viel geheimnisvoller war als von ihm gewünscht.

«Hättest du deinen Tee, so wie geplant, kurz vor dem Ab-
flug getrunken, hätten wir uns viele Komplikationen ersparen können.»

Goiko war fasziniert von diesem Tee. Es war wie ein kon-
trollierter Filmriss beim Alkohol. Man konnte verlässlich
alles vergessen, es aber, falls doch wieder benötigt, auch re-
aktivieren. «Das mit dem Tee war nicht meine Schuld.»

«Du hast ihn, obwohl deine Mutter dich mehrfach daran
erinnert hat, auf dem Küchentisch stehen lassen und dann
am Flughafen ein völlig überteuertes Wasser gekauft.»

«Ist meine Mutter etwa auch eine Außerirdische?»

«Quatsch, Sonoro hat sich um alles gekümmert.»

«Sonoro, meine Handyschutzhülle? Wie kann er so etwas
tun? Und überhaupt, wie konntet ihr sicher sein, dass ich
einen Unfall mit einer Fahrradkurierin haben werde? So was
kann man doch nicht planen.»

Njiuv lächelte. «Das war nur eine von mehr als fünfzig

96

Optionen. Dass bereits diese Variante klappte, war reines Glück. Wir haben jeden Tag mehrere Pakete zu Florenz geschickt, in der Hoffnung, dass es mal zum Unfall kommen könnte und du die Zustellung übernimmst. Immer höchste Dringlichkeitsstufe, damit die Kuriere möglichst schnell fuhren.»

«Wie kommt ihr denn auf so was?»

«Wir hatten festgestellt, dass du die Straßen im Universitätsareal oft sehr sorglos überquerst. Aber dass es tatsächlich auf diese Art und Weise so schnell hingehauen hat, verblüffte uns selbst. Eigentlich war das eine der unwahrscheinlichsten Varianten, wie du, ohne misstrauisch zu werden, zu Florenz kommen konntest. Man nimmt aber immer erst die unwahrscheinlichen Optionen, die irgendwie organischer wirken, und erst zum Ende der vorhandenen Zeit hin werden die gewählten Möglichkeiten ständig zielführender, bis selbst auch das Unwahrscheinliche geradezu unausweichlich wird.»

Wäre Goiko nicht ohnehin schon vom Tee etwas schwindlig gewesen, wäre es ihm wohl spätestens jetzt schwindlig geworden. «Und die Flugreise? Kiras Gewinnspiel? Wie habt ihr das organisiert?»

«Gar nicht. Das war tatsächlich völliger Zufall. Beifang sozusagen. Wir haben selbst gestaunt. Als hätte da noch jemand anderes die Hände im Spiel gehabt. Aber wer mag so was glauben?»

Eine etwa hüfthohe Playmobilfigur betrat lachend den Raum. Orange Beine, blauer Oberkörper, gelbe Arme, grüne Mütze und blassbeiger Kopf, der munter redete: «Ich hörte, du hast dich gewundert, dass ich mich um den Tee kümmern konnte?»

Fassungslos starrte Goiko das Plastikmännchen an, das sich wie selbstverständlich mit an den Tisch setzte.

97

«Ich will's dir verraten. Ich habe mir in der Nacht kurz mal Arme, Hände, Beine und Füße geleistet, mein lieber, alter, treuer Freund.»

Da Goiko immer noch kein Wort herausbrachte, versuchte Njiuv, ein wenig zu erläutern: «Wie jeder Simulirianer kann Sonoro seine Masse und seine Form wechseln. Sein Körper besteht aus Tschotsch. Das ist ... na ja, also das ist etwas, das ich dir nicht in zwei Sätzen beschreiben kann. Auch nicht in fünfhundert. Es reicht, wenn du dir vorstellst, das wäre sehr, sehr hoch entwickeltes Plastik.»

Sonora kicherte vor sich hin. «Hihi, Plastik, das ist lustig – oder, altes Haus?» Er knuffte Goiko in die Seite.

Der war misstrauisch. «Und seine Persönlichkeit, sein mentales Wesen, kann er auch einfach so wechseln?»

«Einfach so sicher nicht.»

Sonoro rollte mit den Augen, allerdings ohne dabei auch nur einen Bruchteil seiner Fröhlichkeit einzubüßen. «Ich kann dir sagen, jede Veränderung meiner Form ist eine ganz schöne Konzentrations- und Energieleistung. Außerdem ziept und kribbelt das jedes Mal. Aber frag nicht nach Sonnenschein. Das macht man nicht mal eben so.»

Njiuv ergänzte: «Simulirianer sind, wie du siehst, sehr fröhliche und ausgeglichene Wesen. Ausgesprochen gesellig und höflich. Je länger sie allerdings in einer Erscheinungsform verharren müssen, desto schlechter wird ihre Laune. Sie werden dann quasi minütlich unleidlicher und schließlich richtiggehend aggressiv. Diese Aggressivität ist gleichzeitig aber auch ihre Energiequelle.»

«Genau!» Sonoro lachte ohne Anlass. «Denn diese Energie, die wir durch unsere wachsende Gereiztheit gewinnen, benötigen wir, um uns zu verwandeln. Wir müssen also erst eine Weile in einer bestimmten Form gewesen sein, sozusagen genügend schlechte Laune angesammelt haben, bis wir endlich die Energie aufbringen können, uns in eine neue Form zu bringen.»

«Und in der Nacht war deine Laune noch nicht schlecht genug für eine komplette Veränderung?»

«Wo denkst du hin? Meine Laune war schon seit Tagen so was von schlecht genug für eine gewaltige Veränderung! Aber wie hätte ich in die Form der Handyhülle zurückkommen sollen, wenn meine Wutenergie verbraucht gewesen wäre? Unter anderem deshalb war ich ja so stinksauer, weil ich auf keinen Fall eine grundsätzlich neue Form annehmen durfte, bis du endlich wohlbehalten auf diesem Raumschiff angekommen warst. Das kurzzeitige Wachsenlassen von Armen und Beinen hilft da wenig. Außerdem ist das auch mehr eine Konzentrations- als eine Energieleistung. Glaube mir, das können nicht viele Simulirianer. Das ist richtig schwierig, da nicht die Kontrolle zu verlieren. Sich nicht unabsichtlich komplett zu verwandeln. Das ist die allerhöchste Kunst der mentalen Disziplin. Nach dem, was ich bei euch auf der Erde mitbekommen habe, kann man das höchstens vergleichen mit den Yogi-Fliegern.»

Goiko nickte gleichermaßen beeindruckt wie ehrfürchtig. «Aber warum hast du dich dann nicht sofort verwandelt, also direkt nach unserer Ankunft hier auf dem Raumschiff?»

«Ach, auf die paar Minuten kam es mir dann auch nicht mehr an. Da fand ich es wichtiger, dich noch ein bisschen schlecht zu behandeln. Dieses Beschimpfen hat seinen Reiz. Es ist so etwas wie ein Hobby von mir, aber ich kann es eben erst ausüben, wenn ich lange genug in einer Form war.» Das alles erzählte Sonoro unter beständigem Glucksen und Kichern. Auch hüpfte er immerzu. Fast so, als hätte er einen Schwips vor lauter guter Laune. «Guck mal hier!» Er

zeigte auf Goikos Brust. Nachdem Goiko an sich herunter-
geschaut hatte, fuhr er seinen Playmobilarm ruckartig hoch
und streifte Goikos Nase. «Hihi! Reingefallen!»

Njiuv schaute ein wenig verlegen. «Wie du siehst, hat auch
die extrem gute Laune der Simulirianer nach der Verwandlung Schattenseiten. Aber in der Phase zwischen diesem
ersten Überschwang und der späteren Gereiztheit kann man
sich kaum bessere Freunde wünschen.»

Goiko sah keinen Grund, ihr nicht zu glauben. Eine Sache
aber beschäftigte ihn noch: «Das ist jetzt womöglich eine
blöde Frage, aber die Handyschutzhülle war ja sehr klein,
während deine jetzige Form als rund ein Meter hohe Playmobilfigur viel größer ist – wie kann das sein?»

Sonoro lachte, als hätte Goiko einen Mörderwitz gerissen.
«Du hast recht.»

«Inwiefern?»

«Insofern, als das eine blöde Frage ist. Ich bin aus Tschotsch.
Schon vergessen, Kumpel?»

Als klar war, dass Sonoro keine Notwendigkeit sah, mehr
dazu zu sagen, beschloss Goiko, so zu tun, als sei seine Frage
damit ausreichend beantwortet. Stattdessen stellte er eine
andere: «Seid ihr die Kapitäne dieses Schiffs?»

Njiuv schüttelte den Kopf. «Die Signora ist ihr eigener Kapitän. Ich bin so was wie die Missionsleiterin, und Sonoro
will auch am intergalaktischen Gerichtshof klagen.»

«Wogegen?»

Sonoro hörte schlagartig auf zu kichern und beugte sich
vor: «Es gibt Welten in unserem Universum, die Simulirianer
als Energiequelle einsetzen. Das verstößt eindeutig gegen das
Selbstbestimmungsrecht der Arten.»

Njiuv ergänzte: «Es gibt Planeten, auf denen Simulirianer
unter Drogen gesetzt werden, damit sie nicht ihre Form

wechseln. Die Wut eines Simulirianers, der seit Jahren, teilweise Jahrzehnten nicht seine Erscheinung gewechselt hat, ist geradezu unvorstellbar. Diese Wut kann eine der gewaltigsten Energiequellen des Universums sein. Hochentwickelte Zivilisationen gewinnen fast die gesamte für einen kompletten Himmelskörper benötigte Energie aus der Wut von gerade mal fünfzig oder sechzig Simulirianern. Ganz zu schweigen von dem immerwährenden Verdacht, dass diese ungeheure Wut eventuell irgendwann eben nicht mehr nur für zivile Zwecke eingesetzt wird. Dass man womöglich diese Wut nutzt, um waffenfähiges Material zu entwickeln.»

Goiko nickte. «Ich verstehe.»

«Aber das ist noch nicht einmal die größte Gefahr.» Njiuv schaute fragend zu Sonoro, doch der lachte längst wieder.

«Ist schon in Ordnung. Ich habe hervorragende Laune. Für mich kein Problem, wenn du ihm alles erzählst.»

Njiuv schluckte dennoch, bevor sie flüsterte: «Aus Sicht des Weltraumschutzes ist das größte Problem die ungeklärte Frage der Endlagerung. Niemand weiß, was mit einem Simulirianer geschieht, der sich nach sechzig oder gar siebzig Jahren zum ersten Mal wieder verwandelt. Schon bei Verwandlungen nach acht oder zehn Jahren gab es zum Teil furchtbare, kaum zu kontrollierende Zwischenfälle. Die unvorstellbare Masse an guter Laune aber, die nach siebzig Jahren freigesetzt werden würde, könnte ganze Welten verschlingen. Sinnlos gute Laune im Überfluss ist eine der gefährlichsten und am wenigsten erforschten Energien des gesamten Universums. Die Folgen einer solchen Freisetzung wären komplett unkalkulierbar.»

«Höchst gefährlich!», raunte Sonoro wie ein Zauberer, der einen atemberaubenden Trick ankündigt.

«Ganz genau. Du siehst die Gute-Laune-Explosion bei Sonoro nach nur zwei Wochen, und der ist einer der entspanntesten und ausgeglichensten Simulirianer in den Weiten des Alls.»

«Jaja, genau das bin ich. Ausgeglichen und fröhlich!», kicherte Sonoro, während er Goiko mit einem Überraschungsangriff überrumpelte, ihn kurz in den Schwitzkasten nahm und mit der Plastikfaust liebevoll über die Halbglatze rubbelte. «Ach, mein Goiko. Das wird eine tolle Reise, was? Sollst sehen, wir werden die besten Kumpel überhaupt!»

«So, die Herrschaftn, ick hoffe, ick störe jetze nich unjebührlich Ihre jepflegte Unterhaltung, aba ick hätte hier jetze denn doch mal 'n Problem, dit ooch für Sie vielleicht nich ohne Belang is.»

Goiko befreite sich aus dem Schwitzkasten, schaute erschrocken zur Decke und suchte nach Lautsprechern oder Ähnlichem. «Was ist das?»

«Ach so, ja, Entschuldigung, wir begrüßn natürlich ooch die neu hinzujestiegenen Fahrjäste und wünschen Ihnen eine anjenehme Reise!»

Njiuv beugte sich kurz zu Goiko. «Das ist das Schiff, also genau genommen die Stimme des Schiffs.» Sie drehte sich wieder weg und versuchte, möglichst neutral in den Raum zu sprechen. «Alles in Ordnung. Der Kläger ist wohlbehalten und, soweit wir das beurteilen können, auch komplett an Bord eingetroffen. Wir können jetzt abfliegen.»

«Nee, dit nu janz jenau können wa eben nich.»

«Bitte?»

«Na, abfliegn wird nüscht, solange die hintere Tür nich rischtisch zu is.»

«Warum ist die nicht zu?»

«Na, weil wa keen Frank ham.»

«Was ist Frank?»

«Na, jetzt so janz jenau weeß ick dit ooch nich.»

Auch wenn Goiko auf eine gewisse Weise von dem Gespräch zwischen Njiuv und der Stimme aus dem Nichts fasziniert war, konnte er sich nicht zurückhalten. Langsam beugte er sich zu Sonoro und flüsterte: «Spricht da wirklich gerade unser Schiff? Also die Signora?»

«Ja, wieso?»

«Die Stimme klingt so männlich. Ich habe die Signora eigentlich für eine Frau gehalten.»

«Die Signora ist ein Schiff, du Idiot.»

«Wird deine Stimmung jetzt schon wieder schlechter?»

«Nein, aber ich merke, dass ich dich auch gut gelaunt beschimpfen kann. Das ist super, du Trottel!»

«Dass die Signora unser Schiff ist, weiß ich, aber ich dachte, es wäre weiblich.»

«Die Signora hat kein Geschlecht, und sie kann mit praktisch jeder beliebigen Stimme zu dir sprechen.»

«Warum spricht sie denn ausgerechnet so?»

«Um dir eine Freude zu machen.»

«Eine Freude? Sie klingt wie ein BVG-Busfahrer.»

«Genau. Das tut sie, damit du dich hier heimisch fühlst. Reisen wie in einem vertrauten Verkehrsmittel.»

Mit einem halben Ohr versuchten die beiden, während ihres Gesprächs auch noch dem Dialog zwischen Schiff und Njiuv zu folgen, auch wenn der im Moment inhaltlich offenbar etwas stagnierte: «… is ja ooch ejal, aba solange die hintere Tür nich zu is, wird dit hier nich weitajehn, kann ick ooch jar nüscht machn, kann ick da nich …»

«Aber wir müssen jetzt sofort starten, sonst verlieren wir das Überraschungsmoment!»

«Hier startet jar nüscht, solange die hintere Tür nich rischtisch zu is. Ick hab die Rejeln doch nich jemacht.»

«Ich verlange, dass wir sofort abfliegen.»

«Na, und ick valange, dit die hintere Tür rischtisch zu is! Und ick hab Zeit.»

Sonoro versuchte, Goiko die Schiffskommunikation etwas genauer zu erklären: «Für uns klingt die Signora anders als für dich. Jeder hört sie auf seine Weise.»

«Wie macht sie das?»

«Da muss ich etwas ausholen. Die Signora war eigentlich ein Schiff des öffentlichen Personennahverkehrs im Tyrius-Quadranten.»

«Ein Nahverkehrsschiff?»

«Ja, natürlich. Du bist hier mit Artenschutzrechtsaktivisten unterwegs. Die sind nicht gerade die wohlhabendste Gruppierung im Universum. Eher im Gegenteil.»

«Wie muss ich das verstehen?»

«Komm, eure Greenpeace-Kämpfer ketten sich ja auch nicht mit meterlangen, supermodernen, luxuriösen Yachten an die Walfänger, sondern eben mit Schlauchbooten.»

«Du meinst, wir durchqueren das Universum quasi mit einem Nahverkehrs-Schlauchboot?»

«Das ist vielleicht ein wenig übertrieben. Obwohl, im Tyrius-Quadranten, der praktisch komplett den Cyanen gehört, wurden vor kurzem die kommunalen Planetenverwaltungen gezwungen, den öffentlichen Dienst aus Kostengründen drastisch zu verschlanken. Unter anderem musste der öffentliche Nahverkehr ein Zehntel seiner Flotte einsparen beziehungsweise verkaufen, und das war dann mal die Gelegenheit für die Artenrechtler, günstig an ein Schiff zu kommen.»

«Wie günstig?»

«Ziemlich. Die Tyrionen haben sich natürlich von dem miserabelsten und anfälligsten Zehntel ihrer Nahverkehrsflotte

104

getrennt. Die Signora war, soweit ich weiß, das billigste Schiff von allen.»

Goikos Blick ging ins Leere. «Und die tyrionischen Schiffe des öffentlichen Nahverkehrs reden alle so wie Berliner Busfahrer?»

«Nein, natürlich nicht. Das ist einfach nur das automatische Umweltassimilierungsprogramm der Schiffe. Sie sind eben für den öffentlichen Nahverkehr gebaut, die Fahrgäste sollen sich wohl und geborgen fühlen. Also ermitteln sie schnell über entsprechende Sensoren, was das vorherrschende öffentliche Nahverkehrsmittel in ihrer aktuellen Umgebung ist. Dem passen sie sich dann sowohl sprachlich als auch mental an. Für deine Person hat sich das Schiff für die Busfahrer der Berliner und Brandenburger Verkehrsbetriebe entschieden.»

Goiko hörte noch mal genau hin.

«… solange die hintere Tür nich frei und vanünftich jeschlossn is, kann ick hier nich fahrn. Ick sag's ja nur. Is nich böse jemeint …»

Er hätte es niemals zugegeben. Aber ein bisschen zu Hause fühlte er sich bei diesen Klängen tatsächlich. «Was ist denn das für ein Problem mit der Tür?»

Nun wirkte auch Sonoro ungewohnt ratlos. «Das kann ich dir leider nicht genau sagen. Dieses Assimilierungs- und Kommunikationsprogramm beinhaltet auch, dass das Schiff komplizierte Probleme in verständliche Bilder übersetzt. Also eine wahrscheinlich ziemlich komplexe Fehlfunktion im hinteren Teil des Schiffes auf eine Art und Weise beschreibt, die dir vertraut ist.»

«Und was soll das nützen?»

«Das soll beruhigen. Außerdem hört Njiuv auch etwas anderes als du. Und ich auch. Jeder hört eben nur das, was er auch verstehen kann.»

«Aber sorgt das nicht nur für noch mehr Verwirrung?»

«Na ja, kann man nichts machen. Das ist eben Teil der Auswirkungen des Kommunikationsfeldes hier auf dem Schiff.»

«Es gibt hier ein Kommunikationsfeld?»

«Ja, natürlich. Es ist zwar nur eine Nahverkehrsgurke, mit der wir unterwegs sind, aber die grundlegenden Anforderungen an Weltraumreisen erfüllt sie schon. Wir haben eine künstliche Schwerkraft, eine Lebenserhaltung für alle wachen Lebensformen an Bord und eben auch ein komplettes Kommunikationsfeld, damit sich jeder mit jedem normal unterhalten kann. Ganz egal, welche Sprache er spricht.»

«Wie funktioniert das?»

«Na, ganz einfach. Dafür braucht es ja keinen großen Schnickschnack. Das erledigen Schalltransmitter mit einem hochentwickelten, zuverlässigen Übersetzungsprogramm. So, wie man es schon seit Hunderten von Jahren macht. Meiner Meinung nach ist das nach wie vor das Beste. Natürlich gibt es modernere Möglichkeiten, aber die sind eben auch störanfälliger.»

«Und dieses Kommunikationsfeld sorgt dafür, dass das Schiff auf mich stimmlich wie mental praktisch genauso wie ein BVG-Busfahrer wirkt?»

«Ja, genau, damit du dich hier heimisch fühlst. Sag ich doch die ganze Zeit.»

Njiuv war mittlerweile mit den Nerven zu Fuß. «Wann genau können wir denn jetzt abfliegen?»

«Na, wie ick dit sehe, jar nich. Ohne Frank schließt die Tür nun mal nich. Und wenn die Tür nich schließt, fährt hier nüscht. Kann man jar nüscht machn. Dit sag ick aba schon die janze Zeit!»

Goiko wollte gerne helfen. Und wenn es nur mit einer blöden Frage war. «Wer ist denn eigentlich dieser Frank?»

«Nich wer, ‹Wat is Frank?› müsstn Se fragen.»

Goiko fühlte sich fast geehrt, vom Schiff direkt angesprochen zu werden. Irgendwie gab es ihm das Gefühl, schon richtig dazuzugehören.

«Dit Frank is so 'n speziella Stoff, wat Se für den Schließmechanismus vonne Außentürn benötign. Und dit jenau fehlt nu bei de hintere Tür.»

«Warum?»

«Ja, wat weeß denn icke? Vielleicht wollte da wieda eener schön wat bei de Instandhaltung sparn. Schön die vorjeschriebne Wartung beim Discounta machn lassen. Weil da krichste ja auch viel schnella 'n Termin. Weil nich so rischtisch kiekn dauert ooch nich so rischtisch lange.»

«Ja, aber Sie sind doch das Schiff – machen Sie denn die Wartung nicht selbst?»

«Ja wat'n? Machn Se die Prostata-Untersuchung bei sich denn ooch selba? Ham Se Medizin studiert? Wat denkn Se denn? Dit ick, nur weil ick 'n Schiff bin, denn ooch deshalb Schiffsmechatronik studiert hab? Wat weeß denn icke, wie ick funktioniere? Ick weeß, wenn's nich funktioniert. Dit is ooch schon wat.»

«Gut, und wo kriegen wir dieses Frank?»

«Na, hier uff de Erde schon mal jar nich, aba dit hab ick allet ooch schon Kollege Njiuv erzählt. Frank is ooch schon in bessa sortiertn Ecken des Weltalls kaum zu kriejen, aba hier uff de Erde kannstet gleich mal janz knickn, wa?»

«Und was machen wir dann?»

«Ja, wat weeß icke? Bin ick hier der Chef der Mission oder wat? Ick bin nur der Fahrer. Sowat fällt nich in meen Zuständigkeitsbereich. Mit sowat wendn Se sich mal lieba an die schlaun Herren von de Jeschäftsleitung. Bitte schön.»

Goiko wandte sich an Njiuv. «Heißt das, wir kommen wo-

107

möglich nicht rechtzeitig beim intergalaktischen Verbrauchergerichtshof an, um den Verkauf der Erde an die Schorfen zu verhindern?»

Die junge Frau schaute leider längst nicht so beruhigend, wie sie gerne gewollt hätte. «Wir sollten jetzt nicht frühzeitig in Panik verfallen.»

Das war nicht die Antwort, die sich Goiko gewünscht hatte. «Verstehe ich das jetzt richtig, dass hier sehr konkret das Ende der gesamten Menschheit droht, weil unsere hintere Tür nicht richtig schließt?»

«An sich isset nur so 'n Spalt. Sieht man eijentlisch jar nich. Aba hülft ja nüscht.»

Sonoro konnte sich nun das Lachen nicht mehr verkneifen. «Für die Menschheit an sich wäre das schon ein bisschen doof. Untergegangen, weil die hintere Tür nicht richtig schließt. Aber als amüsante Anekdote für die anderen Zivilisationen wäre das etwas, was man sich sicher noch in Tausenden von Jahren im gesamten Universum erzählen würde. Das Vermächtnis der Menschheit sozusagen: Man würde eurer immer mit einem Lächeln gedenken.»

8 Die Spezialeinheit – Schönefeld, am Tag der Flughafeneröffnung

Hätten die Soldaten, die in das havarierte Flugzeug eingedrungen waren, behauptet, sie würden aus dem abgestürzten
Riesenraumschiff kommen – Kira wäre nicht sehr überrascht
gewesen. Solche Uniformen und auch derlei Ausrüstung
hatte sie noch nie gesehen. Aber es waren ganz normale
Menschen. Das wurde ihr bald klar. Wahrscheinlich sogar
Deutsche, also zumindest der Sprache nach, jedoch keine
Berliner oder Brandenburger. Oder sie gaben sich klanglich
nicht als solche zu erkennen, denn sie sprachen ohne irgendeinen Akzent. Vermutlich also keine ganz normalen Deutschen, sondern eine hochtrainierte und sicher unvorstellbar
geheime Spezialeinheit. Sie schienen sich nur für Goiko zu
interessieren. Sein Verschwinden schlug ihnen sichtlich auf
die Laune. Doch nachdem sie sich damit abgefunden hatten,
befragten sie die Passagiere freundlich und professionell
nach dem Hergang und entließen schließlich einen nach
dem anderen in die Obhut der normalen Flughafenpolizei.

Nur der Kapitän, die Stewardess, die mit Goiko gestritten
hatte, der Air-Marshall und Kira durften nicht so schnell
gehen. Ihnen stellte die Anführerin, eine smarte, schlanke,
hochgewachsene blonde Frau von vielleicht Mitte zwanzig,
einen sehr viel luxuriöseren Transport in die Innenstadt in
Aussicht. Kira versuchte, dieses Angebot abzulehnen. Mit
einem charmanten und doch bestimmten Lächeln unter-
richtete die sportliche Frau sie allerdings darüber, dass dies
nicht eines der Angebote war, bei denen man eine Wahl hat.

Kira und die drei anderen wurden zu einem tiefschwarzen Bus geleitet, der vor dem Flugzeug parkte. Schon von außen hatte er riesig gewirkt; von innen verstärkte sich dieser Eindruck aber noch einmal. Es war, als betrete man ein Gebäude. Nachdem die vier in einem Aufenthaltsraum im Eingangsbereich zwei oder drei Minuten gewartet hatten, brachten vier sehr freundliche, knackige junge Männer sie durch einen irritierend langen Gang zu den Verhörzimmern. Ihre Aufpasser bezeichneten diese freilich als Ruhe- und Gesprächsräume. Jeder bekam sein eigenes Zimmer und einen der Männer als Wache zugeteilt.

Kiras Wächter stellte sich ihr vor, als sie allein waren. «Mein Name ist Dirk, ich bin Ihr persönlicher Ansprechpartner, solange Sie sich in diesem Gesprächsraum aufhalten. Commander Fendo wird in Kürze bei Ihnen sein. Sie freut sich auf eine kurze Unterhaltung. Kann ich Ihnen irgendetwas bringen?»

Dirk war gerade mal zwanzig Jahre alt. Wenn überhaupt. Sein leicht lockiges, braunes Haar und das etwas schiefe Gesicht gefielen Kira. Eigentlich war er genau ihr Typ. Noch mehr wäre er allerdings wohl Charlies Typ gewesen. «Mit welchem Recht halten Sie mich fest?»

Dirk verzog entschuldigend das Gesicht. «Wir beschützen Sie. Da draußen ist gerade die Hölle los. Sie machen sich keine Vorstellung. Ich weiß nicht, was Sie im Flugzeug verfolgen konnten. Ein gewaltiges Raumschiff ist auf die Erde gefallen, und jetzt spielt alles verrückt. Da aber nichts weiter passiert, also sich nichts bei dem Schiff rührt, stürzen sich die Medien auf alles, was sie sonst kriegen können. Sie würden natürlich ganz oben auf ihrer Beuteliste stehen. Solange Sie bei uns sind, kommen die aber nicht an Sie heran.»

«Dann bin ich zu meinem eigenen Schutz in Haft?»

Er lächelte. «Wenn Sie es nicht als Haft sehen, könnten wir es vielleicht zusammen schaffen, dass es sich auch nicht so anfühlt.»

Kira musste zugeben, dass dieser Verhörraum ganz anders aussah als die, die sie aus Fernsehserien kannte. Er war ziemlich geschmackvoll eingerichtet und fast gemütlich. Eine Couch und zwei Sessel aus hellem Leder, Korkfußboden, ein kleiner Tisch, gewischte Wände, zwei weitere Beistelltischchen, ein Regal. Eigentlich sah das Ganze mehr wie die Praxis einer Psychologin aus. Sogar Gläser und zwei Krüge mit Wasser und Saft gab es, im Regal standen Bücher. Trotzdem würde sie hier gewiss nichts trinken oder essen. Woher sollte sie wissen, ob was beigemischt wäre? Andererseits war sie verblüfft, dass man sie gar nicht untersucht hatte. Nicht mal den Rucksack oder das Handy. Wahrscheinlich hatten sie das längst durchleuchtet. Ihr das Telefon nur gelassen, um zu sehen, ob sie versuchen würde, mit jemandem Kontakt aufzunehmen. Sicherlich würde man sie mit unzähligen Kameras und Sensoren überwachen. Selbst wenn Dirk den Raum verließe, hätte sie garantiert keine Chance, irgendetwas unbemerkt zu machen.

«Ist Commander Fendo die blonde Frau von gerade?»

«Ja, sie ist der ranghöchste Offizier hier. Aber keine Angst, sie ist trotzdem total cool. Im Gespräch und so ist sie voll locker und okay. Möchten Sie, während Sie warten, Gesellschaft haben oder lieber einen Moment Ruhe?»

«Wie lange wird es denn ungefähr dauern?»

«Eine halbe bis Dreiviertelstunde werden Sie sich wohl gedulden müssen. Tut mir leid.»

Der charmante junge Kerl lächelte sie entwaffnend an. Kira war nun überhaupt nicht mehr verängstigt. «Nun, um ehrlich zu sein, da wäre schon etwas. Ein wenig entspannter und fröhlicher Sex würde mir nach diesem ganzen Stress wahrscheinlich sehr guttun.»

«Oh, tut mir leid, aber dafür bin ich leider nicht ausgebildet.»

«Was?»

Er lachte. «Ein Scherz. Entschuldigen Sie. Ich dachte, wenn Sie einen Scherz machen, wäre eine humorige Antwort angemessen. Ich wollte Sie nicht verärgern.»

«Dann können wir also Sex haben?»

«Nee, Dienst ist Dienst, und Sex ist Sex. Commander Fendo ist zwar, wie gesagt, grundsätzlich echt cool, aber bei solchen Sachen kann sie manchmal ziemlich streng drauf sein. Ist ja auch verständlich. Aber wenn hier alles vorbei ist, dürfen Sie mir, wenn Sie wollen, gern Ihre Privatnummer geben.»

«Oder Sie mir Ihre.»

«Nee, ich hab keine. Wir dürfen hier leider kein richtiges Privatleben haben. Ich meine, das muss man verstehen. Wir sind immerhin eine ultrageheime Superspezialeinheit, so nennen wir uns zumindest selbst oft. Weil's geil klingt. Wenn man sich von so einer Truppe anwerben lässt, hört damit das bisherige Leben natürlich komplett auf. Ist ja auch logisch. Sonst würde das alles gar keinen Sinn ergeben, oder?»

«Wahrscheinlich nicht.»

«Genau. Also, ich warte dann vor der Tür. Wenn Sie Wünsche oder Fragen haben, rufen Sie mich einfach.»

«Wie denn?»

«Einfach rufen. Meinen Namen sagen oder so. Das reicht. Ich bin dann sofort da. Wir kriegen sowieso alles mit, was Sie hier drin machen.»

«Dachte ich mir.»

«Klar, das erwartet man schließlich auch, wenn man von einer hypermodernen, ultrageheimen Spezialeinheit in Gewahrsam genommen wird. Das sind wir unseren Gefangenen schon schuldig.»

Bevor er aus dem Zimmer trat und die schwere Stahltür schloss, lächelte der schnucklige Junge Kira noch einmal an.

Kira machte die Augen zu und döste tatsächlich kurz ein. Von daher konnte sie nicht genau sagen, wie lange es gedauert hatte, bis die Tür sich wieder öffnete und Commander Fendo in den Raum kam.

«Oh, Entschuldigung, habe ich Sie geweckt?»

«Nein, nein. Oder eigentlich ja, aber das macht nichts.»

«Ich kann sonst auch in einer Viertelstunde wiederkommen.»

«Nicht nötig, ich bin wach.»

«Schön, es wird auch nicht lange dauern. Goiko Schulz ist Ihr Lebensgefährte?»

Kira sprang auf. «Bitte? Was für eine beschissene Spezialeinheit sind Sie denn? Woher holen Sie Ihre Informationen? Wie recherchieren Sie Ihre Verdächtigen? Mit Google?»

Commander Fendo lachte tiefenentspannt. «Ach, ich wollte nur sichergehen, dass Sie auch wirklich bei Sinnen sind. Keine Angst, wir sind so schlecht nicht. Goiko Schulz hat das zufällige Zusammentreffen bei Ihrem Fahrradunfall genutzt, um sich in Ihr Leben zu tricksen. Es gab weder vor noch nach dem Unfall eine Beziehung zwischen Ihnen. Nur ein für Sie unglücklich verlaufenes Ende eines Radiogewinnspiels hat zu dieser gemeinsamen Reise geführt. Wie finden Sie meine Informationen jetzt?»

Kira setzte sich wieder. «Ich hätte das nicht besser zusammenfassen können.»

«Okay, was können Sie mir zu seinem Verschwinden aus dem Flugzeug sagen?»

«Nichts.»

113

«Das ist nicht sehr kooperativ.»

«Die Wahrheit ist nicht immer kooperativ.»

«Sie wussten nicht, dass er verschwinden würde?»

«Woher denn?»

«Was haben Sie gedacht, warum er auf Toilette geht?»

Die Enttäuschung über diese eigentümliche Frage stand Kira unmittelbar ins Gesicht geschrieben. «Was denken Sie denn, warum jemand für gewöhnlich auf Toilette geht?»

«Ich denke, häufig will derjenige vielleicht einfach nur mal für einen Moment allein sein.»

«Sie haben keine Ahnung, wie egal mir Goikos Motivation für einen Klobesuch ist.»

Fendo schmunzelte. Sie war wohl mit dieser Antwort zufrieden und nahm einen neuen Anlauf. «Er hat sich trotz mehrmaliger Aufforderung geweigert, sein Handy während des Starts auszuschalten. Dann hat er, wie auch immer, mit diesem Handy die Kontrolle über das Flugzeug übernommen, um ein spektakuläres Ausweichmanöver zu fahren. Er wollte Sie alle vor dem riesigen Ding retten, das vom Himmel gefallen ist und von dem kein Mensch auf der Erde auch nur etwas geahnt hat – außer Goiko Schulz offensichtlich.»

Kira hielt abwehrend die Hände in die Luft. «Das alles ist für mich genauso seltsam wie für Sie.»

Commander Fendo fuhr ungerührt fort. «Außerdem hat der Air-Marshall ausgesagt, er habe Goiko Schulz in die Brust geschossen. Viele andere Passagiere haben das bestätigt. Herr Schulz ist allerdings vollkommen unverletzt geblieben. Das hat Sie nicht gewundert?»

Die Fahrradkurierin runzelte die Stirn. «Schon, aber das ist hier nicht die Kategorie.»

«Was?»

«Mich wundern. Wissen Sie, was mich heute schon alles

gewundert hat? Dieser Bus hier zum Beispiel. Täusche ich mich, oder ist der tatsächlich innen größer, als er von außen wirkt?»

«Ja, aber längst nicht so viel von innen größer wie das Raumschiff bei Dr. Who. So weit sind wir mit der Technologie des gefalteten Raums noch nicht.»

Kira staunte. «Sie klauen Ihre Ideen bei Dr. Who?»

«Wir holen uns Anregungen. Jedes ultrageheime Zukunftslabor lässt sich gerne von Literatur, Film und Fernsehserien inspirieren. Das war schon immer so. Forschung baut nun mal stets auf den Erkenntnissen anderer auf. Wobei unser Gefährt weit von den grandiosen Möglichkeiten der TARDIS entfernt ist. Im Prinzip ist es einfach nur ein Bus, der von innen halt etwas größer ist, als es von außen den Anschein hat. Nix Dolles. Eben das, was wir auf der Erde so machen können.»

«Ich wusste nicht mal, dass wir das machen können.»

«Man kann nicht alles wissen – und in diesem Fall dürfen Sie es sogar nicht wissen. Das mit dem Bus hier bleibt unser Geheimnis?»

«Wenn Sie es wünschen.»

«Ich wünsche es mir für Sie. Ich glaube Ihnen, aber ich bin verpflichtet, Ihre Aussagen noch einmal gegenzuchecken. Ist das okay für Sie?»

Die Frage kam Kira so beiläufig vor, dass sie sie ohne größeres Nachdenken bejahte.

Commander Fendo nickte und tippte ein paarmal auf den Touchscreen, der um ihr linkes Handgelenk gebunden war. Daraufhin trat ein Lichtstrahl aus diesem heraus, den sie auf Kiras Stirn richtete. «Jetzt sagen Sie mir bitte noch einmal in einem ganzen Satz, mit Nennung Ihres vollen Namens, dass Sie nichts über Goiko Schulz oder seine Pläne wussten.»

«Was?»

«Sagen Sie es einfach.»

«Also gut. Ich, Kira Menzel, weiß und wusste nichts von den Plänen von Goiko Schulz, der mit mir diese Reise nach New York antreten wollte.»

Fendo schaute auf ihren Armbandbildschirm. «Okay, wie es aussieht, sagen Sie wirklich die Wahrheit. Das macht die Sache leider nicht einfacher. Tut mir sehr leid.» Sie tippte erneut auf den Touchscreen. Das Licht verschwand wieder. Gleichzeitig öffnete sich die Tür, und Dirk kam mit einem Tablet herein. Fendo warf einen kurzen Blick darauf. «Warum hat das so lange gedauert?»

Der junge Mann wirkte verlegen. «Netzprobleme. Hier mitten in Brandenburg ist das manchmal …»

«Wir mit unserer technischen Ausstattung haben Probleme mit der Netzabdeckung?»

«Na ja, was das angeht, ist Brandenburg wirklich für alle gleich.»

«Ist ja auch egal. Es hat jetzt geklappt. Hier, wenn Sie sich das bitte kurz durchlesen und unterschreiben würden. Dann sind wir auch schon fertig. Fürs Erste.» Sie reichte Kira das Tablet und einen speziellen Stift.

Die las den Text und stutzte: «Was ist das?»

«Ach, nur eine reine Formalität. Machen Sie sich keine Gedanken. Verstehen Sie etwas nicht?»

«Allerdings, hier steht, dass dieses Dokument Ihnen erlaubt, mich zehn Tage lang ohne Prozess oder Anklage festzuhalten.»

Commander Fendo lächelte. «Ja, stimmt. Hatte ich vergessen zu erwähnen. Entschuldigen Sie bitte. Aber das ist auch nur ein Schnellurteil. Bis morgen kriegen wir das alles sicher noch ein bisschen schöner hin. Dann können wir auch die

Dauer verlängern. Jetzt gerade sind alle wegen der besonderen Ereignisse ein wenig überlastet.»

Kira sprang auf und brüllte: «Das können Sie nicht machen!»

Fendo blieb ganz ruhig, schaute Kira mit warmen Augen an und sagte in bemerkenswert sanftem Tonfall: «Provozieren Sie mich bitte nicht, Ihnen zu zeigen, was ich alles kann. Das würde gewiss uns beiden weder gefallen noch Spaß machen.»

Kira versuchte, ihrem Blick standzuhalten. «Ich werde das nicht unterschreiben.»

Lächelnd nahm Fendo das Tablet wieder an sich. «Kein Problem. Das macht gar nichts. Dadurch werden Ihnen keine Nachteile entstehen. Machen Sie sich keine Sorgen.» Dann hüpfte sie förmlich von ihrem Platz hoch und federte aus dem Raum.

Dirk lächelte Kira entschuldigend an. «Ich kann verstehen, wenn Sie das als Freiheitsberaubung empfinden, aber es geht hier auch um Ihren Schutz. Wenn Sie noch irgendetwas wünschen oder benötigen, brauchen Sie nur zu klingeln.»

«Mit welcher Klingel denn?»

«Oh, natürlich. Das war nur eine Redewendung. Es reicht nach wie vor, wenn Sie Ihren Wunsch einfach in den Raum hineinsprechen. Ich bin immer bei Ihnen.»

Mit einem angedeuteten Abschiedsgruß ging nun auch er hinaus. Hinter ihm schloss sich die Tür.

9 Auf der Suche nach Frank – an Bord der Signora

Nach dem Gespräch mit Njiuv, Sonoro und dem Schiff machte sich Goiko in der ihm zugewiesenen Kabine erst einmal ein bisschen frisch. Wobei die Wirkung von Schalldusche, Schallseife und Schalldeo für ihn ungewohnt war. Wenn man zum ersten Mal einen Schwall kalten Schallwassers im wahrsten Sinne des Wortes ins Gesicht geblasen bekommt, ist das ein seltsames Erlebnis. Einerseits ist Wasser, das nicht nass macht, praktisch und ressourcenschonend. Andererseits bleibt auch eine gewisse Leere nach dem Duschen zurück.

Ähnlich verhielt es sich mit den Nahrungspflastern, die man ihm gegeben hatte. Auf die richtige Stelle am Unterarm geklebt, versorgten sie den Körper schnell mit allen gewünschten Nährstoffen. Zusätzlich stimulierten die Pflaster die Sinne, Geschmacks- und Geruchserlebnis eingeschlossen. Goikos Entscheidung für drei Gänge war nicht der Fehler. Tomatensuppe, Maispoularde mit Risotto und zum Nachtisch Crème brulée hätten ihm als Menüfolge Freude machen können. Blöderweise hatte er sich alle drei Tapes gleichzeitig aufgeklebt. Das war der typische Anfängerfehler, der das Geschmackserlebnis erheblich beeinträchtigte. Es schmeckte eben, als wenn man Tomatensuppe, Maispoularde, Risotto und Crème brulée zusammengeschüttet, ordentlich gemixt und dann auf ex runtergestürzt hätte. Clever vermarktet, könnte man das vielleicht als Variante der Molekularküche verkaufen. Unvorbereitet jedoch überfordert dieses kulinarische Inferno die Rezeptoren eher. Außerdem hatte sich Goiko viel zu große Stücke von den Pflastern abgeschnitten; die Mahlzeit würde ihn und seinen Körper daher wohl noch etwas länger beschäftigen.

Er versuchte, seine Mutter anzurufen, doch erreichte nur ihre Mailbox. Als er die irdischen Fernsehkanäle durchzappte, wusste er auch, weshalb: Sie gab Interviews und erzählte den Moderatoren von seiner Kindheit. Allerdings nahm sie hier und da kleinere Modifikationen vor. Sein Hund beispielsweise, von dem sie berichtete, war eigentlich ein Hamster gewesen. Und er war auch nicht gestorben, nachdem er ein Kind in der Ostsee vor dem Ertrinken gerettet hatte, sondern weil Goiko den Hamster in seinem Zimmer frei laufen ließ, ihn nicht wieder einfangen konnte und seiner Mutter, um keinen Ärger zu bekommen, nichts davon sagte. Als die dann, während er in der Schule war, sein Zimmer saugte, vor allem auch endlich mal diese dicken Staubmäuse unter seinem Bett, war der Staubsauger plötzlich verstopft, weshalb sie ihn auf höchste Turboleistung schaltete, was rückblickend eine tragische Entscheidung war. Insbesondere für den Hamster Felix. Im Nachhinein gesehen kein glücklich gewählter Name. Verständlich vielleicht, dass seine Mutter diese Erinnerung ein wenig modifizierte. Die Kernbotschaft, dass Goiko ein Tier hatte, das tragisch verstorben war, hatte sie ja immerhin beibehalten.

Die Nachrichten befassten sich ausschließlich mit dem heruntergefallenen Raumschiff. Nur die Sportsender besannen sich schnell wieder auf die anstehenden Champions-League-Halbfinals. Doch selbst hier schlich sich im Zuge der obligatorischen Pressekonferenz nach dem Training die Frage ein, ob nicht die Kontaktaufnahme von Außerirdischen und das möglicherweise unmittelbar bevorstehende Ende der menschlichen Zivilisation die Vorbereitung der Spieler auf die so bedeutsamen Spiele empfindlich stören könnten. Die Trainer konnten mit der Antwort beruhigen, die Spieler seien allesamt Profis, solche Situationen gewohnt und natürlich in der Lage, sich ganz auf das Wesentliche und Elementare zu konzentrieren: nämlich den Fußball.

Ansonsten wurde behauptet, es gebe zurzeit viele Spekulationen. Was schlicht gelogen war. Es gab ausschließlich Spekulationen, niemand wusste etwas Konkretes. Das Raumschiff rührte sich nach wie vor kein Stück und reagierte auch auf keinen Versuch von außen, Kontakt aufzunehmen. In allen Gremien tobte ein erbitterter Streit um Zuständigkeiten. Jemand behauptete, der gewaltige Himmelsflugkörper sei nur auf die Erde geworfen worden, um von noch etwas viel Größerem abzulenken. Das führte zu der berechtigten Nachfrage, was denn noch größer als dieses gigantische Ding aus dem Weltall sein könne. Worauf der Experte antwortete, eben das mache ihm ja so enorme Sorgen.

In den Städten kam es zu Chaos, weil zu viele Menschen auf einmal sie verlassen wollten. Bei Befragungen der Bürger, warum sie dies taten, gab es erstaunliche Antworten: «Man weiß ja nichts. Die müssen doch was wissen, aber wir bekommen keine Informationen. Da fragt man sich doch: warum? Im Radio haben wir gehört, dass viele die Stadt verlassen. Also haben wir schnell das Nötigste gepackt und sind auch los, bevor alles dicht ist und man nicht mehr rauskommt.»

Die Rettung des Jungfernflug-Flugzeugs war offensichtlich auch längst bekannt. Zur Besatzung und zu den Passagieren gab es aber noch keinen Kontakt, zumindest nicht für die Presse, deshalb hatte man zunächst Angehörige interviewt, wie Goikos Mutter. Goiko hoffte sehr, dass die Journalisten bald das Interesse an ihr verlieren würden, sonst würde sie vermutlich eine Goiko-Lebensgeschichte zusammenantworten, nach der er praktisch gar keine andere Wahl mehr haben würde, als die Erde unverzüglich und für alle Zeiten zu verlassen.

Er schaltete das Empfangsgerät aus und machte sich auf den Weg. Njiuv hatte ihn gebeten, nach seiner Schallwäsche und Nahrungsbepflasterung Sonoro bei der Frank-Recherche zu helfen. Goiko tippte Sonoros Namen in das Bord-Navi, das man ihm gegeben hatte, und schon erschien am Boden eine Leuchtpunktspur, die ihn direkt zu seinem ehemaligen Leibwächter führte. Als er etwas näher hinschaute, erkannte er, dass die Umrisse der Leuchtpunkte kleine Entenfüße waren. Offensichtlich die personalisierte Fährte, die der Bordcomputer für ihn ausgesucht hatte. Warum auch immer. Goiko gefielen die kleinen Entenfüßchen. Nach gut vier Minuten erreichte er eine der unzähligen Türen auf der Hotelflurebene der Signora; sie öffnete sich automatisch und schloss sich hinter ihm auch wieder. Im Raum stand nur ein etwa drei mal drei Meter großer, ungefähr ein Meter hoher Tisch. Darauf saß Sonoro und ließ die Playmobilbeine baumeln. Über den Kopf hatte er eine braune Papiertüte gestülpt, eine, wie man sie in amerikanischen Supermärkten bekommt. Seine gute Laune hatte schon nachgelassen.

«Da bist du ja endlich. Das hat ja gedauert.»

«Wieso?»

«Na, an deinen Leuchtfüßen, die zu mir führten, habe ich natürlich längst gesehen, dass du auf dem Weg bist. Du hast echt ganz schön lange gebraucht für die paar Schritte.»

«Paar Schritte? Dieses Schiff ist total groß!»

«Du hast überhaupt keine Ahnung, was total groß ist. Stell dir vor, ein Goldfisch steht mit seinem Aquarium in einem Schrank.»

«Ja?»

«Er denkt, das Aquarium ist schon groß, aber der dunkle Schrank, wo er kaum was erkennen kann, der ist sicher unendlich.»

«Und?»

«Dieser Goldfisch ist die Menschheit. Wenn irgendwann mal einer den Schrank aufmacht und ihr das Zimmer seht und dann einer das Zimmer öffnet und ihr das ganze Haus erkundet und dann einer die Haustür findet und ihr rauskommt: Dann dürft ihr denken, ihr wisst, was groß ist. Obwohl ihr immer noch erst im Garten seid. Hast du verstanden, was ich meine?»

Goiko zuckte zusammen. «Nein. Als du bei ‹Zimmer› warst, habe ich aufgehört zuzuhören. – Was machst du da?»

Sonoro klopfte mit seinen Plastikfingern auf die Tischplatte. «Was wohl? Wonach sieht es denn aus?»

«Du sitzt auf einem Tisch mit einer Papiertüte auf dem Kopf.»

Sonoro stöhnte auf. «Das, mein lieber Freund, ist mitnichten eine Papiertüte und noch viel weniger einfach ein Tisch.»

«Sondern?»

«Was du Tisch nennst, ist ein Signalbündler. Ich nenn das mal für dich so, damit du dir was drunter vorstellen kannst.»

«Das hat nicht geklappt.»

«Bitte?»

«Obwohl du es so nett Signalbündler genannt hast, kann ich mir noch nicht so richtig was drunter vorstellen.»

«Ach so. Hätte ich mir ja denken können. Ein Signalbündler kratzt praktisch alles verfügbare Netz einer Region zusammen, um genügend Abdeckung für den Multidimensionalempfänger hier zu haben.» Er tippte an die Papiertüte.

«Ist das denn nicht gefährlich? Also von den Strahlen her?»

«Nee, nee, der Signalbündler hat alle nötigen Schutzvorrichtungen. Das einzig Unerfreuliche ist, dass die Region, in der man ihn startet, häufig mit Netzausfällen zu kämpfen hat.»

«Aha. Klingt, als würde es bereits mehrere dieser außerirdischen Signalbündler auf der Erde geben.»

«Das würde ich nicht ausschließen. Jedenfalls versuche ich gerade herauszufinden, wo auf der Erde wir vielleicht Frank finden könnten. Mach ruhig mit.» Er reichte Goiko eine zweite Papiertüte.

Der blieb skeptisch. «Was ganz genau war das jetzt noch gleich?»

«Ein Multidimensionalempfänger. Hatte ich das nicht schon gesagt?»

«Aus Papier?»

«Papier beschreibt es nicht wirklich präzise. Obwohl es so aussieht und sich auch so anfühlt. Aber tatsächlich ist das Zzmmmmp.»

«Was ist Zzmmmmp?»

«Ein Wort ohne Vokale und gleichzeitig das perfekte Material für Multidimensionalempfänger.»

«Warum?»

«Es ist einfach viel leichter, praktischer und platzsparender als ein Datenhelm oder so. Wenn du willst, kannst du das ja selbst cyarieren.»

«Was ist ‹cyarieren›?»

«Findest du nicht, dass du zu viele Fragen stellst?»

«Nein.»

«Cyarieren ist so etwas wie googeln. Nur größer.»

«Größer?»

«Ja, sehr viel größer sogar. Wir haben damit Zugriff auf das gesamte irdische Netz. Aber das ist noch lange nicht alles.

Durch den Signalbündler kommen wir, je nach galaktischer Großwetterlage, häufig auch noch in die Netze einiger anderer Planeten. Obwohl die Erde so weit ab vom Schuss liegt. Aber guck es dir einfach mal an.» Er wedelte erneut mit der Papiertüte.

Goiko dachte: Was soll schon passieren?, und wuchtete sich auf den Signalbündlertisch. Er merkte gar nichts. Nicht die geringste Veränderung. Ob ihn Sonoro gerade wieder veräppelte? Wie bei den Bürstenzimbeln? Egal. Er nahm die Papiertüte und stülpte sie sich über den Kopf.

Sonoro meinte später, er habe die zwei Minuten, in denen er in der Papiertüte steckte, durchgehend geschrien. Der heisere Goiko erinnerte sich nur noch, wie er durch einen schier endlosen Raum geschossen war. Ständig ploppten rechts, links, unter, über ihm Blasen auf. Viele davon rempelten ihn an, warfen ihn aus der Spur: «Geile Nachbarinnen ganz in der Nähe deiner Hemisphäre, nur zwei Klicks und wenige Lichtjahre entfernt!», «Jetzt clever anlegen, investieren Sie in planetare Ökosysteme und erzielen Sie eine Rendite von bis zu zwanzig Prozent!» oder «SimReligion, Ihr neues Browserspiel! Entwickeln Sie Ihren eigenen Glauben, steigen Sie auf von einer kleinen religiösen Psychose zum geistlichen Oberhaupt einer ganzen Galaxie! Kämpfen und handeln Sie mit anderen Religionen und unterwerfen Sie die Wissenschaften!» Sonoro hatte ihm wohl zugerufen, er solle den Werbeploppschutz aktivieren, doch Goiko schaffte es nicht einmal, die bereits geöffneten Blasen zu schließen. Verzweifelt suchte er nach dem versteckten «x» irgendwo in der Ecke, während sich schon wieder drei neue Blasen aktivierten. Einen Suchbegriff wie «Frank» in den Browser einzugeben, daran war überhaupt noch nicht zu denken. Irgendwann aber hatte ihn der besorgte Sonoro von seiner Papiertüte befreit.

«Okay, das hat im Moment noch keinen Zweck. Wir müssen das Surfen im intergalaktischen Netz bei Gelegenheit mal trainieren. Jetzt fehlt uns leider die Zeit. Nimm lieber dein Telefon und surfe, wie du es gewohnt bist. Auf dem Signalbündler hast du auch mit dem eine echt hohe Geschwindigkeit.»

Das stimmte, wie Goiko, nachdem er sich einigermaßen von seiner Erfahrung im intergalaktischen Netz erholt hatte, selbst feststellen durfte. Viel zu recherchieren gab es für ihn allerdings nicht mehr, weil Sonoro die deprimierenden Ergebnisse bereits zusammengetragen hatte.

«Nichts, absolut nichts. Im gesamten Quadranten und erst recht auf der Erde ist nicht ein Körnchen Frank zu kriegen. Ihr sitzt hier echt aber mal richtig weit weg vom Buffet.»

Goiko dachte, was jeder denkt, der weit vom Buffet lebt. «Können wir uns nicht was bestellen? Beim intergalaktischen Versandhandel oder so? Vielleicht ist ja einer hier auf dem Schiff sogar Prime-Kunde bei irgendwem, der irgendwo im All mit Frank handelt.»

Sonoro starrte ihn an, als hätte er vorgeschlagen, einen Hund Wurst holen zu lassen. «Was denkst du, was ein intergalaktischer Versandhandel mit unserer Adresse macht? Wir sind ein Schiff von Artenschützern. Artenschutz und Datenschutz sind für die Cyanen so ziemlich gleich lästig. Und rate mal, wer den intergalaktischen Versandhandel überhaupt erfunden hat. Die hätten uns schon entdeckt, bevor die Bestellung bei Alzheimerom auch nur angekommen ist.»

«Der intergalaktische Versandhandel heißt Alzheimerom?»

«Der größte, ja. Also eigentlich heißt er» – er drückte Goiko fest eine Hand auf den Magen – «A Aoo,̓k̓±∞̓m» – er nahm die Hand wieder weg – «aber der Schiffsübersetzer hat es für dich wohl mit Alzheimerom umschrieben. Sie nennen es so,

125

um mit dem Namen zu suggerieren, dass sie die ganzen Daten und Informationen, die sie sammeln, auch irgendwann wieder löschen, also quasi vergessen.»

Goiko rieb sich den Bauch. «Musste das sein?»

«Ja, so kann man wenigstens kurzzeitig den Übersetzer mal blocken. Für einzelne Wörter oder Sätze.»

«Der funktioniert nicht über das Gehirn?»

«Im Prinzip schon, aber der kürzeste Weg zu Verständnis und Sprachgefühl geht bei deiner Spezies eben über die Körpermitte. Umgangssprachlich nennt ihr es ja Bauch. Das ganze Universum wartet übrigens gespannt darauf, wann ihr mal richtig euer Bauchgefühl erforscht. Das würde euch ziemlich voranbringen.»

«Und wenn wir es uns postlagernd schicken lassen?»

«Was?»

«Das Frank. Postlagernd.»

«Und wie wollen wir es unbemerkt vom Postschließfach abholen?»

«Dann lassen wir es uns eben an eine falsche Adresse schicken. Und von da wird es wieder weitergeschickt. Und dann noch mal weiter, an fünf verschiedene Adressen mit falschen Fährten, aber tatsächlich ist keine der Adressen unsere, sondern einer von uns ist der Postbote, der das Paket unauffällig austauscht.»

«Vergiss es.» Sonoros gelber Playmobilarm schlug gegen seine grüne Plastikmütze und stellte sie leicht quer. Das war wohl als Ersatzgesichtsausdruck für ein flüchtiges Lächeln gedacht. «Die Cyanen sind sicher vieles, aber ganz bestimmt nicht dumm. Schon gar nicht aus deiner Perspektive. Du kannst davon ausgehen, dass sie jeden noch so brillanten Plan längst vorausgesehen haben, schon bevor du ihn überhaupt gedacht hast. Die einzige Chance, sie zu überlisten, wäre, etwas wirklich Dämliches zu machen. Das müsste so abgrundtief bescheuert sein, dass kein Cyane es erahnen könnte.»

Goiko dachte nach. Es war wie verhext. Alles, was ihm einfiel, war irgendwie zu intelligent. Aber so ist es ja oft mit der Doofheit: Wenn man sie mal wirklich gut brauchen könnte, lässt sie sich von der Schlauheit verleugnen. Ihm fiel sein Einschlaftrick ein. Viele Jahre hatte er den Fehler gemacht, sich lange im Bett hin und her zu wälzen, wenn er nicht einschlafen konnte. Der kurze, unruhige, oberflächliche Schlaf, in den er so nach einigen Stunden noch gefallen war, ließ ihn den ganzen folgenden Tag völlig zerrüttet erleben. Seit knapp einem Jahr allerdings zwang er sich, wenn er nicht in den Schlaf finden konnte, aufzustehen und eine unangenehme bis lästige Büropflicht in Angriff zu nehmen. Das machte ihn verlässlich so müde, dass er recht zügig mit dem Gesicht auf die Schreibtischplatte und in einen tiefen Schlaf fiel; am nächsten Morgen war er vergleichsweise ausgeruht. Zudem sorgte es dafür, dass er seinen Schreibtisch prinzipiell sehr viel sorgfältiger aufräumte. Denn jeder Schreibtischarbeiter weiß: Je ordentlicher der Schreibtisch, desto erholsamer der Schlaf und desto weniger Druckstellen auch im Gesicht. Doch wie konnte er diese Erfahrung jetzt auf das aktuelle Problem übertragen? Vielleicht indem er versuchte, etwas wirklich extrem Intelligentes zu denken. So klug, dass die Intelligenz einem fast schon wieder lästig war. Wenn er das versuchte, wäre die Wahrscheinlichkeit, dass etwas außerordentlich Dämliches dabei herauskäme, womöglich extrem hoch. Doch für den Versuch, einen hochgradig intelligenten Gedanken zu formulieren, der einer herausragenden Idiotie den Weg bereiten konnte, brauchte er ohne Zweifel noch weitere Informationen.

«Was genau ist eigentlich dieses Frank?»

Sonoro schaute ihn unendlich traurig an. So traurig und verzweifelt, wie manchmal Eltern schauen, wenn Kinder eine Frage ungefähr zehn Jahre zu früh stellen. So Fragen wie: Warum trinkst du denn nicht nur so viel Wein, dass er dich am nächsten Tag nicht krank macht? Drum antwortete er auch so wie Eltern in solchen Situationen: «Das ist schwer zu erklären.»

«Versuch es trotzdem. Es muss ja gar nicht detailliert sein. Nur so, dass ich es im Groben verstehen kann.»

«Dass du es verstehen kannst?»

«In etwa. In meinen Worten halt.»

Sonoro zuckte mit den Plastikschultern. «Frank ist irgendwie ein Dings, was das Raumschiff braucht. Wegen der Türen.»

«Verstehe.»

«Echt?»

«Nein, verdammt. Kann man dieses Frank nicht vielleicht hier herstellen?»

«Im Prinzip.»

«Im Prinzip?»

«Im Prinzip.»

«Im Prinzip heißt doch wohl ja, oder nicht?»

«Quasi.»

«Wie quasi?»

«Na ja, ist nicht so einfach.»

«Ach, komm. Wir haben ein allem Irdischen überlegenes Raumschiff mit unvorstellbar intelligenten Passagieren. Das wäre doch gelacht!»

«Ist echt nicht so einfach.»

«Ach, jetzt mal nicht so defätistisch.»

Sonoro richtete sich so weit auf, wie sich eine Playmobilfigur aufrichten kann. «Hör mal. Du weißt nicht mal, was Frank ist. Deine Zuversicht hat keinerlei Bezug zur Realität.

In der sieht es nämlich so aus, dass wir wohl alle hier auf der Erde sterben werden.»

«Jetzt mach aber mal halblang. Wir würden ja nun nicht gleich sterben, wenn das Schiff nicht fliegt. Wir könnten die Erde eben nur nicht verlassen. Meinetwegen womöglich sogar nie wieder. Verglichen mit dem Lebensentwurf, den ich noch vor ein paar Stunden hatte, macht das nicht den ganz großen Unterschied, also die Aussicht, den Rest meines Lebens auf der Erde verbringen zu müssen.»

Sonoro fiel in sich zusammen. «Und schon erscheint einem ein möglicher Tod gar nicht mehr als allerschlimmste Alternative.»

Goiko blieb erstaunlich konstruktiv. Getrieben von dem unerschütterlichen Glauben an seine Fähigkeit, eine schwachsinnige Idee haben zu können, ließ er nicht locker. «Also was denn nun? Können wir dieses Frank selbst herstellen oder nicht?»

Wortlos ließ Sonoro den Kopf auf die Tischplatte fallen und rührte sich nicht mehr.

Goiko war nun doch verunsichert. «Wie? Heißt das jetzt ja oder nein?»

«Dit heißt, dit dit schwierich is.»

Goiko schaute reflexartig nach oben.

«Sie müssn nich nach oben kiekn, wenn Se mit Ihrem Schiff redn. Is janz ejal, wohin Se kieken. Ick bin ja praktisch überall um Sie rum.»

Goiko musste feststellen, wie anspruchsvoll es ist, gezielt ganz egal wohin zu gucken. In etwa genauso ungewohnt, wie ganz egal wohin zu sprechen. «Haben Sie unser ganzes Gespräch verfolgt?»

«Ick höre imma allet mit. Allet. Dit is übrijens Fluch und Segen zugleich.»

«Gut. Dass das mit dem Frank schwierig ist, habe ich schon von anderen gehört. Aber könnte man es denn grundsätzlich selbst produzieren?»

«Also, tatsächlich könnte man wat, wat man womöglich als Grundstoff vawendn könnte, eventuell hier uff de Erde herstelln.»

«Aber?»

«Wär schwierich.»

Stille. Ganz kurz sank Goikos Mut, bis das Schiff doch weitersprach.

«Also, stelln Se sisch vor, Sie nehm bei 'nem Jewürzgurkenglas die Gurken raus. Und schüttn denn dit Wassa ab. Denn bleibt ja nu so een Kraut zurück. Dit könnte der Grundstoff für die Herstellung von Frank sein.»

«Aber das ist doch kein Problem!»

«Man bräuchte ziemlich viel davon.»

«Na und?»

«Außerdem wär die Herstellung …»

«Schwierig?»

«Eher diffizil.»

«Das ist doch dasselbe.»

Obwohl Goiko seinen Gesprächspartner nicht sehen konnte, hatte er das Gefühl, das Schiff würde mit den Augen rollen.

«Na, wenn übahaupt, isset dit Gleiche. Und dit Gleiche is ja nu bekanntlich nich zwangsläufig ooch ditselbe. Schon jar nich im Berlinerischen. Weil, wenn hier wat schwierich is, is dit ja quasi eijentlich normal. Wenn aba mal wat gar diffizil is, denn heißt dit ja, dit is sojar rischtisch schwierich.»

Goiko horchte in sich rein. Bemerkte, wie seltsam es sich anfühlte, von einem außerirdischen, ausrangierten Nahverkehrsraumschiff mit defekter Tür im korrekten Berlinern unterrichtet zu werden – kam aber zu dem Schluss, dass, selbst wenn er dieses Gefühl in Worte fassen könnte, es wohl niemanden gäbe, mit dem er sich sinnvoll darüber austauschen könnte.

«Man müsste dit nämlich rejelmäßig mit jeringen Mengen norditalienischer Kieselerde bestrahln.»

«Kieselerde strahlt?»

«Aber selbstvaständlich!»

«Die können wir doch besorgen. Genauso wie das Gurkenkraut.»

«Allerdings müsste dit beim Bestrahlen vamodern. Und zwar üba 'nen längeren Zeitraum.»

«Wie lange?»

«Echt lange.»

«Wie lange ist echt lange?»

«Na, so uff zehn Minuten oder 'ne halbe Stunde jenau kann man dit nich sagen. Da käm et ooch nich drauf an.»

«Ungefähr. Wie lange würde es ungefähr dauern?»

«So knappe hundertdreißich Erdenjahre solltn dit schon sein.»

«Oh. Doch so lang.» Goiko versuchte, sich seine Enttäuschung nicht anmerken zu lassen. Obwohl die dem Schiff sicher schnurzpiepegal gewesen wäre. In seinen Worten gesprochen. «Was geschieht, wenn wir einfach mit nicht richtig geschlossener hinterer Tür fliegen?»

«Denn funktioniert die Elektronik nich rischtisch.»

«Und das bedeutet?»

«Dit hier nüscht fliegt, wenn die hintere Tür nich rischtisch schließt.»

«Sagt wer?»

«Na, der Autopilot. Der fliegt nich, wenn die Elektronik nich einwandfrei läuft.»

«Und wenn du den Autopiloten einfach ausschaltest?»

«Ick bin der Autopilot!»

«Verstehe.»

«'nen Scheißdreck vastehste! Weeßte, ick würd ooch so jern mal varückte Sachn machn. Mal irjendwat janz, janz anderet. Aba am Ende lande ick imma wieda bei meene ewijen Automatismen. Wie 'ne Maschine. Ja jut, jetze bin ick natürlich ooch 'ne Maschine, weshalb ick da so jesehn ooch wieda nich so streng mit mir sein sollte.»

«Wenn wir hier erst in hundertdreißig Jahren wieder wegkönnten, bekäme die Menschheit ganz schöne Probleme.»

«Allerdings, und nich nur die.»

«Wieso?»

«In zwei Tagen öffnen sich die Schlafkapseln. So fängt's mal an.»

«Welche Schlafkapseln?»

«Dit jibt noch sechs andere Passagiere. Die ham wa in ihre Schlafkapseln jeschickt, damit die in der Zeit, wo wa uff de Erde sind, nich noch allet viel, viel komplizierta machn. Denn die sind zum Teil von ihrem Wesen her schon ooch ziemlich … na ja …»

«Schwierig?»

«Aaah …»

«Diffizil?»

«Mmmmmhhh …»

«Rischtisch diffizil?»

«Dit trifft's. Wenn sich deren Kapseln öffnen und die hier ooch noch wach und aktiv sind, wird der Alltach an Bord sehr viel bunter. Aba mehr so'n Bunterwerden, als würde man die janze Zeit mit Paint Guns beschossn.»

Hatte er vor kurzem noch durch die Stimmlage ein Augenrollen des Schiffs vermutet, meinte Goiko nun, den Klang echter Besorgnis zu hören. Er konnte es drehen und wenden, wie er wollte: Sie brauchten einen Plan. Aber leider war er offensichtlich der Einzige, der bereit war, darüber nachzudenken. «Und man kann den Herstellungsprozess von diesem Frank nicht beschleunigen?»

«Dit Vamodern vielleicht, aba dit muss ja ooch durchjehend bestrahlt werdn. Über mindestens hundertfünfundzwanzig Jahre. In geringer Dosierung, aba durchjehend. Mit norditalienischer Kieselerde. Sonst isset als Frank nich zu jebrauchn. Schon so isset ja nur een entfernt und eijentlich reichlich jefährlicher Frank-Ersatzstoff. So, als wenn man 'n Schlauchboot mit Propanjas fülln oder 'n Nuklearreaktor mit Uran betreibn würde. Sowat macht man ja nur, wenn dit wirklich keene andere Möglichkeit sonstwie jibt. Aba ejal, selbst die Möglichkeit jibt dit ja letztendlich wohl jar nich.»

«Nein, wohl nicht. Es sei denn, jemand hätte schon vor hundertdreißig Jahren Gewürzgurkengläser mit norditalienischer Kieselsteinerde vergraben. Aber damals gab es ja wahrscheinlich noch gar keine Gurkengläser.»

Sonoro, der vorher die Stirn verzweifelt auf die Tischplatte hatte sacken lassen, schoss plötzlich hoch und starrte Goiko an. «Was?»

«Na ja, Gurkengläser, also so Einwecktöpfe, sind wohl erst vor einigen … na ja, ehrlich gesagt, weiß ich nicht, wann die erfunden wurden.»

«Nein, das andere.»

«Welches andere?»

«Was, wenn das jemand schon vor hundertdreißig Jahren vergraben hätte? Das ist es. Du hast die Lösung gefunden!»

«Echt?»

«Ja, wir werden einfach jemanden im Bereich 1887 bis 1892 in Norditalien bitten, das Gewürzgurkenkraut und die Kieselerde für uns zu vergraben.»

Goiko schaute den jetzt wieder gefährlich gut gelaunten Sonoro an. «Und das ist einfach?»

«Na ja, Njiuv hat einen Freund. Einen alten russischen Zeitreiseforscher. Der könnte uns eventuell helfen. Leider können wir gerade nicht zu ihm hinfliegen, weil ja die Tür nicht schließt. Aber vielleicht findet er uns. Bestimmt kommt er zu dem abgestürzten Riesenschiff der Cyanen. Wenn wir ihn da erwischen …»

«Wäre dit allet in allem aba imma noch mal 'n rischtisch amtlisch mächtisch schwachsinniger Plan. Sag ick mal.»

Das vernichtende Urteil der Signora ließ Sonoro verstummen. Allerdings warf es ihn nur kurz aus der Bahn. «Exakt. Ausreichend schwachsinnig, um ihn vollkommen unpraktikabel erscheinen zu lassen. Und damit letzten Endes brillant.» Geradezu feierlich baute er sich vor Goiko auf: «Respekt. Vielleicht habe ich die Intelligenz der Erdenbewohner doch unterschätzt.»

Goiko zuckte die Schultern. «Hm, kann sein. Oder du hast die Bedeutung von Intelligenz überschätzt.»

Sonoro nickte, denn er wusste, diese Erkenntnis war häufig der erste Schritt zu einer höheren Entwicklungsstufe. So wie ja auch eine tiefere Frömmigkeit nur der erreichen kann, der aufhört, die Bedeutung seiner Religion zu überschätzen.

Goiko freute sich über Sonoros Nicken und dachte womöglich so etwas wie: Dann ist ja jetzt alles gut.

Natürlich war das vergleichbar mit einem Mann, der aus einem Flugzeug fällt und während des Fallens denkt: Okay, ziemlich windig, aber erst mal ist ja noch nichts wirklich Schlimmes passiert. Es ist damit zu rechnen, dass dieser Mann seine Situation schon sehr bald völlig anders bewerten wird. Genauso wie Goiko.

Teil 2

10 Das sehr, sehr große Etwas – irgendwo in
    Brandenburg, drei Tage nach der missglückten
    Eröffnung des Flughafens

Seit mehr als fünfundsiebzig Stunden war Kira nun schon
in ihrer seltsamen Zelle. Wahrscheinlich hatte der gewaltige
Gefängnisbus in dieser Zeit einige Male den Standort gewechselt. Ganz genau hätte sie das nicht sagen können, aber
hin und wieder fühlte es sich an, als würde er sich bewegen.

Sie durchlebte keine grausame oder entbehrungsreiche
Haft. Im Gegenteil, Dirk war ein Schatz. Sein Umgangston
war höflich, freundlich, auch humorvoll. Selbst bei Kiras bislang neun missglückten Fluchtversuchen war er immer bemüht gewesen, ihr nicht unnötig weh zu tun. Elegant wich er
ihren Angriffen aus und überwältigte sie so schmerzfrei und
respektvoll wie möglich. Für Kira hatte es fast den Anschein
einer Judo-Trainingsstunde, die er ihr gab.

Commander Fendo besuchte sie täglich und weigerte sich,
die Gespräche Verhöre zu nennen. Sie sah es eher als einen
Austausch über den Lauf der Welt. Seit dem Erscheinen des
Riesenraumschiffs hatte dieser Lauf massiv an Dynamik
gewonnen. Alles bewegte sich in Richtung: aus dem Ruder.
Kira konnte dies ungehindert verfolgen. Man hatte ihr ein
Tablet mit vollem Netzzugang zur Verfügung gestellt. Nur
Kontakt war untersagt. Beobachten jedoch durfte sie alles.
Selbst als sie herausfinden wollte, wie es ihren Eltern und
Freunden ging, hinderte man sie nicht daran. Laut Fendo
hatte man ihnen gesagt, dass Kira und Goiko wichtig für die
Kommunikationsversuche mit dem Raumschiff seien. Des-

halb habe man sie in eine streng geheime Taskforce einge-
gliedert, die vorübergehend nicht den geringsten Kontakt
mit der Außenwelt haben dürfe, nicht einmal zu den al-
lernächsten Verwandten und Freunden. Eine recht smarte,
clevere Lösung. Sie ersparte ihr das lästige Herumgehampel
mit fragenden Angehörigen und Bekannten. Es ist ein inter-
essantes Phänomen moderner Gesellschaften, dass das Vor-
enthalten von Grundrechten als Held leichter zu akzeptieren
ist denn als Angeklagter. Das gilt selbstverständlich auch für
das Umfeld der Helden.

Kira fragte sich, ob Fendo noch Vorgesetzte hatte. Man
nimmt ja irgendwie an, dass jeder noch einen Vorgesetzten
hat. Obwohl Fendo in keiner Sekunde den Eindruck machte,
dass sie jemanden, wegen was auch immer, um Erlaubnis
fragen müsste. Kein nachvollziehbarer Wunsch, seien es
Nahrungsmittel, Genussgüter, Bücher, Kleidungsstücke oder
sogar Kosmetika, wurde Kira verwehrt. Sie kam nicht umhin
anzuerkennen, dass man ihr hier in der Gefangenschaft sehr
viel herzlicher begegnete, als beispielsweise das Willkommen
gewesen war, das man ihr und ihren Eltern in den neunzi-
ger Jahren im Auffanglager für Russlanddeutsche bereitet
hatte. Genau genommen war ihr Lebensstandard in diesem
Gefängnisbus aber auch höher als in ihrem derzeitigen WG-
Zimmer, das sie sich mit dem Lohn einer Fahrradkurierin
gerade so leisten konnte.

Kira vermutete, Fendo und ihre Leute würden ohnehin
permanent ihr zerebrales Bewusstsein scannen. Es war unmöglich, etwas vor ihnen geheim zu halten. Deshalb schenkte man sich diesen Verhörquatsch dann eben ganz.

Mit dieser Annahme kam Kira den tatsächlichen Beweg-
gründen Fendos erstaunlich nahe. Die versuchte nämlich
herauszufinden, ob jemand anderes bedeutsame Informatio-

nen im Unterbewusstsein der jungen Frau hinterlegt hatte. Aus derselben Ecke, aus der man bereits Hinweise zur Technologie des gefalteten Raumes erhalten hatte, waren auch Tipps zu hochentwickelten Verhörtechniken gekommen: Möglicherweise würde Kiras Unterbewusstsein ihre Geheimnisse erst freigeben, wenn sie sich vollkommen wohl und geborgen fühlte.

Eine Antispionage-Taktik, die die Teezetiden, eine außerirdische Zivilisation vom Planeten Teezet, entwickelt hatten. Sie pflanzten ihren Kämpfern und Agenten wichtige Informationen ins Unterbewusstsein, die diese eben erst in Momenten größter Entspannung oder völligen Glücks preisgaben. Es hatte also keinen Sinn mehr, die Agenten mit obskurer Brutalität und Grausamkeit zu foltern, da sie sich dann an die gewünschten Informationen nicht einmal erinnerten – selbst mit Gehirnscans hätte man sie nicht aufspüren können. Die einzig sinnvolle «Folter» war, es den gefangenen Soldaten, Agenten, Spionen so angenehm wie möglich zu machen. Nur wenn sie mit aufrichtiger Freude völlig relaxten, konnte ihr Unterbewusstsein das Wissen preisgeben. Das machte es immer schwieriger, jemanden zu finden, der überhaupt noch bereit war, einen Feind zu foltern. Seit die Befriedigung eines archaischen Gerechtigkeitsgefühls und ein gewisser sadistischer Kitzel als Komponenten weggefallen waren, hatten altgediente Spezialisten mehr und mehr die Lust verloren. Das traditionelle Foltern war zum Einlassen angenehm temperierter Wannenbäder, dem Reichen vorgewärmter Handtücher und magenschonender Nahrung verkommen. Es zeigte sich, dass es sehr viel leichter war, jemanden zu finden, der bereit war, für eine gerechte Sache anderen ungeheure Schmerzen zuzufügen, als jemanden aufzutreiben, der bereit war, für dieselbe gerechte Sache andere unter größten

Mühen glücklich zu machen. Auch weil sich das Projekt des Glücklichmachens – im Vergleich zu jeder noch so kreativen Variante des Folterns – als deutlich anspruchsvoller erwies.

In Kiras Fall deutete ohnehin alles auf eine Strategie der respektvollen Gefangenschaft. Falls jemand in der Lage gewesen war, geheime Informationen in ihrem Unterbewusstsein zu verstecken, vielleicht durch einen Erinnerungstee oder Ähnliches, hatte diese Person gewiss Kiras Wohlbefinden im Sinn gehabt. Zudem waren Fendo und ihre Leute viel zu gut ausgebildet, zu intelligent und vor allem zu professionell für etwaige sadistische Albernheiten. Man befand sich schließlich in der realen Welt und nicht in irgendeiner fiktiven Geschichte, wo man Sadisten oder sonst zu extremen Grausamkeiten neigende Menschen gern mit einer bestimmten Aura oder mit außergewöhnlicher Intelligenz ausstattete. Das hatte Fendo, genauso wie Kira, schon oft verwundert. Nach ihren Erfahrungen war in neunzehn von zwanzig Fällen eine deprimierende Dummheit die Voraussetzung für besondere Grausamkeit. «Zumeist ist das Brutale vom Mentalen her quasi schlicht», hatte beispielsweise Kiras geheimer Kindheitsfreund es mal formuliert. Ein Satz, den sie bislang in der Welt bestätigt fand.

«Geheimer Kindheitsfreund» war ein Ausdruck ihrer Mutter. Die hatte den allerdings erst geprägt, als sie keine Angst mehr vor diesem Kerl hatte. In Berlin, wo er für sie eine märchenhaft verklärte Erinnerung an die Heimat wurde. Denn geheim im engeren Sinn war er nie gewesen, sondern nur seltsam. Jeder im Dorf hatte den komischen Kauz gekannt, der da ganz allein in dieser Hütte auf dem Hügel am Waldrand wohnte. Aber niemand außer Kira hatte Kontakt zu ihm. Er nannte sie sogar seine Assistentin, worauf sie, das kleine Mädchen, ungemein stolz gewesen war. Immer hatte er von intelligentem Leben außerhalb der Erde gesprochen. Von Zeitreisen, zu denen er forsche. Von gar nicht mehr so fernen Tagen, an denen sie zu den Sternen fliegen könnten. Vielleicht könnte es schon bald so weit sein, dass sie zusammen fremde Welten besuchen würden. Jeden Tag, bevor sie ihn verließ, hatte sie ihm daher das Versprechen abgenommen, dass er keinesfalls ohne sie in andere Galaxien aufbrechen würde. Er hatte es versprochen. Sie hatte nachgehakt: «Wirklich, ganz bestimmt?», worauf er bei jedem Abschied die Antwort gegeben hatte: «Wirklich, ganz, ganz bestimmt. Ich werde dich sicher nicht vergessen. ‹Moja malen'kaja issledovatel'nica›, meine kleine Forscherin.»

«To vse v porjadke – dann ist es gut», war stets der Satz gewesen, mit dem sie schließlich lachend den Hügel hinabrannte, heim zu ihren Eltern. Eines Tages würde sie mit ihrem Freund in ein Raumschiff steigen. Es gab nichts, woran sie damals fester geglaubt hatte.

Um so heftiger traf es sie, als ihre Eltern ihr mitteilten, man werde umziehen. Aber nicht nur einfach in die Stadt, wie so viele andere zu der Zeit es taten. Nein, in ein anderes, fernes Land sollte es gehen. Sie sagte ihren Eltern daraufhin, dass sie unmöglich umziehen könne, da ihr Freund, der knorzige, einsame Mann, der allein auf dem Hügel am Waldrand lebe, bereits recht fortgeschrittene Pläne habe. Ein Raumschiff werde sie demnächst abholen und mit ihnen zu den Sternen fliegen. Die ziemlich erschrockene Mutter hatte ihr daraufhin strengstens jeglichen Kontakt zu ihm verboten. Nur einen Brief konnte sie noch an ihren Eltern vorbei in den Briefkasten schmuggeln. Eine Antwort hatte sie nie bekommen.

Die ersten Jahre in Berlin war sie überzeugt gewesen, er würde eines Tages vor der Tür stehen, sie abholen und mitnehmen auf die Reise zu fernen Galaxien. Viele Nächte hatte sie wach gelegen und gehofft. Sich vorgestellt, wie es wäre, wenn es gleich losginge. Trotz der Enttäuschung damals war sie heute doch davon überzeugt, dass es ihr seinerzeit auch geholfen hat, an etwas glauben zu können. Einen Traum zu haben. Falls ihr Freund noch lebte, wäre er im Moment sicher sehr aufgeregt. Immerhin war ja nun das Raumschiff tatsächlich gekommen. Allerdings machte es keine Anstalten, mit irgendjemandem irgendwohin zu fliegen. Es machte überhaupt keine Anstalten.

Nachdem es auf die Erde gefallen war, hatte es noch eine Weile gedauert – dann konnte niemand mehr leugnen, dass da ein außerirdisches Raumschiff von schier unfassbarer Größe den Berliner Flughafen direkt nach seiner Fertigstellung gleich wieder kaputt gemacht hatte. Kurz mag manch Brandenburger oder Berliner überlegt haben, ob da nicht mit diesem Raumschifftrick nur mögliche Schlampereien beim Flughafenbau vertuscht werden sollten, aber auch die misstrauischsten Beobachter mussten schnell einräumen, dass, nur um Schlampereien zu vertuschen, ein derartiger Aufwand in Berlin normalerweise nicht üblich war. Große Intrigen gibt es ja viel weniger, als man gemeinhin so denkt. Für die meisten Durchschnittsschweinereien macht sich niemand die Mühe, eine große, vertrackte Verschwörung zu inszenieren. Vieles an Niedertracht lässt sich genauso gut auf dem kurzen, dem sogenannten kleinen Dienstweg erledigen.

Allerdings entbrannte unmittelbar nach dem Raumschifffall ein heftiger Zuständigkeitsstreit. Der größte am BER seit dem Taxistreit zwischen Brandenburgern und Berlinern. Wobei dieser globaler Natur war. Speziell die Frage, wer denn jetzt berechtigt sei, den ersten Kontakt mit dem Raumschiff aufzunehmen, womöglich sogar das erste Gespräch mit jemandem «from outer space» zu führen, erwies sich als äußerst knifflig. Es heißt, die Diskussion darüber, wer die Friedensbotschaft der Erde überbringen dürfe, hätte beinah den Dritten Weltkrieg ausgelöst. Die politischen, religiösen und wirtschaftlichen Führer konnten sich auf keine Person einigen, selbst der UN-Generalsekretär war nicht durchzusetzen. Die Gründe, warum sogar er nicht mehrheitsfähig war, mussten geheim bleiben, da man, wie es hieß, sonst das Amt des UN-Generalsekretärs nachhaltig beschädigt hätte. Ob diese Begründung wiederum ein Segen für das Ansehen des Amtes des UN-Generalsekretärs war, bleibt fraglich.

Die Einzige, auf die sich schließlich alle einigermaßen einigen konnten, war der Popstar Shakira, die sich ohnehin gerade zufällig für ein Konzert in Berlin befand. Ein Bluescreen sorgte dafür, dass jeder Staat eine für ihn angemessene Kleidung auf ihren Körper projizieren konnte. Der Text, den sie in mehr als hundert Sprachen in Richtung des fremden Schiffes sprechen sollte, war ebenfalls das Ergebnis zäher Verhandlungen. Er lautete: «Willkommen! Sie befinden sich auf dem Planeten Erde. Können wir Ihnen helfen?» Angesichts des enormen diplomatischen Hickhacks, das Shakiras Einsatz vorausgegangen war, erstaunte es schon, dass sie nicht einmal acht Stunden nach dem Absturz des Raumschiffs mit dessen offizieller Begrüßung beginnen konnte.

Das Raumschiff zeigte keine Reaktion. Nicht während der Begrüßung, nicht nach der Begrüßung. Nachdem Shakira und ihre zahllosen Simultanübersetzerinnen sechs Begrüßungsrunden in allen bekannten Sprachen absolviert hatten, begannen die alternativen Kommunikationsversuche. Viele musikalische Klangfolgen wurden abgespielt. Von der berühmten Kontaktaufnahmemelodie aus Steven Spielbergs «Unheimliche Begegnung der dritten Art» über «Also sprach Zarathustra» bis hin zu verschiedenen Vogelstimmen,

Walgesängen oder Obertonklängen im gesamten Wahrnehmungsspektrum und darüber hinaus. Vom Raumschiff keine Reaktion. Es folgten Lichtchoreographien, die komplette Farbpalette in allen Kombinationen, mehrere Lasershows, Kaskaden unterschiedlichster Gerüche, die man von verschiedenen Punkten aus in Richtung Raumschiff wehte. Es wurden Begrüßungen getanzt, pantomimisch dargestellt, in enormen mobilen Aquarien geblubbert oder synchron geschwommen.

Vom Raumschiff nach wie vor keine Reaktion. Kein Geräusch, kein Licht, kein Countdown, kein Gas, das strömte, keine Ultraschall-, WiFi-, Radio- oder sonstigen Wellen und auch keine Strahlung. Einfach nichts. Als läge dort statt eines gigantischen Raumschiffs nur ein großer Stein.

Nach ungefähr einem Tag war endlich eine monströse weiße Plane angefertigt, die man über das Schiff zog und die bald zum größten jemals auf Erden gebauten Zelt wurde. Ein Quarantänezelt, denn längst hatte man beschlossen, dem Raumschiff nun mit schwerem Gerät beizukommen. Damit beim Öffnen des Schiffes nichts Schlimmes in die Erdatmosphäre entweichen konnte, hatte man diese Schutzhülle angefertigt. Inwieweit eine solche Plane aus sicher hochwertigem Spezialmaterial allerdings den Eintritt von etwas wirklich Schlimmem in die Erdatmosphäre hätte verhindern können, wurde nur am Rande erörtert. Vielleicht sollte die Hülle auch nur vor den neugierigen Blicken der Weltöffentlichkeit schützen. Falls dies der Plan gewesen war, schlug auch der fehl. Schnell sickerte auf anderen Wegen durch, dass kein, absolut kein irdisches Schleif-, Schneid-, Brenn-, Schieß- oder Explosionsgerät in der Lage war, auch nur einen klitzekleinen Kratzer in die Außenwand dieses Raumschiffs zu machen. Nicht einmal die Berliner Safeknackerlegende Otto Stark konnte etwas ausrichten. Keine Delle, kein Kratzer, nichts. Was im Nachhinein auch wieder keine so große Überraschung sein konnte. Immerhin hatte das Raumschiff sogar den wüsten Absturz ohne den geringsten Lackschaden überstanden.

Es lag einfach nur da und machte gar nichts. Mehr noch: Das Einzige, was es tat, war, den Anschein zu erwecken, wahrscheinlich niemals etwas zu machen. Es war die Ruhe selbst. Ganz im Gegensatz zur Erde und ihrer Bevölkerung. Für die war seit der Ankunft des Schiffes nichts mehr wie zuvor. Allerdings wollte sich niemand die Mühe machen zu analysieren, was genau sich verändert hatte. Wie es schien, wurde alle Kraft nur fürs reine Reagieren benötigt. Die sonst eher spielerische Frage «Was würdest du tun, wenn du nur noch einen Tag zu leben hättest?» kam den Menschen plötzlich sehr real vor. Und sie taten daher, was sie tun würden, wenn sie nur noch einen Tag zu leben hätten.

Viele gingen nicht mehr zur Arbeit, woraufhin zunächst der Nahverkehr zusammenbrach, dann der sonstige Verkehr, schließlich die gesamte Infrastruktur: die Lebensmittelversorgung in den Städten, die medizinische Versorgung, die Arbeit der Polizei, selbst die Energie- und Wasserversorgung. Jeder versuchte, an Geld zu kommen. Zunächst an das eigene, woraufhin in nicht einmal vierundzwanzig Stunden das Finanzsystem kollabierte, die Börsen nach ein paar wilden Kapriolen implodierten und eine minütlich steigende Inflation jedweden Handel beinah unmöglich machte. Zudem war es erschütternd, wie viele Menschen bei dem Gedanken, angesichts des drohenden Endes könnte man jetzt noch einmal das tun, wovon man schon immer geträumt hatte, ihre Träume, ihre tief verborgenen Sehnsüchte offenbarten. Denn sie hatten allen Grund gehabt, sie gut verborgen zu halten. Meist waren sie unschöner, oft krimineller, häufig brutaler

Natur. Es zeigte sich: Leben alle Menschen ihren Traum, gibt es ein böses Erwachen. Es bewahrheitete sich das bekannte Paradox der Anarchieforschung: Wirkliche Anarchie kann nur dann funktionieren, wenn sich alle an die Regeln halten. Und leider hielt sich niemand mehr an die Regeln.

Es war, als hätte das Raumschiff sämtliche Ruhe und Gelassenheit von der Erde gesogen und in sich aufgenommen. Wie ein schwarzes Loch der Anti-Ruhe, das unaufhörlich alle Entspanntheit um sich herum verschluckte. Allerdings wuchs dieses Loch nicht. Also zumindest nicht sichtbar. Auch kein Energieanstieg oder sonst eine mit irdischen Instrumenten messbare Veränderung ließ sich erkennen. Nur die innere, absolute Ruhe des Objekts. Womöglich war es gar kein Raumschiff. Es sah zwar original so aus, ein Bilderbuchraumschiff sozusagen. Eventuell war aber genau das der Trick: Man hatte ihm absichtlich die Form eines Raumschiffes gegeben beziehungsweise die Form von etwas, was auf der Erde sofort jeder für ein Raumschiff halten würde – während es in Wirklichkeit eine außerirdische, unvorstellbar intelligente Waffe war. Eine Bedrohung, wie man sie auf der Erde nicht kannte. Keine Anti-Materie-Waffe, sondern eine Anti-Vernunft-Waffe. Eben ein gigantisches Anti-Ruhe-Loch, das man auf einem Planeten abwirft und das dann so lange alle Gelassenheit und Vernunft verschluckt, bis sich die Bewohner gegenseitig die Köpfe eingeschlagen haben und der gänzlich zerrüttete, erschöpfte Planet einfach übernommen werden kann.

Nun, wäre es eine solche Waffe gewesen, hätte sie auf der Erde sehr gut funktioniert. Denn die erhöhte Konfliktbereitschaft zeigte sich nicht nur im Kleinen. Die Zuständigkeitsstreitereien wegen der Kontaktaufnahme mit dem Raumschiff waren nur der Anfang gewesen. Lang schwelende

Konflikte eskalierten. Mancher hoffte, die Unübersichtlichkeit der Situation für sich nutzen, die Furcht der Menschen für seine Ziele oder auch seinen Wahnsinn instrumentalisieren zu können. Religiöse Führer, die das Raumschiff als Gottes Strafe für den Unglauben auf der Erde interpretierten. Die predigten, alles werde wieder gut und Gott besänftigt, wenn nur alle Ungläubigen getötet wären. Warlords, die ein Machtvakuum erkannten. Staatenführer, die die Überforderung der Weltöffentlichkeit nutzen wollten, um neue Grenzen zu ziehen. Andere, die widerspenstige, gewählte Regierungen jetzt schnell durch Militärpräfekturen ersetzen wollten. Jeder spürte die Kraft der Veränderung, aber es waren nicht die Gutwilligen und Sanftmütigen, die den Ton angaben. Wie hätten sie das auch können sollen? Es ist quasi ein physikalisches Gesetz. Leere, also ein Vakuum, wird nie mit Umsicht und Verständnis gefüllt, sondern immer mit der dichtesten, dumpfesten Masse: Gier und Brutalität. Das gilt für Gehirne wie für Machtsphären.

Das, was auf die Erde gefallen war, war nicht im engeren Sinn eine Waffe. Es war nur ein Schiff, das jedoch von den Cyanen wie ein Instrument verwendet wurde. Wie üblich ließen sie die Zivilisation, die sie angriffen, die Dreckarbeit selbst erledigen. Sie warfen ihr quasi nur etwas hin, das ausreichend Angst erzeugte und die Börsen so sehr in Wallung brachte, dass sie leicht die Kontrolle über alles gewinnen konnten. Angst war schließlich das zuverlässigste Mittel, um die irdischen Wirtschaftsräume zu lenken. Kühl kalkulierend, hatten die Cyanen einfach die Emotion erzeugt, die die Menschheit für sie berechenbar machte. Das bedeutete gewiss nichts Gutes, wenngleich gut und schlecht selbstverständlich immer relativ sind. Es war wie beim Doppelkopf. Immer sind alle Trümpfe im Spiel, und ihre Zahl ist begrenzt.

Je mehr ein Spieler davon auf der Hand hat, desto schlechter müssen die Karten der anderen sein. Die können dann nur noch auf ihren unbekannten Mitspieler hoffen und auf Verdacht buttern.

Kira beobachtete die Ereignisse auf der Erde in ihrer luxuriösen, vergleichsweise sicheren Zelle über das Tablet und wunderte sich, dass ausgerechnet die Berichterstattung trotz allem mehr oder weniger funktionierte. Aber vielleicht lag das auch daran, dass die Medienleute so ziemlich die Einzigen waren, die jetzt das taten, wovon sie immer schon geträumt hatten. Oder sie waren wie so oft die Einzigen, die vor lauter Nachrichten gar nicht mehr mitkriegten, was da eigentlich genau um sie herum passierte.

Kira konnte dem Gedanken nicht länger nachhängen, denn plötzlich geschah etwas, das sie wirklich überraschte und den weiteren Ablauf der Ereignisse, dies war keine wagemutige Prophezeiung, in eine gänzlich neue Richtung lenken würde. Die Zellentür öffnete sich, und Dirk, ihr Wächter, der sie mittlerweile duzte und dem sie fast schon freundschaftlich verbunden war, trat ein. Er wirkte ungewohnt nervös.

«Entschuldige bitte die Störung, aber hier ist jemand, der dich dringend sprechen möchte.»

Schon das war eine kleine Sensation für Kira, denn bislang hatte sie hier mit niemand anderem als mit Dirk und Fendo gesprochen. «So, wie du das sagst, ist dieser Jemand wohl nicht Commander Fendo?»

«Nein. Es ist sozusagen ihr Vorgesetzter.» Dirk machte eine ratlose Handbewegung. Fast, als wollte er damit ausdrücken, dass auch er bis gerade nicht gewusst hatte, dass Fendo einen Vorgesetzten hatte. «Wenn du bereit bist – er will allein mit dir sprechen und hat strengen Befehl erteilt, dass während seines Verhörs die gesamte Überwachung ausgeschaltet bleibt.»

Kira bemühte sich, nicht zu erkennen zu geben, wie sehr Dirks Verunsicherung auch sie verunsicherte. Erst recht, da ihr gerade zum ersten Mal in den drei Tagen ihrer Gefangenschaft ein «Verhör» angekündigt worden war. Daher antwortete sie so kurz wie möglich: «Nur zu.»

Dirk trat zurück, und ein etwas kleinerer, älterer Mann kam herein. Noch bevor die Tür sich hinter ihm geschlossen hatte, hatte Kira ihn erkannt. Aber ganz sicher war sie erst, als er sie begrüßte: «Moja malen'kaja issledovatel'nica.»

11 Juris Geschichte

Nach seinem Erlebnis im Gorki-Park im Jahr 1992 hatte Juri Gregoritsch Antonow Pigorsski beschlossen, künftig seinem Leben vor dem Tod größere Aufmerksamkeit zu widmen. Nach einigem Nachdenken entschied er sich zu reisen. So, wie es viele tun, die auf der Suche nach etwas Neuem sind. Allerdings wollte Juri auf eine Art und Weise reisen, auf die noch nie ein Mensch zuvor gereist war. An Orte, die kein Veranstalter anbot. Durch Raum und Zeit sollten diese Reisen gehen. Zu weit entfernten Welten oder in längst vergangene Zeiten. Nicht jedoch in die Zukunft, denn in Juris Logik eines linearen Zeitmodells waren Reisen in die Zukunft unmöglich, da zu viele verschiedene Zukünfte denkbar waren, als dass man gezielt eine hätte bereisen können. Das galt nicht für Reisen in die Vergangenheit oder durch das dreidimensionale Universum. Allerdings kam Juri schnell zu dem Schluss, dass sein wenig widerstandsfähiger Körper ganz sicher nicht in der Lage wäre, in mehrfacher Lichtgeschwindigkeit durchs All zu rasen. Genauso wenig war der Bau schützender Raumschiffe für ihn oder sonst jemanden auf der Erde zu realisieren. Zumindest nicht in absehbarer Zeit. Möglich schien aber, das menschliche Bewusstsein durch das All, vielleicht sogar durch die Zeit sausen zu lassen. Dafür hatte Juri einige Theorien und Ideen parat, die er nicht im dichtbevölkerten und teuren Moskau verfolgen wollte, sondern lieber auf dem Land, in einer abgelegenen, landschaftlich wie klimatisch ansprechenden Region. Zunächst hatte er keine Ahnung, warum er hierfür das Städtchen Maiory in der Nähe von Odessa wählte. Erst als er dort dem rothaarigen, sommersprossigen Mädchen wiederbegegnete, das ihn im Gorki-Park angesprochen hatte, begriff er, dass er damals den Namen des Ortes zum ersten Mal gehört hatte. Er interpretierte dies als gutes Zeichen, obwohl es genau genommen kein Zeichen für irgendetwas war, außer vielleicht für die Macht des Unbewussten.

Es bedurfte keiner intensiven Forschung, um zu erkennen, dass sein Projekt sehr ambitioniert war. Und viel mehr Zeit benötigte, als ihm vermutlich im Leben bleiben würde. Also ersann er einen eigenwilligen, aber auch recht einfachen Plan, den er mehr oder weniger aus dem Film «Zurück in die Zukunft» übernahm. Er schrieb einen Brief an sich selbst in der Zukunft. Einen Brief, den er in zehn Jahren erhalten würde und der ihm genau beschrieb, zu welchem Zeitpunkt und an welchen Ort er sein Bewusstsein zurückschicken sollte. Nämlich in sein eigenes Gehirn. So wollte er sich selbst schon heute die Forschungsergebnisse der nächsten zehn Jahre verraten. Falls auch in zehn Jahren noch keine Bewusstseinsreisen durch die Zeit möglich wären, wollte er zumindest eine Person seines Vertrauens suchen, der er zehn weitere Jahre in der Zukunft einen Brief schreibt, in dem dieser Person erklärt wird, an welchen Ort und zu welchem Zeitpunkt nun zwanzig Jahre in der Vergangenheit sein Bewusstsein zurückkreisen soll. Nämlich nach wie vor in Juris Gehirn im Jahr 1992. Falls aber selbst in zwanzig Jahren Bewusstseinszeitreisen noch nicht möglich wären, sollte diese Person wieder einen Brief postlagernd zehn Jahre in die Zukunft schreiben, er möge sein Bewusstsein nun dreißig Jahre zurückschicken, und dies immer so weiter, bis irgendwann tatsächlich ein zukünftiges Bewusstsein ins Jahr 1992 in Juris Hirn reist, um ihm die nötigen Informationen zu übermitteln, damit er diese Reisen des Bewusstseins durch Raum und Zeit schon sehr viel früher erfolgversprechend erforschen kann.

Der für Juri erfreuliche Nebeneffekt dieser Strategie mit den Briefen war, dass er so schon bald, nämlich in der stets als Zielzeitpunkt angegebenen Samstagnacht im Oktober des Jahres 1992, erfahren würde, ob sein gesamtes Forschungsprojekt überhaupt sinnvoll war. Wenn kein anderes Bewusstsein aus der Zukunft in sein Gehirn gereist käme, wäre damit gleichzeitig geklärt, dass diese Bewusstseinszeitreisen niemals möglich sein würden und er sich beruhigt einem anderen Projekt widmen könnte.

Dann jedoch kam besagte Nacht, und entgegen seiner Erwartung war Juri danach nicht viel schlauer. Eine Ohnmacht hatte ihn ergriffen. Ob nun vor Aufregung oder weil er in den Tagen zuvor nicht vernünftig gegessen, getrunken und geschlafen hatte, ließ sich nicht mit Gewissheit sagen. Er war skeptisch, ob tatsächlich ein zweites Bewusstsein bei ihm zu Gast gewesen war, mochte es aber auch nicht ausschließen. Vielleicht war sein Körper so sehr überfordert gewesen, dass er seine Funktionen nahezu komplett hatte herunterfahren müssen. In jedem Fall hatte er während seiner Ohnmacht eine Vision gehabt. Eine Vision, die sich in sein Unterbewusstsein, von dem er bekanntlich große Stücke hielt, eingegraben hatte. Die Fortschritte, die er in den nächsten Tagen bei seinem Projekt machte, waren ungeheuer. Welches Problem sich auch immer auftat – er hatte die passende Antwort parat. Dadurch war er nach langer, intensiver, disziplinierter Arbeit schon im Jahr 2011 eigentlich in der Lage gewesen, ein menschliches Bewusstsein zu isolieren und mit mehrfacher Lichtgeschwindigkeit ins All zu schießen. Als ungelöst musste er allerdings die Frage ansehen, wie er dieses Bewusstsein dann wieder in seine Startzeit holen und zur Rückkehr in seinen Ursprungskörper bewegen konnte. Irgendeine Energie müsste den Umkehrschub einleiten. Eine erhebliche, aber nicht stoffliche Energie. Eine Energie, die praktisch selbst nur ein Funke war. So eine Energie gab es auf der Erde nicht, und es würde sie wohl auch nie geben. Das war Juri schon sehr früh klar. Eine solche Kraft könnte nur von außen kommen. Doch selbst wenn man, woher auch immer, über eine solche Energie verfügte, müsste zudem alles absolut präzise ablaufen. Damit man auch wirklich an den Punkt in der Vergangenheit reist, den man angepeilt hat, und – noch wichtiger – zurückkehrt an den Punkt der Gegenwart, von dem man gestartet ist.

Da die Stimme in seiner Ohnmachtsvision unter anderem von einem außerirdischen Raumschiff gesprochen hatte, das auf der Erde landen würde, hatte Juri seitdem geduldig gewartet. Zurückgezogen in Wladiwostok. Auch dieser Ort hatte in seiner Vision eine Rolle gespielt. Glaubte er. Doch das war ein Irrtum gewesen. Einer von vielen. Denn trotz aller Erfolge war auch bei Juri, wie bei mehr oder weniger allen Menschen, die viel über vieles nachdachten, der Anteil der Irrtümer größer, als man vermuten würde. Ja, leider halten diese Hochbegabten es selbst oft kaum für möglich, dass sie sich vertun könnten, was häufig die zentrale Selbsttäuschung ihrer Existenz ist. «Wer nicht zum Irrtum bereit ist, der hat niemals eine Chance zum Genie» war einer dieser aphorismenartigen Merksätze, die er gern seiner Assistentin Kira mitteilte. In der Tat sind wohl viele große Geister kurz vor bahnbrechenden Geistesleistungen gescheitert, weil sie den eigenen Fehler nicht erkannten.

Juri hatte Kira übrigens nie aus den Augen verloren. Auch

nicht, als ihre Familie nach Deutschland gezogen war. Einmal, weil er das Mädchen wirklich gernhatte. Aber der eigentliche Grund, weshalb er sie überhaupt erst zu seiner kleinen Assistentin ausgebildet hatte, war ein anderer gewesen. Es war die Vision, die noch so vieles mehr in sein Unterbewusstsein hineingesprochen hatte. Beispielsweise skurrile Hinweise auf die enorme Bedeutung von Gewürzgurken für die Rettung der Erde. Endgültige Gewissheit konnte es nicht geben, aber dennoch war er der festen Überzeugung, dass die Stimme in dieser Vision von 1992 die der erwachsenen Kira gewesen war.

12 Fendo und Juri

Kira wusste nicht, was sie mehr erstaunte. Der gealterte Juri oder die Uniform, die er trug.

«Du bist der Chef dieser seltsamen Geheimorganisation?»

«Nicht so richtig. Ich habe fast sechsunddreißig Stunden programmieren müssen, um ihr Sicherheitssystem zu umgehen, damit ich mich einschleusen konnte. Deine Freunde hier sind richtig gut.»

«Das sind nicht meine Freunde.»

«Ich weiß.»

«Was denkst du, wann sie deinen Betrug bemerken werden?»

«Alles in allem vermute ich mal: ziemlich genau jetzt …»

Beide schauten zur Tür, die sich allerdings nicht rührte. Juri wirkte aufrichtig überrascht. «Oh, da habe ich mich wohl geirrt. Schön.»

«Warum bist du hier?»

«Um dich zu befreien.»

«Warum?»

«Warum nicht?»

«Das ist doch keine Antwort.»

«Das kann und werde ich hier und jetzt noch nicht sagen.» Juri schaute nun regelrecht ungeduldig zur Tür. «Ich habe nicht weiter geplant als bis zu diesem Punkt, ich …»

Es gelang ihm nicht mehr, den Satz zu beenden. Die Tür flog auf, und Dirk fügte Juri trotz aller Hektik kaum Schmerzen zu, als er ihn überwältigte. Obwohl es in dem Gerangel nur schwer zu hören war, hatte Kira das Gefühl, Juri hätte in dem Moment, als er umgerissen wurde, «Endlich!» gezischt.

Nicht einmal eine Minute später saß das wiedervereinigte Forscherteam einer für ihre Verhältnisse übellaunigen Fendo gegenüber.

«Sie sind Juri Gregoritsch Antonow Pigorsski?»

Der Angesprochene bemühte sich um ein kooperatives Gesicht. «Das ist korrekt.»

«Woher sprechen Sie so gut Deutsch?»

«Man hat mir geraten, es zu lernen.»

«Wer hat Ihnen das geraten?»

«Eine Freundin oder mein Unterbewusstsein.»

«Genauer wollen Sie mir das nicht sagen?»

«Meinen Sie nicht, ich hätte, wenn ich es Ihnen genauer sagen wollte, dazu nicht bereits ausreichend Gelegenheit gehabt?»

Fendo zog eine Augenbraue hoch. «Na gut, Smalltalk war auch noch nie meine Stärke. Dann frage ich mal direkt: Was haben Sie sich von dieser erschütternd dämlichen Befreiungsaktion versprochen?»

Nun wirkte Juri beleidigt. Beinah patzig warf er sich gegen die Lehne. «Nichts. Ich habe aber auch nie behauptet, dass es klappen würde.»

«Und warum haben Sie es dann gemacht?»

«Aus Eitelkeit.»

«Was?»

«Ich wollte Ihnen beweisen, dass ich mich in Ihr System hacken kann. Dass ich von Ihnen weiß. Dass ich besser bin als Sie.»

Fendo lächelte. «Und denken Sie das immer noch?»

«Sie waren ganz schön langsam. Ich dachte schon, diese Zellentür öffnet sich nie.»

«Und Sie denken, dass wir so langsam waren, hätte daran gelegen, dass Sie uns so genial getäuscht haben?»

«Ich habe Sie genial getäuscht.»

«Haben Sie nicht.»

«Habe ich doch!»

«Eben nicht!»

«Aber hallo getäuscht!»

«Schluss jetzt!!!» Kira fasste sich an die Stirn. «Es ist ja wohl schwer zu übersehen, dass als Resultat deines brillanten Plans wir nun beide in der Zelle sitzen. Als Gefangene von Commander Fendo. Oder willst du das etwa auch bestreiten?»

Juri richtete sich auf und sprach mit geradezu lutherischer Entschlossenheit, als wäre er auf dem Reichstag zu Worms. «Das eine hat mit dem anderen nichts zu tun. Wer hier wessen Gefangener ist, hat keinerlei Relevanz hinsichtlich der Tatsache, dass ich Sie getäuscht habe. Ich bin bereit zu kooperieren, aber von dieser Überzeugung werde ich nicht abrücken.»

Fendo atmete tief durch. «Also gut, wenn es Ihnen so wichtig ist: Sie haben uns getäuscht. Allerdings nur insofern, als dass wir Sie für besser gehalten haben. Ich versichere Ihnen, wir haben Ihre Versuche, in unser System zu kommen, schon sehr früh bemerkt. Es hat weder große Mühe noch viel Zeit gekostet herauszufinden, wer da bei uns anklopft. Stellen Sie sich vor, wir konnten Ihre ganze Hackerkarriere rekonstruieren. Oder zumindest wesentliche Teile davon. Wie Sie offenkundig schon seit Jahren die Karrieren von unterschiedlichsten Menschen in den unterschiedlichsten Berufsfeldern formen, fördern oder auch zerstören. Jeder, der Ihnen blöd kommt, hat auf einmal ein riesiges Problem mit seinem Netzbetreiber, oder ihm wird mitten im Winter das Gas abgestellt. Und immer genau in dem Moment, in dem er nach vierzig

Minuten in der Service-Hotline endlich einen zuständigen Mitarbeiter an der Strippe hat, bricht das Telefonnetz zusammen. Wir wissen nicht genau, wie Sie das alles anstellen, aber einiges davon ist fraglos genial. Wahrscheinlich könnte man allein darüber eine dicke Abhandlung schreiben. Aber wir haben uns gefragt: Warum jetzt unser System? Wie sind wir ihm denn auf die Füße getreten? Dadurch haben wir herausgefunden, dass Sie und Kira sich kennen. Schon seit langer Zeit. Verstehen Sie? Selbst das wussten wir. Genauso, wie wir wissen, worum es bei Ihren Forschungsprojekten so ging und geht.»

Fendo hielt inne, um zu sehen, wie ihre Worte auf Juri wirkten. Die Wirkung war nicht unerheblich. Unzufrieden starrte er vor sich hin. Offenkundig unangenehm berührt von dem Umstand, dass ihm jemand fast gelangweilt aus dem Buch seines Lebens vorlas. Der alte Mann war angeknockt. Damit hätte Fendo es gut sein lassen können. Bei besserer Laune wäre ihr das womöglich auch gelungen. Aber jetzt hatte sie keine Lust, Juri zu schonen. Also redete sie sich selbst ein, dass sie ihm genüsslich das ganze Ausmaß seiner Schmach vor Augen führte, um ihn aus der Reserve zu locken.

«Stellen Sie sich vor, wir wussten von Anfang an, was Sie planen. Wir hatten vom ersten Moment an die volle Kontrolle. Über die Situation und über Sie. Wir haben Ihnen den Pfad geöffnet. Die nötigen Türen wie zufällig offen stehen lassen. Teilweise die Türen überhaupt erst eingerichtet, damit Sie Schritt für Schritt unserem Plan folgen. Sie denken, Sie haben uns getäuscht? Wir haben alles vorbereitet. Sie haben sich genau da hingehackt, wo wir wollten, dass Sie sich hinhacken. Glauben Sie denn im Ernst, Sie wären auch nur durch eine Ebene unserer Sicherung gekommen, wenn wir das nicht gewollt hätten?» Fendos Kommunikator blinkte. Sie warf einen kurzen Blick darauf, um zu sehen, wer sie sprechen wollte, und drückte das Blinken weg. «Sie haben nur Zugang in unser System erhalten, weil wir es zugelassen haben. Das war nicht schwer. Nach der Analyse Ihrer Hackerkarriere war es fast schon ehrabschneidend einfach für unsere Experten, Ihren jeweils nächsten Schritt vorauszusehen. Sie denken, Sie hätten etwas geknackt? Etwas Sensationelles herausgefunden? Ich freue mich, dass Sie das denken. Das war unser Ziel. Ihre Eitelkeit und die Eitelkeit Ihrer Kollegen sind sehr hilfreich für uns. Denn die Geheimnisse, die Sie herausfinden, werden immer nur die sein, die wir Ihnen aus guten Gründen verraten.» Ihr Armband blinkte erneut. Diesmal schaute Fendo schon gar nicht mehr richtig hin, bevor sie es wegdrückte. «Ich wollte Sie gern fragen, warum Sie das alles tun. Ob Sie noch mehr wissen. Aber so wichtig, dass ich Sie dafür gejagt und wertvolle Ressourcen eingesetzt hätte, waren Sie mir nicht. Also haben wir die bequeme Variante gewählt und Sie zu uns kommen lassen. Wir wussten, mit Ihrer außerordentlich hohen Meinung von sich selbst würden Sie es fertigbringen zu denken, Sie hätten unser System überlistet. Mit falscher Uniform, gefälschten Zugangscodes und einer aufwendig generierten Fake-Identität. Damit wollten Sie uns aufs Kreuz legen? Sie haben es nur bis in die Zelle geschafft, weil ich wissen wollte, wie Kira auf Sie reagiert. Ob sie Sie erwartete. Womöglich hätten Sie sogar dumm genug sein können, sie direkt in Ihre Pläne einzuweihen. Wir haben Ihnen mittlerweile alles zugetraut. Erst als ich gesehen habe, dass da wohl nichts mehr kommt, haben wir das Ganze abgebrochen.»

Der Handgelenkcomputer blinkte nun zum dritten Mal. Kira kam es vor, als würde das Blinken bei jedem neuen Anklopfen an Intensität zunehmen. Fendo allerdings ließ ihren

Blick nicht von Juri. Offensichtlich wollte sie unbedingt noch eine Reaktion. So etwas wie eine Belohnung, bevor sie sich endlich um was auch immer kümmerte.

Juri ließ die Schultern sinken und schaute traurig zu Kira. «Siehste, Kira. Gegen das System haste keine Chance. Die sind uns einfach immer einen Schritt voraus.»

Fendo zuckte zusammen. Sie hatte Verschiedenes erwartet. Einen niedergeschlagenen, klein beigebenden Pigorsski allerdings nicht. Das war kein gutes Zeichen. Fast als Übersprungshandlung brüllte sie jetzt endlich in den Kommunikator: «Was?»

Die Tür öffnete sich, und Dirk sprang gehetzt in den Raum. «Es gibt ein Problem!»

Fendos Blick flog zu Juri. Der allerdings zeigte keine Reaktion.

«Was für ein Problem? Mit dem System?»

Dirk schüttelte den Kopf. «Nein, das Problem ist eher draußen.»

«Bitte?»

«Man hat uns umzingelt.»

«Wer?»

«Presse. Fernsehen, Radio, Zeitungen, YouTube-Kanäle, Blogger. Es wirkt so, als wären praktisch alle da.»

Erneut drehte sich Fendo zu Juri. Der zuckte mit den Schultern. «Mir war natürlich klar, dass Sie viel zu gut für mich sind. Niemals hätte ich Ihr System überlisten können. Meine einzige Chance war, Sie denken zu lassen, ich sei dumm genug zu meinen, ich könnte schlauer sein als Sie.»

«Wozu?»

«Um Kira zu befreien, natürlich. Wenn Sie meinen Angriff auf Ihr System für glaubwürdig halten, machen Sie sich vielleicht auch die Mühe, mir eine Falle zu stellen. Das war meine Hoffnung. Aber da ich grundsätzlich überhaupt keine Bedrohung für Sie bin, weil Sie mir ja in allen Belangen haushoch überlegen sind, erschien es mir wahrscheinlich, dass Sie keinen großen Heckmeck veranstalten. Stattdessen würden Sie versuchen, noch weitere Informationen zu bekommen, indem Sie mich so lange wie möglich in dem Glauben lassen, mein Plan würde funktionieren. Als brillante Strategin, so hatte ich vermutet, würden Sie nichts weiter machen, als zu warten, bis ich Ihnen von allein ins Netz gehe. Dafür würden Sie mir durch Ihr System helfen und verraten, wo Ihr Bus gerade steht.»

Fendo kniff die Augen zusammen. «Sie haben das alles nur veranstaltet, um die Position unserer Einsatzzentrale zu ermitteln?»

«Wie gesagt, Sie sind viel zu gut. Ich hätte die niemals orten können, wenn Sie es nicht gewollt hätten. Ursprünglich wusste ich nicht einmal, dass sie ein Bus ist.»

«Und wie haben Sie die Bande da draußen informiert?»

«Die üblichen Onlinekanäle. Sie wissen schon. Die, die man benutzt, wenn alle etwas so erfahren sollen, dass sie denken, niemand hätte je davon erfahren dürfen. Sie nutzen diese Kanäle ja selbst gerne.»

«Die sogenannten Streng-geheim-Siebe.»

«Genau die.»

Selbstverständlich kannte Fendo die Regeln für das Veröffentlichen vertraulicher Daten. Sollte etwas die Runde machen, musste man es interessant gestalten. Es über dunkle Kanäle schicken, Verschlüsselungen wählen, die nicht jeder knacken konnte, aber doch so viele, dass es für eine ordentliche Verbreitung reichte. Ein Vorgehen, das auch als die Oetker-Strategie bekannt war. Als die ersten Fertigbackmischungen auf den Markt kamen, musste man die nur noch mit Wasser, höchstens mit Milch anrühren. Sie lagen wie Blei in den Supermarktregalen. Die Zielgruppe der Hausfrauen fand es offenkundig weit unter ihrer Würde, auf diese Art einen Kuchen zu backen. Es war zu einfach. Die Eigenleistung zu gering. Erst als einer der Marktstrategen auf die brillante Idee kam, auf die Packung zu schreiben, man müsse auch noch ein frisches Ei in den angerührten Fertigteig schlagen, begann der Siegeszug der Backmischung. Das eigentliche Pulver hatte man angeblich nicht einmal verändert. Dennoch gab das selbst zugegebene Ei den Fertigbäckern offensichtlich das Gefühl, doch einen frischen, richtigen Kuchen zu backen. Je höher man die eigene Leistung bewertet, desto ernster nimmt man auch das Ergebnis.

Dies korrespondiert mit der anerkanntesten Geheimhaltungstaktik. Der sogenannten Veröffentlichungsverschlüsselung. Um etwas wirklich geheim zu halten, stellt man es am besten frei zugänglich ins Netz. Allerdings in der kompletten, sehr, sehr ausführlichen Fassung. Etwas, was jeder jederzeit nachlesen kann, wirkt in der Regel völlig uninteressant. Erst recht, wenn es sich um eine mehrere hundert Seiten starke Veröffentlichung handelt. So ziemlich alle großen Firmenfusionen der letzten dreißig Jahre basieren beispielsweise auf diesem Prinzip der Geheimhaltung durch Ausführlichkeit.

Fendo hatte nicht die geringste Lust, all diese Feinheiten mit Juri zu erörtern. Daher entschied sie sich für die direkte Frage: «Was haben Sie denen erzählt?»

Juri zog die Stirn in Falten, als würde er tatsächlich überlegen. «Nichts Besonderes. Nur dass die Außerirdischen aus dem riesigen Raumschiff längst für Verhandlungen an einem geheimen Ort seien, nämlich in diesem Bus, und die Kontaktaufnahmeversuche auf dem Flughafen nur ein Ablenkungsmanöver für die Weltöffentlichkeit.»

«Und das, glauben Sie, reicht aus, damit ich Sie beide frei lasse? Weil ein paar hundert Journalisten aufgrund einer Falschinformation um unseren Bus herumstehen?»

«Nicht ganz, aber wir haben hier eine besondere Situation. Es gibt ein gigantisches Thema und seit Tagen keine wirklichen Neuigkeiten. Das ist der Moment, wo kleine Gerüchte große Wirkung entfalten können. Für unseren sicheren Abzug habe ich daher eine Gerüchtezeitbombe gelegt. Wenn wir nicht in zehn Minuten hier raus sind, wird über dieselben Kanäle, die durch die Entdeckung Ihres Busses erheblich an Glaubwürdigkeit gewonnen haben, eine weitere Geschichte verbreitet. Eine über die Cyanen, ihre Online-Eroberung der Welt und die Verkaufspläne.»

Fendo lachte ungläubig. «Diese Gerüchte gibt es schon lange. Die Cyanen selbst haben sie frühzeitig verbreitet und halten sie konsequent am Leben, damit sie schnell als Idiotie und Verschwörungstheorie entlarvt werden können.»

«Bislang. Aber nun gibt es ein riesiges Raumschiff, das auf die Erde gefallen ist. Die völlig aus den Fugen geratene Weltwirtschaft, diesen Bus und eben eine seriöse Quelle.»

«Sie?»

Juri legte den Arm um Kiras Schultern. «Mich, die Heldin aus dem geretteten Flugzeug und …» Urplötzlich musste er niesen. Gewaltig niesen. Allerdings hielt er sich weder Hand noch Armbeuge vor die Nase, sondern nieste dreimal direkt auf den Tisch. Kira, Fendo und Dirk starrten wie paralysiert auf den Rotz, der sich zu bewegen begann. Zuerst vermeintlich ohne Plan, dann in kleiner werdenden Kreisen, bis er sich schließlich in eine circa fünf Zentimeter hohe Figur verwandelte, die etwas unbeholfen eine Art Knicks machte, ehe sie wieder zur Pfütze wurde, schnell auf Juris Hand lief und dann über seinen Arm und die Schulter hoch zum Gesicht

163

schoss, wo sie schließlich wieder in der Nase, aus der sie gekommen war, verschwand. Kira schaute ihr fassungslos bis in die Nasenlöcher nach.

«Was war *das*?»

Juri musste leicht aufstoßen, bevor er antworten konnte. «Intelligenter Schleim vom Planeten Mlimm.»

Eine Antwort, die außer Kira niemanden zu überraschen schien. Die war derart aus dem Häuschen, dass sie ihre Frage gleich noch einmal wiederholte, allerdings, um nicht blöd zu wirken, immerhin die Betonung variierte: «*Was* war das?»

«Intelligenter Schleim, also so dürfen wir es hier auf der Erde nennen. Eine schier unglaubliche Intelligenz mit atemberaubendem Charakter und mehr als außergewöhnlichen Fähigkeiten. Weitaus älter und klüger als alles Leben auf der Erde. Der größte Teil von ihm ist allerdings draußen. Er könnte innerhalb von Sekunden den staubigen brandenburgischen Platz dort in ein Meer blühender Astern verwandeln. Sehr beeindruckend. Sicher auch für all die Journalisten, wenn sie Zeuge dieses Schauspiels würden.»

Nun konnte man Fendo atmen hören. «Zehn Minuten, sagen Sie?»

«Jetzt sind es noch acht.»

«Wer garantiert mir, dass Sie nicht, nachdem Sie frei sind, trotzdem diese Gerüchtebombe zünden?»

«Niemand. Sie werden mir schon vertrauen müssen.»

«Vertrauen ist nicht gerade meine Stärke. Außerdem wird man wenig erfreut sein, wenn man das erfährt.»

«Wer ist man?»

«Das kann ich Ihnen leider nicht sagen. Aber man wird fragen, wie es dazu kommen konnte, dass wir Sie gehen lassen mussten, und um mich und meine Einheit zu schützen, werde ich gezwungen sein zu sagen, Sie hätten Hilfe gehabt.»

Kira spürte, dass sich etwas in Fendos Stimme verändert hatte. Die warme, beherrschte Farbe war einer gewissen Kühle gewichen, und da war auch noch etwas schwer Definierbares. Später erst würde Kira begreifen, dass dies Traurigkeit war. Hätte sie es bereits in diesem Moment bemerkt, wäre sie wohl weniger überrascht gewesen von dem Ungeheuerlichen, das sich nun ereignen sollte:

Fendo zog ihre Waffe und richtete sie auf Juri. «Wir machen beide denselben Fehler. Wir denken, wir hätten alles unter Kontrolle. Dabei haben wir gar nichts unter Kontrolle. Sie allerdings noch weniger als ich. Sie zwingen mich, Dinge zu tun, die ich wirklich nicht tun will, aber tun muss, um die Kontrolle zurückzugewinnen. Kira», nur kurz flackerte ihr Blick zu der jungen Frau herüber, «Sie sollten sich unbedingt vergegenwärtigen, dass für alles, was nun geschehen wird, Ihr Freund hier die Verantwortung trägt.»

Obwohl es ihn nicht zu knappe Anstrengung kostete, versuchte Juri, seine Antwort in ruhigem Ton vorzubringen. «Gut. Aber bitte verraten Sie mir noch, was genau es Ihnen nützt, mich hier und jetzt umzubringen.»

Fendo schnaufte ein ironisches Lächeln durch die Nase. «Gar nichts.» Dann fuhr sie herum und schoss dem verdutzten Dirk genau zwischen die Augen und dann ins Herz. Während der mit dem ergreifenden Ausdruck bodenloser Enttäuschung auf dem blutenden Gesicht zusammensackte und schließlich nach vorn fiel, ertappte sich Juri dabei, wie er gleichzeitig erleichtert, erschrocken und verwundert war. Verwundert, dass in dieser hochtechnisierten Umgebung jemand wie Fendo noch eine traditionelle Pistole mit herkömmlichen Kugeln benutzte.

Die richtete die Waffe nun wieder auf ihn. «Ich sagte doch, Sie zwingen mich zu behaupten, man hätte Ihnen geholfen.

Genau für diese Zwecke führen wir für die meisten unserer Mitarbeiter auch noch eine Schattenidentität, von der sie selbst nichts wissen. Wir haben daher ausreichend Beweise für Dirks Schuld. Eigentlich an allem Möglichen, wofür wir irgendwann mal einen Schuldigen brauchen. Eine Art doppelte Buchführung für Geheimdienstidentitäten.»

Kira, die zum toten Dirk gestürzt war, versuchte, ihn zu drehen, begann aber hemmungslos zu heulen, als ihm dabei Blut aus dem Mund floss. Sie schrie Fendo an: «Sie! Sie! Sie hätten das nicht tun müssen. Sie hatten überhaupt keinen Grund dazu, so etwas zu tun. Sie sind ja völlig wahnsinnig!»

Fendo nickte. «Genau das war mein Grund. Ein guter Grund. Es war sehr wichtig, Ihnen zu zeigen, wozu ich imstande bin, wenn Sie Ihr Versprechen nicht halten. Sie mussten einen glaubwürdigen Eindruck bekommen. Wie gesagt, Vertrauen ist nicht meine Stärke. Aber nun müssen Sie wirklich gehen. Sonst hätte Dirks Tod ja gar keinen Sinn gehabt. Und das würde ich mir nie verzeihen. Wenn meine Uhr richtig geht, haben Sie noch exakt dreieinhalb Minuten.»

13 Die Flucht

Nur einen Schritt hatte Kira mit Juri aus dem Bus heraus-
getan, als sie spürte, wie etwas sehr Angenehmes über ihre
Füße an ihr hochkroch und schnell den gesamten Körper
umschloss. Sie bemerkte, wie auch Juri leicht zuckte und sich
dann zu ihr neigte.

«Das ist der intelligente Schleim. Er wird uns schützen.» Sie
antwortete nichts, sondern beschränkte sich auf einen vor-
wurfsvollen Blick aus ihren verheulten Augen. «Ich schwöre,
ich hatte keine Ahnung, dass Fendo etwas dermaßen Durch-
geknalltes machen würde», sagte Juri.

Kira wollte losgehen, doch Juri hielt sie zurück, sodass sie
noch kurz hinter einer Sichtblende standen und den Journalisten verborgen blieben. «Bitte. Genau genommen hatte ich
überhaupt keine Ahnung von irgendwas. Der ganze Plan war
ja höchstens zu einem Drittel meiner.»

«Ach? Hattest du etwa Hilfe? Pass mal bloß auf, dass Fendo
nichts davon erfährt, sonst erschießt sie deine Helfer auch
noch. Und wenn sich erst mal rumspricht, dass jeder, der
nett zu einem ist, erschossen wird, findet man nur noch sehr
schwer Freunde. Die einem dann bleiben, sind meistens
ziemlich schräg drauf. Ist echt nicht einfach. Kannste mir
glauben. Mit Freunden, die schräg drauf sind, kenn ich mich
nämlich aus.»

«Das hier ist nichts Schräges. Du warst doch selbst im
Bus. Du hast das gewaltige Raumschiff abstürzen sehen. Du
weißt, hier geschieht etwas Großes und Echtes. Die Leute,

mit denen ich arbeite, sind diesmal keine Freaks und Verschwörungstheoretiker.»

«Sondern?»

Juri zögerte. «Na ja, die sind viel seriöser irgendwie.»

«Wer genau?»

«Das sind viele.»

«Wer hat denn beispielsweise diesen hochintelligenten Plan mit dir entwickelt?» Kira spürte, wie Juri sich wand.

«Wir müssen jetzt los.» Juri zog ihre Hand, aber Kira drückte die Knie durch, wie ein Hund, der nicht weiterlaufen will.

«Wer hat diesen Plan mit dir entwickelt?»

Die Luft wich aus Juri wie aus einem Überdruckventil. «Eine hyperintelligente Lebensform, die ein fast zweieinhalb Millionen Kilometer langer Faden ist, eine sprechende Playmobilfigur und Goiko Schulz.»

Kira starrte ihn fassungslos an. «Meine Fresse. Von all den Lügengeschichten, die du mir in meinem Leben schon erzählt hast, ist das die unsinnigste und unglaubwürdigste ever. Ich bin mittlerweile bereit, vieles zu akzeptieren, an einiges zu glauben. Aber nicht, dass Goiko Schulz einen Plan entwickeln könnte – nie! No way!»

Juri nutzte Kiras kurze Unachtsamkeit und riss sie jetzt einfach hinter dem Sichtschutz hervor. Sofort kam eine unüberschaubare Reportermenge auf sie zugelaufen. Kira fürchtete, überrannt zu werden, denn sie kannte die Fähigkeiten des intelligenten Schleims nicht. Wie ein unsichtbarer Schutzschirm bewahrte er beide vor Schlägen, Knuffen und Stößen von den heranstürzenden Journalisten. Nicht einmal eine Berührung spürten sie. Wie ein warmes Messer durch Butter gleitet, durchschritten sie geschmeidig die Menge mit den prasselnden Fragen. Der Schleim erkannte instinktiv die kleinsten Lücken, die sich boten, und lenkte ihre Gliedmaßen in die richtige Richtung. Dann blieb Juri kurz stehen, hob den Kopf und sprach zur versammelten Welt- und Regionalpresse:

«Meine Damen und Herren! Ich muss Ihnen leider sagen, dass ich mich getäuscht habe. In diesem letztlich ganz normalen Überlandbus war nur Kira Menzel, die Passagierin aus dem geretteten Flugzeug, die sich dort mit den Einsatzkräften beraten hat. Ich werde sie nun an einen geheimen Ort, diese Außerirdischensache betreffend, begleiten.»

Juri hoffte, die Journalisten so von dem Bus weglocken und Fendo besänftigen zu können, bevor die sich zu weiteren Demonstrationen ihrer Entschlossenheit hinreißen ließ. Gleichzeitig wusste er, dass auch sein neuer Plan Schwachpunkte aufwies. Vor allem einen: Wie sollten sie dieser Menge entkommen?

Etwas abseits der Traube, in deren Mitte sie sich nun befanden, entdeckte er eine Reporterin mit Notizblock, die nicht nur einfach attraktiv war. Sie war von so klassischer Schönheit, dass wohl jeder Mensch, der sie erblickte, sicher war, sie von irgendwelchen Werbeplakaten zu kennen. Ohne allerdings sagen zu können, welche Werbung, für welches Produkt, an welchem Ort. Auch war sie außergewöhnlich groß und wirkte sehr athletisch. Vermutlich konnte sie, wenn nötig, problemlos die Ausdauer und Kraft aufbringen, sich durchzukämpfen. Sie winkte Juri zu. Der nickte fragend zurück, woraufhin die wunderschöne Frau mit den Schultern zuckte. Ganz so, als würde sie auf etwas warten, wovon sie selbst nicht genau wusste, was es war. Juri gab Kira ein Zeichen, ihm zu folgen, und bewegte sich dann durch die Menge auf die Journalistin zu. Diese ging den beiden nicht entgegen, sondern hockte sich hinter ein paar Sträucher, als wollte sie sich verstecken. Kira verlor im Getümmel kurz den Überblick, sodass sie zunächst nicht verstand, warum alle anderen plötzlich zurückwichen. Erst als sie direkt vor sich ein riesiges schwarzes Pferd mit wallender Mähne sah, begriff sie. Oder auch nicht. Das Pferd senkte den Kopf und schabte mit dem rechten Vorderhuf ein wenig über die Erde. Wie zur Begrüßung.

«Kannst du reiten?»

Sie schaute Juri unverwandt an. Irritiert, von ihm eine solche Frage zu hören. «Nein, woher? Ich wohne in Berlin. Weißt du, was Reitunterricht hier kostet? Kannst du es?»

Juri schien nicht minder befremdet. «Warum sollte ich? Egal. Ich denke mal, das Pferd wird es schon irgendwie können. Spring auf!» Er packte Kira an der Hüfte, und mithilfe ihres beherzten Absprungs gelang es ihm, sie auf den Rücken des gewaltigen Rosses zu hieven. Dann nahm sie seine Hand, und dank ihrer Kraft oder vielleicht auch dank des intelligenten Schleims glitt er elegant hinter Kira auf das Pferd. Als junger Mann hatte er einmal ohne Sattel auf einem allerdings weit weniger edlen Reittier gesessen. Sein Körper erinnerte sich nun an diese Erfahrung. Er stellte fest, wie unendlich viel bequemer er jetzt saß; der intelligente Schleim leistete offensichtlich ganz vorzügliche Dienste. Kaum hatten sie Position eingenommen, jagte das Pferd los. Kira musste laut lachen. Sie schrie vor Freude. Gewiss war ihr emotionales Gleichgewicht ohnehin gerade heftigen Prüfungen unterworfen, aber dieses Glücksgefühl, in perfektem Sitz auf einem wild galoppierenden Wahnsinnshengst dahinzujagen, wäre auch für den in sich ruhendsten Menschen der Welt überwältigend gewesen. Selbst Juri brüllte vor Freude und konnte Kira nur mit Mühe verstehen.

«Was ist das für ein Pferd?»

«Ein großes!»

«Nein, ich meine, was für eine Rasse?»

«Keine Ahnung! Aber ist es nicht wunderschön?»

Kira lachte erneut vor Freude und hörte selbst dann nicht auf, als das Pferd im vollen Lauf den Kopf nach hinten streckte und sagte: «Vielen Dank! Ich vermute stark, ich bin ein Shire Horse. Der Soldat unter den Pferderassen, was ja auch irgendwie passend wäre.»

Im Rausch der Endorphine drehte sich auch Kira gutgelaunt zurück: «Unser Pferd kann sprechen!»

Juri nickte. «Ich nehme an, das wundert dich.»

«Einerseits ja, klar. Aber anderseits … waaaahhhh!!!!»

Auch dem Tier schien Kiras grenzenlose Freude zu gefallen. «Ich bin übrigens nicht wirklich ein Pferd. Also im Moment natürlich schon, aber das ist nicht der Normalfall. Überhaupt nicht. Genau genommen bin ich sogar zum ersten Mal ein Pferd. Ich gebe zu, dass mir diese Gestalt sehr gut gefällt.»

Juri beugte sich vor. «Unser Retter heißt eigentlich TK17 und kommt vom Planeten Farnova 4. Am treffendsten ließe er sich für uns wohl als Chamäleonsoldat beschreiben. Er ist auch Passagier auf dem Raumschiff.»

Kira hob die Augenbraue. «Dem riesigen abgestürzten?»

«Nein, es gibt noch ein zweites Raumschiff. Eines von Artenschützern, die auf dem Weg zum intergalaktischen Verbrauchergerichtshof sind und gerade verschiedene Kläger von unterschiedlichsten Planeten abholen.»

Kira verstand derartig wenig von dem, was ihr alter Freund da redete, dass ihr nicht einmal klar war, welche Fragen sie hätte haben können.

Juri blieb das nicht verborgen, ungefragt erklärte er: «Die Chamäleonsoldaten sind das Ergebnis gentechnischer Forschungen auf den Farnova-Planeten während der sogenannten Baugruppenkriege.»

«Baugruppenkriege?»

Nun schaltete sich auch TK17 wieder ein. «Ja, ursprünglich ging es um den Konflikt in einer Wohnungsbaugemeinschaft, also zwölf Familien, die in der Innenstadt von Farnova 5 ein gemeinsames Haus mit zwölf Eigentumswohnungen errichten wollten, sich dann aber einfach nicht über die Kostenaufteilung und Position des Fahrstuhls einigen konnten, von wegen Verschattung der unteren Stockwerke und so. Nun ja, ein Wort gab das andere, der Streit wurde heftiger, selbst Freunde und weitläufigere Verwandte waren involviert. Zudem gehörten die streitenden Parteien unterschiedlichen Religionen an. Der genaue Ablauf ist umstritten. Aber zwei, drei oder auch fünfzehn unüberlegte Reaktionen später befanden sich alle siebzehn Planeten des Farnova-Systems in einem hochkomplizierten Bürgerkrieg. Ich weiß das alles nur aus Erzählungen. Als meine Existenz begann, tobte der Krieg bereits seit über zweihundert Jahren. Selbst zu der Frage, wo genau das Haus einmal gestanden hat, gibt es mindestens dreißig, vierzig verschiedene, sich widersprechende Theorien.»

Die grundsätzliche Problematik der Verschattung unterer Stockwerke durch nachträglich errichtete Außenfahrstühle kannte Kira von Freunden. Die Vorstellung, was auf der Welt los wäre, wenn streitende Nachbarn Zugriff auf modernste Waffensysteme hätten, ließ sie erschaudern. Wenigstens zwei Menschen fielen ihr ein, die gewiss nicht eine Sekunde zögern würden, wegen wiederholt im Durchgang falsch abgestellter Fahrräder einen mit schweren Waffen ausgerüsteten Kampfroboter als starkes Argument in die Diskussion einzubringen. Ihr Retter jedoch wirkte alles andere als bedrohlich. «Für welche Seite haben Sie denn gekämpft?

«Oh», TK17 wieherte kurz, «klare Fronten gibt es in diesem

Konflikt schon lange nicht mehr. Es gibt nur noch Parteien, die natürlich alle für alle das Beste wollen und sich deshalb bekämpfen. Daher wechseln die auch immer mal wieder die Seiten, das ist ja eines der zentralen Probleme. Da längst niemand mehr genau weiß, wofür er eigentlich steht, sind die Verhandlungen extrem schwierig und anstrengend. Deshalb hat man in gentechnologischen Experimenten Experten erschaffen. Für alle Bereiche. Den Verhandlungsprofis beispielsweise hat man in ihre DNA einen Algorithmus eingepflanzt, der dafür sorgt, dass sie unermüdlich – tage-, wochen-, monate-, ja jahrelang – durchverhandeln können. Sie können sogar echte Abkommen schließen, die aber die ursprüngliche Verhandlungsposition nicht schwächen. Also im Prinzip nichts Wesentliches verändern, nichts, was wichtig ist, weil jede Veränderung das bereits Erreichte gefährden könnte. Für den Kampf hingegen wurden wir entwickelt. Unser besonderes Talent ist, dass wir uns automatisch in die Gestalt verwandeln, die gerade den größten taktischen Vorteil verspricht.»

Juri stieß Kira an. «Verstehst du, deshalb war TK17 vorhin noch eine betörend schöne, durchsetzungsfähige Journalistin, und nun, wo wir fliehen müssen, ist er das Fluchttier schlechthin, ein edles, dahinjagendes Pferd.»

«Aber das ist ja phantastisch!», jubelte Kira.

«Nicht ganz», japste TK17, dem der Dauergalopp jetzt doch etwas zusetzte, «leider habe ich selbst keinerlei Einfluss darauf, in was ich mich verwandle. Unsere Erschaffer haben uns offensichtlich nicht die Intelligenz zugetraut, eigenständig zu wählen, welche Gestalt uns den größten Vorteil verschafft. Unsere DNA wertet die jeweilige Situation aus und trifft dann instinktiv eine Entscheidung, die auch für mich häufig überraschend kommt. Es ist wie ein Autopilot, den man nicht ausschalten kann. Der mit dir einfach dahin fährt, wohin er will. Ohne Diskussion. Deshalb reise ich ja zum intergalaktischen Gerichtshof: Wir finden nämlich, jedes denkende und empfindende Wesen sollte ein Recht darauf haben, selbst zu entscheiden, in welcher Gestalt es existiert.»

«Ich will ja nicht stören», störte Juri, «aber während unserer Plauderei haben wir Gesellschaft bekommen.»

Kira drehte sich um und sah die Wagen der sie verfolgenden Journalisten, nicht einmal hundert Meter entfernt. «Verdammt! Warum verwandelt deine DNA dich nicht in ein schnelleres Pferd?»

«Weil ich dann nicht mehr die Kraft hätte, euch zu tragen. Noch mehr Geschwindigkeit bei einem solch robusten Pferd gibt es nicht.»

«Na und? Ein Pferd, das unsere Sprache spricht, gibt es doch eigentlich auch nicht.»

«Wie gesagt: Ich habe keinen Einfluss auf die Entscheidungen meiner DNA. Ich kenne ja nicht mal ihre Möglichkeiten.»

«Na großartig! Und was machen wir jetzt?»

TK17 schnaubte vor Anstrengung. «Was schon? Was ich immer mache. Ich versuche, von meiner DNA eine neue Form zu erzwingen. Schaut mal nach vorne.»

Erst jetzt sahen Juri und Kira, dass ihr stolzes Ross mit mächtig Karacho auf einen Abgrund zuraste.

«Neeiiiiiin! Das ist nicht dein Ernst!!!???», rief Kira.

«Keine Angst, ich weiß, was ich tue. Also eigentlich weiß ich das natürlich nicht. Aber das macht keinen Unterschied, da ich es ohnehin tue. Ich gehe davon aus, dass sich meine Gestalt in dem Moment, in dem ich über diesen Abgrund springe, in sinnvoller Weise verwandeln wird. An sich müsste sie das.»

«Und wenn nicht?»

«Na ja, dann hättet ihr zumindest theoretisch die Möglichkeit, bei meinen Erschaffern auf Schadenersatz zu klagen.» Sprach's und sprang mit einem gewaltigen Satz in den Abgrund.

14 Goiko auf der Signora

Die letzten zweiundsiebzig Stunden auf der Signora waren für Goiko die mit Abstand aufregendsten seines gesamten Lebens gewesen. Njiuv hatte Runia Sista gebeten, bei ihm mit den Intelligenz-Upgrades zu beginnen. Eine Technologie, die Runia selbst entwickelt und entscheidend vorangetrieben hatte und die auch einer der Gründe war, weshalb sie sich auf der Signora befand.

Runias Modevernarrtheit und die damit einhergehende Liebe zu feinen, edlen Stoffen führten nicht nur dazu, dass sie stets umwerfend aussah. Mit ihren Talenten hatte sie sich auch schon vor vielen Jahren mächtige Feinde geschaffen, denen besonders die Erfindung intelligenter und vor allem emotionaler Textilien ein Dorn im Auge war. Grob gesagt hat Runia eine Faser entwickelt, bei der sich die Produktionsbedingungen in den späteren Trageeigenschaften niederschlagen: Die Textilie nimmt die Umstände, unter denen sie hergestellt wurde, empathisch in ihren Charakter auf. Je schlechter, unwürdiger die Arbeitsbedingungen in den Fabriken, desto stärker kratzen die Kleidungsstücke. Sie zwicken, drücken, sind einfach unangenehm. Allerdings funktionieren diese emotionalen Stoffe auch andersherum: Je besser die Bedingungen der Verarbeitung, desto angenehmer sind sie zu tragen. Perfekt in Sitz, Strapazierfähigkeit und Komfort. Für viele große intergalaktische Modediscounter und auch für einige Designerlabel hatte diese Erfindung das wirtschaftliche Ende bedeutet. Und es waren gesellschaftliche Probleme entstanden. Da die Preise für Kleidung auf etlichen industrialisierten Planeten plötzlich explodierten, war das Shoppen nicht länger eine gewöhnliche Massenbeschäftigung, sondern wurde zu einem kostspieligen, exklusiven Vergnügen. Damit zog Runia einigen Hass auf sich. Die Konsumenten erkannten, dass ihnen die Arbeitsbedingungen anderer zwar leidtaten, die höheren privaten Ausgaben sie jedoch stärker schmerzten – für diese lästige Einsicht machten sie Runia verantwortlich. Zudem befeuerten die emotional intelligenten Textilien unerwartet viele Rebellionen und Unruhen – kaum etwas macht so aggressiv wie ein kratzender Pullover.

Zum intergalaktischen Verbrauchergerichtshof unterwegs war Runia aber wegen ihrer zweiten großen wissenschaftlichen Arbeit: den Intelligenz- und Wissensboostern. Eine medizinisch völlig unbedenkliche Methode, die Intelligenz und den Wissensstand vieler Lebensformen mehr oder weniger per Bluetooth zu erhöhen. Bestimmte Wissensgebiete oder sogar Fähigkeiten konnte man wie eine App kaufen und dann in seinem Gehirn installieren. Allerdings durfte man ein Gehirn dabei auch nicht überfordern, weshalb das Ganze unter ärztlicher Aufsicht zu geschehen hatte. Auf einigen Planeten galt dies jedoch als unfaires Intelligenzdoping, und es wurde die Forderung laut, Wissensbooster zu verbieten oder zumindest eine für das gesamte Universum verbindliche Regulierung einzuführen. Zudem klagte eine Reihe von Rundfunk-, TV- und SpaceNet-Sendern gegen alle Anwendungen, die die Fähigkeiten von Lebensformen künstlich erhöhten: die gestiegene Intelligenz hatte ihnen nachweislich erhebliche Mengen ihres Publikums entzogen. Es waren solche Klagen, mit denen sich Runia Sista am intergalaktischen Verbrauchergerichtshof auseinanderzusetzen hatte.

Für Goiko war es nicht einfach, sich bewusst zu machen, dass in den vermeintlich leeren Kleidungsstücken, die sich vor ihm bewegten und mit ihm sprachen, jemand steckte, den er nun mal nicht sehen konnte. Die nicht nur unvorstellbar viel älter war als er, sondern ihm auch in allen Belangen überlegen.

Runia Sista konnte mit den feinen Fäden ihres Körpers jeden beliebigen Stimm- und Artikulationsapparat formen, also mit jeder gewünschten Stimme sprechen, und sie hatte ein feines Gespür dafür, welches Timbre ihrem Gegenüber besonders gefiel. Da ihr Arroganz überdies vollkommen fremd war und sie neben ihrem Faible für Stoffe und Mode auch eine Großmeisterin des geschmackvollen Flirts war, erlebte Goiko ihre Zweiertreffen wie ein kühnes Segeln auf zwar unbekanntem, aber irgendwie doch heimeligem Gewässer. Nie würde er sein erstes Wissens-Upgrade vergessen.

Ihre Erscheinung war atemberaubend: knielanger, dunkelroter Tweedrock, keck geschnittene waldgrüne Wildseidenbluse, schwarze Damasthandschuhe und bis zu den nicht vorhandenen Oberschenkeln reichende Kunstlederstiefel. Einen hellblauen Tüllstoff hatte sie zu einem Kopf mit bis zu den Hüften reichenden wallenden Haaren geformt. Mit ihm schenkte sie sich und ihrer Umgebung auch ein waches, fröhliches Gesicht. Keine Frage, sie liebte es, in ihrer Kleidung aufzugehen. Goiko war überpünktlich in ihrem Labor erschienen, was Runia einen geeigneten Einstieg ins Gespräch ermöglichte:

«Ah, schau, der Goiko. Da kann es wohl jemand gar nicht mehr erwarten, alles über unser Universum zu erfahren.»

«Bin ich zu früh?»

«Gewiss nicht, Schätzchen. Zu früh wäre eure Spezies

höchstens gewesen, als man für sie noch ein Aquarium hätte aufstellen müssen.»

«Nein, ich meine …»

«Mach dir keine Gedanken. So eine knackige, junge Spezies. Für mich bist du das heißeste Gerät hier auf dem Schiff.»

«Oh. Danke schön.»

«Da nicht für. Seien wir ehrlich, Darling: Die Konkurrenz ist überschaubar. Nimm Platz. Wie gefällt dir mein Kostüm?»

«Toll. Wirklich toll. Es ist sehr …, also wie für dich gemacht.»

«Meinst du wirklich?»

«O ja, es schmeichelt sehr deinem … deinem …»

«Meinem Faden?»

«Nein, so wollte ich das nicht sagen …»

«Warum nicht?»

«Weil …»

«Was ist denn mit meinem Faden?»

«Nichts, ich dachte nur …»

«Hast du wirklich gedacht, bevor du das gesagt hast?»

«Wahrscheinlich nicht. Wer weiß das schon so genau?»

«Findest du nicht, das Kostüm macht mich zu alt, Baby?»

«Nein, überhaupt nicht, im Gegenteil.»

«Ist es zu jugendlich?»

«Neinnein. Es ist genau richtig für …»

«Für?»

«Äääh …»

«Mein Alter?»

«Nein.»

«Nein??!!»

«Nein, es ist genau richtig für dich. Es ist so richtig, dass dann auch jedes Alter richtig ist. Ganz egal, es ist einfach richtig.»

In diesem Moment formte der Tüllstoff auf Höhe des imaginären Kopfes ein Lächeln. Runia musste dazu allerdings nicht einmal einen Mund weben. Ihr Stoff konnte auch ohne Lippen lächeln. «Also gut, Honey. Es gibt Planeten mit Millionen Jahre alten Instituten für Flirtforschungen, wo man dich nach diesem Gespräch noch einmal zum frühkindlichen Üben mit Holzspielzeug geschickt hätte. Aber immerhin warst du aufrichtig bemüht und hast eine eigene Idee entwickelt. Damit gehörst du, aufs gesamte Universum gesehen, schon zu den besseren drei Prozent.»

«Vielleicht könnten wir ja meine Flirtfähigkeiten jetzt auch upgraden.»

«Oh, so einfach ist das nicht, Baby. Die Wissensmenge, die man einem Gehirn zuführen kann, ist begrenzt. Leider hat deshalb anderes bei dir erst einmal Vorrang.»

«Verstehe, all das Zeug, das für das Schiff und die Reise gebraucht wird.»

«Sozusagen.»

«Ich finde das wirklich wahnsinnig aufregend. Du lädst mir einfach sämtliches Wissen der Galaxie in den Kopf, und bald werde ich genauso schlau sein wie du oder zumindest wie die meisten anderen hier.»

«Fast. Wie gesagt, ganz so leicht ist das leider nicht, Honey. Du musst dir dein Hirn als einen Muskel vorstellen. Wenn du den trainieren willst, kannst du ja auch nicht gleich die ganz großen Eisen auflegen. Die könntest du niemals stemmen, würdest dich nur verletzen. Daher müssen wir deinen Muskel, also dein Hirn, mit Umsicht trainieren, es behutsam an die größeren Aufgaben heranführen.»

«Verstehe. Machst du das gerade?»

«In etwa, Darling. Ich scanne dein Hirn, um festzustellen, welche Informationsmenge es bereits aufnehmen kann.»

«Wie lange dauert das?»

Runia machte eine fröhlich wegwerfende Bewegung mit dem linken Ärmel. «Ach, schon fertig. Ging sehr schnell. Genau genommen ging es sogar so schnell, dass ich es dreimal gemacht habe, weil ich einen Fehler vermutete.»

«Warum?»

«Es war so ungewohnt. Ich kenne eure Spezies noch nicht sehr gut. So wahnsinnig intensiv hat sich noch niemand mit euch beschäftigt. Warum auch? Ihr wohnt nicht gerade zentral. Das Ergebnis deines Hirnscans hat mich einfach überrascht. Da vermutet man natürlich erst einmal einen Fehler. Ist aber wohl keiner. Definitiv nicht, Baby.»

Sie zögerte, weil sie Goiko nicht beleidigen wollte. Der aber hatte die letzten Worte schon kaum mehr aufnehmen können. «Boarh, bin ich auf einmal müde. Aber total.»

Runia ließ unbeschwert heiter ihre Kleidung flattern, brachte sie aber wieder in Form, noch bevor Goiko es richtig bemerkt hatte. «Das ist normal, Mäuschen. Das liegt daran, dass ich dein Gehirn gerade bis an den absoluten Rand seiner Kapazität mit neuem Wissen gefüllt habe. Für dich natürlich ziemlich anstrengend. Macht ganz schön kaputt. Noch merkst du nichts. Aber im Laufe der nächsten Stunde wirst du mehr und mehr spüren, wie du über dein neues Wissen und die Fähigkeiten verfügen kannst.»

Ein Leuchten zog durch Goikos müde Augen. «Super. Was werde ich denn alles können? Lass mich raten. Zunächst einmal hast du mir natürlich das universale Gesamtwissen an Physik, Chemie und Biologie überspielt. Klar, das werde ich hier ja am dringendsten brauchen. Stimmt's?»

«Nicht ganz. Dafür reicht die Kapazität deines Hirnmuskels leider noch nicht aus. Wir werden da noch eine Weile trainieren müssen.»

«Wie lange?»

«Schon etwas länger. Das Universum ist sehr alt, und es gibt da viel Wissen.»

«Du meinst, das kann Tage dauern?»

«Man könnte das in Tagen angeben, aber bei Werten dieser Größenordnung ist das unüblich. Einen Eindruck von der Menge all dessen, was du nicht weißt, könnten wir, wenn wir konsequent trainieren, schon in ein bis zwei Monaten bekommen.»

Goiko sackte zusammen. «Dann habe ich erst mal nur das Wissen der Erde erhalten?»

«Auch das wäre für deinen Hirnmuskel etwas zu heftig gewesen. Also, um ehrlich zu sein: Ich habe dir nur das Wissen übertragen können, wie man den Espressoautomaten im Versorgungsdeck korrekt und mit fast allen Funktionen bedient. Außer den Reinigungsprogrammen natürlich.»

«Das ist das Wissen, das ich hier an Bord am dringendsten benötige?»

«Im Prinzip. Um ein wertvolles Mitglied der Besatzung zu sein, ist es gut, das zu wissen. Außerdem hat mich Roooooz darum gebeten, dir dieses Wissen so schnell wie möglich zu vermitteln. Aber das wird er dir sicher selbst erklären, wenn sich seine Kapsel öffnet.» Als Runia bemerkte, wie deprimiert Goiko dies aufnahm, versuchte sie, ihn aufzumuntern. «Kopf hoch, Baby. Ich verspreche dir, deine Allgemeinbildung werden wir sehr bald praktisch verdoppelt haben.» Wobei sie ihm geflissentlich verschwieg, dass das eigentlich schon mit dem kompletten Verstehen der Bedienungsanleitung des halbautomatischen Espressoautomaten geschehen war. Denn immerhin war der gleichzeitig zuständig für die interplanetare Navigation des Raumschiffs.

Runia sollte Goiko auch auf die anderen Passagiere vorbereiten, und sie erkannte schnell, dass sie hierbei durchaus auf seine soziale Kompetenz vertrauen konnte.

Die erste Kapsel, die sich geöffnet hatte, war die des Chamäleonsoldaten gewesen, der Goiko zunächst als würdevoller und liebenswerter Bilderbuchwissenschaftler erschienen war. Äußerlich einem Albert Einstein nicht unähnlich. Bei der zweiten Begegnung hatte Goiko ihn nicht wiedererkannt. Dies war auf dem Versorgungsdeck gewesen, wo ihm TK17 als ausgehungertes kleines Rehkitz begegnet war. Dort hatte er Goiko auch erklärt, dass er nicht beeinflussen könne, welche Gestalt seine DNA jeweils als die strategisch klügste bestimme. Es war ihm peinlich, in der Kantine in Gestalt eines Rehkitzes aufzutauchen, das jeder sofort füttern und umsorgen wollte.

Mittlerweile war TK17 schon im Außeneinsatz. Zusammen mit dem intelligenten Schleim und diesem verrückten Russen, den Sonoro vor zwei Tagen an Bord geholt hatte. Njiuv hatte ihn in einem der Livestreams vom abgestürzten Raumschiff entdeckt; angeblich war er der Schlüssel zu der Zeitreise, mit der man sich Frank organisieren wollte. Aber er hatte sich geweigert zu helfen, bevor nicht Kira befreit war. Also musste Goiko mit ihm einen Plan ausarbeiten, der so idiotisch war, dass weder die Cyanen noch diese ominöse Fendo ihn vorhersehen konnten. TK17 und Kraschguru hatten sich dann auch beteiligt, wobei Kraschgurus Beitrag nicht wirklich hilfreich war. Dessen Kapsel war die dritte gewesen, die sich geöffnet hatte, kurz nach der Ankunft des Russen. Nicht nur der voluminöse, amöbenartige Körper des Schorfen sorgte dafür, dass Goiko ihm möglichst aus dem Weg ging. Nun waren nur noch zwei Kapseln verschlossen. Die von Roooooz, vor der Goiko stand und auf deren Öffnung er wartete, sowie eine letzte Kapsel, vor der sich offensichtlich alle fürchteten. Niemand war bislang bereit gewesen, Goiko etwas über den Bewohner dieser Kapsel zu erzählen. Nur, dass man hoffe, sie möge bis zum Ende der Reise verschlossen bleiben, und Goiko sich froh schätzen solle, wenn er nichts weiter darüber erfahre. Man beneidete ihn sogar um seine Unwissenheit bezüglich dieses Mitreisenden, wie es die Zwillinge ausgedrückt hatten. Sie waren als Zweite erwacht, bereits vor Kraschguru. Von Dini und Fini, so hießen sie, hatte Runia Goiko wenig erzählt. Eigentlich nur, dass sie Trickphilosophen vom Planeten Heyy waren und sich eine Raumschlafkapsel teilten.

Die Bewohner Heyys, die Egalen, sind im Prinzip Humanoide, wie die Menschen. Allerdings sehen die Egalen alle gleich aus. Nur bei der Geburt von eineiigen Zwillingen kommt es vor, dass einer der Zwillinge mal vollkommen anders aussieht. Dies ist extrem selten, aber bei Dini tatsächlich der Fall. Während Fini wie alle Egalen von schlanker, asketischer Gestalt ist und trotz der gar nicht mal so bemerkenswerten Größe hoch aufgeschossen wirkt, ist Dini rundlich und füllig – wodurch er, obwohl exakt gleich groß wie Fini, klein und untersetzt erscheint. Daher werden die beiden auch gerne als der große Schlanke und der kleine Dicke bezeichnet, ungeachtet des Umstands, dass ihre Körperlänge keinerlei Differenz aufweist. Eine weitere Besonderheit egaler Zwillinge ist, dass sie zusammengewachsen sind. Allerdings nicht wie siamesische Zwillinge an einem Körperteil, sondern mental. Ihr Bewusstsein ist sozusagen ineinander verwachsen. Bis zu einem gewissen Grad gibt es das ja auch bei irdischen Zwillingen. Telepathische Verbundenheit, gleichzeitige Wahrnehmung, das Wissen um die Gefühlslage des anderen. Bei egalen Zwillingen ist diese Verbindung aber absolut. Der eine kann ohne den anderen nicht sein. Es ist ihm unmöglich, seine Gedanken zu ordnen, wenn sich sein Zwilling nicht in der Nähe befindet. Sie haben zwei äußerst leistungsfähige Gehirne, die aufeinander angewiesen, aber zu bemerkenswerten Logik- und Kreativleistungen in der Lage sind. Leider redet der eine mitunter schneller, als der andere denkt. Dies wurde ihnen schon mehrfach zum Verhängnis. Während alle anderen Passagiere der Signora versuchten, Goiko möglichst schonend Informationen über das Universum zukommen zu lassen, überschlugen sich die Zwillinge permanent. Wobei auch sie ihm bestimmte Dinge keinesfalls verraten durften. Aufgrund der genannten Umstände gelang ihnen das nicht immer, wie Goiko bereits bei ihrem ersten Aufeinandertreffen erleben durfte:

Fini: «Oh, hallo, du musst der Erdling sein!»

Dini: «Er heißt Goiko.»

Fini: «Sagt wer?»

Dini: «Er.»

Fini: «Er hat doch noch gar nichts gesagt.»

Dini: «Hallo, Goiko, wir freuen uns auch, dich zu sehen.»

Fini: «Er hat immer noch nichts gesagt.»

Dini: «Ja, weil du ihn nicht zu Wort kommen lässt.»

Fini: «Na, das sagt der Richtige!»

Dini: «In jedem Fall finden wir es toll, wie klaglos du das alles auf dich nimmst. Respekt.»

Fini: «Ja, Respekt. Ich hoffe, auf deinem Planeten weiß man dein Opfer zu schätzen.»

Daraufhin strahlten die beiden ihn an, und erst Goikos fassungslose Blickerwiderung machte sie nachdenklich, weshalb Dini in sein Schweigen hinein weitersprach: «Also, Opfer ist hier natürlich rein metaphorisch gemeint. Wir meinen damit nur die Zeit, die du opferst.»

185

Fini: «Den Aufwand, den du ja hast.»

Dini: «Und so weiter und so fort. Weißt du ja selbst.»

Fini: «Am Ende ist es ja immer viel mehr Arbeit, als man anfangs gedacht hat.»

Dini: «So ist das nun mal. Wir meinten nicht, dass du nie wieder zur Erde zurückkehren könntest.»

Fini: «Warum sollten wir auch so was meinen?»

Dini: «Oder Schlimmeres.»

Fini: «Nein, Schlimmeres meinten wir schon gar nicht.»

Dini: «So was würde man uns ja auch gar nicht sagen.»

Fini: «Da kannst du unbesorgt sein.»

Dini: «Eben. Gerade wenn wir etwas wissen, ist das ja praktisch der Beweis, dass es so schlimm gar nicht sein kann.»

Fini: «Sonst hätte man es uns ja nicht gesagt.»

Dini: «Mach dir also keine Gedanken.»

Fini: «Genau. Und außerdem wissen wir ja auch gar nichts.»

Dann lächelten sie offensiv unbekümmert. So lange, bis Goiko vorsichtig nachhakte: «Aber ist das denn nicht nach dem, was ihr vorher erklärt habt, der Beweis dafür, dass es besonders schlimm sein muss? Also, dass ihr gar nichts wisst?»

Einige Sekunden herrschte völlige Stille, bis die Zwillinge plötzlich losprusteten: «Reingelegt! Haben wir dich erwischt! Oh, guck mal, wie verängstigt er guckt. Wir haben ihn voll erwischt!» Dann klatschten sie sich ab und zogen lachend davon. Noch bevor sie um die Ecke waren, atmeten sie allerdings hörbar tief aus.

Ihr Ziel war ebenfalls der intergalaktische Verbrauchergerichtshof. Allerdings nicht als Kläger oder Angeklagte. Sie waren, wie bereits erwähnt, Trickphilosophen. Dieses Talent wollten sie dort Prozessverlierern anbieten. Mit ihren trickphilosophischen Fähigkeiten waren sie in der Lage, jede noch so desaströse Niederlage in einen Erfolg oder zumindest eine Möglichkeit umzudeuten. Ein Talent, das beispielsweise bei jähzornigen Auftraggebern, die als sehr schlechte Verlierer galten, äußerst wertvoll sein konnte. Lange Jahre hatten Dini und Fini für unterschiedlichste Wahlkampfteams auf diversen Planeten gearbeitet, aber diese Aufgabe forderte sie einfach nicht mehr so richtig. Sie fühlten sich nun bereit für anspruchsvollere und vor allem lukrativere Aufträge.

Das hatten sie mit Roooooz gemeinsam. Auch er, der Bewohner der vierten Kapsel, war nicht wegen einer speziellen Klage auf dem Weg zum intergalaktischen Gerichtshof. Er bezeichnete sich selbst als eine Art Handlungsreisender in Sachen Gelegenheiten. Er suchte nach Gelegenheiten, sammelte sie, handelte mit ihnen oder legte sie in sein Depot. Nach eigener Auskunft führte er einen Musterkoffer mit mehr als siebzigtausend Gelegenheiten mit sich. Dies, so wurde Roooooz nicht müde zu betonen, war sein eigentliches Kapital. Sein großer Schatz. Roooooz gehörte der Spezies der Wuuuuur an. Die Wuuuuur hatten keinen Heimatplaneten. Nie einen besessen und legten auch keinen Wert darauf. Niemand, sie selbst eingeschlossen, wusste, wo eigentlich ihr Ursprung lag. Es interessierte die Wuuuuur auch nicht wirklich. Sie waren Reisende. Es gab ein paar Musiker, einige Schreiber, Heiler oder Rechtssprecher unter ihnen. Die meisten jedoch waren Geschäftsreisende in Sachen Gelegenheiten, so wie Roooooz.

Auch rein äußerlich war er ein klassischer Vertreter seiner Art. Klein, rund und hellblau kam er daher, wobei dieses feine Hellblau seiner zarten Haut auch schon mal ins Violette wechseln konnte, wenn er sich ärgerte, schämte oder erregte. Allerdings war er die meiste Zeit von beinah befremdlicher Fröhlichkeit, die durch seine runde Gestalt noch verstärkt wurde. Praktisch alles an ihm war rund. Nicht nur der Bauch und der Kopf, auch Hände und Füße, ja sogar Hals, Arme und Beine waren mehr oder weniger schön rund oder wirkten zumindest so. Doch hinter dieser lebenslustigen, knuffigen Gestalt verbarg sich ein knallharter Geschäftsmann, der, wenn es um das Wahrnehmen seiner Gelegenheiten ging, beeindruckend stur und mitleidslos entschlossen sein konnte. Das musste auch Goiko erfahren, nur kurz nachdem er den Wuuuuur aus seiner Kapsel geholt hatte und Roooooz mit seiner hohen, etwas gepressten Stimme direkt zur Sache kam: «Aaah, schön, Sie zu sehen. Sie müssen Goiko Schulz sein. Der Erdling, den wir von dort planmäßig abgeholt haben.»

«So ganz planmäßig offen gestanden nicht. Wir sind noch gar nicht wieder gestartet, weil die hintere Tür nicht richtig schließt, wir haben kein Frank mehr und …»

«Schon gut, schon gut. Das betrifft ja nun alles Gelegenheiten, die mit uns beiden gar nichts zu tun haben. Also, ich hätte dann jetzt gerne einen Café Latte Mocha Caramel mit lactosefreier Milch.»

Roooooz strahlte. Goiko musste sich eingestehen, dass diese rückhaltlose Freude ein wenig ansteckend war. Allerdings reichte es nicht, um seine Verwunderung zu verdrängen, weshalb er angemessen verständnislos fragte: «Ja und?»

«Sind Sie etwa nicht Goiko Schulz?»

«Doch, schon.»

«Warum bringen Sie mir dann nicht mein Getränk?»

«Sehe ich aus wie ein Kellner?»

«Nein, gar nicht, wobei ich nicht gänzlich im Bilde bin, was die Kleidungsdirektiven Ihres Planeten angeht. Das tut aber auch gar nichts zur Sache. Ich darf leider ohnehin nicht von Ihnen verlangen, dass Sie angemessen gekleidet sind.»

«Was wollen Sie von mir?»

«Einen Café Latte Mocha Caramel mit lactosefreier Milch. Das habe ich bereits …»

«Das ist mir bewusst, aber warum wollen Sie, dass ich Ihnen einen … einen Kaffee Dingsbums …»

«Soll ich es noch mal wiederholen?»

«Nicht nötig. Ich werde Ihnen ganz sicher keinen Kaffee mit Brimborium holen. Ich wüsste auch gar nicht, woher und warum.»

«Ich hatte Runia Sista unbedingt gebeten, Ihnen die Anleitung des Kaffeehalbautomaten zu überspielen.»

«Bleibt das Warum.»

«Ich habe Ihre Adresse gekauft.»

«Bitte? Welche Adresse? Egal, ich bin sowieso umgezogen. Ich wohne wohl bis auf weiteres hier.»

«Tun Sie nicht blöder, als Sie sind. Sie wissen genau, was ich meine.»

Goiko stutzte kurz, dachte angestrengt nach und antwortete dann in aller Aufrichtigkeit: «Nein.»

Nun bekam Rooooz leicht violette Wangen, stöhnte und holte genervt ein Tablet aus seiner bordeauxfarbenen Umhängetasche. Erstaunlicherweise sah selbst der rechteckige, flache Bildschirm irgendwie rund aus, sobald ihn Rooooz in der Hand hatte. «Also gut, das haben wir gleich. Moooment … da … 12. Oktober 2011. Sie registrieren sich beim Spiel Pizza Flitzer. Erinnern Sie sich?»

«Dunkel.»

«Sie erinnern sich nicht mehr an dieses Spiel?»

«Doch, das war so eine App fürs Handy. Man war Pizzabote und musste Pizzen ausliefern, bevor sie kalt wurden, und oft gab es Sonderwünsche und Fakebestellungen. Außerdem gab es noch einen fiesen Konkurrenten, der einen ständig mit Salamischeiben und Käse beworfen hat. Ich bin immer nur bis Level fünf gekommen.»

«Sie räumen also ein, dass Sie dieses Spiel gespielt haben?»

«Ja, natürlich.»

«Mit dem Registrieren haben Sie den Geschäftsbedingungen zugestimmt.»

«Kann schon sein.»

«Haben Sie sie durchgelesen?»

«Flüchtig.»

«Wie flüchtig?»

«Ziemlich flüchtig.»

«Erinnern Sie sich an Paragraph 37g, Absatz 2?»

«Flüchtig.»

«Vielleicht wollen Sie sich ihn noch einmal durchlesen?»

Roooooz reichte Goiko das Tablet. Der begann nach kurzem Zögern zu lesen. «Paragraph 37g, Absatz 2. Sollte die hier hinterlegte Adresse von einem Bewohner des Planeten Kaa áaa aaaaak …»

«Ah, nicht ganz.» Rooooz fiel ihm ins Wort. «Richtig sagt man Kaaa áaa aaak. Die Aussprache ist tückisch. Wenn man zu viele oder zu wenige ‹a› spricht, kann es etwas völlig anderes bedeuten. So gibt es auch den Planeten Ka áaaaa aak, der aber in einer völlig anderen Ecke des Universums liegt und dessen Bewohner niemals in den Geschäftsbedingungen von irgendwas auftauchen würden, weil dort das Abschließen von Verträgen grundsätzlich verboten ist, auf Ka áaaaa aak wird jedes Problem als Einzelfall gesehen und gesondert ausdiskutiert, wodurch der Kontakt zu dieser Welt seit Jahrhunderten abgerissen ist, die Lebensdauer der meisten Spezies reicht nicht aus für den durchschnittlichen Bearbeitungszeitraum eines Visums nach Ka áaaaa aak. Allerdings habe ich nun für meine Ururenkel ein Visum für diesen Planeten beantragt. Wenn wir viel Glück und zwei oder drei Generationen von kooperativen Sachbearbeitern haben, könnte die Bewilligung genau in ihre vermutlich rund hundertfünfzigjährige Lebensspanne fallen. Das wäre dann eine wirklich interessante Gelegenheit.»

«Wäre es das?»

«O ja, und wie. Es gibt, wie gesagt, ernstzunehmende Gefahren bei der Aussprache des Namens. Auf den fünf Zicca-Planeten ist es eine mystische Formel, so etwas wie ein Zauberspruch. Wenn man Kaaa áaa aaak leicht anders ausspricht, was ich jetzt aus nachvollziehbaren Gründen nicht vormache, wird es ein Zauberspruch, der zu den gefürchteten Selbstverfluchungen von Zicca gehört.»

«Selbstverfluchungen?»

«Allerdings. Man belegt sich selbst mit einem furchtbaren Fluch. Leider funktionieren diese Selbstverfluchungen häufig auch bei Wesen, die nicht aus dem Zicca-System kommen. Ich würde da lieber kein Risiko eingehen. Der Spruch, der so ähnlich klingt wie Kaaa áaa aaak, hat übrigens zur Folge, dass man dann nicht mehr schön tagelang ruhig sitzen kann, sondern von einem Bewegungsdrang getrieben wird, also ständig laufen oder Krafttraining oder BauchBeinePo oder so was machen möchte.»

«Das ist ja gruselig.»

«Eben. Wer will schon so leben? Deshalb rate ich ja auch zur Vorsicht bei der Aussprache von Kaaa áaa aaak.»

«Verstehe.» Goiko nickte und las nun noch langsamer und aufmerksamer weiter. «Sollte die hinterlegte Adresse von einem Bewohner des besagten Planeten erworben werden, so verpflichtet sich Vertragspartner A …»

«Das sind Sie!» Roooooz zeigte mit seinem runden Finger auf Goiko.

«So verpflichtet sich Vertragspartner A, also ich, dem Käufer seiner Mailadresse, sollte dieser jemals den Planeten Erde besuchen, jederzeit unverzüglich jedes von ihm gewünschte Getränk zu bringen. Hm.» Goiko schaute ungläubig zu Roooooz. In dessen Gesicht war allerdings nichts anderes als tiefe Zufriedenheit zu lesen.

«Erinnern Sie sich wieder?»

«Flüchtig.»

«Also.»

«Was also?»

«Mein Getränk. Der Caffé Latte Mocha Caramel mit lactosefreier Milch.»

«Sind Sie denn von diesem Planeten?»

«Ach so, nein, natürlich nicht. Mein Fehler, das hatte ich vergessen zu erwähnen. Als ich mitbekam, dass wir auch zur Erde fliegen werden, habe ich selbstredend Ausschau nach Gelegenheiten für diesen Planeten gehalten. So bin ich auf die Bewohner von Kaaa áaa aaak gestoßen, die bekannt dafür sind, sich in den endlosen, kleingedruckten Geschäftsbedingungen der Cyanen gegen eine geringe Gebühr kleine, im Prinzip eher unwahrscheinliche Vergünstigungen einbauen zu lassen. Ein paar dieser Vergünstigungen fand ich reizvoll und konnte sie tatsächlich bei den anspruchsberechtigten Kaaa áaa aaakianern gegen einige Gelegenheiten aus meinem Portfolio tauschen. Zum Teil dolle Sachen. Beispielsweise eine Familienjahreskarte für die Natursaunen auf Minzia 16 oder auch einen vorderen Platz auf der Warteliste für Saisonkarten für die Andromeda Apes, eines der absoluten Topteams der IGSFA, der InterGalacticSpaceballFlipperAssociation. Saisonkarte inklusive Playoffs wohlgemerkt. Wissen Sie, wie schwer es ist, da nach vorn auf die Liste zu kommen? Das ist eine außergewöhnliche Gelegenheit. Sie sehen, ich hatte Unkosten. Ich habe diese Gelegenheit nicht geschenkt bekommen. Dafür aber nun vollständigen Anspruch. Wasserdicht. Daran ist nichts zu deuteln.»

Nun war Roooooz richtig violett geworden. Ob allerdings vor Anspannung, Freude oder Ärger vermochte Goiko nicht zu beurteilen. Aber was vermochte er schon zu beurteilen? Er ging seine Optionen durch und stellte dann die einzig logische Frage: «Was passiert, wenn ich mich weigere?»

Zu seiner Überraschung wurde Roooooz nicht noch violetter, sondern schien sich im Gegenteil wieder zu beruhigen. Fast genüsslich flüsterte er: «Lesen Sie weiter.» Da Goiko nichts Besseres wusste, folgte er der Anweisung. «Sollte sich Vertragspartner A weigern, das bestellte Getränk in adäquatem zeitlichen Abstand zum ausgesprochenen Wunsch herbeizuschaffen, tritt unverzüglich das intergalaktische Investorenschutzabkommen von Teetiiipera 7 in Kraft.»

Roooooz hüpfte leicht. «Bitte schön.»

Goikos Reaktion, die mit einem sinnfreien Stieren noch schmeichelhaft beschrieben war, enttäuschte Roooooz. Spürbar ermüdet fügte er sich in die Notwendigkeit weiterer Erörterungen. «Wollen Sie damit etwa sagen, Sie haben die Geschäftsbedingungen unterschrieben, ohne sich vorher informiert zu haben, was überhaupt das intergalaktische Investorenschutzabkommen von Teetiiipera 7 ist?»

«Ist das eine rhetorische Frage?»

«Haben Sie Teetiiipera 7 jemals gelesen?»

«Flüchtig.»

«Wie flüchtig?»

«Sehr flüchtig.»

Erneut tippte Roooooz ein paarmal auf sein Tablet, hielt es Goiko hin und zeigte auf ein Textdokument, das 1,2 Terabyte Speicherplatz belegte.

«Da steht doch alles zum Nachlesen drin.»

«Wo genau?»

«Was uns betrifft: ab Seite 743 unten. Ich fasse es mal der Einfachheit halber zusammen: Sollten Sie gegen das intergalaktische Investorenschutzabkommen verstoßen und damit den mir zustehenden Gewinn aus meiner Investition in Ihre Mailadresse schmälern oder gar ganz ruinieren, erhalte ich dafür Zugriff auf die Existenzrechte Ihrer Eltern sowie der nächsten drei Generationen Ihres Stammbaums. Sollten Ihre Eltern bereits vertragswidrig verstorben sein oder Sie, Herr Goiko Schulz, sich aus welchen Gründen auch immer weigern, Nachkommen zu zeugen, stehen mir hierfür Ausgleichszahlungen in Höhe von, so wörtlich, ‹einem ganzen Haufen wertvollen Zeugs und verschiedenen Gelegenheiten› zu.» Roooooz schüttelte den Kopf. «Sie wollen mir doch wohl nicht ernsthaft sagen, Sie haben sich Teetiiipera 7 unterworfen, ohne es je geprüft zu haben? Wie können Sie denn nur Geschäftsbedingungen unterschreiben, die Sie sich niemals durchgelesen haben? In denen Sie überdies auch noch einer Vereinbarung zustimmen, die Sie nicht kennen? Warum tun Sie denn so was?»

«Na ja, für die offizielle Registrierung und Anerkennung der Geschäftsbedingungen bei Pizza Flitzer gab es im Spiel fünfhundert Energie-Peperoni-Punkte gratis. Ich hatte gehofft, damit vielleicht mal das fünfte Level zu schaffen. Hat aber nicht geklappt. Das mit diesem Teetiiiperadings ist mir dabei wohl durchgerutscht.»

«Durchgerutscht? Befassen Sie sich denn gar nicht mit den wichtigsten intergalaktischen Handels- und Investorenschutzabkommen?»

«Offen gestanden ist das für mich wie von einem anderen Stern.»

«Also ganz ehrlich, ich finde das unverantwortlich. Auch mir gegenüber. Versetzen Sie sich doch mal in meine Lage. Wissen Sie, wie unangenehm das für mich ist, diese Forderung durchsetzen zu müssen? Aber das ist Ihnen wahrscheinlich wieder völlig egal. Wie ich mich dabei fühle, wenn ich jetzt Ihr Leben und das Ihrer Kinder und Kindeskinder ruinieren muss? Ich bin auch nicht gerne der Böse, nur weil Sie sich Ihre Verträge nicht vernünftig durchlesen. Aber Hauptsache Gratis-Energie-Peperoni-Punkte und noch ein Level mehr. Ihr Menschen seid so selbstbezogen und egoistisch. Denkt nicht eine Sekunde an nachfolgende Generationen. Man kann mit euch einfach keine Geschäfte machen, ohne sich hinterher schlecht zu fühlen.»

Goiko war nicht wenig überrascht, als er bemerkte, dass ihm das kleine hellblaue Männchen plötzlich leidtat. «Welches Getränk wünschen Sie noch mal?»

Roooooz schaute ihn traurig an. «Ach, Sie wollen das ja gar nicht wirklich. Da verzichte ich lieber fürs Erste auf meinen Anspruch. Aber nur vorerst. Das heißt, vielleicht könnten wir uns sogar einigen. Wenn Sie mir beim Einfädeln einer anderen Gelegenheit behilflich wären, könnten Sie damit diese sozusagen abarbeiten.»

Das klang für Goiko gar nicht so schlecht. Er war interessiert. «Worum geht es?»

«Wenn wir jetzt ohnehin noch auf der Erde festhängen, kann ich hier ja eventuell ein paar neue Gelegenheiten kreieren. Ich habe mich über diesen Planeten informiert und würde gern täglich dreißigtausend Kinder übernehmen.»

«Was?»

«Die Erde soll mir jeden Tag dreißigtausend Kinder überlassen. Meinetwegen auch gegen Zahlung. Auf Kommission.»

«Was wollen Sie mit den Kindern?»

«Das weiß ich noch nicht. Da müsste man vielleicht auch erst mal die Kinder fragen. Aber es wird sicherlich nach intergalaktisch-ethischen Gesichtspunkten etwas Sinnvolleres sein als die Gelegenheiten, die sich bislang für sie auf der Erde ergaben.»

«Sind Sie wahnsinnig? Wie können Sie glauben, dass wir Ihnen einfach jeden Tag dreißigtausend Kinder ausliefern? Das ist widerwärtig.»

Roooooz war aufrichtig verblüfft, zückte wieder sein Tablet, tippte ein paar Tasten und begann zu referieren. «Nach meinen Informationen verhungern auf der Erde jeden Tag ungefähr dreißigtausend Menschen. Offenkundig benötigen Sie diese Leben also nicht. Ich dachte, Sie wären froh, wenn ich sie Ihnen abnehme.»

«Das ist doch etwas völlig anderes. Dass diese Menschen verhungern, hat komplizierte Ursachen.»

«Ach so. Entschuldigung, das wusste ich nicht. Wenn es aus religiösen oder sonstigen mystischen, übergeordneten Gründen wichtig für die Menschheit ist, könnten wir vielleicht einen Kompromiss finden. Sagen wir, Sie überlassen mir täglich fünfundzwanzigtausend Kinder. Das ist eine schöne runde Zahl, und es bleiben dann immer noch fünftausend übrig, die Sie verhungern lassen können. Würde das nicht vielleicht für die Pflege Ihrer Traditionen ausreichen?»

Goiko war fassungslos. «Sie verstehen das nicht. Für uns klingt Ihr Vorschlag zutiefst unmoralisch und ekelhaft. Wir können nicht einfach so über das Schicksal von dreißigtausend Menschen verhandeln und bestimmen.»

«Das können Sie nicht?»

«Nein, das können wir nicht.»

«Ganz sicher nicht?»

«Auf keinen Fall. Erst recht, weil wir ja noch nicht mal wissen, was Sie mit diesen Kindern vorhaben.»

«Ist diese Information wichtig für Sie?»

«Ja, natürlich. Denken Sie, das Schicksal von dreißigtausend Kindern wäre uns egal?»

«Da Sie sie verhungern lassen, hatte ich diesen Gedanken tatsächlich in Erwägung gezogen.»

«Wir haben sicherlich viele Probleme auf der Erde. Nicht für alle haben wir bislang eine zufriedenstellende Lösung gefunden.»

«Suchen Sie denn nach einer?»

«Ich glaube schon.»

«Sie sind sich nicht sicher?»

«Irgendwer wird sich da gewiss mit befassen.»

«Glauben Sie?»

«Die meisten Menschen auf der Erde meinen es gut. Aber die Lage ist in vielen Bereichen unübersichtlich. Im Moment noch mehr als sonst schon.»

«Wie meinen Sie das?»

«Seit dieses Raumschiff auf den Berliner Flughafen gefallen ist, hat eine verhängnisvolle Entwicklung eingesetzt. Institutionen und Staaten sind nicht mehr in der Lage, ihre Bürger ausreichend zu schützen. Viele schließen sich zu Banden, Milizen oder Nachbarschaftsorganisationen zusammen. Die Kriminalität steigt rasant.»

«Wissen Sie das aus den Medien?»

«Nicht nur. Ich telefoniere auch mit meiner Mutter.»

«Geht es ihr gut?»

«Ja, sie hatte großes Glück. Eine geheime, aber wohl staatliche Organisation hat sie in eine Art Schutzgewahrsam genommen. Weil sie meine Mutter ist. Ihr geht es dort gut. Sie ist in Sicherheit.»

«Ist es nicht gefährlich, mit ihr zu telefonieren?»

«Sonoro meinte, durch unsere Subraum-Blasen-Tarnung sei es absolut unmöglich, die Gespräche zur Signora zurückzuverfolgen.»

Rooooz zog die runden Augenbrauen hoch. «Na, wenn Sonoro das sagt. Gut, fürs Erste ergeben sich wohl keine Gelegenheiten zwischen uns. Schade. Vielleicht findet sich ja noch eine andere Möglichkeit, wie ich meine Investition wieder reinholen oder ummünzen kann. Und falls nicht: Man kann nicht immer gewinnen.»

Lachend ließ er Goiko vor der leeren Kapsel stehen und machte sich auf den Weg zu seinem Quartier. Das er aber nicht erreichte, denn nur wenige Sekunden später wurden alle Passagiere auf die Brücke gerufen. Ein gewaltiger, majestätischer Eisdrache mit zwei Menschen auf dem Rücken war, gehetzt von mehreren Düsenjets, auf dem Weg zum Raumschiff.

15 Der Eisdrache

Das große hellblaue Reptil, auf dem Kira und Juri durch den Himmel jagten, hatte einen entscheidenden Vorteil: Neben der Fähigkeit zu fliegen machte seine unter null liegende Körpertemperatur es den Wärmesensoren der Kampfflieger schwer, es zu erfassen. Kira und Juri waren nach wie vor durch den intelligenten Schleim geschützt und somit für die Jets gleichfalls nicht zu orten. Allerdings würde sich spätestens bei der Heimkehr auf das Raumschiff ein gravierendes Problem ergeben. Wie sollten sie dort landen, ohne dass das Raumschiff seine Tarnung aufgab und somit die gesamte Mission gefährdet wurde? Selbst wenn sie bei voll aktivierter Tarnung auf das Schiff gelangen könnten – das Misstrauen ihrer Verfolger wäre geweckt.

Trotz der phänomenalen Hochstimmung, die das Erlebnis des Fliegens bei Kira und Juri auslöste, konnten sie ihre Besorgnis nicht ignorieren. Kira beugte sich mit wehendem Haar nach vorn zum Kopf des Drachen und schrie: «Bitte sag mir, dass du irgendeinen Plan hast!»

TK17 legte seinen Kopf leicht zurück. Der Eisdrache bewegte sich noch erhabener als das edle Shire Horse. «Natürlich habe ich einen Plan.»

Kira wartete. Fast eine halbe Minute lang. Dann hielt sie es nicht mehr aus. «Und?»

«Was und?»

«Was verdammt noch mal ist dein Plan?»

«Keine Ahnung. Woher soll ich das wissen?»

«Du hast doch gerade behauptet, du hättest einen Plan.»

«Ich weiß.»

«Warum hast du das getan?»

«Weil du mich darum gebeten hast. Du sagtest wörtlich: Bitte sag mir, dass du einen Plan hast. Also habe ich dich aus Höflichkeit angelogen, um dir eine Freude zu machen.»

«Denkst du im Ernst, das ist, was ich wollte?»

«Keine Ahnung. Meine DNA zwingt mich eben, immer das zu tun, was mir einen taktischen Vorteil verschafft. Dazu gehört natürlich auch lügen.»

«Dann war das aber nur ein sehr kurzer taktischer Vorteil.»

«Besser als nichts. Immerhin hat euch das von eurer Panik abgelenkt, und gleich geschieht etwas.»

«Was denn?»

«Keine Ahnung. Ich mach mir da keinen Kopp. Ich werde einfach mit voller Geschwindigkeit weiter Richtung Raumschiff fliegen, und irgendwann wird meine DNA schon etwas machen. Ich bin selbst schon ganz gespannt.»

Nun beteiligte sich auch Juri wieder an dem Gespräch. «Ich will eure traute Fachsimpelei ja nicht stören, aber die Flugzeuge haben uns gleich eingeholt. Wenn sie direkt neben uns fliegen, brauchen sie wahrscheinlich keine Wärmesensoren mehr, um uns zu erwischen!»

TK17 lächelte das Lächeln eines Fabelwesens. «Super, dann geht es bestimmt bald los! Ich meine, müsste eigentlich.»

«Aaaaaahhhh!!!»

Kira, Juri und TK17 schrien dreistimmig. Ansatzlos hatten sie die Richtung geändert und flogen plötzlich steil nach oben. Kira war außer sich.

«Was tust du?»

«Ich fliege nach oben.»

«Das merke ich auch! Aber warum? Was ist dein Plan?»

«Ich habe doch schon mehrfach gesagt, dass ich keine Ahnung habe, was mein Plan ist. Ich mache meine Pläne nicht selbst. Ich folge nur meiner Natur und staune später, was von all dem, das ich so gemacht habe, offensichtlich Teil meines Plans war.»

Auch Juri war nun so beunruhigt, dass er nicht mehr versuchte, es zu verbergen. «Falls der Plan deiner Natur ist, unsere Verfolger abzuhängen, indem wir die Atmosphäre verlassen, hoffe ich sehr, dass dir bewusst ist, dass wir das nicht überleben würden.»

«Keine Angst, solche Sachen weiß sie. Das ist nicht das Problem.»

«Ist es nicht? Was zur Hölle ist dann das Problem?»

«Falls meine DNA aus übergeordneten Gründen der Überzeugung wäre, unser Tod könnte ein taktischer Vorteil sein, wäre das jetzt für uns nicht so gut.»

«Aber warum sollte deine DNA denken, unser Tod könnte ein taktischer Vorteil für uns sein? Das ergibt doch keinen Sinn.»

«Nicht direkt für uns, aber für unsere Sache. Damit beispielsweise das Raumschiff nicht entdeckt wird. Das könnte schon sein. Falls meine DNA tatsächlich dieser Auffassung sein sollte, müsste ich mich entschuldigen. Dann wäre eure Unruhe doch nicht so ungerechtfertigt gewesen, wie ich die ganze Zeit dachte.»

16 Die Ankunft

Die gesamte Besatzung der Signora, mit Ausnahme des mysteriösen Bewohners der letzten Kapsel, war auf der Brücke versammelt. Am großen Bildschirm verfolgten sie, wie die Düsenjets den Eisdrachen jagten. Selbst das Schiff war in Sorge. Allerdings um sich selbst.

«So, die Herrschaftn. Jetze mal bitte hier nich alle an eener Stelle stehn bleibn. Man kann den Bildschirm von der janzn Brücke aus jut sehn. Bitte mal durchtretn und die janze Brücke nutzn, denn is hier ooch Platz für alle, und die unnötige Ballung Ihrer persönlichn Enerjiefelder jefährdet nich unsere inneratmosphärische Subraumtarnung. Bisschen mitdenkn, und alle sind zufriedn, wa? Is dit denn so schwer?»

Goiko hätte gern den Moment genutzt, um zu fragen, wie genau eigentlich diese inneratmosphärische Subraumtarnung funktionierte. Ließ es aber, weil er befürchtete, dies könne von der Gruppe als recht dämliche Frage gewertet werden. In etwa so, als wenn man in einer Gruppe von ambitionierten Hobbyköchen fragen würde, ob es zwischen den verschiedenen Pastaformen überhaupt einen geschmacklichen Unterschied gebe. Man wird da schnell mal für lange Zeit als Idiot abgestempelt. Solcherlei kannte Goiko aus eigener Erfahrung. Doch das Geschehen im Himmel war ohnehin viel zu aufregend, um noch irgendwelche Nebendiskussionen zu beginnen. Mit stockendem Atem hatten sie verfolgt, wie der Eisdrache, also TK17, rund zehn Kilometer vor dem Raumschiff plötzlich steil nach oben ausgebrochen war. Die Jäger waren nur kurz verblüfft, dann nahmen sie ebenfalls Kurs nach oben. Der Drache drang in die dichte Wolkendecke ein – und verschwand.

Das kam nicht nur für das Publikum auf der Signora überraschend. Die Düsenjets flogen Achten, Schleifen und Ellipsen, stocherten orientierungslos in der Wolkendecke herum. Etwas war ihnen offenkundig abhandengekommen. Etwas, das gerade noch riesengroß vor ihnen hergeflogen war. Die Manöver der Düsenjets wirkten fragend, ja ziellos. Auch auf der Brücke konnte sich niemand so recht erklären, was gerade geschehen war. Für Goiko, der es von frühester Kindheit an gewohnt war, Dinge nicht zu verstehen, war es eine ungewohnte Erfahrung, endlich einmal genauso schlau zu sein wie alle um ihn herum – oder auch genauso doof, was ja prinzipiell gesehen das Gleiche ist. Dieses Gefühl schenkte Goiko eine selbstsichere Heiterkeit, die ihn völlig sinnfrei ausrufen ließ: «Potz Blitz!»

Das Nicken der anderen ließ ihn hoffen, mit dieser kurzen Situationsanalyse den Nagel auf den Kopf getroffen zu haben. Runia Sista, die sich heute in einen feschen hellgrün-weißen Matrosenanzug eingewoben hatte, adelte ihn, indem sie ohne Ironie fragte: «Hast du eine Idee, was geschehen sein könnte?»

Leider zählte von den aktuell insgesamt ungefähr 134,7 Billionen offenen Problemstellungen des Universums ausgerechnet diese nun gerade nicht zum exklusiven Kreis der exakt siebenundzwanzig Fragen, zu denen Goiko eine seriöse Antwort hätte beisteuern können. Schade. Einen Versuch unternahm er aber trotzdem. «Der Teufelskerl, der hat sich einfach in Luft aufgelöst!»

«Neee.» Dini beendete Goikos kurzes Glück, und Fini

pflichtete ihm bei. «Chamäleonsoldaten können vieles. Aber sich komplett auflösen …»

«… oder unsichtbar machen …»

«Neeeee!» Das letzte langgezogene Nee sprachen sie zweistimmig. Erstaunlich schön klang es, wie sie versetzt in einer Quinte redeten. Sie hätten fraglos auch ein außergewöhnliches Gesangsduo abgeben können.

«Da waren ja auch noch», nun schob sich der tiefe Bass Kraschgurus in den Tonraum, «die beiden menschlichen Klötze an seinem Bein. Wie sollte er die unsichtbar machen? Militärisch gesehen meines Erachtens ohnehin ein Fehler, die beiden so lange am Leben zu lassen.»

«Es ist eine Rettungsmission», sagte Runia. «Das Ziel war, die beiden da lebend rauszubringen.»

Kraschguru schüttelte sich. «Zuerst hat ja auch alles geklappt. Aber was ist passiert, als sie aus dem Bus raus waren? Wozu diese Ansprache des alten Mannes? Ich erinnere gern noch einmal daran, dass ich dringend geraten habe, unmittelbar nach der Mission die nicht mehr benötigten Teile des Planeten zu sprengen. Aber weil Einzelne hier nie jemandem weh tun wollen, hält der Feind uns nun für weich und erpressbar. Am Ende kann das dazu führen, dass wir den ganzen Planeten sprengen müssen, um ihn zu retten.»

«Das ergibt keinen Sinn.» Der kleine runde Roooooz schaute den riesigen, amöbenförmigen, wabernden Kraschguru herausfordernd an. Der allerdings hielt dem Blick stand, also insofern eine schlabbrige, unklare Form wie er überhaupt auf eine Art standhalten kann.

«Es ist nicht die Aufgabe eines Krieges, Sinn zu ergeben, mein Freund. Das könnte er auch gar nicht leisten, der Krieg. Solange der Feind denkt, dass er irgendetwas gewinnen kann, hört er nicht auf zu kämpfen. Nur die vollkommene und grundlegende Zerstörung von allem eröffnet uns die Chance auf einen wahren und stabilen Frieden.»

Im nun einsetzenden Stimmengewirr war es nicht einmal für die Signora einfach, sich Gehör zu verschaffen. Ein kurzer Versuch, den Universalübersetzer auszuschalten, sorgte nur für eine – speziell für Goiko – höchst seltsam klingende Kakophonie von Schmatz-, Schnalz-, Würg-, Kau- und Knallgeräuschen. Daraufhin aktivierte das Schiff den Übersetzer wieder und schickte das bewährte unangenehme Geräusch einer gewaltigen Rückkopplung über die Lautsprecher der Brücke. Das wirkte.

«Na jeht doch! Ick freu mir von Herzn, dit ick nu ooch mal Ihre jeschätzte Aufmerksamkeit habe. Dit hier is nämlich zur Abwechslung mal wichtich und auch für Sie von Interesse. Machn Se doch bitte mal die Türn frei. Et wolln nämlich ooch noch andere Fahrjäste mitreisn. Und wir hättn ja nu eijentlich ooch noch Platz, wenn alle mal vanünftig uffrückn würdn.»

Der große Bildschirm zeigte eine munter zwitschernde Amsel, die aufgeregt herumflatterte.

«Ick würd se ja rinlassn, aba wejen der inneratmosphärischn Subraumtarnung is dit ja nu nur manuell möglich. Da müsste also mal eener von Sie. Wenn's keene Umstände macht.»

Njiuv drückte hastig ein paar Tasten, und in der Außenüberwachung sah es aus, als würde sich die Amsel einfach in Luft auflösen. Unmittelbar darauf hörte man ein gewaltiges Poltern im Inneren des Schiffs. Runias Faden schoss aus dem Matrosenanzug. Nur eine Zehntelsekunde später sah man sie oder einen Teil von ihr, der schnell in einen Arztkittel geschlüpft war, auf dem großen Bildschirm. «Es sind alle hier und wohlauf. Also zumindest zeigen meine Instrumente das an, weil …»

Der Rest von ihr, der im Matrosenanzug auf der Brücke geblieben war, zog den Bildausschnitt weiter auf. Runia befand sich in einem gigantischen Ankunftsbecken. Gemeinsam mit einem wirklich sehr, sehr großen Wal.

17 Die Zeitreise

«Das! war! echt! der! Hammer!» Kira war außer sich. «Wir, also Teki, ist in diese dichte Wolkendecke reingeflogen. Gewitterwolken! Und klar, ganz kurz, also nicht mal eine Sekunde, waren wir dadurch weg von allen Radaren. Ganz kurz im Schutz der Kumulusdinger praktisch unsichtbar. Und was macht da die wahnsinnige DNA von Teki? Sie verwandelt ihn in einen Wal, der uns, während er wie ein Stein vom Himmel fällt, mitsamt dem schützenden Schleim verschluckt und sich, noch bevor er wieder aus der Wolkendecke raus ist, in diese Amsel verwandelt. Mit uns drinnen. Der Schleim hat uns total komprimiert. So haben wir in die Amsel gepasst. War trotzdem nicht sehr angenehm. Die ganze Zeit war ich kurz vorm Platzen.» Sie zeigte mit Zeigefinger und Daumen, wie knapp es gewesen war. «So dicht davor! Dachte ich zumindest. Man hat gespürt, dass sogar der Schleim an seine Grenzen kam. Die kleine Amsel, zu der Teki nun geworden war, ist weder den Jets noch euch aufgefallen. So konnten wir unbemerkt die letzten Kilometer bis zum Schiff fliegen. Am Ende wären wir fast doch noch geplatzt, weil ihr uns nicht reingelassen habt. Warum hat das so lange gedauert? Das! war! echt! der! Hammer!»

Kira saß neben dem zitternden Juri. Beide wie frisch vom Wal ausgespuckt, was sie ja auch tatsächlich waren. Vielleicht sollten all die Sätze, die sie gerade explosionsartig losgeworden war, das Platzen ersetzen. Erst jetzt, nach diesem Ausbruch, nahm sie ihre Umgebung wahr. «Wo sind wir hier überhaupt? Wir konnten ja gar kein Raumschiff sehen. Sind wir da überhaupt drin?»

«Das sind Sie.»

Runia versuchte, sie zu beruhigen, verstärkte damit aber nur die Irritation.

«Wer sind Sie? Ein sprechender Arztkittel? Ist das das Kleidungsstück, das Ihnen gerade den größten taktischen Vorteil verschafft?»

«Sozusagen. Ich bin Runia Sista. So etwas wie die Chefärztin hier an Bord. Aber ich habe bereits einen Wissensbooster für Sie vorbereitet, dann können wir uns langatmige Erklärungen und Vorstellungen sparen.»

Während sie dies sagte, betraten auch Njiuv, Sonoro und Goiko den Ankunftsraum. TK17, dem sein neuer, von Kira verliehener Spitzname Teki durchaus zu gefallen schien, hatte wieder die Gestalt eines mittelgroßen, etwas fahrigen Wissenschaftlers angenommen. Wobei Goiko bemerkte, dass der Körper nun, nach irdischen Maßstäben, deutlich attraktiver und wohl auch jünger ausgeführt war. Vermutlich hatte seine DNA diese Veränderung aufgrund von Kiras Anwesenheit an Bord beschlossen. Tatsächlich hatte sich Kira, als sie den nun zweifellos gutaussehenden Teki sah, schon bei dem Gedanken ertappt, wie es wohl wäre, Sex mit jemandem zu haben, dem seine DNA in jeder nur erdenklichen Situation rein körperlich den jeweils größtmöglichen strategischen Vorteil verschafft. Eine Überlegung, für die sie sich kurz darauf, innerlich kichernd, selbst tadelte, wusste sie doch, dass es im Moment Wichtigeres zu bedenken und zu tun gab.

Juri hatte deutlich länger mit dem Schwindel und Schock zu kämpfen, nachdem er dem Bauch des Wales entronnen war. Aber er stürzte sich sofort wieder in das Zeitreiseprojekt. Auf dem Wissenschaftsdeck war alles Notwendige bereits vorbereitet, weshalb sich der gesamte Trupp unverzüglich dorthin begab. Auch Runias Wissensbooster wartete hier schon auf Kira.

«Mach dir keine Sorgen, Kira, Schätzchen. Die Sache ist völlig ungefährlich. Du wirst danach nur ein wenig müde sein. Ich habe bereits alles zusammengestellt, was du über Bewusstseinszeitreisen wissen musst.»

«Warum muss ich etwas über Bewusstseinszeitreisen wissen?»

«Auch das erfährst du durch den Booster. Mein Scan hat ergeben, dass dein Gehirn das locker in einer Sitzung aufnehmen kann. Mehr noch, wo ich gerade dabei war, habe ich dir auch das gesamte Wissen über unsere Situation überspielt, über die anderen Mitreisenden, die Cyanen, den Grund, warum Goiko zum intergalaktischen Verbrauchergerichtshof reisen muss, und über das fehlende Frank. Und weil du dann immer noch reichlich Aufnahmeplatz frei hattest, habe ich einige Lektionen Weltraumphysik, einen ordentlichen Batzen Biogenetik, einen groben Abriss universale Geschichte und die komplette Bedienungsanleitung des halbautomatischen Kaffeeautomaten auf dem Versorgungsdeck dazugepackt. Mit allen Reinigungsprogrammen natürlich.»

Runia hatte noch nicht zu Ende gesprochen, da spürte Kira auch schon, wie sie eine tiefe Müdigkeit überkam. Die endlose Aufzählung dessen, was Runia allein in der ersten Sitzung an Wissen auf Kira übertragen konnte, ließ speziell Goiko nachdenklich werden. Juri indes redete auf Kira ein.

«Du warst es, meine kleine Forscherin, die 1992 während der Ohnmacht in meinem Kopf zu Gast war. Oder die überhaupt erst diese Ohnmacht ausgelöst hat. Von dir habe ich die Informationen bekommen, ohne die ich die Grundlagen der Bewusstseinszeitreise niemals hätte erforschen können. Du hast alles erst möglich gemacht.»

Kira rieb sich die Schläfen. Trotz ihrer Erschöpfung spürte sie, wie das neue Wissen allmählich in ihr Bewusstsein floss. «Wusstest du das schon all die Jahre?»

«Anfangs nicht, aber je näher ich meinem Ziel kam, desto klarer wurde mir, wer da in jener Nacht zu mir gesprochen hatte. Nun fügt sich alles zusammen.»

«Können wir die Reise meines Geistes ins Jahr 1992 denn nicht noch ein bisschen verschieben?»

«Leider nein. Sie muss jetzt stattfinden. Wir befinden uns aktuell in einer Realität, die durch eine Zeitreise beeinflusst wurde, die noch nicht stattgefunden hat. Erst wenn auch in dieser Zeitlinie die Reise zurück ins Jahr 1992 stattfindet, ist der Kreis geschlossen. Die Kausalität wird hergestellt und diese Wirklichkeit damit wieder zum Fixpunkt. Bis das geschehen ist, ist die Zeitlinie, in der wir uns gerade bewegen, eigentlich nur eine Wahrscheinlichkeit.»

«Aber warum kann sie dann nicht noch etwas länger eine Wahrscheinlichkeit bleiben?»

«Weil wir jetzt eine weitere Bewusstseinszeitreise machen wollen. Ins 19. Jahrhundert, um uns dort das Frank zu organisieren. Dafür brauchen wir eine stabile Realität als Fundament. Wenn wir aus der Zeitlinie, deren Kausalität noch gar nicht wiederhergestellt ist, bereits weitere Bewusstseinszeitreisen machen, würden einfach zu viele Wahrscheinlichkeiten und Variablen entstehen. Das könnte zum Kollaps des gesamten Zeit-Vortex führen.»

«Und was geschieht dann?»

«Das wissen nicht einmal unsere Freunde hier.» Er zeigte auf Runia, Njiuv und Sonoro. «Aber höchstwahrscheinlich nichts Gutes.»

Njiuv reichte Kira ein Glas Wasser. Die wirkte schon wieder deutlich fitter. Das neue Wissen hatte nun wohl zur Gänze in ihrem Hirn angedockt.

«Warum muss ich das machen? Wieso schickst du nicht einfach dein eigenes Bewusstsein in deinen Kopf von 1992?»

«Darüber habe ich auch lange nachgedacht. Bis es mir vor einem Jahr klarwurde. Um einen nachhaltigen Eindruck im Kopf eines anderen hinterlassen zu können, benötigt ein Bewusstsein eine gewisse emotionale Strahlkraft. Die hat meines leider nicht in ausreichendem Maß.»

«Und meines schon?»

«Absolut.»

Neben Kira tauchte wie aus dem Nichts der attraktive Wissenschaftler auf. Besorgt beteiligte sich TK17 an der Diskussion. «Ist es nicht gefährlich, ein vom Körper isoliertes Bewusstsein durch Raum und Zeit zu schicken?»

Juri rieb sich das Kinn. «Im Prinzip schon. Deshalb wäre es mir auch sehr viel lieber gewesen, die Reise selbst machen zu können. Der einzige Grund, weshalb ich bereit bin, Kira diesem Risiko auszusetzen, ist, dass die Reise bereits stattgefunden hat. Aller Logik nach müsste es also klappen.»

Das fand Kira weniger überzeugend als erhofft. «Aller Logik nach? Wer garantiert mir denn, dass mein Geist wieder zu mir zurückkehrt? Ich nicht in Juris Kopf von 1992 hängen bleibe?»

«Wenn das so wäre, wärst du hier ja immer noch drin. Du wärst fünfundzwanzig Jahre in meinem Verstand gewesen, verstehst du?» Aufgeregt tippte sich Juri gegen die Stirn.

Kira kniff die Augen zusammen. «Ganz ehrlich, Juri, du würdest mir doch sagen, wenn ich da jetzt in deinem Kopf wäre, oder?»

«Großes Indianerehrenwort.»

«Ich war also nicht die ganzen fünfundzwanzig Jahre in deinem unordentlichen Geist?»

Er nahm ihre Hand. «Natürlich warst du während der Zeit auch in meinem Geist. Aber nicht auf diese Art.»

Kira wartete drei Sekunden, drückte seine Hand leicht und wendete sich dann an die anderen. «Wenn ich es recht verstanden habe, hängt ja der Fortbestand der gesamten menschlichen Zivilisation davon ab, oder?»

«Könnte man so sagen.»

«Na wunderbar. Kleiner hamm wir's wohl nicht, was? Na, denn mal los.»

Runia ließ ihren Handschuh auf Kiras Schulter gleiten. «Ganz so schnell geht es nicht, Schätzchen. Eine Bewusstseinszeitreise ist nicht wie Zigarettenholen. Zumal ja sichergestellt werden soll, dass du wiederkommst. Ein wenig Vorbereitung braucht es schon.»

«Wie genau funktionieren Bewusstseinszeitreisen denn eigentlich?» Alle starrten Goiko an, der selbst kaum glauben konnte, dass er gewagt hatte, diese Frage einfach so zu stellen.

Bevor Sonoro oder ein anderer einen abfälligen Kommentar loswerden konnte, hatte Njiuv schon begonnen, in gewohnt charmanter Freundlichkeit zu antworten. «Die irdischen Theorien über das Zeitreisen sind sehr alt und einfach. Das Bild von allem, was auf der Erde geschieht, bewegt sich mit Lichtgeschwindigkeit von ihr weg ins All. Wer also schneller als das Licht reisen und dann auch schneller als das Licht wieder zurückschauen könnte, könnte so einen Blick in die Vergangenheit werfen. Allerdings nur theoretisch, denn es ist unmöglich, schneller als das Licht zu reisen. Das können übrigens auch ältere und höher entwickelte Zivilisationen nicht. Es ist ein Naturgesetz. Niemand ist schneller als das Licht. Wenn man also keine höhere Geschwindigkeit als das Licht erreichen kann, bleibt nur eine Möglichkeit: es zu überholen. Man muss eine Abkürzung nehmen. Deshalb krümmt man den Raum.»

Goiko war fasziniert. Versatzstücke von dem, was Njiuv erzählte, kannte er aus Science-Fiction-Romanen oder Serien. Er hätte nie gedacht, dass das auch in der realen Welt einen Sinn ergeben könnte.

«Die Krümmung des Raums», fuhr Njiuv fort, «muss man sich so vorstellen: Angenommen, jemand will von der Erde zum Mars reisen. Er könnte seine Route bestimmen, indem er einfach eine gerade Linie zwischen den beiden Planeten zieht. Diesen Weg nimmt das Licht. Wenn man sich die Distanz, die Gerade zwischen diesen beiden Himmelskörpern, nun aber als durchgehenden Metallstab vorstellt, dann könnte man ihn einfach so lange biegen, sprich krümmen, bis die beiden Enden, also Start- und Zielpunkt, praktisch direkt voreinander liegen. In diesem Moment wäre die Distanz zwischen Erde und Mars also vergleichsweise gering. Der Raum zwischen ihnen ist allerdings irreal, eben gekrümmt. In Filmen oder Serien nennt man ihn auch gern den Hyperraum. Springt man durch den, kann man sehr schnell gewaltige Entfernungen überbrücken, was zumindest theoretisch auch Zeitreisen möglich macht.»

Während Goiko nun in etwa so müde wie nach Runias Intelligenz-Upgrades war, schien Kira problemlos folgen zu können. «Und wie krümmen wir den Raum?»

«Na, dit kann icke.» Offenbar hatte auch die Signora die ganze Diskussion verfolgt. «Also unser Motor kann dit, oder besser: der Antrieb. Mit dieser Raumkrümmungschose reisn wa ja grundsätzlich schon durchs All. Sonst könntn wa ja diese janzn jewaltign Entfernungen jar nich übabrückn.

Aba mit diese Zeitreisejeschichte is natürlich noch mal 'ne Jeschichte für sich.»

Njiuv nickte. «Mit dem Schiff reisen wir praktisch ständig mittels sehr vieler, ganz kleiner Raumkrümmungen, die in schneller Folge von unseren Antriebskristallen initiiert werden. Viele kleine Antimateriefelder, die wir problemlos kontrollieren, also generieren und wieder auflösen können. Für so einen gewaltigen Zeitsprung allerdings muss man auch eine gigantische Krümmung herbeiführen, die dann wiederum einen extremen Hyperraum schafft. Weder dieses Raumschiff noch sonst irgendwer oder irgendwas hier könnte den durchqueren. Nur ein Funke wäre dazu in der Lage. Der Funke des menschlichen Bewusstseins. Das ist es, woran Juri seit über fünfundzwanzig Jahren arbeitet.»

Der nickte. «Meine größten Probleme zuletzt waren, wie ich den Raum krümmen soll und wie ich den Funken des menschlichen Bewusstseins wieder zurückhole. An den Startpunkt, in das Ausgangshirn. Die Krümmung des Raums übernimmt nun das Raumschiff. Und für die Rückreise hat Njiuv mir den passenden Hinweis gegeben: die Flummitheorie.»

Njiuv übernahm wieder. «Das Bewusstsein landet gar nicht im Geist der Zielperson, sondern prallt wie ein Flummi einmal auf und fliegt dann direkt zu seinem Startort zurück. Die ganze Reise dauert dadurch nur Sekunden. Der Verstand dringt nicht dauerhaft in das Hirn eines Menschen in der Vergangenheit ein, er hinterlässt nur einen Abdruck, ein Echo, das dann nachwirkt und den Geist des Menschen in der Vergangenheit mit Wissen, Anregungen und Ideen füttert.»

«Dies deckt sich auch mit meiner Erfahrung, damit, wie ich deinen Besuch 1992 erlebt habe. Deine Stimme, dein Bewusstsein, deinen Geist. Von allem hatte ich einen Eindruck, aber nichts war ganz eindeutig. Daher habe ich beispielsweise auch seit fünfundzwanzig Jahren permanent Gewürzgurken gegessen. Ich wusste, die haben eine Bedeutung für irgendwas, aber nicht, wofür genau. Also habe ich einfach jeden Tag welche verspeist. Das hätte ich mir sparen können. Dann wäre mein Leben vielleicht etwas abwechslungsreicher gewesen.»

Eine gute halbe Stunde später lag Kira in der seltsamen Apparatur, die Juri für seine Bewusstseinszeitreisen gebaut hatte. Njiuv erklärte noch dies und das: «Für uns wird deine gesamte Reise höchstens vier oder fünf Sekunden dauern und eigentlich nur so aussehen, als wärst du mit den Gedanken gerade mal ganz woanders. Was von der Sache her ja nicht mal falsch ist. Du wirst den Hin- und Rückweg im Hyperraum sicher als lang empfinden. Wie lang, weiß ich leider nicht genau. Rechne mit einer ziemlich abgefahrenen Erfahrung. Vielleicht wird dir auch ein wenig schlecht.»

Ein Erinnerungsblitz zuckte durch Juris Gesicht. «Stimmt. Ich musste mich damals in der Nacht auch ganz plötzlich übergeben.»

«Na ja, genau genommen wird das Kira gewesen sein, die sich da quasi aus deinem Körper heraus übergeben hat. Aber so genau wollt ihr das womöglich gar nicht wissen.» Die Blicke der beiden bestätigten Njiuvs Vermutung.

Runia rauschte heran. «Es wäre dann alles so weit eingerichtet.» Eine Halbkugel, die eigentlich eher wie eine Trockenhaube aussah, senkte sich über Kiras Kopf. «Bist du bereit?»

Die Augen der jungen Frau wurden sehr groß. In fester, tiefer Überzeugung antwortete sie: «Nicht die Spur!»

Runia lachte. «Super! Die Antwort hätte ich auch gegeben. Das ist meine Kira. Es geht los, Darling!»

Die Apparatur begann zu blinken und zu pfeifen. Zahllose Lichtblitze schossen um Kira herum, durch sie hindurch und quer durch den Raum. Sie zitterte und schien zu beben, als läge sie auf einer schleudernden Waschmaschine. Dann, keine zehn Sekunden später, war alles vorbei, und – Kira lag leblos auf der Liege.

Goiko fand als Erster seine Sprache wieder. «Das war jetzt aber nicht gerade das, was ihr uns angekündigt habt.»

Runia sackte zusammen. «Stimmt. Wir haben das noch nie gemacht. Meine Erwartung war auch anders.»

«Ist sie tot?» Sonoro sprach aus, was alle dachten.

Juri checkte die Geräte. «Nein, sie ist nur …» Er stockte, woraufhin Njiuv mit starrem Gesicht den Satz für ihn beendete: «… ohne Bewusstsein.»

18 Fendos Angebot

«Ick hätte hier denn jetze mal zur Abwechslung 'ne Gesprächsanfrage von außen, wenn's recht is.» Während noch alle erschüttert auf die regungslose Kira starrten, holte sie das Schiff wieder in den Alltag zurück – obwohl die nächsten Stunden nicht einmal den Anflug von etwas Alltäglichem haben würden. Schon sehr bald hatten sie eine Entscheidung zu treffen, die nicht nur Kiras, sondern das Schicksal der gesamten Menschheit bestimmen würde.

«Das ist unmöglich!» Zum allerersten Mal seit Goiko Njiuv kennengelernt hatte, hatte ihre Stimme etwas Unentspanntes. Ein Umstand, der ihn beinah mehr als alles andere beunruhigte. «Wir befinden uns in einer inneratmosphärischen Subraumtarnung. Niemand kann uns aufspüren. Völlig ausgeschlossen. Nicht mal die Cyanen wären dazu in der Lage!»

«Ach so. Na, denn sagn Se dit am besten ooch mal gleich dieser Commander Fendo. Die klopft hier nämlich jerade mächtich kräftich an. Die würde Sie wohl schon mal sehr jern sprechn. Und ick gloobe, sie gloobt, sie kann dit ooch.»

Runia schoss aus ihrem Matrosenanzug und fuhr in eine dunkelblaue, irgendwie militärische Uniform, die, obwohl aus feinem Stoff und exzellent geschnitten, etwas Schneidiges ausstrahlte. Fast als hätte sie hiermit einen Dienst angetreten. «Geht nur», hauchte sie, «ich werde mich hier um alles Notwendige und natürlich auch um Kiras Körper kümmern.»

Eine Minute später erreichte die Gruppe wieder die Brücke,

die allerdings nicht mehr der Panorama-Lounge einer Hotel-
bar gehobener Klasse im zweihundertsiebzigsten Stock glich,
sondern nun – zu Goikos großer Überraschung und Freude – eine originalgetreue Kopie der Kommandobrücke des
Raumschiffs Enterprise war. Aber der aus der Ursprungsserie
aus den sechziger Jahren. Mit ausladenden Drehsesseln und
langen Technikpulten an den Wänden. Und, auf den ersten
Blick jedenfalls, frei von allem Digitalen. Selbst die Anzeigen
waren kleine Klapptafeln mit Zahlen. Dazu blinkte es rot.

Juri zog die Augenbraue hoch, was Sonoro nicht verborgen blieb. «Eine kleine Aufmerksamkeit. Wir haben in
Ihren Datenbanken gekramt und für den Alarmmodus rot
eine Erscheinungsform der Brücke programmiert, die Ihnen
vertraut ist. Aber keine Angst, trotz des Designs funktioniert
alles, wie wir es gewohnt sind. Was ist, Juri? Wollen Sie den
Platz von Chekov einnehmen?»

Mit einer Handbewegung stoppte Njiuv den Alarm, warf
sich auf den zentralen Kapitänssessel und rief: «Auf den
Schirm!» Offensichtlich hatte auch sie die Erdenkultur recherchiert.

Eine lächelnde Fendo erschien auf der enormen 9680-Zoll-
Diagonalen. «Einen guten Tag allerseits wünsche ich. Ist es
nicht ein wunderschöner Nachmittag? Sie müssen Njiuv
sein. Ich habe schon so viel von Ihnen gehört und wirklich
nuuuuur Gutes. Ehrlich wahr. Sie sehen ja ganz unglaublich
aus. Da könnte man fast neidisch werden. Und Juri! Wer hätte gedacht, dass wir uns so schnell wiedersehen würden? Die
Welt ist klein, was? Ist sie übrigens tatsächlich. Also klein. Na
ja, genau genommen hätte ich das natürlich schon gedacht.
Dass wir uns so schnell wiedersehen. Aber ich durfte ja leider
nichts sagen. Stellen Sie sich vor, ich hätte gesagt: Bis gleich.
Da wären Sie aber schön misstrauisch geworden, was? Und

das wäre ja nicht gut gewesen. Oder? Aber ich rede und rede. Wo bleiben meine Manieren? Das kommt nur daher, dass ich so aufgeregt bin. Ich habe so lange auf diesen Moment gewartet. Wie geht es meiner Freundin Kira? Ist alles in Ordnung mit ihr? Ich hoffe doch. Wir verdanken ihr so viel.»

Njiuv wartete noch einen Moment, um sicher zu sein, dass Fendo ausgeredet hatte. Dann stellte sie, so beherrscht wie möglich, die erste ihrer vielen Fragen. «Wie ist es möglich, dass Sie plötzlich unsere Tarnung überwinden können?»

«Also plötzlich schon mal gar nicht. Offen gestanden können wir das schon, seit die Signora in die Erdatmosphäre eingedrungen ist.»

«Sie wussten die ganze Zeit, wo wir waren?»

«Überraschung! Unsere Auftraggeber sind die Cyanen! Was denken Sie denn? Haben Sie auch nur eine ungefähre Vorstellung von der Macht der Cyanen? Sollten Sie doch eigentlich. Um ehrlich zu sein, bis vor kurzem wusste ich auch nicht, dass sie meine Auftraggeber sind. Ich dachte immer … Ist ja egal, was ich dachte. Tatsächlich hatte ich null Ahnung. Ich wusste nur, dass sie wirklich sehr, sehr mächtig sind und über ganz unglaubliche Möglichkeiten verfügen, die sie mir zum Teil sogar zur Verfügung stellen. Das reichte mir auch schon. Aber dass meine Auftraggeber sogar eine uralte, unvorstellbar hoch entwickelte Zivilisation sind – das finde ich schon auch krass.»

«Gut. Wenn Sie die ganze Zeit wussten, wo wir sind, und problemlos unsere Tarnung überwinden konnten: Warum haben Sie dann so lange gewartet?»

Fendo blickte enttäuscht. «Na, jetzt denken Sie aber mal scharf nach. Sie sollen doch so wahnsinnig klug sein. Was ist denn gerade passiert?»

Juri schlug sich mit der Faust gegen die Stirn.

Fendo nahm dies nicht ohne Genugtuung zur Kenntnis. «Immerhin einer scheint es ja zu begreifen.»

Der alte Mann klopfte sich noch zweimal gegen den Kopf. «Es ist alles meine Schuld. Von Anfang an. Ich bin so ein Idiot. Ich habe die gesamte Erde auf dem Gewissen!»

«Nanana», spottete Fendo. «Jetzt überschätzen Sie sich ja schon wieder. Sie haben nur die Tür geöffnet. Die fatalen Schritte ins Unglück macht die Menschheit schon immer noch ganz allein. Dafür braucht sie weder Hilfe noch Beratung. Wenn Sie Ihr Gewissen quält, könnten Sie Ihre Rolle auch wie die eines Waffenproduzenten interpretieren: Die Waffe, die Sie herstellen, ist ja nicht an sich gut oder böse. Das wird sie erst, wenn mit ihr geschossen wird. Und dann ist ja sowieso noch die Frage, ob die Cyanen überhaupt böse sind.»

Juri saß regungslos in seinem Sessel. Als hätte jemand sein Betriebssystem gelöscht.

Goikos hingegen war einfach nur überlastet. «Kann mir mal jemand erklären, wovon diese Frau redet?»

Da niemand sonst Anstalten machte, die Frage zu beantworten, ergriffen die Trickphilosophen, die sich wie Kraschguru und Roooooz bislang im Hintergrund gehalten hatten, das Wort.

Dini: «Also wir hätten da vielleicht eine Theorie.»

Fini: «Nur eine Theorie.»

Dini: «Aber immerhin, und was heißt nur?»

Fini: «Eben. Betrachtet man die gesamte Geschichte des Universums, so können wir festhalten, dass auf lange Sicht gesehen Theorien Realitäten eigentlich meistens überlegen waren.»

Dini: «Aber wir schweifen ab.»

Fini: «Du schweifst ab. Ich habe nur erläutert, was du mit deiner Abschweifung wolltest.»

Dini: «Das interessiert hier keinen.»

Fini: «Jetzt wissen sie es trotzdem.»

Dini: «Wir hätten da also eine Theorie.»

Fini: «Genau. Als Kiras Bewusstsein ins Jahr 1992 gereist ist, ditschte sie zwar wie gewollt auf Juris Kopf auf und hinterließ auch einen erheblichen Abdruck ...»

Dini: «... ist dann aber irgendwie schräg weggesprungen.»

Fini: «Als wäre sie nicht gerade aufgekommen.»

Dini: «Falscher Winkel.»

Fini: «Warum auch immer.»

Dini: «Wir sind keine Techniker.»

Fini: «Nein, das sind wir nun wirklich überhaupt nicht.»

Dini: «Wir sind Theoretiker.»

Fini: «Aber so was von!»

Dini: «Jedenfalls wurde ihr Bewusstsein, aus Gründen, die andere herausfinden sollen, durch den Hyperraum geschleudert.»

Fini: «Und ist dann irgendwie in die Hände oder vielmehr die Köpfe der Cyanen gefallen.»

Dini: «Wodurch die Cyanen im Erdenjahr 1992 ...»

Fini: «... also auf Ihrer Zeitlinie vor über fünfundzwanzig Jahren überhaupt erst auf die Erde ...»

Dini: «... und damit auf die Menschheit aufmerksam geworden sind.»

Fini: «Das gesamte System Ihres Sterns.»

Dini: «Also der Sonne.»

Fini: «Hatte nämlich bis dahin nie jemanden interessiert.»

Dini: «Offen gestanden gab es keine entwickelte Zivilisation, die es für möglich gehalten hätte, dass in diesem System intelligentes Leben ...»

Fini: «... also was man eben so landläufig intelligent nennt ...»

Dini: «… überhaupt entstehen kann.»

Fini: «Tatsächlich wird das sogar universumsübergreifend als respektables Wunder gesehen.»

Dini: «Da musste echt schon einiges zusammenkommen, damit sich hier unter diesen Bedingungen Leben entwickeln konnte.»

Fini: «Sie wissen vermutlich gar nicht, was für ein ganz und gar unwahrscheinliches Geschenk des Universums das eigentlich ist.»

Dini: «Also so, wie Sie damit umgehen, wissen Sie das vermutlich nicht einmal annäherungsweise. Aber egal.»

Fini: «Sie liegen hier richtig weit ab vom Schuss.»

Dini: «Aber hallo. Nach galaktischen Kriterien ist das schon unglaublich abgelegen.»

Fini: «Stellen Sie sich die schlimmste Provinz vor, die es auf der Erde gibt.»

Dini: «Und dort wohnen Sie dann noch mal einige Kilometer außerhalb.»

Fini: «Ohne Zufahrtsstraße.»

Dini: «Ohne Anschluss an die Kanalisation.»

Fini: «Ohne Netz.»

Dini: «Ohne Elektrik.»

Fini: «Außerhalb des Zustellbereichs aller Werbewurfsendungen und Gratiszeitungen.»

Dini: «Dann haben Sie einen ungefähren Eindruck, wie weit draußen Sie hier leben.»

Fini: «Normal hätten die Cyanen nie Notiz von Ihnen genommen.»

Dini: «So aber.»

Fini: «Zunächst wollten sie die Erde nur als Gefängnis- und Exilplanet für Wesen wie Florenz nutzen.»

Dini: «Dann jedoch …»

Fini: «... als sie merkten, wie aufgeschlossen die Menschheit für eine Online-Eroberung war, konnten sie der Versuchung nicht widerstehen.»

Dini: «Und da Besitz immer auch Verantwortung bedeutet, wollen sie es jetzt vernünftig zu Ende bringen.»

Fini: «Die Geschichte mit der Erde und der Menschheit für sich seriös abschließen.»

Dini: «Lieber ein Ende mit Schrecken ...»

Fini: «... als ein Schrecken ohne Ende.»

Dini: «Aber das wissen Sie ja alles schon selbst.»

Fini: «Und? Wie ist unsere Theorie?»

Erwartungsfroh schauten die beiden in die Runde. Fendo klatschte. Ganz langsam schlug sie fünfmal in die Hände. «Sie sind sehr, sehr dicht dran, meine Herren. Respekt. Hammermäßig dicht dran. Das alles war allerdings nur eine mögliche Realität auf unserem linearen Zeitstrang. Solange Kira nicht durch ihre Bewusstseinszeitreise den Kreis geschlossen hatte, war das alles sozusagen noch nicht bestätigt. Die Cyanen mussten daher unbedingt sicherstellen, dass Kiras Reise stattfindet. Die Kausalität hergestellt wird. Damit aus dieser Variablen ein Fixpunkt unseres Zeituniversums werden konnte. Das ist nun erledigt, weshalb wir Sie jetzt auch nicht mehr länger in dem Glauben lassen müssen, Sie wären unentdeckt.»

Juri war kalkweiß im Gesicht. «Dann war alles nur ein Spiel? Jeder einzelne Schritt, den wir unternommen haben, war exakt so von den Cyanen geplant und vorbereitet?»

«Die Cyanen lieben es zu spielen. Sie sind die Zockerzivilisation schlechthin. Ihre Urväter waren Bilderbuch-Nerds. Aber auch die heutige Generation genießt es zu manipulieren. Man kann viel von ihnen lernen. Ganz besonders Geduld. Ich gebe zu, es ist mir schwergefallen, Ihnen Ihre selbstgefällige Arroganz nicht um die Ohren zu hauen. Als Sie so überzeugt davon waren, mich tatsächlich ausgetrickst zu haben. Doch ich habe es geschafft, mich zu beherrschen. Um die Mission nicht zu gefährden. Darauf bin ich stolz.»

«Die ganze hochdramatische Flucht, die Befreiung aus dem Gefängnis, unser verbaler Schlagabtausch, die Verfolgungsjagd mit den Düsenjägern – das war alles nur eine Scharade, um uns zu beschäftigen, in Sicherheit zu wiegen?»

«Sie durften keinen Zweifel daran haben, dass Kira die Reise machen muss. Sie mussten dafür kämpfen, dass sie diese Möglichkeit bekommt. Denn das ist etwas, was die Cyanen schon vor langer Zeit herausgefunden haben: Den Wert einer Sache, für die die Menschen einmal richtig kämpfen mussten, schätzen sie äußerst hoch ein. Je größer die Anstrengung, desto schwerer fällt es ihnen, den Sinn des Ganzen noch einmal zu hinterfragen. Zu beseelt sind sie von ihrem Kampf, ihren Opfern, lieber kämpfen sie endlos weiter. Wenn man wirklich will, dass jemand etwas tut, ist es völlig ineffektiv, ihn dazu zu zwingen. So beherrscht man vielleicht sein Tun, aber nicht sein Denken. Erst wenn man seine Wünsche kontrolliert und leitet, kann man sein Potenzial nutzen. Das sind die Prinzipien intelligenter Herrschaft, die die Cyanen hier leider nicht immer umsetzen konnten. Dafür verstehen sie es aber, die Schwächen des Gegners zu nutzen. Vor allem seine Eitelkeit. Das ist eine der ganz großen Stärken der Cyanen.»

«Eitelkeit?» Hatte Goiko Njiuvs Anspannung vorhin schon beunruhigt, musste ihn das Beben in ihrer Stimme jetzt eigentlich verzweifeln lassen. «Das ist Ihnen ja nun wohl offensichtlich völlig fremd!»

«Überhaupt nicht.» Fendo blieb provozierend gelassen. «Ich habe doch schon zugegeben, dass ich Juris Überlegenheitsgetue bei dieser lächerlichen Befreiung kaum ertragen habe. Aber ich bin wenigstens in der Lage, meinen Emotionen Ausdruck zu verleihen. Würden Sie jetzt nicht auch gern mal fluchen? Weiß Ihr Freund Goiko eigentlich, wer oder was Sie sind? Warum Sie nicht fluchen, ja nicht mal ordinär sein können? Warum Sie trotz all Ihrer überragenden Fähigkeiten nicht ein einziges Schimpfwort beherrschen? Es nicht mal aussprechen können? Weiß er von Ihrer Programmierung? Ihrem Auftrag? Kennt er den eigentlichen, den tieferen Sinn Ihrer Existenz? Haben Sie ihm davon schon erzählt?»

Goiko blickte fragend zu Njiuv. Die allerdings verzog keine Miene. «Dafür ist jetzt gerade wohl nicht der passende Moment.»

Fendo schaute zum verunsicherten Goiko und war offensichtlich zufrieden mit der Wirkung ihrer kleinen, nebulösen Enthüllungssalve. «Sie haben recht. Unser Thema ist ein anderes. Die Cyanen sind übrigens auch eitel. Aber wer derartig intelligent ist, muss ja eitel sein. Der Unterschied ist, dass sie das selbst ganz genau wissen und in ihren Plänen berücksichtigen. Wie sie überhaupt praktisch alles berücksichtigen. Der Plan der Cyanen reicht sehr viel weiter zurück als bis zur Gefangennahme und Befreiung Kiras. Er ist unglaublich ausgefeilt und von gnadenloser Logik. Sie sehen alles vorher, sind besser ausgerüstet und Ihnen immer mindestens drei Schritte voraus. Sogar dass Sie dieses Raumschiff mit notorischem Frankmangel gekauft haben, war kein Zufall. Den Cyanen war bewusst, sie würden Sie, die Artenschutzrechtler, eine Weile auf der Erde aufhalten müssen. Zumindest bis Kira ihre Reise gemacht hat.»

Ein langer Pfeifton blockierte die Kommunikationsanlage des Schiffes. Offensichtlich ein Ausdruck des Unmuts. «Na, jetze hört dit sich aba doch mal uff! Und ick wunder mir seit

Äonen, wieso die mich kurz vorm Vakauf so plötzlich wieder von de Wartungsliste streichn. Wo dit normal, gerade vorm Vakauf, eijentlisch nie passiert. Ick hatte den Cyanen ja nu sicher viel zujetraut. Aba dit die Einfluss auf die Schichtpläne vonne Wartungsmannschaftn vom Tyroionischen ÖPNV ham? Meine Herrn! Respekt. Für sowat brauchste Kontakte. Na, dit will ick jar nich wissen, watte dafür alles brauchst und wen de kennen musst. Mannmannmannmannmann. Nich schlecht, Herr Specht!»

Sehr leise, aber erstaunlich deutlich ergriff nun Juri das Wort. «Eine Frage hätte ich noch, Commander Fendo. Sind Sie ein Mensch?»

«Aber natürlich. Von der Erde. So wie Sie. Was denn sonst?»

«Und Ihre Leute, Ihr Team – sind das auch alles Menschen?»

«Selbstverständlich. Was denken Sie denn?»

«Nichts. Nur wenn das alles so perfekt vorausgeplant war und Sie alles immer schon vorher wussten und das Ganze nach Ihrem Plan verlief oder auch dem der Cyanen, den Sie aber kannten, Sie sich also keinerlei Sorgen zu machen brauchten – warum haben Sie dann Dirk ermordet?»

Es war, als würde es im Raum zischen. Zwischen ihm und dem Bildschirm. Fendo ließ sich viel Zeit für die Antwort, um dann genauso leise und deutlich zu entgegnen: «Ich habe ihn nicht ermordet. Ich habe ihn geopfert.»

«Ah so. Ich nehme an, dieses Opfer hatte nichts mit einer eventuellen Eifersucht auf Kira zu tun?»

Fendos Augen verengten sich. «Ach, darauf will der kluge Mann hinaus. Er meint, er hätte eine Schwäche bei mir entdeckt. Eine Schwäche, die die Cyanen misstrauisch mir gegenüber macht. Weil ich mich wegen leidenschaftlicher Gefühle zu irrationalen Handlungen hinreißen lasse. Da muss ich Sie aber leider enttäuschen. Rüdiger!» Sie hatte den Namen gerufen, ohne den Blick von Juri abzuwenden. Ein etwas unsicherer, freundlich blickender junger Mann in Uniform trat ins Bild neben Fendo.

«Ja, Commander?»

«Kannten Sie unsere Gefangene Kira?»

«Nein, Commander.»

«Hatten Sie je Kontakt zu ihr?»

«Nein, Commander.»

«Haben Sie überhaupt irgendeine Meinung oder Haltung zu Kira?»

Leicht irritiert schüttelte Rüdiger den Kopf, was Fendo allerdings nur aus den Augenwinkeln wahrnehmen konnte, da sie nach wie vor stur zu Juri schaute. «Ääääh, nein, Commander.»

«Ich danke Ihnen, Rüdiger.» Ansatzlos zückte sie ihre Pistole und schoss Rüdiger erst zwischen die Augen und dann ins Herz. Rüdiger sackte zusammen. Fendo steckte die Pistole wieder weg und sprach in Flüsterton: «Wie Sie sehen, werden meine Taten mitnichten von Gefühlen oder irrationalen Entscheidungen geleitet. Ich bitte Sie dringend, das von nun an zu berücksichtigen. Ich habe es Ihnen bereits gesagt, und ich wiederhole mich eigentlich wirklich ungern. Das gilt sowohl für das, was ich sage, als auch für das Erschießen von Mitarbeitern. Es war wichtig, Dirk – und nun auch Rüdiger – zu erschießen, um Ihnen etwas klarzumachen.»

Juri schaute sie unverwandt an. «Und das wäre?»

«Das wissen Sie ganz genau. Hoffe ich zumindest. Sonst wäre Dirks und Rüdigers Tod tatsächlich sinnlos gewesen, und das werden Sie doch nicht wollen.»

Schweigen. Mindestens zwanzig Sekunden lang schwiegen alle Anwesenden und starrten ratlos auf ihren jeweiligen

Bildschirm, bis ausgerechnet Kraschguru diesen seltenen Moment der Andacht zerstörte.

«Exzellente Strategie. So eine kühne, durch und durch durchdachte militärisch-taktische Brillanz hätte ich Ihrer jämmerlichen, unterentwickelten Rasse gar nicht zugetraut. So kann man sich täuschen. Gestatten, Oberstleutnant Kraschguru vom Kampf- und Zerstörungsbataillon der unabhängigen, kompromisslosen, blutbeseelten, freien und skrupellosen Schorfen.» Er wabbelte einen offensichtlich irgendwie militärischen Gruß vor sich hin.

Fendo erwiderte ihn mit einem flüchtigen Nicken. «Ich weiß, wer Sie sind. Schon vergessen? Sie dürfen mich gern als offizielle Repräsentantin der Cyanen hier auf der Erde ansehen. Wie Sie wissen, wissen wir alles.»

«Selbstverständlich.» Kraschguru wumperte seinen Amöbenkörper ein bisschen näher zum Bildschirm. «Exzellente Strategie, wie gesagt. Aber was ich nicht verstehe: Sie könnten sich doch nun wirklich einigen Zeitaufwand und manche Ressourcenvergeudung ersparen, wenn Sie nutzlose und unbeteiligte Personen noch viel schneller eliminieren würden.»

Fendo konnte sich trotz der angespannten Situation eines gewissen Amüsements über Kraschgurus Auftreten nicht erwehren. Klar, sie hatte nicht gelogen. Sie hatte bereits viel von den Schorfen gehört. Immerhin war das die Zivilisation, der die Cyanen die Erde überlassen wollten – wobei Zivilisation im Fall der Schorfen nach irdischen Maßstäben ein relativer Begriff war. Aber Kraschguru war doch der erste Schorf, dem sie leibhaftig begegnete. Wenn auch nur per Bildtelefon. Selbst über den Bildschirm war die wabernde, tropfende, sabbernde Erscheinung, die verzweifelt versuchte, irgendwie eine feste Form zu bewahren, ein Erlebnis der besonderen

Art. Ganz zu schweigen von dem wirren Zeug, das er redete und wohl auch dachte.

«Warum, in aller Furcht, sind Sie so nachlässig und säumig im Töten?»

«Ich weiß nicht genau. Vielleicht bin ich an diesem Punkt dann doch sentimental?»

«Widerlich!» Kraschgurus Amöbenkörper schüttelte es. Er war weder in der Lage, Fendos gekräuseltes Lächeln wahrzunehmen, noch ihre Ironie. Zwar waren die Verhaltensanalysen humanoider Lebensformen wesentlicher Bestandteil der schorfianischen Nahkampfausbildung, die jeder Schorf schon als Kleinkind zu absolvieren hatte. Aber da ging es eher um elementare Gefühlsregungen wie Furcht, Schmerz, Trauer, Wut oder Todesangst. Freude, Ironie oder Spott erkennen zu können, galt Schorfen als wenig nützlich. Tatsächlich benötigten sie dies eher selten. Jetzt hingegen wäre es von Vorteil gewesen. Aber es ging auch ohne. «Das ist genau diese unglückselige Weichheit, die eines Tages Ihr Untergang sein wird! Der der Menschen schon bald. Der der Cyanen demnächst. Denen fehlt die nötige Entschlossenheit, auch mal unpopuläre Entscheidungen zu treffen. Ich kann Ihnen gar nicht sagen, wie mich dieses verlogene Gutcyanentum anekelt. Und das ist auch genau der Grund, weshalb unsere Völker nie zusammenkommen werden. Solange die nämlich nicht bereit sind, einen kompromisslosen Krieg zu führen, mit aller Grausamkeit und Härte, werden wir einem Frieden niemals zustimmen.»

Das verwirrte Fendo nun doch. «Entschuldigung, Herr Kraschguru …»

«Oberstleutnant!»

«Wie auch immer. Ich weiß nicht, ob man Sie informiert hat, aber die Cyanen schließen gerade Verträge mit Ihrem

Volk. Unter anderem werden sie Ihnen genau diesen Planeten überlassen.»

«Falsch. Die Schorfen, mit denen Sie verhandeln, vertreten längst nicht unser ganzes Volk.»

«Die Verhandlungsführer sind direkt von Ihrer Regierung bestellt. Und die ist regulär, getreu Ihrer Traditionen und Gesetze, mit einem blutigen Militärputsch an die Macht gekommen. Ihr Anspruch ist gemäß der Schorfen-Statuten mehr als rechtmäßig.»

«Falsch. Vielleicht hat sie sich rechtmäßig an die Macht geputscht. Aber trotzdem ist sie sicher nicht meine Regierung. Sie ist schlampig. Sie hat es versäumt, Separatisten und Mitglieder der Opposition zu liquidieren. Zum Beispiel mich. Damit hat sie praktisch alle Prinzipien verraten, die uns Schorfen heilig sind. Ich spucke auf die Weicheier des Schorf'schen Militärtribunals, das sich anmaßt, unsere totalitäre Herrschaft zu sein. Ein feiner Totalitarismus ist mir das, der nicht mal in der Lage ist, seine innenpolitischen Gegner hinzurichten. Und das werde ich auch genau so vor dem intergalaktischen Gerichtshof für Artenrechte sagen. Was für eine Schande! Das ganze Universum lacht über uns!»

Goiko wandte sich zu Kraschguru. «Habe ich das jetzt richtig verstanden: Du bist ein Schorf? Also ihr seid das Volk, dem die Cyanen die Erde überlassen wollen, das über die Menschheit herrschen soll?»

Im Schorf zirkulierten sichtbar verschiedene Organe, was wohl bedeutete, dass er sich auf seine Art Goiko zuwandte.

«Es wäre ja nicht für lange. Hummhummhummhumm!!!!»
Während dieses Hummhumm-Geräusches zuckten kleine Blitze und etwas, das wie Eitertropfen aussah, über Kraschgurus Amöbenkörper. Goiko vermutete, dass er lachte, was der Schorf ihm auch mehr oder weniger bestätigte: «Ich sehe

schon. Humor habt ihr Menschen offensichtlich nicht. Sosehr ich mich auch anstrenge, ich habe immer noch keinen einleuchtenden Grund gefunden, warum es euch überhaupt gibt beziehungsweise bald gegeben hat. Hummhummhumm!!!» Niemand lachte mit ihm, was Kraschguru wohl doch ein wenig enttäuschte. «Ist ja auch egal. Aber herrschen ist nun wirklich ein so graues, farbloses Verb. Das sollten wir so nicht stehen lassen. Wir gedenken, euch zu jagen, zu quälen und zu foltern. Bis aufs Blut. Mit bloßen Tentakeln. Na? Das hat doch eine ganz andere Poesie, was? Oder habt ihr für sprachliche Schönheit auch keinen Sinn?»

Njiuv drückte plötzlich einen Schalter an ihrer Lehne, der Boden unter Kraschguru öffnete sich, und er rutschte oder vielmehr floss unter lautem Protest nach unten. Sobald er nicht mehr zu sehen war, schloss sich der Boden wieder. «Der Oberstleutnant fühlte sich nicht so. Er bat, sich in sein Quartier zurückziehen zu dürfen, was ich ihm erlaubt habe.»

Das amüsierte Kräuseln kehrte in Fendos Mundwinkel zurück. «Ach, ich habe ihn gar nicht klagen hören.»

«Ich habe es gehört. Das reicht. Mein Schiff, meine Regeln.»

«Selbstverständlich. Ich wette, Sie hätten jetzt gerne geflucht. Aber wie der Zufall es will, passt das Auftreten des Schorfen ganz gut zu meinem Angebot.»

«Sie haben auch noch ein Angebot?»

«Und was für eines. Ich möchte fast sagen, es ist ein Angebot, das Sie nicht ablehnen können.» Den letzten Satz sprach sie mit der heiseren, leisen Intonation Marlon Brandos. Spätestens jetzt war für niemanden mehr zu übersehen, wie sehr Fendo dieses Gespräch genoss. «Alles, was wir noch wollen, ist Goiko. Das heißt: Goikos Vertrag. Er soll ihn kündigen, löschen, zerreißen. Was auch immer. Hauptsache, der Vertrag ist weg. Er bleibt auf der Erde. Sie bekommen von uns

Frank. Können in Ruhe zum intergalaktischen Gerichtshof fliegen, und niemand muss mehr sterben.»

«Und die Erde wird den Schorfen überlassen?» Goiko hätte gern cooler bei seinem Satz geklungen, aber es war leider überdeutlich, dass ihm Tränen in den Augen standen.

«Stimmt, deshalb war Kraschgurus Auftritt ja so hilfreich. Wenn Sie unser Angebot nicht annehmen, zerstören wir Ihr Schiff, mitsamt Goiko und seinem albernen Vertrag, und überlassen, wie angekündigt, die gesamte Erde den Schorfen. Wenn Sie aber kooperieren, kriegen die Schorfen nur einen Teil. Ein bis zwei Kontinente vielleicht. Sagen wir Nord- und Südamerika plus Großbritannien, weil es sonst nur wieder Diskussionen wegen der Falklandinseln gibt. Auf dem Rest kann die evakuierte Menschheit friedlich unter der Herrschaft einer weniger groben Spezies leben, die sie dann nur so ein bisschen ausbeutet und versklavt. Zum Beispiel die Frissdrecken, die sind doch eigentlich recht fair und umgänglich in ihrer Art, andere Zivilisationen zu unterjochen, oder? Herr Roooooz, was würden Sie sagen? Da mir die Herrschaften hier vermutlich nicht trauen, geben sie eventuell mehr auf Ihre Einschätzung.»

Roooooz räusperte sich und erörterte dann seriös und wertneutral, wie ein Wirtschaftsexperte in einer Talkshow, eine Machtübernahme der Frissdrecken. «Der Großteil der Menschheit würde den Unterschied gar nicht sonderlich merken. Wie sagt man so schön beim erzwungenen Wechsel eines Telefontarifs, weil der alte Tarif einfach abgeschafft wurde: Für Sie verändert sich nichts. Sie haben eigentlich nur Vorteile. Vor allem die Menschen in Südasien und Afrika würden unterm Strich gewiss Nutzen aus dem Ausbeuterwechsel ziehen. Bei Europa, Fernost, Australien und den asylsuchenden Nordamerikanern wäre das wohl weniger der

Fall, aber selbst dort wären die Unterschiede geringer als angenommen. Zumal die Frissdrecken bei den von ihnen versklavten Völkern ja auch immer einen Teil der Eliten erhalten, damit diese die Versklavung ihrer eigenen Art verwalten und stabilisieren können. Da ähneln sie den Cyanen schon sehr. Auch die Kontrolle mittels Schuldenprinzip würden die Frissdrecken sicher beibehalten. Das wäre angenehm für die Menschheit, weil sie das ja schon kennt. Ein weiterer Vorteil wäre natürlich, dass die Frissdrecken sämtliche Religionen kategorisch abschaffen würden. Dadurch gäbe es weniger Kriege. Einigen Bevölkerungsgruppen fiele der Verzicht auf eine traditionelle Religion sicher schwer, vermutlich gäbe es Proteste. Aber trotzdem, die Frissdrecken akzeptieren keine andere Religion als die der Zinsakkumulation. Da sind sie wirklich fundamentalistisch. Ansonsten: Konsum, Medien, Unterhaltung, Sport. Das wäre alles erlaubt. Das unterstützen die Frissdrecken sogar als systemerhaltende Maßnahmen.» Roooooz trat einen Schritt zurück, als habe er ein Referat beendet.

«Na, ist das was?» Fendo klatschte in die Hände. «Habe ich Ihnen etwa zu viel versprochen? Ist das ein Angebot, das Sie nicht ablehnen können? Gerade angesichts der bei Ihnen noch irgendwo herumwabernden Alternative. Und das Beste: Raten Sie mal, wer die neue Chefin der Menschheit wäre. Ein kleiner Tipp: Sie ist nicht so schön wie Njiuv und nicht so klug wie Runia Sista, aber dafür hat sie die Freunde mit dem größten Knüppel.» Gespannt schaute Fendo in die Runde, die allerdings nicht reagierte. Das schien die Königin in spe aber keineswegs zu entmutigen. Im Gegenteil, plötzlich wirkte sie geradezu gespenstisch gutgelaunt. «Was höre ich da? Ihr seid immer noch nicht zufrieden? Ihr wollt noch mehr für diesen albernen Vertrag? Oh, ihr Wahnsinnigen!

Ihr seid ja völlig von Sinnen! Aber passt auf, die Fendo legt euch noch was drauf! Hastenichgesehn, ihr Artenschützer, ihr kriegt ein generalüberholtes Schiff! Ja, auch du, Signora, hörst richtig, auch für dich springt was raus! Du kriegst ein Antriebssystem, neuester Stand, da fliegt dir die Hutkrempe durch den Subraum! Und ihr, meine Passagiere? Ihr wisst, wie lange die Prozesse vor dem intergalaktischen Verbrauchergerichtshof dauern können. Wie wäre es, wenn ihr die Jahrzehnte, die ihr dort wartet, in hypermodernen Suiten der Dreißig-Sterne-Luxus-Resorts des cyanischen Imperiums verbringen könntet? Ist das jetzt ein Angebot, das ihr nicht ablehnen könnt, oder ist es das nicht?» Fendo machte eine Pause und stellte erfreut fest, dass Roooooz und die Trickphilosophen doch schon etwas aufgeregt von einem Bein auf das andere hüpften. Bei Juri, Goiko und Njiuv hingegen war nach wie vor keine Regung zu erkennen. «Also, das glaubt mir jetzt aber keiner mehr! Ihr habt immer noch nicht genug? Ihr wollt noch mehr? Wie soll das gehen? Ihr habt mich bis aufs Hemd ausgezogen, ihr knallharten Hunde. Ich habe nichts mehr, was ich euch anbieten kann! Ich …» Sie spielte einen Geistesblitz und setzte ein bedeutsames Gesicht auf: «Moment, das wird euch gefallen! Jetzt hab ich was! Ich geb euch nicht nur einen, ich geb euch nicht nur zwei, nein, ich gebe euch drei hochrangige und extrem lukrative Posten in der neuen Hierarchie der Menschheit! So, und jetzt kommst du!»

Njiuv verzog spöttisch den Mund. «Wie um alles in der Welt kommen Sie darauf, dass ich einen hochrangigen Posten in der Hierarchie der versklavten Menschheit möchte?»

Fendo tat überrascht. «Du doch nicht, du Dummerchen. Der dritte Posten ist natürlich für die liebliche Kira. Hatte ich das noch nicht erwähnt? Wir haben übrigens das Bewusstsein eurer wunderbaren Freundin hier. Nach über fünfundzwanzig Jahren bei den Cyanen ist es zur Erde zurückgekehrt. Den Umständen entsprechend geht es ihm gut. Es sehnt sich nur nach all den Jahren zurück in den wunderhübschen, jungen Körper. Der ist doch hoffentlich wohlauf?» Von einer Sekunde auf die andere nahm das fröhliche Jahrmarktsgesicht Fendos die Züge einer entschlossenen Verhandlungsführerin an. «Nehmt das Angebot an, und eure geliebte Freundin Kira kann nach all der Zeit endlich in ihren Körper zurückkehren. Oder … ihr wisst schon. Ich gebe euch genau fünf Minuten.»

19 Goikos Plan

«Moment!» Noch bevor Fendo die Verbindung beenden konnte, brüllte Goiko: «Fünf Minuten sind wirklich lächerlich! Wir müssen schon die Chance haben, das zu besprechen!»

Fendo verdrehte die Augen. «Was gibt es da denn noch zu besprechen?»

«So einiges.»

«Und das dauert ungefähr wie lange?»

Goiko schaute sich um. Da niemand Anstalten machte, eine Meinung zu äußern, schlug er vor: «Vier Stunden.»

«Vier Stunden? Bist du wahnsinnig geworden? Was wollt ihr denn vier Stunden lang diskutieren? Warum nicht gleich fünf Stunden oder sechs?»

«Also gut, sechs Stunden. Es geht immerhin um die Zukunft der Erde. Der gesamten Menschheit. Jetzt sei doch mal ein bisschen respektvoll. Hast du denn niemanden mehr auf der Welt, der dir etwas bedeutet?»

Fendo zuckte. Kurz und nahezu unmerklich, aber sie zuckte. Dann sprach sie auffallend schnell: «Also gut. Sechs Stunden. Warum nicht? Damit mir niemand nachsagen kann, ich hätte euch keine faire Chance gegeben. Als wenn das irgendeinen Unterschied machen würde. Aber dafür schuldet mir der Herr Pigorsski dann einen Gefallen. Einen großen.»

Juri richtete sich auf. «Was wollen Sie denn noch? Was soll ich tun?»

«Nichts tun. Sie sollen nur über etwas nachdenken.»

«Gut. Was immer Sie wollen. Hauptsache, Sie hören auf, unschuldige Mitarbeiter zu erschießen.»

«Sie wissen doch gar nicht, ob die unschuldig sind. Wer auf der Erde von sich sagen kann, er sei ohne Schuld, der versteht es zumindest, anständig zu lügen. Keine Angst, Juri. Ich möchte nur, dass Sie mal in Ruhe darüber nachdenken, ob Sie, als Sie vor über fünfundzwanzig Jahren Moskau den Rücken kehrten, wirklich so gar nichts dort zurückgelassen haben. Niemanden? Auch keine Frau, die sich über eine kurze Benachrichtigung sicher gefreut hätte? Sie hätte auch eine Neuigkeit für Sie gehabt.»

Frei von jedem Überschwang schaute Fendo dem alten Mann ins Gesicht. Der schluckte. «Um Gottes willen. Ist das der Grund? Wollen Sie deshalb die Menschheit vernichten oder versklaven?»

«Sie meinen, weil ich verbittert bin? Weil meine Mutter bei der Geburt starb, mein Vater nicht aufzufinden war und ich in einem Heim aufwachsen musste? Kennen Sie russische Waisenhäuser? Aber deshalb die Menschheit vernichten, das wäre ja wohl doch ein bisschen übertrieben. Finden Sie nicht? Ich tue das aus Dankbarkeit. Wesen gegenüber, die mir das Gefühl gaben, etwas Besonderes zu sein. Als niemand sonst das tat. Die mir einen Weg aus dem Elend eröffneten, mich förderten und forderten, bis ich mir die Persönlichkeit erarbeitet hatte, die mir zusteht. Trotz eines gleichgültigen Vaters.»

Juri rutschte in seinem Sessel nach vorn. «Ist Ihnen nie der Gedanke gekommen, die Cyanen könnten Sie angelogen haben? Sie manipuliert haben mit einer Geschichte, die ihnen ganz hervorragend in die Karten spielt?»

«Natürlich. Aber halten Sie es nicht auch für möglich, dass der brillante Juri Gregoritsch Antonow Pigorsski in seiner Egozentrik und Stoffeligkeit die Zuneigung und Liebe eines anderen Menschen komplett übersehen, ja missachtet hat? Kann sich das der große Juri Gregoritsch Antonow Pigorsski wirklich gar nicht vorstellen?» Fendo verschränkte die Arme und biss sich auf die Oberlippe. «Ja, das ist es mir wert. Ich gebe Ihnen und Ihren Kumpanen volle sechs Stunden Zeit, mein Angebot zu diskutieren und über vieles nachzudenken. Sechs Stunden und keine Sekunde länger.» Noch in der letzten Silbe kappte sie die Verbindung. Vermutlich, um eine Antwort Juris zu verhindern.

Goiko drehte sich stolz zu den anderen, als habe er Außergewöhnliches erreicht. «Sechs Stunden. Nicht schlecht, was? Manchmal lohnt es sich eben doch, sich einfach mal zu beschweren.»

Nicht jeder war uneingeschränkt seiner Meinung.

Dini: «Wir wissen nicht, was das bringen soll.»

Fini: «Sechs Stunden statt fünf Minuten über eine Frage zu diskutieren, deren Antwort doch ohnehin feststeht.»

Dini: «Außer dass man fünf Stunden und fünfundfünfzig Minuten Lebenszeit verliert.»

Fini: «Bringt es gar nichts.»

Dini: «Wir wollen hier nicht den Teufel an die Wand malen, aber mal angenommen, am Ende seines Lebens stellt man fest.»

Fini: «Mein Leben war zu kurz.»

Dini: «Ich hätte mehr Zeit gebraucht.»

Fini: «Oder zumindest gern gehabt.»

Dini: «Wo habe ich nur diese ganze Zeit verloren?»

Fini: «Und dann fallen einem wieder diese fünf Stunden und fünfundfünfzig Minuten ein.»

Dini: «Ärgerlich.»

Fini: «Obwohl, bei denen weiß man wenigstens genau, wo sie geblieben sind.»

Dini: «Ganz direkt. Ohne sich noch lange den Kopf darüber zermartern zu müssen.»

Fini: «Auch wieder ein Vorteil.»

Dini: «Wo doch im Angesicht des Todes die Zeit ohnehin meist sehr knapp bemessen ist.»

Fini: «So gesehen ist es schon vernünftiger, seine Zeit lieber ganz bewusst und definitiv zu vergeuden.»

Dini: «Statt sie auf eine Art und Weise zu vertun, wo man hinterher gar nicht weiß, wo sie hin ist.»

Fini: «Damit verschwendete Zeit nicht vertan ist, wäre es demnach sinnvoll, sie mit aller Konsequenz und Sorgfalt zu vergeuden.»

Dini: «So gesehen wären wahre Faulheit und Müßiggang letztlich Ausdruck eines aus der Vernunft geborenen Respekts vor dem Wert der eigenen Lebenszeit?»

Fini: «Das ist eine wichtige Erkenntnis.»

Dini: «Allerdings ist sie das.»

Fini: «Ich danke dir, Dini.»

Dini: «Ich danke dir, Fini.»

Fini: «Wir alle danken uns.»

Dini: «Ja, das tun wir.»

Ihre letzten Worte der gegenseitigen Beweihräucherung hallten noch ein wenig nach, bis Njiuv schließlich den trickphilosophischen Exkurs auf ihre Art beendete: «So, die ersten drei Minuten unserer Bedenkzeit wären damit ja schon mal rum. Gibt es sonst noch Beiträge?»

«Für mich ist es klar», sagte Juri. «Ich bin Kira was schuldig. Viel sogar. Ich muss alles dafür tun, dass sie in ihren Körper zurückkehren kann.»

«Nicht nur das.» Roooooz übernahm. «Es ist wirklich ein Angebot, das wir kaum ablehnen können. Man kann den Cyanen viel nachsagen, aber sie halten Wort. Auf ihre Art zumindest. Dabei geht es mir gar nicht um das Luxus-Resort, obwohl das eine sehr interessante Gelegenheit ist. Aber wenn man unsere Optionen und die Gefahren objektiv abwägt, gibt es einfach nur eine logische Entscheidung. Alternativlos. Das wissen wir doch.» Er blickte in die schweigende Runde, alle hielten ihre Köpfe gesenkt. Deshalb bemerkte zunächst keiner, wie sich die Abdecktücher der hinteren Konsolen erhoben; plötzlich begannen sie zu sprechen: «Liebe Freunde, entschuldigt bitte, wenn ich mich hier so reingeschlichen habe.» Runia Sista gelang es, selbst aus diesem formlosen, einfachen Stofffetzen innerhalb kürzester Zeit eine höchst einnehmende Erscheinung zu kreieren.

«Seit wann bist du schon im Raum?» Njiuv schien mehr verwundert als erschrocken.

«Lange genug, Schätzchen. Keine Angst, ich habe Kiras Körper gesichert und stabilisiert.»

«Und außerdem ist TK17 bei ihr, oder?»

«Nein. Also, ich glaube nicht.» Runia ließ den Stoff auf eine Art und Weise fallen, die dem Tuch eine schwebende Nachdenklichkeit verlieh. «Teki hatte ich bei euch vermutet. Kiras Unfall ist ihm sehr nahegegangen. Ich hatte das Gefühl, er erträgt es nicht, sie so zu sehen.»

«Hier oben war er nicht. Zumindest hat er sich nicht zu erkennen gegeben.»

«Tja, dann wird er wohl irgendwo in einer Gestalt sein, die ihm den größtmöglichen strategischen Vorteil verschafft. So viel ist sicher.» Runia Sista weitete ihre textile Erscheinung. «Vielleicht versucht er wenigstens, etwas zu unternehmen, während ihr Helden des Universums es tatsächlich für ein gutes Angebot haltet, die eine Hälfte des Planeten den Schorfen und die andere den Frissdrecken zu überlassen.»

«Liebste Runia», Njiuvs Stimme war wieder so sanftmütig

wie gewohnt, «wir sind keine Helden. Wir sind Artenschützer.»

«Und das heißt?»

«Jeder Natur- und Artenschützer ist Idealist. Und das Wesen des Idealismus ist die Enttäuschung. Als naturgemäß enttäuschter Idealist nicht in Verbitterung zu enden, sondern in realistischer Abwägung mittels Kompromissen Schlimmstes abzuwenden – das ist es, wenn wir ehrlich sind, worauf unser Idealismus im besten Falle hinausläuft. So war es immer, und so wird es leider auch immer bleiben. Selbst wenn es niemandem hier gefällt, sind wir das den Menschen schuldig. Wenn es eine Chance gibt, ihnen zumindest einen Teil ihres Lebensraums zu erhalten, müssen wir sie nutzen.»

«Eben, genau das wollen die Cyanen. Da sie wissen, dass auch wir wahnsinnig intelligent sind, verlassen sie sich darauf, dass wir die fraglos klügste Entscheidung treffen.»

«Ja, und?»

Runia breitete plötzlich den Stoff aus wie ein riesengroßer Raubvogel seine Schwingen. «Also bitte. Seht ihr das nicht, meine Süßen? Wem muss die große, alte, zornige Wissenschaftlerin als Erstes eine scheuern, damit er kapiert, worauf sie hinauswill?»

Während sie allen anderen damit wirklich ein bisschen Angst machte, sprang Goiko auf und rief wie von einem Floh der Erkenntnis gebissen: «Klar, wie konnten wir das nur vergessen! Der einzige Weg, die Cyanen zu besiegen, ist absolute, geradezu absurde Doofheit. In Sachen Logik und Vernunft sind sie uns weit überlegen. Sie sehen jeden unserer Schritte voraus. Je intelligenter der Plan ist, den wir ersinnen, desto sicherer haben die Cyanen ihn schon durchschaut, bevor wir überhaupt mit der Umsetzung beginnen. Nur wenn wir völlig unvernünftig und irrational handeln, werden wir die Cyanen überraschen können. Das ist unsere einzige Chance. Sie denken, mit all ihrem Wissen, all ihrer Logik, all ihrer Vernunft hätten sie uns endgültig mattgesetzt. Weil sie alle möglichen uns noch verbliebenen Züge längst kennen. Womit sie allerdings nicht gerechnet haben, ist unsere Menschlichkeit!» Die roten Wangen verrieten, wie sehr Goiko jetzt glühte. Njiuv, die Zwillinge, Roooooz und sogar Juri spürten sein inneres Leuchten. Runia hatte ihren Stoff mittlerweile zu einer Art Flagge geformt, die sie so durch den Raum flattern ließ, als gäbe es starken Wind. Der dadurch verursachte Lärm zwang Goiko, die nächsten Sätze zu schreien: «Denn was ist es, was die Menschen auszeichnet? Was sie zu etwas Besonderem im Universum macht? Dass sie oft völlige Idioten sind! Dass sie fast nie aus ihren Fehlern lernen! Dass sie sich lieber gegenseitig umbringen, als keine Arbeit zu haben! Dass sie Vernunft gern als Einschränkung ihrer Freiheit sehen! Dass sie das, was sie nicht verstehen, entweder auslachen oder aufessen. Das, meine Freunde, ist es, was die Menschen ausmacht. Aber eben auch», er senkte die Stimme, «dass sie trotz all ihrer Schwächen und ihrer Verletzlichkeit manchmal …», er machte eine echte Theaterpause, «… ziemliche Arschlöcher sein können. Eben schlechte Verlierer, die, wenn sie die völlige Überlegenheit, die höhere Kunst des Gegners erkannt haben, einfach das Spielbrett umwerfen. Ja, unsere Menschlichkeit ist unser großer Trumpf im Kampf gegen die Cyanen. Denn pure Vernunft darf niemals siegen!»

Goiko atmete tief aus und blickte ergriffen in die Runde. An den erwartungsfrohen Gesichtern erkannte er, dass er seinen aufmunternd idiotischen Plan noch gar nicht verkündet hatte. «Also gut, ich fasse noch einmal zusammen: Wir haben soeben durch die erste Bewusstseinszeitreise eine völlige Katastrophe heraufbeschworen. Die Erde an den Abgrund geführt. Bewiesen, dass wir hier mit etwas hantieren, das wir nicht einmal in Ansätzen verstehen oder gar beherrschen. Dessen Auswirkungen wir überhaupt nicht abschätzen, geschweige denn kontrollieren können. Das offenkundig gefährlicher ist als alle Atombomben weltweit zusammen. Wovon jedes vernünftige Wesen im Universum nach solch einem Desaster tunlichst für alle Zeit die Finger lassen sollte.» Er legte alles ihm zur Verfügung stehende Pathos in seine Stimme: «Lasst uns also eine Entscheidung treffen, die der Menschheit würdig ist: Lasst uns diese wahnwitzige, unbeherrschbare Technologie noch ein weiteres Mal einsetzen, unverzüglich und ohne große Überlegungen!»

20 Goikos Reise

Die weiteren Züge von Goikos Plan waren den anderen schnell mitgeteilt. Es galt, noch vor Ablauf des sechsstündigen Ultimatums die nächste Zeitreise zu starten. Diesmal sollte Goikos Bewusstsein rund hundertfünfundzwanzig Jahre in die Vergangenheit geschickt werden, um dort jemanden davon zu überzeugen, den Grundstoff für das Frank anzusetzen. Dann würde man es, nach der Rückkehr von Goikos Geist, einfach holen, Fendo mit einem unerwarteten Start überrumpeln und Richtung intergalaktischer Verbrauchergerichtshof entkommen.

Eigentlich hatte Goiko vorgeschlagen, nur ein paar Tage zurückzureisen, eben gerade weit genug, um Kira von ihrer Bestätigungszeitreise abzuhalten. Er musste sich aber belehren lassen, dass dies nicht möglich war. Der Zeitraum zwischen 1992 und der Eröffnung des Flughafens war jetzt ein Fixpunkt auf dieser Zeitlinie. Niemand würde mehr in diesen Zeitraum reisen, geschweige denn ihn verändern können.

Goiko konnte nicht alle überzeugen. Während Kraschguru es klüger fand, das eigene Schiff in eine gewaltige Bombe zu verwandeln, den gesamten Planeten zu sprengen und dann eventuell noch mal neu zu verhandeln, wollte Roooooz die Zeit des Ultimatums lieber nutzen, um auf der Erde nach Gelegenheiten Ausschau zu halten. Sein ständiges Vorrechnen und Frohlocken, wie enorm Andenken von der Erde im Preis steigen würden, wenn diese erst zerstört sei, wie sprunghaft

Zeugnisse der menschlichen Kultur als Artefakte einer aus-
gelöschten Welt und er als einer der letzten Augenzeugen
des Lebens dieser verschwundenen primitiven Spezies in Ar-
chäologen-, Historiker- und Indigenen-Forscher-Zirkeln an
Bedeutung gewinnen würden, war speziell Juri und Goiko
zunehmend auf die Nerven gegangen. Insofern ließ man ihn
gerne gehen. Zumal es ihm, gemäß dem Tarif, den er auf der
Signora gebucht hatte, ohnehin nicht hätte untersagt werden
können.

Es gab noch einiges zu tun. Für die Reise ins 19. Jahrhundert waren mehr Schwierigkeiten zu überwinden, als Goiko
erwartet hatte. Zunächst einmal musste ein geeignetes Zielgehirn gefunden werden. Dies gehört nämlich zu den Haupt-
problemen bei Bewusstseinszeitreisen. Ein menschlicher
Geist, der flexibel, brillant und vor allem offen genug war,
um nicht beim Eintritt eines anderen Bewusstseins in sein
Gehirn auf der Stelle den Verstand zu verlieren, war nicht
gerade häufig. Gleichzeitig musste dieses Bewusstsein auch
eine gewisse Robustheit aufweisen, damit es vom Aufschlag
des reisenden Verstands nicht zerschmettert wurde. Bei
Kiras Reise hatte das keine Rolle gespielt, da die Zielperson,
also Juri, ohnehin feststand und man bereits wusste, dass diese Zeitreise stattgefunden hatte. Für eine erfolgreiche Zeitreise in das 19. Jahrhundert hingegen gab es auf der aktuellen
Zeitlinie keinerlei Hinweise. Das konnte bedeuten, dass man
tatsächlich völliges Neuland betrat. Die Zeitlinie würde nur
in ungefährlichem Maß, quasi unspürbar verändert. Außer
dem Ansetzen des Franks wäre nichts weiter geschehen. Das
Ereignis bliebe von der eigentlichen linearen Realität praktisch völlig unbemerkt.

Genauso konnte es aber auch ein Hinweis darauf sein,
dass der Versuch misslingen und man Goikos Bewusstsein

sinnlos in die unendlichen Weiten des Weltraums schleudern würde. Leider war dies die wahrscheinlichere Option. Immerhin stand fest, dass Goikos Bewusstsein auf Reisen geschickt werden musste – jeder andere Verstand an Bord, auch Juris, hätte einen Menschen von damals garantiert überfordert. Zudem besaß Goiko zu seinem eigenen Erstaunen ausreichend emotionale Strahlkraft. Auch fügte es sich laut Runia, dass sich – mit Ausnahme der Bedienungsanleitung des Kaffeehalbautomaten – nichts in seinem Bewusstsein befand, mit dem ein Mensch des 19. Jahrhunderts den Lauf der Geschichte hätte entscheidend beschleunigen oder sonst verändern können. Weder Wissen noch Fähigkeiten. Was da war, war zu unzusammenhängend und in der Regel ohnehin nur Anwenderwissen. 1889, das hatte Sonoro mittlerweile errechnet, wäre das ideale Jahr, Januar der perfekte Monat; Norditalien die günstigste Region, das Gurkenkraut musste schließlich mit norditalienischer Kieselerde bestrahlt werden.

Goiko wunderte sich erneut, dass Kieselerde überhaupt strahlte, und traute sich auch, das zu sagen, wurde von Sonoro aber wie gewohnt abschätzig belehrt. «Ach, guck mal, weil die Menschen bislang nicht in der Lage sind, die Kieselerdenstrahlung zu messen, gibt es sie also nicht. Ich habe eine Überraschung für euch: Nur weil ihr etwas nicht wisst, heißt das nicht, dass es das nicht gibt. Bestünde das Universum nur aus Dingen, die ihr kennt und begriffen habt, wäre es in etwa so groß wie Lübars. Ohne angrenzende Wiesen. Du Torfnase.»

«Wir haben eben noch nicht alles komplett und perfekt erforscht.»

«Noch nicht alles ist gut. Aber teilweise ist es auch besser so, du Wurst.»

«Mein lieber Sonoro, kann es sein, dass deine miese Stimmung mal wieder eine Verwandlung vertragen könnte?»

«Selbstverständlich, du Blitzmerker, aber leider wissen wir noch nicht, welche Erscheinungsform von mir demnächst benötigt wird, und daher darf ich meine Gestaltwandelenergie nicht bloß wegen einer Übellaunigkeit verballern, du … du … Ach, denk dir deine Beschimpfung doch selber aus.» Um sich selbst etwas zu besänftigen, drehte Sonoro einmal die Playmobilmütze um den Kopf, ehe er weitersprach. «Auch für die Wuihm-Strahlung, von der wir hier reden und die unter anderem von norditalienischer Kieselerde ausgeht, gilt natürlich eine der bislang dreiundzwanzig wirklich verblüffenden Gesetzmäßigkeiten des Universums.»

«Der was?»

«Oh, die dreiundzwanzig wirklich verblüffenden Gesetzmäßigkeiten des Universums sind dreiundzwanzig universelle Naturgesetze, die eigentlich keinen Sinn ergeben, aber trotzdem auf allen Planeten gelten. Die fünfte wirklich verblüffende Gesetzmäßigkeit des Universums ist beispielsweise, dass man in allen bekannten Zivilisationen in der Regel lieber einer dummen Idee folgt, die man versteht, als einer klugen, die man nicht kapiert. Wir nennen das das Urvertrauen in die eigene Beschränktheit. Neun von zehn Ideen, die sich durchsetzen, sind verlässlich blöd.»

Goiko zog abwägend die Nase kraus. «Dieses Gesetz habe ich auf der Erde möglicherweise auch schon beobachtet.»

«Ach, das hättest du sogar ganz sicher, wenn du es beurteilen könntest, du Superhirn. Bei der Wuihm-Strahlung geht es aber um die siebzehnte wirklich verblüffende Gesetzmäßigkeit des Universums: Eine Strahlung auf einem Planeten, gleich welcher Art, ist erst in dem Moment für die

Bewohner des Planeten relevant, ab dem sie von ihr wissen. Klingt seltsam, ist aber erwiesen.»

«Was? Heißt das, man leidet beispielsweise erst ab dem Moment unter Erdstrahlen, ab dem man von ihnen weiß?»

«Nein. Ab dem Moment, wo ein Mensch irgendwo auf der Welt die Erdstrahlen entdeckt hat, betreffen sie alle.»

«Das ist Blödsinn. Die Menschen haben auch schon unter radioaktiver Strahlung gelitten, bevor man diese entdeckt hat.»

«Die radioaktive Strahlung wurde schon vor langer Zeit entdeckt. Nur wusste die allgemeine Wissenschaft der Erde nichts davon, weil man eben nicht zu jeder Zeit jede Erkenntnis veröffentlichen durfte. Die Wuihm-Strahlung der Kieselerde betrifft euch leider auch schon. Die hat der norddeutsche Wanderprediger Hans Duschke im 17. Jahrhundert nachgewiesen. Aber da er seine Texte nie vernünftig beisammengehalten hat, ging seine Entdeckung verloren.»

Trotz der allgemeinen Übereinkunft, dass ein möglichst gedankenloser Plan notwendig sei, bestand Njiuv diesmal darauf, zumindest die elementaren, universellen Sicherheitsstandards bei Zeitreisen einzuhalten. Konkret war das die Maurenbrecher'sche Binnenklammer bei Reisen in linearen Realitäten. Hierbei handelte es sich um eine gleichermaßen einfache wie effektive Absicherung gegen fatale Veränderungen der Vergangenheit. Eine Bewusstseinsreise auf einer linearen Zeitlinie wird erst durch die Bestätigung manifest. Also wenn der Kreis geschlossen, die Kausalität hergestellt ist. So, wie es nun mit Kiras Reise geschehen war. Die Maurenbrecher'sche Binnenklammer sieht vor, dass das zeitreisende Bewusstsein nicht an den exakten Punkt seines Aufbruchs zurückkehrt, sondern bereits einige Stunden davor in den

Ausgangskörper. Dort kann es dann beobachten, ob seine Reise zu erheblichen Veränderungen geführt hat. Falls dies der Fall ist, geht es einfach später nicht auf Zeitreise, bestätigt sie also nicht, wodurch sich die veränderte Realität von ganz allein wieder auflöst. Der Nachteil für den Zeitreisenden ist, dass sich dann auch sein Bewusstsein auflöst, also für immer in den unendlichen Weiten des irrealen Raums verschollen sein wird. Ein Aspekt, der Goiko missfiel.

Runia Sista umschloss die Signora erneut mit einer Zeit-Subraumblase, in die Goiko acht Stunden vor seinem Start von der Bewusstseinszeitreise zurückkehren konnte. Von dort, also der Signora aus, würde er praktisch wie durch ein Fenster beobachten können, ob er die Realität massiv verändert hatte. Sollte dies tatsächlich der Fall sein, so hätte er immerhin acht Stunden Zeit, durch eine zweite Bewusstseinszeitreise, die ihn genau an den Punkt der ersten führen müsste, die erste Reise ungeschehen zu machen. Für Goiko klang das alles wahnsinnig kompliziert und unübersichtlich, doch Runias Versicherung, dass es für den Erfolg seiner Mission völlig unerheblich sei, ob er das, was er tue, selbst verstehe, beruhigte ihn mehr, als es berechtigt gewesen wäre.

Wenn es einen Punkt bei dieser wahnwitzigen, hastig geplanten und wenig koordinierten Aktion gab, an dem Goiko wirklich hätte misstrauisch werden müssen, dann war es die Sekunde, als Sonoro nach endlosen Berechnungen plötzlich die Zielperson für die Reise ins 19. Jahrhundert benannte: Friedrich Nietzsche. Aber es musste ja nun mal ein brillanter und offener Geist sein, da war es nicht so unwahrscheinlich, dass man auf einen bekannten Namen traf. Goiko hatte keine besondere Beziehung zu Nietzsche. Auch keine Meinung. Klar, während des Studiums, das ja genau genommen noch gar nicht beendet war, war er ihm hier und da mal begegnet.

Aber wem begegnet man nicht hier und da mal während des Studiums. Erst recht bei thematisch so breitgestreuten Fächern wie Philosophie, Germanistik und Politikwissenschaft. Wobei Goikos klarste Erinnerung an Nietzsche von der Universitätstoilette kam. Dort stand: «Gott ist tot. Nietzsche» und darunter «Nietzsche ist tot. Gott». Aber vermutlich war das ja nur ein sehr grober Abriss von Leben und Werk dieses bedeutenden Philosophen. Hätte Goiko noch die Zeit gehabt, sich ein wenig genauer mit seiner Biographie zu befassen, wäre er vielleicht früher stutzig geworden, dennoch hätte ihm wirklich auffallen können, wie Njiuv, Runia Sista und Sonoro auf diesen Namen reagierten. Es fielen Sätze wie:

«Nietzsche? Ausgerechnet Nietzsche?»

«Und es gibt keine andere Möglichkeit?»

«Haben wir niemanden, der sonst in Frage kommt?»

«Wie groß ist die Wahrscheinlichkeit, dass das ein Zufall ist?»

«Sollen wir das echt trotzdem machen?»

Die drei berieten dann noch mehrmals hinter verschlossenen Türen, damit Goiko nichts hören konnte.

«Denkt ihr nicht, dass wir Goiko etwas sagen müssen?»

«Was wird er sagen, wenn er erfährt, dass wir davon wussten?»

«Ist das nicht der Moment, über den man sagen wird, da spätestens hätte jedem klar sein müssen, es wird nicht gut ausgehen?»

Doch sie sagten nichts, und Goiko vermutete nichts, weshalb sie sich schließlich mit dem nicht mal unlogischen Gedanken beruhigten: «Es ist besser, wenn wir ihm nichts sagen. Je weniger er weiß, desto unwahrscheinlicher ist es, dass Nietzsche durch Goikos Bewusstsein etwas erfährt, das er lieber nicht wissen sollte.»

Nietzsche hielt sich im Januar des Jahres 1889 in Turin auf. Auch deshalb war er als Zielgehirn so perfekt. Da er zu diesem Zeitpunkt bereits seine bedeutenden Werke geschrieben hatte und die Konstellation für eine erfolgreiche Bewusstseinszeitreise auch vom Hyperraum her extrem günstig war, ließ sich an der Entscheidung ohnehin nicht rütteln. Tatsächlich waren es der einzige Zeitpunkt, der einzige Ort und das einzige Gehirn, bei denen es innerhalb des gesamten 19. Jahrhunderts eine Erfolgswahrscheinlichkeit von über fünf Prozent gab. Aufgrund von Goikos niederschmetternden Fremdsprachenkenntnissen kamen nur deutschsprachige Zielpersonen in Frage. Schon die zweitbeste Möglichkeit, die junge Clara Immerwahr aus Polkendorf bei Breslau, bot nur noch eine Erfolgswahrscheinlichkeit von 0,3 Prozent und hätte zudem ein Problem mit der norditalienischen Kieselsteinerde aufgeworfen. Alle anderen Möglichkeiten spielten sich sowieso im Bereich von drei Stellen hinter dem Komma ab. Doch auch dies verschwieg man Goiko.

Würde Nietzsche das Frank in Turin ansetzen, sollte daraus kein Problem erwachsen: Runia Sistas Körperfaden könnte diese Entfernung rasend schnell überbrücken. Das nötige Wissen, das von Goiko auf Nietzsche übertragen werden musste, damit dieser das Frank auch wirklich korrekt ansetzte, hatte Runia vorsichtshalber in einem Wissensbooster vorbereitet.

Alle anderen waren beschäftigt, und so hatte Goiko vor seiner Abreise sogar noch Zeit, Njiuv auf Fendos Andeutungen anzusprechen.

«Stimmt es wirklich, dass du nicht fluchen kannst?»

«Ja, das ist wahr. Meine Matrix verbietet es mir.»

«Deine Matrix?»

«Ich bin ein Auftragsklon. Ein Klon, der nur für einen einzigen Auftrag geschaffen wurde. Sobald er erfüllt ist, vernichtet sich meine Matrix und damit meine Existenz selbsttätig.»

«Bin ich dein Auftrag?»

«Sozusagen. Ich soll dafür sorgen, dass du wohlbehalten zum intergalaktischen Verbrauchergerichtshof kommst.»

«Warum kannst du danach nicht einfach einen anderen Auftrag bekommen?»

«Das ist Teil der universalen Klonvereinbarung. Damit nicht sämtliche Galaxien mit Auftragsklonen geflutet werden, haben wir zugestimmt, dass wir nur exakt so lange leben, wie unser Einsatz dauert.»

«Ihr?»

«Es gibt so etwas wie eine Klongewerkschaft. Wir unterwerfen uns klaren Regeln und Bestimmungen. Auch hinsichtlich unserer Lebensdauer. Dafür genießen wir auf fast allen Planeten die vollen Bürgerrechte. Diese Vereinbarung ist schon viele hundert Jahre alt und war für die Klone seinerzeit ein riesiger sozialpolitischer Erfolg.»

«Du wirst also einfach sterben, wenn du mich zum intergalaktischen Gerichtshof gebracht hast?»

«Natürlich.»

«Das macht dir nichts aus?»

«Warum sollte es?»

«Von welchem Planeten kommst du?»

«Von der Erde. Woher sonst? Ich wurde erschaffen für meinen Auftrag. Von jemandem, der auf der Erde gefangen ist, wie Florenz. Dann hat man dieses ganze Wissen auf meine Matrix überspielt. Genau wie meine Verhaltensregeln. Also dass ich beispielsweise nicht fluchen kann. Das ist mir gänzlich unmöglich, auch, es zu lernen. Und bevor du es von Fendo erfährst: Es war Teil meines Auftrags, schnell dein Vertrauen zu gewinnen. Daher wurde ich gezielt so erschaffen, dass ich dir gefalle.»

«Warum hast du mich dann so oft abblitzen lassen?»

«Weil es dir gefällt.»

«Tut es nicht.»

«Tut es doch. Du weißt es nur nicht.»

«Wer hat dir deine irdische Identität gefälscht?»

«So gefälscht ist die gar nicht. Ich habe mich selbst in verschiedene Systeme gehackt, um die wissenschaftliche Laufbahn zu basteln und die Universitätskarriere voran-zutreiben. Dabei habe ich Juri kennengelernt. Wir waren uns sympathisch und haben uns gegenseitig geholfen. Mir war schnell klar, dass er eine Schlüsselrolle in der Erfüllung meines Auftrags einnehmen könnte.»

«Aber letztlich wurdest auch du von den Cyanen manipu-liert?»

«Wir alle wurden das. Vor dreieinhalb Wochen kam die Signora hier an. Wir durften noch keinen Kontakt zu dir aufnehmen. Es ist auch Artenschützern verboten, direkt mit Spezies zu kommunizieren, die noch keinen Kontakt zu Be-wohnern anderer Planeten hatten. Die Cyanen bewegen sich da mit ihrer Einflussnahme im Cyberspace in einem Grau-bereich. Weil ich aber genau genommen ein irdischer Klon bin, durfte ich mit dir sprechen. Florenz ist sowieso ein Ge-fangener auf der Erde, und Sonoro konnten wir dir als Leib-wächter an die Seite stellen, solange er nicht mit dir spricht und du ihn für unbelebtes Plastik gehalten hast. Erst in dem Moment, in dem die Cyanen wirklich in das Geschehen auf der Erde eingegriffen haben, also dieses Raumschiff auf eu-ren Planeten fiel, durften auch wir uns zu erkennen geben, dir, Juri und Kira. So lange aber mussten wir warten. Es war klar, dass von den Cyanen so etwas wie das mit dem Raumschiff kommen würde. Sonst könnten sie die Erde nicht an die Schorfen verschachern. Zudem hatten wir angenommen, dass sie dich mit ihrem Auftreten oder besser Aufschlagen auf der Erde sofort beseitigen wollten. Wir waren also gewarnt und wussten um die Gefahr für euer Flugzeug. Dass die Cyanen sogar Kiras Leben riskiert haben, zeigt, wie überzeugt sie waren, dass wir schon einen Weg finden würden, euch und das Flugzeug zu retten. Damit gaben sie uns das Gefühl, sie überlisten zu können. Wiegten uns in Sicherheit. Nutzten unsere Eitelkeit, um uns noch besser manipulieren zu können. Sie pokern wirklich mit hohem Einsatz und verdammt gut.»

Goiko hatte, wie so häufig, bei Njiuvs letzten Sätzen schon gar nicht mehr richtig zugehört. Ihn beschäftigte nach wie vor, dass sie sterben musste, wenn sie ihren Auftrag erfüllt hatte. «Wenn wir ewig durchs All fliegen und den Gerichtshof nie erreichen, musst du nicht sterben. Wie fändest du das?»

Sie schaute ihn fassungslos an. «Furchtbar. Dann hätte ich ja versagt. Ohne Tod hätte mein Leben keinen Sinn. Das könnte ich nicht ertragen.»

Rund zehn Minuten vor Ablauf des Ultimatums, nach mehr als fünfeinhalb Stunden intensivster Vorbereitung, konnte die große, gewagte Unternehmung beginnen. Goiko lag bereits unter Juris Bewusstseinszeitreise-Apparatur, als Roooooz auf das Schiff zurückkehrte. Nach dem Desaster bei Kiras Reise war sich jeder der außerordentlichen Gefahren bewusst, aber für Verabschiedungen blieb nicht viel Zeit. «Willst du das wirklich?», war die einzige Frage, die Njiuv Goiko noch stellen konnte, und ohne weiteres Nachdenken schlug dieser die letzte Tür zur Umkehr zu, indem er viel lauter als notwendig sagte: «Ach ja, was soll schon groß passieren!»

Runia aktivierte die neue Zeit-Subraumblase für die Signora. Spätestens jetzt würde Fendo wissen, dass auf dem Schiff etwas vor sich ging, das ihr Sorgen bereiten sollte. Aber noch ehe sie die Tarnung wieder durchbrechen konnte, hatte Juri bereits das Zeitreise-Gerät aktiviert.

Erneut blitzte es, und Goiko wurde geschüttelt und geschleudert wie Kira. Rund dreißig Sekunden dauerte es diesmal, aber anders als Kira schoss Goiko, sobald die Blitze aufgehört hatten, mit dem Oberkörper senkrecht nach oben und übergab sich ausgiebig über seine eigenen Beine.

Einige Augenblicke herrschte völlige Stille. Sonoro nahm sein Tablet und checkte vermutlich alles, was er checken konnte.

«Und?», fragte Njiuv.

Sonoro trat mehrmals heftig gegen die Wand. Seine miese Laune reichte längst wieder aus für eine Verwandlung. «Na ja, die gute Nachricht ist: Wir sind tatsächlich in einer neuen Zeitlinie, ungefähr acht Stunden vor Goikos Start auf der alten. Von den Cyanen zudem nicht die geringste Spur.»

«Und die schlechte?»

«Verdammte Hacke!» Sonoro schlug noch mal heftig mit Plastikarm und Plastikbein gegen die Wand. «Die schlechte Nachricht ist, dass es leider sehr, sehr viele schlechte Nachrichten gibt.»

Teil 3

21 Eine neue Welt

Es gab noch wenigstens drei weitere gute Nachrichten: Die Subraumtarnung der Signora funktionierte auch auf dieser Zeitlinie tadellos; Goikos Bewusstsein war wohlbehalten und komplett wieder in seinen Körper zurückgekehrt; und in der Nähe von Turin ließ sich so etwas wie ein Frank-Vorkommen orten. Rein technisch gesehen war die Reise also ein voller Erfolg.

Allerdings ließ sich die Erde nur mit großer Mühe wiedererkennen. Es herrschte Hitze. Die Außentemperatur in Berlin im Januar lag bei fünfzig Grad im Schatten. Die Menschen trugen Kleidung, die aussah wie modische Taucheranzüge in fröhlichen Farben. Dazu recht große, auffällige Kopfhörer und knallig-grelle Sonnenbrillen mit runden Gläsern. Eigentlich sahen sie aus wie Stubenfliegen ohne Flügel, aber dafür in Bunt. Alles war voller Bildschirme, 3D-Hologramme und Transsimulatoren. Zudem herrschte dort draußen offenkundig ein infernalischer Lärm.

Sonoro, Runia, Njiuv und Juri waren hektisch bemüht, in den Datenbänken dieser Erdenrealität Informationen zu sammeln, um sie den anderen mitzuteilen. Njiuv fand Hintergründe zu den Transsimulatoren: «Das sind Emotions- und Informationsfelder, also kleine Commercial Clouds. Wenn man sie durchquert, werden Sinne und Unterbewusstsein von einer Vielzahl von Angeboten und Empfehlungen geflutet. Jedes Mal, wenn jemand in so eine Commercial Cloud gerät, bekommt er dafür auf irgendeinem Konto Punkte gutgeschrieben. Diese Transsimulatoren gibt es wohl auch an Schulen und Unis. Dort sollen sie den Unterricht unterstützen, da man beim Durchschreiten der Clouds auch sehr schnell Sachverhalte vermittelt bekommen kann. Andere dienen mehr der Unterhaltung. Da gibt es Spiele-, Musik- oder Joke-Clouds, aber auch Literatur-, Koch- und Handwerkskurse werden über Transsimulatorenwolken angeboten. Um uns herum ist aber gerade ausschließlich Werbung.»

Juri tippte Njiuv auf die Schulter. «Seht mal, was ich hier gefunden habe. Die Bildschirme und Hologramme senden ununterbrochen eine Mischung aus Nachrichten, Sport, Business und Werbung. Oder auch alles gleichzeitig. Immer mit Ton. Daher der infernalische Lärm.»

«Und das ist auch der Grund für die Kopfhörer», übernahm Runia. «Das sind Filter. Die können genau festlegen, welchen Ton, welche Quelle, auch welches Geräusch man hören will. Alle anderen Geräusche kann man dann einfach ausblenden. Selbst die Impulse der Clouds.»

«Wenn man es sich leisten kann.» Sonoros Laune wurde immer schlechter. «Diese Bastarde lassen sich jedes Geräusch, das man unterdrücken möchte, bezahlen. Stille ist eines der wertvollsten, exklusivsten Güter in dieser Realität. Nur die wirklich Wohlhabenden können sich einigermaßen Ruhe leisten. Die Superreichen sogar einen plätschernden Bach oder Vogelzwitschern. Alle, die nicht über ausreichende finanzielle Möglichkeiten verfügen, sind permanent dem ganzen Krach aus Nachrichten, Werbung, Musik und Business ausgesetzt. Soweit ich das sehe, ist in dieser Welt Stille das Statussymbol schlechthin. Die Hitze ist übrigens nicht einfach nur gutes Wetter. Die Klimaerwärmung hat in dieser Realität noch mal ein ganz anderes Tempo. Das Ozonloch ist kein Loch – die ganze Schicht ist großzügig perforiert.»

260

«Sind die Polkappen also längst geschmolzen?» Goiko kam langsam zu sich und begriff, was geschehen war. Die Welt, die er durch seine Reise geschaffen hatte, war ihm spürbar peinlich.

«Nein, erstaunlicherweise ist kaum etwas geschmolzen. Technologisch sind die Menschen in dieser Zeit ziemlich weit vorne. Auf sehr vielen Gebieten. Sie haben schon vor langer Zeit gigantische Kühlkraftwerke vor den Regionen des ewigen Eises installiert, um diese künstlich kalt zu halten.»

Juri konnte es nicht fassen. «Aber das ist doch Wahnsinn! Damit befeuert man den Treibhauseffekt ja noch mehr!»

«Ein Abkühlen oder gar Stillstand des Golfstroms wäre noch katastrophaler gewesen. Außerdem war es technisch möglich, und man konnte es bezahlen», sagte Sonoro.

«Und wie versorgt man diese Kühlkraftwerke mit Energie?»

«Kernkraft. Wie gesagt: In Sachen Naturwissenschaften sind die viel höher entwickelt als ihr Flachpfeifen in eurer Zeitachse.» Sonoro schaute zu Juri und Goiko. «Sollte jetzt keine Beleidigung sein. Das heißt: eigentlich schon, aber ich hätte sie gern subtiler gehabt, nur konnte ich so schnell keine Beleidigung finden, die ausreichend beleidigend ist und dennoch verklausuliert genug, damit sie wie unabsichtlich wirkt.»

Juri zeigte ihm aufmunternd einen nach oben gereckten Daumen. «Gib nicht auf! Wenn du fleißig trainierst, kannst du in Sachen Beleidigungen eines Tages einer der ganz großen Virtuosen dieser Galaxie werden.»

«Danke schön, du Sprottenhirn. Vor fast hundert Jahren hatten die hier ein paar Unfälle mit der Atomkraft, kleinere und größere. Das war bedauerlich. Ganz besonders für Wales, das seitdem keiner mehr betreten durfte. Deshalb wurde es 1982 mit Tektotechnologie von Großbritannien abgetrennt und rund dreihundert Seemeilen weggeschoben. Beinah dreißig Jahre lang hat man es daraufhin ‹Error Island› genannt, bis es vor fünf Jahren den auch heute noch gültigen, versöhnlichen Namen ‹Sorry› erhielt. Seit mehr als sechzig Jahren hat man nun aber wohl schon Glück mit der zivilen Atomkraft. Die führenden Köpfe der hiesigen Kernphysik sind der Auffassung, wenn man so lange Glück hatte, dann kann das eben nicht nur Glück gewesen sein. Daher gilt die Nuklearenergie hier als nahezu sicher. Nur das Problem mit der Endlagerung war viele Jahre ungelöst, bis vor sechzehn Jahren jemand die glorreiche Idee hatte, diese Fässer doch einfach über Sorry abzuwerfen. Seit ein paar Monaten nun kursieren im Internet Bilder von mehreren Meter großen Käfer-, Moskito- und Spinnenarten auf Sorry, die sich wohl langsam anschicken, die Insel zu verlassen. Möglicherweise gemeinsam mit ebenfalls ziemlich großen Wassertieren, die, wie es heißt, schon länger um Sorry herumkreisen. Die Arten konnten bislang aber noch nicht bestimmt werden.»

Je mehr Sonoro von dieser neuen Welt erzählte, desto verzweifelter wurde Goiko. «Ich verstehe überhaupt nicht, wie ich das alles auslösen konnte. Runia hat doch gesagt, nichts in meinem Kopf, nichts von meinem Wissen könnte – angekommen im 19. Jahrhundert – den Lauf der Geschichte entscheidend verändern. Nicht einmal, wenn es ein so geniales Hirn wie das von Nietzsche wäre. Das hatte Runia versprochen.»

Runia, die unmittelbar nach Goikos Rückkehr wieder einmal ihre Kleidung gewechselt hatte, trug nun einen türkisen Laborkittel aus edlem Tangoritaner Leinen, lange schwarze Strümpfe, Handschuhe aus orangenem sistorinischem Damast und ein lindgrünes Wildseidehalstuch, das auch zum Kopf drapiert war. Mit einer schwarzen Brille, die sie gewiss nicht benötigte, wollte sie wohl, entgegen ihren sonstigen Gewohnheiten, ihren Rang als herausragende Wissenschaftlerin unterstreichen. Ein gänzlich unerwarteter Zug der Unsicherheit. Vermutlich hatte sie an ihrer Fehleinschätzung selbst schwer zu knabbern. Hektisch ließ sie ihre Fäden über die Displays und Tastaturen jagen.

Das Versäumnis entdeckte allerdings nicht sie, sondern Njiuv. «Die Computeranalyse hat etwas gefunden. Ich fürchte, ich weiß jetzt, was wir übersehen haben. Unter dem großen Druck haben wir einfach unsere Hausaufgaben nicht richtig gemacht. Die Umgebung nicht lückenlos gecheckt. Die Ereignisse unserer originalen Zeitlinie auf der Erde nicht ausreichend beachtet.»

«Ich glaube, es hackt!» Sonoro war aufgesprungen, hatte sich die WLAN-Empfänger-Papiertüte vom Kopf gerissen und stellte sich zitternd vor Njiuv. «Was wird denn das jetzt hier?» Es hatte etwas Anrührendes, wie die wütende, in ihren Gefühlen verletzte Playmobilfigur sich bebend vor der makellos schönen Njiuv aufbaute. Die Überwachung der Außenereignisse war eine von Sonoros zentralen Aufgaben. Hier die Ursache zu suchen, konnte nur ein direkter Angriff auf ihn sein. «Ich bin jederzeit offen für Kritik, solange sie konstruktiv ist. Also dazu führt, dass man sich hinterher bei mir entschuldigt.» Er versuchte, die Arme zu verschränken, was aufgrund seiner Playmobilfigur-Erscheinung in einer weiteren Enttäuschung mündete. In seiner Not streckte er sie daher einfach vorwurfsvoll nach vorne. «Ich warte.» Njiuv drehte ihm wortlos ihren Bildschirm hin. Sonoro ließ die Arme fallen. «Verdammte Axt, wie konnte ich das übersehen?»

«Wir hatten wirklich viel um die Ohren, und es gab keinerlei Anzeichen dafür, dass in den Einsatzberichten der einzelnen Berliner Bezirkswachen eine bedeutsame Information versteckt sein könnte.»

«Das ist keine Entschuldigung. So etwas darf mir nicht passieren. Ich bin das dümmste Geschöpf des Universums!»

«Ach was.» Obwohl Goiko ahnte, dass etwas Ungutes geschehen war, konnte er seine Freude über die Zerknirschtheit des arroganten, hyperintelligenten Plastiks nur schwer verbergen. «Irrtum ausgeschlossen? Sicher das dümmste?»

Sonoro betrachtete ihn wie einen Ausdruck mit zu wenig Tinte. «Also gut, vielleicht nicht das allerdümmste. Nur das dümmste von all jenen, deren Intelligenzquotient so groß ist, dass er innerhalb der Wahrnehmung eines Klickediklick-Detektors liegt.»

«Eines was?»

«Des universell anerkannten siteriinischen Seismographen für das Aufspüren möglicher Intelligenz. Eigentlich ein hochsensibles Gerät, aber auf der Erde hat es bislang nur bei den Ohrenkneifern angeschlagen.»

«Die Ohrenkneifer sollen die intelligenteste Lebensform auf diesem Planeten sein? Das ist nun wirklich Quatsch.»

«Nein, das stimmt tatsächlich», sprang Runia Sonoro bei. «Die Ohrenkneifer haben ein ganz unglaubliches Potenzial. Sie sind nur einfach extrem faul. Sie bräuchten spezielle Förderung. Aber woher soll die auf der Erde kommen?»

«Eben», sagte Sonoro. «Wir haben allerdings ein paar Ohrenkneiferfamilien mitgenommen. In ein paar Monaten könnten die so weit sein, dass sie hier an Bord einige wesentliche Aufgaben übernehmen, aber auch in verschiedenen künstlerischen Disziplinen setzen wir große Hoffnungen in sie.»

«Da freuen wir uns alle schon wahnsinnig drauf.» Juri, dem beim Stichwort Hoffnung Kiras Schicksal in Erinnerung gerufen wurde, hatte kein Interesse an weiterer Belehrungen. «Bei aller Vorfreude auf die kommenden musikalischen und literarischen Leistungen der Ohrenkneifer würde ich jetzt doch gerne mal erfahren, was Sonoro denn übersehen hat.»

«Übersehen ist maßlos übertrieben.»

«Wie soll ich es dann nennen?»

Das aufgebrachte Plastikmännchen drehte sich weg, als habe es nun Besseres zu tun. Stattdessen ergriff Njiuv das Wort. «Wenige Stunden vor der Eröffnung des Flughafens wurde in einer Dahlemer Villa in der Podbielskisallee 17 eine tote alte Frau gefunden. Laut Polizeibericht muss sie schon seit mehr als zehn Tagen in dem Haus gelegen haben. Es ist definitiv der Körper von Florenz. Sie, beziehungsweise er, hat die Chance zur Flucht genutzt und sich in Goikos Gehirn versteckt.»

«Bei mir?» Goiko war entsetzt. «Geht so etwas denn?»

«Warum denn nicht? Ungenutzter Platz ist da ja genug.» Trotz seines schlechten Gewissens gelang es Sonoro, sich die Arroganz zu bewahren. Eine Fähigkeit, die die ganz Großen seit jeher auszeichnet. «Das menschliche Gehirn ist voller unbeachteter Brachen. Da ist nichts, und da wächst nichts, und da kommt auch nie was hin. Im ganzen Universum gibt es kein besseres Versteck als das menschliche Gehirn, weil dort ja auch kein intelligentes Wesen jemals etwas von Wert vermuten würde. Nur in einem humanoiden Körper konnte er aus seinem Gefängnis Erde fliehen. Ein Körper, der diesen Planeten zudem in einem Raumschiff verlässt. Ich hätte es ahnen müssen.»

Goiko staunte. «Aber ich habe ihn überhaupt nicht bemerkt. Wie kann so ein gewaltiges Bewusstsein, so eine gigantische Intelligenz in meinem Gehirn unbemerkt bleiben?»

«Er hat sich in einen vollkommenen Tiefschlaf versetzt.» Runias Handschuhe jagten über ihre Instrumente. «So etwas wie eine mentale Stasiskammer. Getarnt als ein großer Kasten vergessenes Schulwissen. Kurvendiskussionen, um genau zu sein. Er wusste, da würdest du niemals wieder reingucken. Zumal das, was du überhaupt an Algebra vergessen konntest, nicht sonderlich viel war. Florenz war dort also ohne Bewusstsein. Deshalb habe ich ihn auch bei meinen Checks nicht entdeckt. Seine einzige Chance. Nur im Tiefschlaf konnte er unbemerkt bleiben. Erst in ein paar Tagen, wenn wir planmäßig schon weit weg von der Erde hätten sein sollen, wieder in einem belebteren Teil des Universums, wäre er von selbst erwacht, hätte ohne größere Probleme die Kontrolle über dich übernommen und dann seine Flucht auf irgendeine Art fortgesetzt. Durch die Bewusstseinszeitreise ist er allerdings vorzeitig aufgeschreckt worden. Und zwar in Nietzsches Gehirn. Beim Aufprall deines Bewusstseins ist Florenz dort wohl hängen geblieben. Gemeinsam mit Nietzsches Verstand hat er die Vergangenheit dieser Erde in den letzten knapp hundertdreißig Jahren nun doch recht erheblich verändert.»

«So ist das Leben.» Sonoro wollte nicht länger über seine Fehler reden. «Von der Vergangenheit träumt nur, wer keine Zukunft hat. Da fällt mir ein, die Erde in dieser Zeitlinie hat übrigens keine Zukunft. Lustig, was? In der Zeitlinie, aus der wir kommen, hat die Menschheit keine Zukunft, hier hat der Planet keine Zukunft. Es sieht fast so aus, als wenn nur eins von beiden geht.»

Jetzt reichte es Juri. «Wie kommst du darauf? Wie es aussieht, ist diese Menschheit technologisch hoch entwickelt. Sie werden eine Lösung finden.»

Sonoro schüttelte den Kopf. «Zu spät. Der Prozess der Erderwärmung ist nicht mehr umkehrbar, die Geschwindigkeit erstaunlich. Ein erheblicher Prozentsatz der Bevölkerung hält diesen Klimawandel nach wie vor für eine Erfindung von Umweltlobbyisten. Das ist auch nach höchsten Humoransprüchen sehr komisch. Als hätte die Umwelt auf diesem Planeten jemals eine Lobby gehabt. Doch das grundlegende Problem der Erde ist noch viel größer: Die Tektotechnologie und die Gravitationskraftwerke haben den Erdkern beschädigt. Zudem wird mit nuklearen Zwischenfällen und radioaktivem Niederschlag zu rechnen sein, auch mit wirklich beeindruckenden Mutationen. Der religiöse Wahn wird zunehmen, das ist immer so, wenn viele von den Entwicklungen überfordert sind. Wenn der Großteil des Wassers verdampft ist, kollabiert der Erdkern. Der Mond schießt aus seiner Umlaufbahn, dann zerreißt es die Erde, die schließlich als Meteoritensturm durchs All jagt, bis sie irgendwo aufschlägt und noch einmal von vorn beginnt. Wenn es gut für sie läuft. Deshalb hatten die Cyanen in dieser Zeitlinie auch kein Interesse an ihr. In fünf, maximal zehn Jahren ist der Drops hier gelutscht.»

Juri zog die Augenbrauen hoch. «Keine Hoffnung? Für die Menschheit, meine ich. Wenn sie so hoch entwickelt ist, haben sie doch vielleicht schon Raumschiffe.»

«Keine wirklich weltalltüchtigen. Wenn überhaupt, sind das mehr Archen, völlig überladen und unkomfortabel. Nur die oberen Zehntausend könnten darauf einen Platz ergattern. Aber damit durch die Weiten des Universums zu schippern, in der Hoffnung, rettende, bewohnbare Planeten zu erreichen? Nein. Außerdem, selbst wenn sie wie durch ein Wunder diese sehr gefährliche Reise überlebten – welche Welten würden sie denn aufnehmen wollen? Es ist ja nicht so, dass man anderswo auf die Menschheit warten würde.

Die haben genug eigene Probleme. Auch hat die Menschheit doch eine ganz andere Mentalität. Wer weiß denn, ob Menschen in der Lage sind, sich zu integrieren? Was für Zerreißproben für den sozialen Frieden da auf die Gesellschaften anderer Planeten zukämen. Wie will man das der eigenen Bevölkerung vermitteln?»

«Die anderen Zivilisationen würden der Menschheit Asyl verwehren?»

«Das weiß man nicht. Aber was heißt überhaupt Asyl? Das würde ja nur zutreffen, wenn die Flüchtlinge politisch verfolgt wären oder auf der Erde offener Krieg herrscht. Aber tatsächlich ist die Erde ja nur unwirtlich. Letztlich fliehen die Menschen also nur, weil sie sich auf einem anderen Planeten ein besseres Leben erhoffen. Nach diesem Kriterium müssten die wohlhabenden Planeten ja zwei Drittel des ganzen Universums aufnehmen. Völliger Wahnsinn wäre das, fern jeglicher Realität. Außerdem gäbe es dann sicher auch intergalaktische Schlepperbanden, die versuchen würden, mit der Not der Menschen ein Geschäft zu machen. Soll man deren schändliches Tun noch befördern? Nein, der Umgang mit den Erdenflüchtlingen wäre schon ein überaus heikles Thema. Nur mit Sonntagsreden ist das nicht zu lösen. Aber darüber müssen wir uns den Kopf ja nicht zerbrechen. Wir holen einfach das Frank aus der Nähe von Turin, Goiko macht eine zweite Bewusstseinszeitreise ins Jahr 1889, holt Florenz sozusagen wieder in Nietzsches Kopf ab, und diese Zeitlinie verschwindet für immer im irrealen Raum. Es hat sie praktisch nie gegeben.»

Sonoro war zufrieden mit seiner Zusammenfassung der Lage. Für die anderen, ganz besonders Goiko, blieben allerdings noch einige Fragen offen. «Aber wird dann das Frank aus dieser Zeitlinie nicht auch wieder verschwinden?»

«Nicht, wenn wir es in die Subraumblase unseres Schiffs holen. In der sind wir immun gegen die Auswirkungen der Zeitreisen. Alles, was wir dort reinholen, egal aus welcher Zeitlinie, bleibt unverändert real. Die Zeitreisen beeinflussen es nicht. Wichtig ist nur, dass Goikos zweite Reise innerhalb der nächsten acht Stunden stattfindet. Geschieht sie später, würde sie seine erste Reise ins Jahr 1889 bestätigen, die Kausalität herstellen. Diese Realität würde zu der einzig gültigen werden, und wir hätten den Untergang der Erde mitsamt der Menschheit nur variiert. Findet die zweite Zeitreise gar nicht statt, löst sich Goikos Bewusstsein auf, er stirbt, diese Welt verschwindet und mit ihr alles, was nicht innerhalb unserer Subraumblase ist. Alles in allem sieht es also doch gar nicht so schlecht aus. Wir haben eine reelle Chance.» Sonoro war nun endgültig wieder obenauf.

Njiuv blieb skeptisch. «Wir hätten eine Chance, wenn wir innerhalb von acht Stunden nach Turin reisen und zurückkommen würden. Unser Plan, Runia könnte einfach ihren Körper bis nach Turin auswerfen, das Frank umgarnen und dann hier auf die Signora ziehen, wird nicht funktionieren.»

«Warum nicht?» Runia legte ihren aus Halstuch drapierten Kopf schräg. «Ich brauche für die ganze Aktion nicht mal eine halbe Stunde, Schätzchen.»

«Dreißig Minuten, in denen du den Verstand verlieren würdest. Der Lärm da draußen bringt dich um. Ohne Kopfhörer hält man das nicht einmal zwei Minuten aus. Erst recht nicht, wenn man so offene, scharfe Sinne hat wie du, meine Liebe. Und es gibt keinen Lärmschutz, mit dem man deinen Millionen Kilometer langen Körper ummanteln könnte. Keinen, der sich so schnell herstellen ließe.»

Runia sank zu Boden. Allerdings nur kurz. Sie berappelte sich und fuhr in mehrere Kleidungsstücke, in Kostüm, Laborkittel, Uniform und Jumpsuit. Man hätte meinen können, sie stünde nun viermal da. Dabei war sie nur besser verteilt, als wollte sie signalisieren, dass sie bereit sei, mit vierfachem Tempo an einer Lösung zu arbeiten.

«Ich werde gehen.» Goiko hörte sich diesen Satz sagen, und es klang, als hätte er bloß mal ausprobieren wollen, wie es sich anfühlt, ein Held zu sein. Selbst wenn es nur für einen Satz lang wäre. Es fühlte sich gut an, weshalb er beschloss, mit diesem Heldenprojekt noch ein paar Sätze weiterzumachen. «Ja, ich werde gehen. Zusammen mit jedem Freiwilligen, der auch Ohren hat, über die man schön Kopfhörer hängen kann.»

«Pfff …» Sonoro versuchte, spöttisch zu schauen, was für eine Plastikspielfigur keine leichte Übung ist. «Wie willst du denn in acht Stunden nach Turin und wieder zurück kommen?»

«Ich denke, diese Zeit ist so fortschrittlich? Gibt es hier keine wahnsinnig schnellen Züge, Autos, Flugzeuge oder sonst was?»

«Eher sonst was.»

«Bitte?»

«Öl oder Gas gibt es in dieser Realität schon lange nicht mehr. Die sichersten und schnellsten Fortbewegungsmittel dieser Zeit sind die sogenannten Gulpschleusen.»

«Die was?»

«Gulpschleusen. Gulps sind mittels Gentechnologie hochgezüchtete Schlangen. Wirklich riesige Riesenschlangen. Durchmesser bis zu drei Meter, und die gewaltigsten unter ihnen werden mehr als zehntausend Kilometer lang. Possierliche, liebe, genügsame, aber eben auch unglaublich träge Tiere.» Sonoro holte Info-Artikel von seinem Terminal auf den Hauptbildschirm, damit alle mitlesen konnten. Für jeden erschien der Text in seiner bevorzugten Sprache:

«Das Besondere an den Gulps ist jedoch nicht ihre ungeheure Größe, sondern der sich durch den gesamten Körper ziehende Verdauungstrakt und die wahnwitzige Verdauungsgeschwindigkeit. Einen Menschen, der ihr Maul betritt, schlucken sie sofort herunter. Da sie ihn umgehend als Fremdkörper erkennen, jagen sie ihn einfach in einer irrsinnigen Geschwindigkeit durch den gesamten Körper – ohne ihn zu verdauen, verschmutzen oder sonst zu beschädigen – und scheiden ihn sofort wieder aus.»

Sonoro drehte seine Plastikmütze. «Das sind faszinierende Geschöpfe. Und wohl auch die schnellste, sicherste Art zu reisen in dieser Zeit. Steht so zumindest auf der Homepage der Gulpschleusengesellschaft. Man betritt beispielsweise in Berlin das Maul, es macht: Gulpfffft, und schon steht man in Turin. Wenn man den Turin-Gulp nimmt. Klar. Der Anus des Berlin-Turin-Gulps ist erfreulicherweise gar nicht so weit von der Stelle entfernt, wo das Frank versteckt ist. Es gibt dort auch einen Turin-Berlin-Gulp, mit dem ihr zurückreisen könnt. Schaut, das hier ist auch noch interessant.» Er scrollte den Text auf dem Hauptbildschirm:

«Auf der ganzen Welt liegen Hunderttausende von Gulps aus, die rund um die Uhr als Gulpschleusen arbeiten. Bei der Einführung des weltweiten Gulpnetzes hat es noch Proteste gegeben. Vor allen Dingen die gewaltigen Transatlantikgulps waren alles andere als unumstritten, weil der Wasserspiegel mit dem Legen jedes dieser Kolosse doch recht erheblich stieg. Vor allem die Niederlande sträubten sich verständlicherweise lange gegen die Transatlantikgulps. Die ganze Welt fürchtete sich damals vor den gemeinen Bullrich-Salz-Attentaten holländischer Terroristen auf die wehrlosen Gulps. Doch als nach der Legung des zehnten Transatlantikgulps die gesamten Niederlande geflutet waren, verstummten die Proteste. Die Gulpschleusengesellschaft bewies zudem bemerkenswertes Fingerspitzengefühl, da sie jeden neuen Transatlantikgulp nach der durch ihn untergegangenen holländischen Stadt benannte. So gab es nicht mal Umsatzeinbußen. Sämtliche Holländer wurden nach Österreich umgesiedelt, wodurch Österreich-Holland zwischen 1974 und 2014 sage und schreibe sechs Fußballweltmeisterschaften und sieben europäische Titel gewinnen konnte. Im Nachhinein waren sich beide Nationen einig, dass das die paar Überschwemmungen und auch alles andere allemal wert war.»

Sonoro löschte plötzlich den Text vom Hauptschirm. «Und so weiter und so fort. Wir müssen uns das ja jetzt nicht alles durchlesen.»

Juri wurde misstrauisch. «Was steht da noch?»

«Nichts weiter. Im Großen und Ganzen.»

«Und was steht da noch im Kleinen und Halben?»

«Na ja, ein paar Probleme gibt es ab und an schon mit den Gulpschleusen. Besonders ältere Gulps leiden häufiger mal unter Verstopfung. Für diesen Fall gibt es aber längst speziell ausgebildete Teams von Veterinärmechanikern. Trotzdem soll es wohl zu den unangenehmeren Dingen gehören, wenn man für ein paar Tage im Darm eines Gulps stecken bleibt. In unserem Fall wäre es sogar fatal. Immerhin würde es den Untergang von Erde und Menschheit bedeuten, was ja nach wie vor hier von einigen als Riesengeschichte angesehen wird.» Sonoro versuchte, alle Bedenken wegzulächeln. Das war allerdings nicht seine Stärke.

Auch Goiko schien bei allem Heldenmut doch etwas beunruhigt. «Wie alt ist denn der Berlin-Turin-Gulp?»

«Er gehört zu den ältesten überhaupt. Der wurde noch von Hitler und Mussolini eröffnet, deshalb hatte er auch ein Erkennungsbrandzeichen an der Seite: ‹H und M›, was dann allerdings auf Betreiben einer Textilfirma entfernt wurde.»

«Heißt das, wir reisen hier noch mit einem Nazi-Gulp?»

«Moment, man kann viel gegen die Nazis sagen, aber das mit den Gulps … ach, ist vielleicht auch egal.»

«Ist das wenigstens die einzige echte Gefahr?»

«Im Prinzip.»

«Und außerhalb des Prinzips?»

«Vollgeschleimte Menschenmassen, die einen Gulp mit Durchfall erwischt haben, reisen da wohl nie wieder mit. Das muss echt …»

«Reicht mir schon. Gibt's denn überhaupt eine Alternative zu den Gulps?»

«Höchstens die Caracho-Schleudern. Die sind allerdings extrem unpräzise und eher was für Leute, denen es nur ums Verreisen an sich und weniger um ein konkretes Ziel geht. Also nichts für uns.»

22 Reise nach Turin

Runia konnte Goiko aus den bereits bekannten Gründen nicht nach Turin begleiten. Sonoro war auf dem Schiff unverzichtbar und sollte Juri zudem bei der Vorbereitung der nächsten Bewusstseinszeitreise unterstützen. Njiuv musste auf der Signora bleiben, um von hier die Exkursion als Mastermind zu leiten. Kira war ohne Bewusstsein. TK17, der Chamäleonsoldat, in der anderen Zeitlinie verschollen. Kraschguru war selbst in dieser wahnwitzigen Realität zu auffällig, und es wusste auch niemand, wo an seinem Amöbenkörper man den Kopfhörer hätte aufsetzen sollen. Für Roooooz waren die hohen Außentemperaturen unzumutbar. Somit blieben nur die Zwillinge als mögliche Gefährten für Goiko übrig. Dini und Fini stimmten derart schnell und begeistert zu, dass Njiuv bei aller Freude auch ein wenig beunruhigt war.

Sonoro hatte die Online-Server mehrerer Großbanken geknackt, um das erhebliche Vermögen zu beschaffen, das nötig war, um die drei mit farbigen Taucheranzügen und Kopfhörern auszustatten, die nicht nur so gut wie sämtliche Außengeräusche filterten, sondern auch noch die Kommunikation untereinander ermöglichten. Nicht einmal eine Stunde hatten diese Vorbereitungen gedauert, sodass dem Team rund sieben Stunden bis zur Rückkehr blieben. Goiko bekam auf eigenen Wunsch ein Timer-Armband, auf dem die verbleibende Zeit rückwärtslief. Das verstärkte, wie er fand, den prickelnden Missionscharakter. Sie hatten kaum die Signora verlassen, da ahnte Goiko schon, warum die Trick-

274

philosophen so begeistert von dem gemeinsamen Ausflug waren. Endlich erhielten sie mal die Gelegenheit, ungestört auf jemanden einreden zu können. Das hatte ihnen wirklich gefehlt. Zur besseren Verständigung ließen sie sich noch von Runia sämtliche Sprachen der Erde hochladen.

Um zum Berlin-Turin-Gulp zu kommen, mussten sie vom Stadtrand, wo die Signora versteckt lag, in die Innenstadt Berlins. Und den Nahverkehr nutzen, genau genommen die S-Bahn. S stand in diesem Fall für sauber, da die S-Bahnen der letzte saubere Ort auf dem ansonsten völlig verdreckten Planeten waren. Warum, wusste niemand von den Passagieren so genau. Sie waren halt einfach nie schmutzig. Wer macht sich schon Gedanken über die S-Bahn, solange sie fährt? Tatsächlich gewann die S-Bahn die Energie für ihren Antrieb mittels eines hochentwickelten Transformationskompensators aus dem Schmutz der Fahrgäste. Die Fähigkeit, Straßendreck in Energie zu verwandeln, wodurch die Fahrgäste sauberer aus der S-Bahn kamen, als sie reingegangen waren, war eine schier unglaubliche Technologie, die einem Wunder gleichkam. Von den Kunden der BVG wurde sie jedoch kaum wahrgenommen. So wie ja die meisten unglaublichen Leistungen, die der öffentliche Personennahverkehr tagtäglich vollbringt, vollkommen unterschätzt oder nicht begriffen werden.

Die S-Bahn-Haltestelle lag direkt neben dem seit Jahrzehnten auf seine Fertigstellung wartenden neuen Berliner Groß-Gulp-Hafen. Einer ewigen Baustelle, wegen der das Berlin dieser Zeitlinie nicht nur vielerorts verlacht wurde, sondern sich auch noch dumm und dämlich zahlte. Dieser Anblick ließ Goiko eine verhängnisvolle Frage stellen, die den beiden Trickphilosophen endlich die erhoffte Gelegenheit gab, ausführlich zu antworten.

«Ich verstehe immer noch nicht richtig, was dieses riesige Raumschiff, das auf den BER gestürzt ist, auf der Erde will. Ihr?»

Fini: «Ist das dein Ernst?»

Dini: «Es will nichts.»

Fini: «Das ist der Trick.»

Dini: «Am gefährlichsten sind die Dinge, die nichts machen.»

Fini: «Sondern nur dazu führen, dass andere etwas machen.»

Dini: «Denn nichts macht die Menschen nervöser als nichts.»

Fini: «Wo nichts ist, muss etwas passieren. Sonst wäre ja nichts.»

Dini: «Und das hält keiner aus.»

Fini: «Ein Raumschiff, das die Erde angreift – das hätte nur dazu geführt, dass die Menschheit geeint und gemeinsam gegen das Raumschiff gekämpft hätte.»

Dini: «Ein Raumschiff aber, das nur so runterfällt ...»

Fini: «... und dann nichts macht ...»

Dini: «... führt dazu, dass die Menschen sich gegenseitig zerfleischen.»

Fini: «Weil sonst macht's ja keiner.»

Dini: «Wobei den Cyanen in diesem Fall die Ungewissheit und Panik schon gereicht haben.»

Fini: «Das bringt die Finanzkurse in absurde Wallungen.»

Dini: «Fernab von jeglichem tatsächlichem Gegenwert.»

Fini: «Eben in den Bereich, wo sie flirren.»

Dini: «Sich in jeder Tausendstelsekunde Billionen verschieben.»

Fini: «Und Algorithmen aus dem Nichts Fantastillarden zaubern können.»

Dini: «In anderen Welten gilt das als Naturschauspiel.»

Fini: «Die beobachten solche besonderen Algorithmen-gewitter mit speziellen Brillen, damit sie nicht blind davon werden.»

Dini: «Nehmen sich dafür einen halben Tag frei.»

Fini: «Dagegen war das, was auf der Erde nach dem Absturz des Raumschiffs geschah, noch gar nichts.»

Dini: «Das sollte ja auch nur die Schulden der Erde bei sich selbst verdreifachen.»

Fini: «Also genau genommen die Schulden bei den Cyanen natürlich.»

Dini: «Und so den Handel mit den Schorfen wasserdicht machen.»

Fini: «Was ja wohl auch geklappt hat.»

Als sie die S-Bahn betraten, spürten sie, wie jeglicher Schmutz förmlich von ihnen abfiel, und beobachteten die anderen Fahrgäste, die ununterbrochen auf irgendwelche Bildschirme starrten und vermutlich von vier bis fünf Informationsquellen gleichzeitig beschallt wurden. Ein komisches Gefühl, in dieser Atmosphäre ein mehr oder weniger normales Gespräch zu führen.

Goiko wollte sich mit den Ausführungen zum Raumschiff noch immer nicht zufriedengeben. «Aber warum denn ausgerechnet bei der Eröffnung des Flughafens? Die hätten das Raumschiff doch schon viel früher runterfallen lassen können.»

Dini und Fini schauten sich verwundert an.

Fini: «Das weißt du nicht?»

Goiko: «Was weiß ich nicht?»

Dini: «Die Sache mit dem Raumschiff?»

Goiko: «Was genau mit dem Raumschiff? Es gibt so viele Sachen, die ich nicht weiß, dass ich leider selbst gar nicht ganz genau sagen kann, was ich jetzt alles im Speziellen nicht weiß.»

Dini: «Dass diese BER-Flughafenbaustelle ein Schlüssel war, weißt du nicht?»

Goiko: «Was denn für ein Schlüssel?»

Dini: «Ein transdimensionaler Schlüssel natürlich.»

Goiko schaute wie jemand, für den nichts natürlich war.

Fini: «Er hat keine Ahnung von transdimensionalen Schlüsseln.»

Dini: «Na bravo.»

Fini: «Aber hallo.»

Dini: «Transdimensionale Schlüssel sind Pforten zu einer anderen Dimension.»

Fini: «Die sich öffnen, wenn ein bestimmtes Ereignis eintritt.»

Dini: «Dieses riesige Raumschiff hat schon ziemlich lange darauf gewartet, endlich auf die Erde fallen zu können.»

Fini: «Aber die transdimensionale Pforte, vor der es sozusagen stand …»

Dini: «… öffnete sich erst in dem Moment, in dem der Flughafen den Betrieb aufnahm.»

Fini: «Diese Baustelle war also der Schlüssel.»

Dini: «Die Fertigstellung des Flughafens kann man vergleichen mit dem Umdrehen des Schlüssels, wodurch sich die transdimensionale Pforte geöffnet hat.»

Fini: «Und das Raumschiff auf die Erde gefallen ist.»

Goiko: «Das heißt, wenn der Flughafen pünktlich im Sommer 2012 fertig geworden wäre, dann wäre damals auch schon das Raumschiff auf ihn gefallen?»

Fini: «Natürlich.»

Dini: «Ihr hattet doch da diese Maya-Prophezeiung.»

Fini: «Von wegen, dass 2012 die Welt untergehen sollte.»

Goiko: «Mit der Prophezeiung der Maya war eigentlich die Eröffnung des Flughafens Berlin-Brandenburg gemeint?»

Dini: «Im Prinzip.»

Fini: «Die Maya wussten natürlich weder was von Berlin noch von Flughäfen.»

Dini: «Eigentlich nicht mal von Raumschiffen.»

Fini: «Sie wussten nur, dass etwas sehr, sehr Großes vom Himmel fallen würde.»

Dini: «Die Cyanen kannten die tatsächlichen Hintergründe.»

Fini: «Dass dort etwas aus einer anderen Dimension über Schönefeld hing.»

Dini: «Vor knapp dreitausend Jahren wäre dieses riesige Raumschiff fast auf die Erde gestürzt.»

Fini: «Ein Unfall, keine Absicht, der aber für die Erde nicht kalkulierbare Konsequenzen gehabt hätte.»

Dini: «Doch in letzter Sekunde konnte man den Absturz durch das Einrichten einer transdimensionalen Pforte verhindern.»

Fini: «Man legte fest, dass sich diese Pforte erst öffnen würde, wenn unter dem Raumschiff ein Hafen gebaut worden ist.»

Dini: «Natürlich dachte man an einen Hafen für Raumschiffe.»

Fini: «Der Bau eines solchen hätte ja garantiert, dass die Menschheit weit genug entwickelt gewesen wäre, um mit dem Absturz eines anderen Raumschiffes mental klarzukommen.»

Dini: «Daher evakuierte man das Raumschiff.»

Fini: «Versiegelte es.»

Dini: «Und ließ es vor der transdimensionalen Pforte hängen.»

Fini: «Man hätte doch niemals vermutet, dass mal ein Hafen für Flugzeuge darunter gebaut werden würde.»

Dini: «Der die Pforte aber genauso öffnet wie ein Raumschiffhafen.»

Fini: «Das wussten die Cyanen.»

Dini: «Deshalb haben sie dafür gesorgt, dass dieser Flughafen, obwohl es sehr viel bessere, sinnvollere Orte gegeben hätte, in Schönefeld gebaut wurde.»

Fini: «Und sichergestellt, dass er erst eröffnet wird, wenn sie alle Vorbereitungen auf der Erde abgeschlossen haben.»

Goiko: «Dann waren diese ganzen Bauverzögerungen in Schönefeld, diese vermeintliche Unfähigkeit und der Dilettantismus …»

Dini: «… von einer weit überlegenen außerirdischen Intelligenz gesteuert.»

Fini: «Die Flughafenchefs und Planer hatten nie eine faire Chance gegen die.»

Goiko: «Ihr hättet Sprecher der Flughafengesellschaft werden sollen.»

Fini: «Die hätten uns nicht bezahlen können.»

Dini: «Es gibt übrigens noch jede Menge von solch transdimensionalen Schlüsseln auf der Erde.»

Fini: «Du würdest staunen.»

Goiko: «Wo denn?»

Dini: «Den Kölner Dom zum Beispiel.»

Fini: «Kennst du diese Redensart: ‹Wenn der Kölner Dom fertiggebaut ist, geht die Welt unter›?»

Goiko: «Klar.»

Dini: «Redensarten haben ja immer auch einen wahren Kern.»

Goiko: «Ihr behauptet, der Kölner Dom ist auch ein dingsdimensionaler Schlüssel?»

Fini: «Deshalb die ewige Restaurationsschleife.»

Dini: «Hinter der Pforte warten ganze Scharen von außerirdischen Touristenbussen mit Göttern und Heiligen aus all euren Zeitaltern und Religionen.»

Goiko: «Wieso?»

Dini: «Wenn die Bauarbeiten am Kölner Dom jemals abgeschlossen werden, öffnet sich das Dimensionstor, und es gibt eine schier endlose Flut von Heiligenerscheinungen und Wundern auf der Erde.»

Fini: «War so eine Tourismusmode auf einigen Planeten: ‹Warum nicht die nächsten Ferien mal als Gott oder Prophezeiung verbringen?›»

Dini: «Man konnte eine Abenteuerreise buchen und durch so eine Transdimensionspforte auf einen unterentwickelten Planeten mit viel Mystischem und unterschiedlichen Religionen reisen. Dort konnte man dann für zwei Wochen Gott oder eine Heiligenerscheinung sein.»

Fini: «Gegen Aufpreis durfte man sogar Wunder tun.»

Dini: «Der intergalaktische Verbraucherschutz schloss diese Pforte vor vielen Jahrhunderten mit dem Schlüssel der Kölner-Dom-Baustelle.»

Fini: «Sie hatten die Hoffnung, bis der fertig wäre, hätte sich das mit den Religionen auf der Erde erledigt, und die Reisen der Touristengötter wären mehr oder weniger witzlos.»

Dini: «Aber das mit den Religionen bei euch zieht sich ja wohl noch ein bisschen.»

Fini: «Transdimensionale Schlüssel müssen allerdings nicht immer Bauwerke sein.»

Dini: «Auch andere Ereignisse können dafür genutzt werden.»

Fini: «Eine ganz furchtbare Pforte wurde beispielsweise Ende der fünfziger Jahre in Deutschland geschlossen.»

Dini: «Leider hatte man damals keinen anderen Schlüssel zur Hand als ein Ereignis, das seitdem einige Menschen in Deutschland ziemlich vermissen.»

Fini: «Der Gewinn der deutschen Fußballmeisterschaft durch Schalke 04.»

Goiko: «Das ist ein transdimensionaler Schlüssel?»

Fini: «So sieht das aus.»

Goiko: «Nein!»

Fini: «Doch.»

Dini: «In dem Moment, in dem Schalke Meister wird, öffnet sich die Pforte und ...»

Fini: «... du willst sicher lieber nicht wissen, was dann geschieht.»

Dini: «Seit Jahren schon versuchen übersinnliche, wohlmeinende Kräfte daher, eine Meisterschaft der Schalker um jeden Preis zu verhindern.»

Fini: «Auch wenn es ihnen für die Fans manchmal ein bisschen leidtut.»

Dini: «Vor ein paar Jahren hat es einen Freistoß in der Nachspielzeit gegeben, der normalerweise vier Meter am Tor vorbeigeflogen wäre.»

Fini: «Mehrere Naturgesetze mussten kurzzeitig außer Kraft gesetzt werden, damit der doch in den Maschen einschlug.»

Goiko: «Mit ihrem Verzicht auf eine Meisterschaft retten die Schalker Fans also praktisch Jahr für Jahr den Planeten vor dem Untergang?»

Fini: «Im Prinzip.»

Goiko: «Ich kenne Schalke-Fans, die würden, wenn sie die Wahl hätten ... Also Meister, und dafür geht dann die Welt unter, die würden wahrscheinlich ... Ich sag mal, gut, dass sie nicht die Wahl haben.»

Dini: «Es gibt noch andere Beispiele.»

Fini: «Die europäischen Finals von Benfica Lissabon seit dem Ende der sechziger Jahre.»

Dini: «Auch ein transdimensionaler Schlüssel.»

Goiko: «Papst Johannes Paul II. war Schalke-Mitglied.»

Fini: «Ja und?»

Goiko: «Na ja, ich dachte, vielleicht wusste der ja was über dieses Schlüsseldings. Vielleicht war das ja so eine Mitgliedschaft aus Mitleid.»

Dini: «Kann sein.»

Fini: «Auch in uralten Religionen findet man häufig Geheimnisse von großer Macht.»

Goiko: «Bei der Gelegenheit: Es wäre mir übrigens recht, wenn ihr euch nicht ständig so abfällig über unsere Religionen äußern würdet.»

Dini: «Warum nicht?»

Fini: «Bist du religiös?»

Dini: «Oder gar gläubig?»

Goiko: «Nein. Also nicht grundsätzlich, aber …»

Fini: «Aber?»

Goiko: «Man kann ja nie wissen.»

Dini: «Das stimmt allerdings.»

Fini: «Das ist so ziemlich das Einzige im Universum, was man wirklich ganz sicher weiß.»

Dini: «Dass man nie wissen kann.»

Fini: «Das ist ein kluger Gedanke von dir, Goiko.»

Dini: «Warum sagen eigentlich immer alle, die Menschheit sei so dumm?»

Fini: «Keine Ahnung. Vielleicht wissen die mehr als wir.»

Dini: «Das kann sein.»

Fini: «Man weiß es nicht.»

Goiko: «Aber warum soll sie denn unbedingt gerettet werden, die Menschheit?»

Dini: «Warum nicht?»

Goiko: «Weil das alles doch wahnsinnig gefährlich ist. Wieso riskieren diese außerirdischen Artenschützer so viel für eine derart unbedeutende, abgelegene Zivilisation?»

Dini: «Ganz genau können wir das nicht sagen.»

Fini: «Die eigentlichen Köpfe dieser intergalaktischen Artenschutzorganisation haben wir auch nie kennengelernt.»

Dini: «Aber vielleicht begreifen sie das gesamte Universum als ein zusammenhängendes Ökosystem.»

Fini: «Wo jede Art, jede Gattung ihre ganz spezielle Bedeutung hat.»

Dini: «Verschwindet eine, hat das Folgen für alle.»

Fini: «Folgen, die niemand abschätzen kann.»

Dini: «Daher versuchen sie alles, um die Vielfalt der Arten, so gut es geht, zu erhalten.»

Fini: «Außerdem ist es natürlich sehr gut fürs Ranking.»

Goiko: «Für was?»

Fini: «Fürs Ranking. Es gibt selbstverständlich mehrere Umwelt- und Artenschutzorganisationen im Weltall.»

Dini: «Zwischen denen tobt logischerweise auch ein Wettbewerb um Bedeutung und Einfluss.»

Fini: «Die Rettung eines Planeten, einer ganzen Art liest sich da schon recht gut in der Unternehmensbilanz.»

Dini: «Der Konkurrenz- und Leistungsdruck macht schließlich auch vor den Hilfsorganisationen nicht halt.»

Fini: «Aber warum machst du denn das alles?»

Goiko: «Ich?»

Dini: «Ja, immerhin riskierst du ständig dein Leben. Hast deine bisherige Existenz komplett aufgegeben.»

Goiko: «Habe ich denn eine Wahl?»

Dini: «Man hat immer eine Wahl.»

Goiko: «Das ist möglicherweise mein Problem. Bislang

hatte ich mein Leben so eingerichtet, dass ich keine Entscheidungen treffen musste. Zumindest keine endgültigen. Entscheidungen sind nicht so mein Ding. Daher bin ich wohl auch noch nicht auf die Idee gekommen, ich könnte hier eine Entscheidung treffen.»

Fini: «Du hast immerhin die anderen zur zweiten Bewusstseinszeitreise überredet.»

Dini: «Und dich für diese Expedition freiwillig gemeldet.»

Goiko: «Hätte ich das nicht getan, hätte eine Entscheidung getroffen werden müssen. Außerdem verfüge ich zum ersten Mal in meinem Leben über eine Fähigkeit, die dringend benötigt wird.»

Fini: «Und die wäre?»

Goiko: «Unüberlegte, idiotische, schwachsinnige Pläne zu entwickeln. Das kann ich richtig gut. Es ist, als hätte ich endlich meine Superhelden-Spezialfähigkeit entdeckt.»

Dini: «Das verleiht dir Selbstbewusstsein?»

Goiko: «Eines, wie ich es noch nie hatte.»

Fini: «Das kann sein.»

Dini: «Vielleicht machst du aber auch alles aus einem viel einfacheren Grund.»

Goiko: «Und der wäre?»

Fini: «Das Urmotiv allen Handelns in diesem Universum.»

Dini: «Liebe.»

Fini: «Aber man weiß es nicht.»

Dini: «Nee, bei der weiß man tatsächlich nie.»

Fini: «Das zumindest ist wasserdicht bewiesen.»

Wie aufs Stichwort meldete sich Njiuv über die Kopfhörer, um sie darüber zu informieren, dass die S-Bahn gleich die Haltestelle Hauptgulphof erreichen würde. In circa fünfzig Metern Höhe lagen Gulps auf dünnen, aber äußerst stabilen, durchsichtigen Fiberglasstäben. Ihre endlosen Körper, teilweise kreuz und quer übereinanderliegend, führten in alle nur erdenklichen Richtungen aus der Stadt heraus. «Man hat die Gulps auf eine höhere Ebene verlagert», erläuterte Njiuv. «Sonst wäre die ganze Stadt voller Riesenschlangen. Der Turin-Gulp ist auf Ebene 7, Reihe 16. Steht aber auch noch mal dran, also Turin. Ihr braucht noch ein Ticket. Gibt's an den Fahrscheinautomaten.»

«Okay, wie bezahlen wir?», fragte Goiko.

«Mit Werbung.»

«Wir haben keine Werbung.»

«Nein, ihr nehmt eine bestimmte Menge Werbung wahr, und dafür bekommt ihr die Tickets. In dieser Zeitlinie bezahlt man beinah alles mit der Wahrnehmung von Werbung.»

«Aber wie rechnet sich das denn?»

«Na, über die Werbung natürlich.»

«Aber wenn jetzt alles nur noch mit Werbung bezahlt wird, wie finanziert sich denn das große Ganze überhaupt noch?»

«Keine Ahnung. Das müssen wir jetzt auch nicht wissen. Besorgt einfach die Fahrkarten.»

«Für eine überlegene, hyperintelligente Lebensform finde ich das aber eine ziemlich gedankenlose Haltung.»

«Weißt du, wie überlegene, hyperintelligente Lebensformen überhaupt erst zu überlegenen, hyperintelligenten Lebensformen geworden sind?»

«Nein.»

«Indem sie versuchen, auffallend idiotische Geschäfts- oder Gesellschaftsmodelle gar nicht erst zu verstehen.»

Dini und Fini waren bereits mit dem Automaten beschäftigt.

Fini: «Das Gerät fragt, ob wir Punkte sammeln.»

Dini: «Sammeln wir Punkte?»

Goiko: «Auf keinen Fall.»

Dini: «Warum nicht?»

Goiko: «Wegen der Überwachung!»

Dini: «Welche Überwachung?»

Goiko: «Das führt jetzt zu weit.»

Fini: «Es gibt doch genau genommen diese ganze Realität eigentlich gar nicht. Wie kann einen denn etwas überwachen, das es gar nicht gibt?»

Goiko: «Das solltest du mal die Geheimdienste fragen.»

Fini: «Welche Geheimdienste?»

Dini: «Wenn wir keine Punkte sammeln, kosten die Karten doppelt so viel.»

Goiko: «Gut, dann sammeln wir eben Punkte.»

Fini: «Und die Überwachung?»

Goiko: «Armut ist schlimmer als Überwachung.»

Dini: «Ist das so? Interessante philosophische Frage.»

Fini: «Wir müssen angemeldet sein, um Punkte zu sammeln.»

Dini: «Wenn wir uns registrieren lassen, bekommen wir fünfhundert Punkte gratis.»

Fini: «Das dauert nur einen kurzen Moment.»

Dini: «Und bringt uns viele Vorteile.»

Fini: «Wir würden dann bei jedem Einkauf Punkte sammeln.»

Dini: «Und wenn wir mehr als zwanzigtausend Punkte haben, bekommen wir dafür …»

Fini: «… Gratispunkte.»

Dini: «Wir brauchen eine funktionierende Mailadresse.»

Fini: «Das dauert nicht lange.»

Goiko: «Und wenn wir in gut sechs Stunden nicht zurück sind, werden die Erde und die gesamte Menschheit vernichtet.»

Dini: «Ich nehme an, das bedeutet dir mehr, als Punkte zu sammeln?»

Fini: «Ich bekomme allmählich einen Eindruck vom Wertesystem der Menschheit. Am schlimmsten findet ihr die komplette Auslöschung eurer Art. Am zweitschlimmsten, kein Geld zu haben, und auf Platz drei folgt dann die Einschränkung der Freiheit.»

Goiko: «Kein Geld zu haben, ist eine massive Einschränkung der Freiheit.»

Dini: «Platz vier: der Lieblingsverein verliert.»

Goiko: «Also da gibt es schon noch einiges dazwischen. Außerdem kann die Reihenfolge von Mensch zu Mensch variieren. Besonders, was den Lieblingsverein angeht.»

Nachdem die drei siebzehnmal gefragt wurden, ob sie nicht doch Punkte sammeln wollten, mussten sie nur noch die Information durchlesen, dass sie sich die Punkte auch noch nachträglich gutschreiben lassen konnten. Dann durften sie tatsächlich den Kauf abschließen, und Fini drückte auf dem Touchscreen die Taste: «Durch Wahrnehmung von Werbung zahlen.» Daneben noch eine Notiz, wie viel Werbung man sich erspart hätte, wenn man Punkte gesammelt hätte.

Ein elektronischer Arm schoss aus dem Automaten und gab Fini zwei leichte Schläge auf den Hinterkopf. Ein feiner Laserstrahl zielte in seine weit aufgerissenen Augen und pflanzte ihm die Werbung direkt ins Hirn. Während der Arm zurück ins Gehäuse fuhr, stand der hagere Fini staunend da. «WUSSTET IHR, DASS IHR MIT EINER KREDITKARTE VON MEXICAN EXPRESS DIE MEISTEN PRODUKTE SOFORT KAUFEN KÖNNT, DIE WERBUNG DAFÜR ABER IN BEQUEMEN MONATSRATEN ÜBER EINEN ZEITRAUM VON ZWEI JAHREN NACH UND NACH WEGGUCKEN KÖNNT?»

Erschrocken hielt ihm Dini die Hand auf die Stirn. «Oje, durch die ganze Werbung in seinem Kopf ist sein IQ schlagartig um mehr als dreihundert Punkte gefallen. Er hat jetzt nur noch knapp fünfhundert. Noch drei, vier solcher Werbe-Injektionen, und er fällt auf menschliches Niveau.»

«GÖNNEN SIE SICH EINE GULP-CARD 100 FIRST. LASSEN SIE SICH DOCH MAL ERSTKLASSIG DURCH DIE GANZE WELT VERDAUEN!» Finis Starren wurde zu einem Strahlen. Voll Begeisterung schlug er seinem Bruder auf den Rücken.

Njiuv beruhigte aus der Zentrale. «Das geht wieder vorbei. Der Effekt nimmt immer weiter ab und verschwindet in ein paar Stunden ganz. Also außer den Langzeit-Werbeablagerungen im Stammhirn. Doch die sind nicht wirklich schädlich. Höchstens ein bisschen nervig.»

Der Automat warf nun drei Stücke rohe Leber aus. Zumindest sah es aus wie rohe Leber. Goiko sprang instinktiv ein wenig zurück.

«Was ist das denn?»

«Das sind eure Fahrscheine.» Njiuv amüsierte sich. Ihr schien die irdische Realität dieser Zeitlinie in mancherlei Hinsicht zu gefallen. «Ein Supersystem. Auf diese Art und Weise bekommen die Gulps ihre Nahrung und kontrollieren gleichzeitig die Tickets. Zudem ein perfekter Schutz gegen Schwarzfahrer. Wer nicht genügend synthetische Leber gelöst hat, von dem kassieren die Gulps nach. Ein Stück Haut, einen Finger, eine Hand. Je nach Höhe der Nachlösegebühr. Es gibt praktisch keine Schwarzfahrer in den Gulps.»

Goiko und Dini stützten den werbetrunkenen Fini und zogen ihn mit zu den Geschossbällen, einer Weiterentwicklung der früher üblichen Fahrstühle. In großen Glasröhren warteten bunte Gummikugeln mit einem Durchmesser von sicher drei Metern. Sobald alle Fahrgäste eingetreten waren, schlossen sich die Gummikugeln und wurden durch eine kontrollierte Gasexplosion auf die gewünschte Ebene gewuchtet. Auch dies war laut Njiuv eigentlich eine intelligente Kreislauftechnologie, weil man für ihren Betrieb das ohnehin frei werdende Gas aus den ankommenden Gulps nutzte, also das aus ihren Enden. Zu Njiuvs Enttäuschung hatte allerdings niemand den Wunsch, dieses Prinzip genauer erklärt zu bekommen.

Kurz bevor die drei Reisenden den Turin-Gulp betraten, gab Fini zu bedenken: «WUSSTET IHR, DASS VIER VON FÜNF GULPNUTZERN DRAMATISCH UNTERVERSICHERT SIND? WER NOCH BIS MONATSENDE EINE GULPVERSICHERUNG ABSCHLIESST, ERHÄLT VIELE GRATISPUNKTE UND ATTRAKTIVE GEWINNCHANCEN.» Dann waren sie an der Reihe, betraten den Gulp, und alles ging sehr schnell. Das Maul schloss sich, es machte Gulppffffft. Und schon standen sie sauber, unversehrt und beinah ausgeruht auf der vierten Ebene des Hauptgulphofes von Turin. Nur die Stücke Leber, die sie jeweils in der Hand gehalten hatten, fehlten.

23 Turin

«NACH EINER ERFOLGREICHEN GULPREISE ENT-
SPANNE ICH GERNE MIT EINER FAIR GEHANDEL-
TEN BLUTTRANSFUSION BEI STARBLOODS.» Auch
wenn nach wie vor unkontrolliert Werbesätze aus Fini pur-
zelten, hatten Goiko und Dini das Gefühl, er sei bereits auf
dem Wege der Besserung. Von dem über tausend Meter
hohen, in den nahen Bergen gelegenen Turiner Gulphof
gab es mehrere Schnellrutschen in Richtung Zentrum. Eine
führte bis in die Nähe des Frank-Depots. Da die Nutzung
des öffentlichen Nahrutschensystems im Preis der Gulpfahr-
karte enthalten war, lag es nahe, dies zu nutzen. Die Turiner
Schnellrutschen, auch Käferrutschen genannt, waren laut
Njiuv in dieser Zeitlinie weltberühmt. Ein klein wenig Über-
windung kostete es schon. Viele fürchteten sich, auf den
ungefähr fünfhundert kleinen Käfern Platz zu nehmen, mit
denen man durch die langen gläsernen Röhren kontrolliert
in die Tiefe raste. Die Käfer nahmen Anlauf, dann spielten
sie ihre sensationellen Gleitfähigkeiten aus. Die Tiere hatten
dabei nachweislich großen Spaß. Vor Jahrzehnten hatten
Tierschützer ein Verbot der Käferarbeit in den Rutschen er-
kämpft. Daraufhin wurden die kleinen Krabbler und Gleiter
bemerkenswert aggressiv. Griffen mehrfach andere Tiere
und auch Menschen an. Erst als man sie wieder als Rut-
schenkäfer einsetzte, kehrten sie zurück zu ihrer alten Gelassenheit und Lebensfreude. Alle drei, selbst der delirierende
Fini – «WAS VERLEIHT IHREM HAAR DIE KRAFT

UND FORM, DASS SIE AUCH DIE STEILSTE RUTSCHE OHNE ANGST UM IHRE FRISUR RUTSCHEN KÖNNEN?» –, waren beseelt von dem Erlebnis, als sie unten ankamen.

«Warum gibt es diese Käfer nicht in unserer Welt?», fragte Goiko.

Njiuv tat ihm den Gefallen und schaute schnell nach. «Ah, die waren irgendwann einfach da. Vor vielen, vielen Jahrzehnten gab es einen Atomunfall, und nur ein paar Monate später hatte man plötzlich diese Käfer auf der Erde. Siehst du, wuchernde Mutationen nach nuklearen Katastrophen müssen nicht immer nur schlecht sein. Vielleicht seid ihr da manchmal zu engstirnig. Gebt der Desaster-Evolution auch mal eine Chance.»

Fini nickte heftig. «WENN DIR DAS LEBEN ZITRONEN SCHENKT, MACH LIMONADE DRAUS.»

Njiuv beschrieb ihnen den Weg zum Frank. Zu Fuß waren das noch mal gute fünf Minuten.

«Wir dachten ja lange Zeit, so würde die Welt zugrunde gehen», sagte Goiko.

Dini verstand nicht recht, was er meinte. «Wie genau?»

«Na, mit einem Atomkrieg oder sonst einer Kernschmelze und Verstrahlung der halben oder ganzen Welt.»

«HABEN SIE SCHON EINMAL NACHGESEHEN, OB IHRE HAUSRATVERSICHERUNG AUCH SCHÄDEN DURCH EINEN ATOMUNFALL ABDECKT? DAS WIRD OFT ÜBERSEHEN.»

«Warum so pessimistisch?»

«Ach, die meisten Zukunftsmodelle der Menschheit sind Dystopien oder Untergangsszenarien. Würde jemand eine blühende, glückliche Zukunft, geprägt von sinnvoller Technologie und bewusster Lebensführung, entwerfen, bekäme er garantiert vorgehalten, das sei unrealistisch, wenn nicht reaktionär.»

«Und was ist mit Star Trek?»

«Raumschiff Enterprise? Okay, das ist die große leuchtende Ausnahme. Obwohl die Qualität der Serie zunahm, je düsterer sie wurde.»

«ANGST VOR DER ZUKUNFT? DAS MUSS NICHT SEIN. VERKAUFEN SIE JETZT IHRE GEGENWART UND SICHERN SIE SICH DAFÜR EINE ATTRAKTIVE ZUSATZRENTE.»

«In der Regel sehen unsere Zukunftsszenarien aber so aus, dass wir Krieg gegen Maschinen führen und verlieren. Oder alle Zombies werden. Mal beherrschen uns die Affen, mal die Ameisen. In einer anderen Variante entwickeln wir uns selbst zurück zu geistigen Primaten, die auf einem verdorrten Planeten für einen Kanister Benzin töten. Oft werden wir von Außerirdischen angegriffen. In der besten aller Zukunftsvisionen wird unser Planet für eine intergalaktische Hyperraumumgehungsstraße gesprengt. Es gibt einen Film, ‹Soylent Green›, da machen wir aus den Toten eine Art Müsliriegel und essen sie auf.»

«Oh, das ist aber nicht so ungewöhnlich im Universum. Viele hochentwickelte Kulturen essen ihre Toten. Effektive, ökologische Kreislaufwirtschaft. Mehr noch, im Saaaidddenbagggga-System gibt es sogar einen Planeten, auf dem aus Müsliriegeln Tote hergestellt werden.»

«Das stimmt doch nicht.»

«Doch, natürlich. Oder sehe ich etwa aus wie jemand, der sich so einen kranken Blödsinn ausdenken würde?»

«Soll ich ehrlich antworten?»

«Wozu?»

Fini ging es mittlerweile besser, auch sein Sprechen normalisierte sich. Zum Teil zumindest. «NUR DREI KAPSELN TÄGLICH, UND BALD SCHON WERDEN IHNEN ALLE SORGEN EGAL SEIN. Ich kann diese Slogans, die aus mir rausschleudern, noch nicht kontrollieren.»

Goiko: «Fast wie Tourette.»

Fini: «Werbe-Tourette. ANALOG IST DAS NEUE BIO. NUTZEN AUCH SIE UNSER HIGHSPEED-WLAN MIT VINTAGEKABEL IM KLASSIKLOOK. Das mit dem Planeten, wo sie aus Müsliriegeln Tote machen, stimmt wirklich.»

Dini: «Es gibt dort sehr aufwendige, über Wochen gehende Totenzeremonien.»

Fini: «In der Atmosphäre verwesen die biologisch voll abbaubaren Leichen viel zu schnell. Deshalb machen sie sich ihre Totenpuppen aus industriellen Müsliriegeln, die selbst unter extremsten Umweltbedingungen keinerlei Verwesungsreaktion zeigen.»

Goiko schaute weiter ungläubig.

Fini: «Du hast nicht die geringste Ahnung, was es im Universum alles gibt.»

Dini: «Nicht die allergeringste!»

Fini: «Es gibt, oh, ÄRGER MIT DEM NACHBARN? KENNEN SIE SCHON UNSEREN TATORT-CLEANER-SERVICE? TÖTEN SIE! WIR KÜMMERN UNS UM DIE DETAILS!, Entschuldigung, also es gibt einen Planeten, auf dem die Bewohner schneller vergessen, als sie neues Wissen erwerben können.»

Dini: «Bereits unmittelbar nach der Geburt fangen sie mit dem Vergessen an.»

Fini: «Dadurch droht auf dem Planeten ständig ein schwarzes Wissensloch.»

Dini: «Das, wenn es nicht permanent stabilisiert wird,

irgendwann das Wissen der gesamten Galaxie verschlingen könnte.»

Fini: «Um sich dann immer weiter und weiter auszubreiten, womöglich über das ganze Universum.»

Dini: «Im ganzen Universum gibt es daher Altwissen-Sammlungen.»

Fini: «Container, wo man altes, aber noch gutes Wissen, das man nicht mehr braucht, abgeben kann, damit es zu diesem Planeten geschafft und den Säuglingen zur Verfügung gestellt wird.»

Dini: «Dann haben sie was zum Vergessen, und es kann kein negatives Wissen entstehen.»

Fini: «Wenn nämlich – DAS GEHEIMNIS WAHRER SCHÖNHEIT: MIT 3D-KOMPLETTSIMULATIONEN HABEN SIE IMMER IHREN TRAUMKÖRPER – an einem Tag besonders viele Säuglinge geboren werden …»

Dini: «… dann kann es passieren, dass die mehr Wissen vergessen, als überhaupt da ist.»

Fini: «So entsteht kurzzeitig ein Vakuum, negatives Wissen, in das man dann schnellstens so viel Altwissen reinpumpen muss, bis man zumindest wieder auf null ist. Also keiner mehr was weiß.»

Dini: «Nach ein paar Jahren allerdings vergessen die Bewohner des Planeten nicht mehr so viel.»

Fini: «Also nicht mehr als Bewohner anderer Planeten. Sie sind dann vollwertige, wertvolle Mitglieder des Universums.»

Dini: «Aber rechtfertigt das den gewaltigen Aufwand, den der Rest des Universums treiben muss, um sie über die ersten Jahre des gigantischen Vergessens zu bringen?»

Fini: «Was denkst du?»

Die plötzliche Ansprache überraschte Goiko, der gerade einer genmanipulierten Ratte zuschaute, die eine orange Weste trug und mit ihrem Schwanz die Straße kehrte. Immerhin hatte er so weit zugehört, dass er eine Frage stellen konnte, die ihn tatsächlich selbst interessierte. «Man kann Wissen, das man nicht mehr braucht, anderen spenden?»

Dini: «Aber selbstverständlich, was denkst du denn?»

Goiko: «Ich weiß nicht.»

Fini: «Was machst du denn mit dem Wissen, das du nicht mehr brauchst?»

Goiko: «Keine Ahnung, das liegt bei mir halt irgendwie so rum.»

Fini: «GENIESSEN SIE DIE KALORIENREDUZIERTE LUFT IN DER SCHWEIZ! Stört dich das nicht?»

Goiko: «Was genau?»

Fini: «Wenn du zum Beispiel einen wirklich nervigen Schlager aus deiner Kindheit hörst und feststellst, dass du den ganzen Text auswendig kannst.»

Dini: «Stört dich das nicht, wenn das so eine prominente, gut zugängliche Stelle deines Gedächtnisses belegt?»

Goiko: «Ein bisschen vielleicht.»

Dini: «Vielleicht noch ein wenig mehr, wenn du wüsstest, dass genau diese Stelle deines Hirns, die jetzt sinnlos vom Liedtext blockiert wird, stattdessen die aktuelle Information beherbergen könnte, wo du zuletzt deine Brille hingelegt hast?»

Goiko: «Ich habe keine Brille.»

Fini: «Angenommen, du hättest eine.»

Goiko: «Dann würde ich mir die Augen lasern lassen.»

Dini: «Ich fürchte, du verstehst das Problem nicht, das wir eigentlich mit dir erörtern wollen.»

Goiko: «Das kann sein.»

Fini: «VERTRAUEN SIE UNS. VERTRAUEN GIBT IHNEN SICHERHEIT!»

Dini: «Was würdest du sagen, wenn wir behaupten, dein Planet, also die Erde, ist nur ein Spiel?»

Fini: «Ein riesiges, gigantisches Spiel.»

Goiko: «Das alles ist nur virtuell?»

Dini: «Nein, es ist alles völlig echt und organisch.»

Fini: «Aber hast du dich nie gefragt, woher euer Bewusstsein kommt?»

Dini: «Dieser Funke, dieser Blitz, der aus einer Fleischmaschine einen eigenständigen, unabhängigen Geist macht.»

Goiko: «Und der unter bestimmten Umständen sogar durch den gekrümmten Raum, durch die Zeit reisen kann?»

Fini: «Genau der.»

Dini: «Diese Funken leben in einer völlig gegenstandslosen Welt.»

Fini: «Sie existieren einfach nur als Energien, die frei im All schweben.»

Dini: «Es ist für sie ein Spiel, in einen Körper zu fahren und dort eine komplette organische Existenz zu erleben.»

Fini: «Dafür haben sie auf einem Planeten in einem versteckten Winkel des Universums, wo humanoides Leben eigentlich gar nicht möglich sein dürfte, eine Umgebung geschaffen.»

Dini: «Durch die es dann doch möglich war.»

Fini: «Wo sie eine humanoide Zivilisation ansiedelten.»

Dini: «Die sie für ein gigantisches Rollenspiel nutzen.»

Fini: «Die Körper sind sozusagen die Charaktere, in die die Geistenergien schlüpfen.»

Dini: «Hier spielen sie einen Charakter, also ein Menschenleben durch.»

Fini: «Für sie fühlt es sich an, als würden nur drei oder vier Stunden vergehen.»

Dini: «Natürlich gibt es verschiedene Schwierigkeitsgrade.»

Fini: «Also wo man geboren wird und als wer, beeinflusst ja massiv die Chancen in diesem Spiel.»

Dini: «Das Wichtigste jedoch: Sobald man in das Spiel eintaucht, vergisst man komplett seine wirkliche Existenz. Man denkt, das Leben auf der Erde sei die einzige Realität.»

Fini: «Dadurch wächst die Erdbevölkerung auch immer mehr.»

Dini: «Weil ständig neue Spieler einsteigen.»

Fini: «Obwohl es auch auf anderen Planeten in anderen Sonnensystemen die Möglichkeit gibt, einen humanoiden Charakter durchzuspielen.»

Goiko: «Das heißt, wenn ich sterbe, erwacht mein Bewusstsein einfach nur aus dieser Goiko-Existenz? So, als hätte ich nur intensiv eine Runde World of Warcraft oder so was gespielt?»

Dini: «Klar, wobei das Spiel Erde natürlich unendlich viel komplexer und höher entwickelt ist.»

Fini: «Es wirkt alles erheblich realer.»

Dini: «Weil es ja auch real ist.»

Fini: «Und gerade für eine Lebensform ohne eigenen Körper ist es natürlich ein unglaubliches Erlebnis, während eines Spiels eine organische Gestalt zu haben.»

Dini: «Wie man hört, begeistert die vor allem das Alt-, Runzlig- und Vergesslichwerden.»

Fini: «Das muss für eine unsterbliche, körperlose Lebensform faszinierend sein.»

Dini: «Richtige Humanoide dagegen wissen diese beglückende Erfahrung des Alterns oft gar nicht angemessen zu schätzen.»

Goiko: «Also noch mal: Wenn ich mich jetzt umbringe, ist nur diese Spielrunde vorbei, und ich kann einfach wieder richtig schön von vorn beginnen?» Er schaute sich um, als suche er nach einem spitzen Gegenstand oder einem großen gefährlichen Tier.

Fini: «Moment, Moment! Das ist nur eine mögliche Erklärung für den Sinn des Lebens.»

Dini: «Ob es stimmt, wissen wir nicht.»

Fini: «UND DAS IST AUCH GUT SO.»

Dini: «Denn wenn wir es wüssten, würde das Spiel ja nicht mehr funktionieren.»

Fini: «Verstehst du? Wenn du um den Sinn deiner Existenz wüsstest, wäre das innerhalb deiner Existenz, also des Spiels, quasi eine Fehlfunktion.»

Dini: «Deshalb ist es gut, dass du nichts weißt.»

Fini: «Du erinnerst dich?»

Goiko: «Nennt man euch deshalb Trickphilosophen?»

Dini: «Auch. Aber jetzt gerade wollten wir dir nur einen Gefallen tun.»

Fini: «Sterbliche Wesen wie wir definieren sich ja naturgemäß vor allem durch ihre Angst vor dem Tod.»

Dini: «Also vor dem vollkommenen Nichts.»

Fini: «Deshalb spendet ihnen jede philosophische Alternative zum schlichten Tod Trost.»

Dini: «Im Regelfall.»

Fini: «Und sei sie noch so abgefahren.»

Dini: «Das Versprechen, es gebe eine Existenz nach dem Tod.»

Fini: «Dieses Versprechen lieben sie oft mehr als das Leben.»

Dini: «Das ist unter anderem auch das Unsterblichkeitselixier einer jeden Religion.»

«Was für ein kolossaler Unfug!»

Alle drei zuckten zusammen. Die laute, zornige Stimme in ihren Kopfhörern war definitiv nicht Njiuvs. Wer war in der Lage, ihre Filter zu knacken?

299

«Wenn es ein Jenseitsversprechen gibt: dann das auf Rache. Die Möglichkeit, Rache zu nehmen für vermeintliche Ungerechtigkeiten der weltlichen Existenz. Nur wegen dieses Rachewunschs klammern sich die kleinen Geister an den religiösen Aberglauben. Dabei hat Gott, wenn es ihn denn je gegeben hat, an dieser Welt schon vor langer Zeit jegliches Interesse verloren!»

Vor ihnen stand ein kleiner, extrem wütender, altertümlich gekleideter, gebrechlicher Mann, der ihnen diese Sätze entgegenbrüllte. Doch noch etwas war ungewöhnlich an ihm. Goiko brauchte einen Moment, bis er begriff. Der Mann war der Erste in dieser Zeitlinie, der keinen Kopfhörer trug.

«Sie können Ihre Kopfhörer auch abnehmen. Ich habe einen ausreichenden Schild aktiviert, der uns vor dem Dauerlärm dieser gedankenlosen Zeit schützt.»

Vorsichtig nahmen Goiko und die Trickphilosophen ihre bunten Ohrenschützer runter. Sie kappten so auch die Verbindung zu Njiuv, aber sie hatten stark den Eindruck, dass der schlechtgelaunte Alte ihnen mehr einen Befehl erteilte als einen Vorschlag machte. Er hatte nicht gelogen. Außer einem leichten Grummeln, ähnlich wie bei einem sich anbahnenden Gewitter, war nichts zu hören.

«Ich habe Sie erwartet. Seit langer Zeit. Man hat mir gesagt, dass Sie kommen würden, um dieses uralte, vergammelte Gurkenkraut zu holen. Sie sind Goiko, oder? Endlich begegnen wir uns.»

Goiko, Dini und Fini schauten sich an.

«Ja, Sie müssen Goiko sein. Mit Freunden. Wie sonst ließe sich erklären, dass Sie wohl die einzigen Wesen auf diesem verdammten Planeten sind, die mich nicht sofort erkennen?»

Das stimmte so nun nicht mehr. Goiko war längst klar, wer da vor ihm stand. Auch dass das anschwellende ferne

Grollen kein Gewitter war, sondern lauter werdende Pauken, begriff er, noch bevor sie zum schlagenden Sturm wurden und in der Fanfare von «Also sprach Zarathustra» mündeten.

«Ich bin …», rief der Wüterich, und die drei Reisenden ergänzten absolut korrekt:

«NIETZSCHE!»

24 Nietzsche

«Für Sie immer noch Baron Freiherr von Nietzsche.» Auf
sein Handzeichen hin wurde die Musik leise, wimmerte nur
noch vor sich hin. In etwa wie im Buffetraum eines Vier-
sternehotels.

«Ich wusste gar nicht, dass Sie adlig sind.»

«War ich auch nicht immer. Ich hatte sehr gute Zeiten während der letzten hundertzwanzig Jahre. Ich konnte werden,
was immer ich wollte.»

«Und?», wagte Dini sich vor. «Sind Sie zufrieden mit dem,
was Sie aus dieser Welt gemacht haben?»

Nietzsche spuckte aus. «Dieser andere Geist, den Sie», er
zeigte auf Goiko, «in meinem Kopf zurückgelassen haben, hat
mich reingelegt. Er hat mir versprochen, dass wir eine bessere Gesellschaft erschaffen könnten. Eine wunderbare Welt
voller Anmut. Ohne Krankheit, Krieg und Hunger. Streng,
aber voller überragender Vernunft. Einen neuen überlegenen
Menschen, der nicht mehr versucht, einem nicht existenten
Gott zu gefallen. Sondern einen, auf den jeder eingebildete
Gott zu Recht neidisch wäre. Und nun schauen Sie sich an,
was stattdessen aus dieser Welt geworden ist. Eine stinkende,
lärmende Kloake niederer Triebe und Unzulänglichkeiten.
Wie konnte ich mich nur so täuschen lassen? Dieses ganze
naturwissenschaftliche Wissen. Ich war geblendet. Dabei,
wer, wenn nicht ich, hätte die nötige Vernunft besitzen können? Man hätte erst den Menschen bilden müssen, bevor
man ihm diese Instrumente reicht. Aber das alles ist seine

und Ihre Schuld.» Wieder wies er mit dem nackten Finger auf den angezogenen Goiko.

«Wo ist dieser andere Geist jetzt?»

«Fort.» Nietzsche zuckte mit den Schultern. «Ich wusste nicht einmal, dass er mein Gehirn verlassen kann. Vielleicht wusste er es selber nicht. Oder doch? Ich ahnte ja nicht, was er alles wusste. Vor einer Woche war er auf einmal weg. Seitdem fühle ich mich wie befreit.»

«Und jetzt sind Sie hier, um uns das Frank zu übergeben?»

«Im Gegenteil, ich bin hier, um Sie zu töten.»

«IM TRAUERFALL IST NIEMAND GERN ALLEIN. ERWERBEN SIE RECHTZEITIG EIN TIER, DAS MIT IHNEN TRAUERT, WENN IHRE GELIEBTE PERSON STIRBT.»

«Hat er etwa eine Werbeinfektion?»

«Ist schon am Abklingen.»

«Das soll extrem ansteckend sein. Wehe, er kommt in meine Nähe, dann töte ich ihn auf der Stelle!»

«Sie sind fast hundertachtzig Jahre alt und immer noch Hypochonder?»

«Das ist man ein Leben lang. Bis zum Tod, der der späte Triumph des Hypochonders ist. Ein Triumph, den er allerdings nur kurz genießen kann.»

«Schön, dass Sie im hohen Alter doch noch Humor entwickelt haben.»

«Wie kommen Sie denn darauf?»

«Ach egal. Warum wollen Sie uns töten?»

«Der Andere hat mir dazu geraten.»

«Ich denke, Sie verachten den Anderen.»

«Ich verachte seine Moral, aber ich erkenne seinen Intellekt an. Er sagte, wenn Sie dieses Gurkenkraut bekämen, würden

Sie damit diese Welt und alles, was in den letzten hundertzwanzig Jahren entstanden ist, zerstören.»

«Ich denke, Sie hassen diese Welt.»

«Sie geben es also zu?»

«Und wenn?»

«Ich hasse diese Welt nicht, ich verabscheue sie. Aber das
ist noch nichts verglichen mit dem Abscheu, den ich gegen
die alte Welt hatte. Die Welt vor Ihrem Besuch in meinem
Kopf. Eine Welt, die mich mit Syphilis und Blindheit geschlagen hat. Die mir einen überragenden Verstand schenkte,
aber keinen einzigen Freund, der sich diesem als würdig erwies. Die trotz nachdrücklichem Werben keiner wohlhabenden Frau die nötige Weitsicht und Vernunft schenkte, mich
zu erhören. Was für eine kranke, verdorbene Welt war das
denn? Eine Welt, die mein Werk, meine Philosophie, mein
Geschenk an sie nicht begriffen hat. Mich stattdessen mit Armut verhöhnte. Mich verkannte und in der Zukunft, so verriet es mir der Andere, auch noch elendiglich dem Wahnsinn
überlassen wird. Nein, bevor ich in eine solch abgrundtief
hässliche Welt zurückkehre, gehe ich lieber mit dieser, mich –
in all ihrer Beschränkt- und Unvollkommenheit – doch angemessen wie einen Gott verehrenden Welt unter!»

Erneut setzte die laut dröhnende Auftaktpassage von «Also
sprach Zarathustra» ein. Geduldig warteten alle den letzten
Ton samt Nachhall ab, ehe Dini einen Verhandlungsvorstoß
unternahm. «Warum haben Sie nicht einfach das Gurkenkraut vernichtet?»

«Ich wollte Goiko kennenlernen. Auch das natürlich eine
Enttäuschung. Aber wenn es etwas gibt, das ich aus meinem
bisherigen Leben zu Genüge gewohnt bin, dann sind das
Enttäuschungen. Außerdem weiß ich Bescheid. Es geht nicht
um das Kraut, nein, ich muss verhindern, dass Sie noch ein-

mal in meinen Kopf reisen. Also er.» Erneut wies Nietzsche auf Goiko. «Wenn ich ihn töte, enden wir alle gemeinsam in dieser Zeitlinie.» Entschlossen verschränkte er die Arme.

«Und wie genau gedenken Sie uns zu töten?»

Auf diese Frage schien Nietzsche nur gewartet zu haben. «Sie werden hoffentlich beeindruckt sein. Wenn Sie den nötigen Verstand dazu haben. Ich habe mir die Mühe gemacht, einen zwar grausamen, aber äußerst gerechten Tod für Sie zu ersinnen.»

Dini wippte vor Freude. «Na, Sie verstehen es aber, einen neugierig zu machen, was, Fini?»

«SIND AUCH SIE DAS SINNLOSE STERBEN LEID? LASSEN SIE SICH VON EINEM PHILOSOPHEN BERATEN. ER GIBT IHREM TOD EINEN SINN!»

Nietzsche wich einen Schritt zurück. «Also ich kann bei Ihrem Freund keine Besserung seines Werbewahns erkennen. Ich denke, er ist weiterhin hochansteckend.»

Fini kicherte irre. «Sie haben uns noch immer nicht gesagt, wie genau Sie uns töten wollen.»

«Ich werde Ihnen einfach die Kopfhörer abnehmen und Sie dann aus dem Bereich meines Schutzschildes werfen. Innerhalb einer Minute wird die Lärmhölle Sie wahnsinnig machen. Nach ungefähr einer Viertelstunde sind Sie tot. Qualvoll zwar, aber auch subtil. Nicht ich werde Sie umbringen, sondern diese kranke, stinkende Welt. Für deren Entstehung Sie nicht zu knapp die Verantwortung tragen. Schließlich haben Sie den Anderen in meinen Kopf gestopft.»

«Chapeau!», riefen Dini und Fini unisono. «Sie verstehen es zu leben!»

Dini: «Das ist mal kein schnöder Mord von der Stange, sondern eins a moralisch durchdacht.»

Fini: «Da kann man nicht meckern.»

Dini: «Nee, das kann man wirklich nicht.»

Fini: «Die Frage bleibt nur …»

Dini: «Wie wollen Sie uns die Kopfhörer abnehmen, wenn Sie sich nicht mal trauen, näher als drei Meter an Fini ranzugehen?»

Fini: «TRINKST DU NOCH, ODER LALLST DU SCHON? WIR MÖCHTEN, DASS DU AUCH OHNE ALKOHOL DUMM SEIN KANNST!»

Nietzsche ging ein paar Schritte zurück. «Ich bin der berühmteste und mächtigste Mensch dieser Zeitlinie.» Die Musik wollte wieder einsetzen, aber er unterbrach sie mit einer Handbewegung. «Denken Sie im Ernst, ich wäre allein gekommen?» Er schnippte, und aus dem Nichts erschienen mindestens zwanzig schwarz gekleidete Katzen mit Wurfsternen, Chakus oder Metallschnüren. «Ninjakatzen! Eine spezielle Züchtung aus unseren Labors. Unbesiegbar. Sie werden auf diesem Planeten keine besseren Kämpfer finden.» Er klatschte zweimal kurz in die Hände. Die Katzen sprangen in einem Wahnsinnstempo durcheinander, schlugen Salti und Flickflacks, bis sie plötzlich stehen blieben. Sie hatten mit ihren Körpern eine rund drei Meter hohe Figur gebildet. Eine große schwarze Hand mit gestrecktem Mittelfinger. So verharrten sie wenige Sekunden, ehe sie wieder mit einem akrobatischen Feuerwerk auseinanderstoben, zurück in die Ausgangsposition. Drei von ihnen trugen jetzt aber die knallbunten Kopfhörer von Dini, Fini und Goiko. Die hatten keine Ahnung, wie die Katzen in deren Besitz gekommen waren, und schauten dementsprechend.

Zum ersten Mal in seinen bisherigen fast hundertachtzig Jahren schien Nietzsche restlos zufrieden. «Als Zeichen meines Respekts vor dem freien Willen möchte ich Ihnen nun die Gelegenheit geben, selbst, von sich aus, in die Radauwelt zu treten. Sich voll innerem Frieden Ihrem Schicksal zu fügen.»

Fini begann zu lachen.

Das missfiel Nietzsche. «Ich finde Ihre Reaktion nicht angemessen.»

Der kleine dicke Dini stupste seinem schlanken Zwillingsbruder in die Hüfte und kicherte mit.

Nietzsches Verärgerung wuchs. «Was fällt Ihnen ein? Mangelt es Ihnen so sehr an Verständnis und Respekt für meine Schöpfung, dass Ihnen nicht einmal der eigene Tod eine gewisse Größe erlaubt?»

Fini haute Dini auf die Schulter. Dann endlich verrieten sie dem bebenden Nietzsche, was sie so erheiterte. «Er hat Sie angelogen.»

«Wer?»

«Na, der Andere. Der in Ihrem Kopf. Er hat Sie tatsächlich ein weiteres Mal angelogen.»

«Oh, verdammt, ja, das hat er echt. Und wie.»

Nietzsche fürchtete nun wirklich, die beiden unernsten Personen könnten ihm einen lang geplanten, wunderbar pathetischen Moment kaputtlachen. «Sind Sie toll? Was fällt Ihnen ein?»

«Nichts. Uns fällt nur etwas auf.»

«Und was?»

«Na eben, dass er Sie schon wieder angelogen hat.»

Dini versuchte, seriös zu schauen. «Denken Sie im Ernst, irgendeine intellektuell noch so tiefstehende Gesellschaft wäre auf Dauer in der Lage, Ihren überragenden Geist zu verkennen?»

Fini: «Sooo dumm kann doch überhaupt nichts und niemand sein.»

Nietzsche hätte am liebsten gar nicht hingehört, ließ sich

aber doch auf die Diskussion ein. «Sie haben nicht geringste Ahnung, wie dumm die Welt sein kann.»

Fini: «Möglich, aber irgendwann stößt eben auch die majestätischste Dummheit an ihre Grenzen.»

Die Zwillinge hatten ihren Rhythmus gefunden.

Dini: «1889 standen Sie unmittelbar vor Ihrem Durchbruch.»

Fini: «Ihrem ganz großen Durchbruch.»

Dini: «Sie wurden zu einem absoluten Superstar der Philosophie.»

Fini: «Bewundert und angebetet.»

Dini: «Auch und gerade von den Damen.»

Fini: «Noch zu Lebzeiten hat man Ihnen Denkmäler errichtet.»

Dini: «Sie mit Reichtümern und Adelstiteln überhäuft.»

Fini: «Es wurde sehr viel mehr als nur dieses eine Musikstück zu Ihrem Werk und Ihrer Person verfasst.»

Dini: «Filme hat man über Sie und Ihre Philosophie gedreht.»

Fini: «Fremde Welten mit Ihrer Musik erkundet.»

Dini: «Die besten Ärzte der Welt ruhten nicht, bis sie all Ihre Leiden heilen …»

Fini: «… Ihnen ein langes, glückliches Leben …»

Dini: «… bei bester Gesundheit ermöglichen konnten.»

Fini: «Sie wurden sehr alt.»

Dini: «Zwölffacher Vater noch dazu.»

Nietzsche riss die Arme hoch. «Ich will keine Kinder!»

Fini: «Die Damen bestanden darauf.»

Nietzsche überlegte kurz und lenkte ein. «Nu denn.»

Dini: «Ja, es stimmt. Wir haben Ihnen großes Unrecht angetan, als wir Sie dieser Ihnen vorbestimmten Zukunft beraubten.»

Fini: «Ihnen und auch der alten Welt, die schwer unter dem Verlust Ihres Verstandes zu leiden hatte.»

Dini: «Deshalb sind wir hier.»

Fini: «Um dieses Unrecht wiedergutzumachen.»

Dini: «Wir bieten Ihnen eine zweite Chance.»

Fini: «Das von Ihnen in dieser Welt Gedachte ist zu wertvoll, als dass es verschwinden dürfte.»

Dini: «Stellen Sie sich vor, wir schicken Ihren heutigen Geist.»

Fini: «Mit der Erfahrung von fast hundertachtzig Jahren.»

Dini: «Mit all Ihrem heutigen Wissen.»

Fini: «Zurück in Ihren Körper.»

Dini: «Ihren Kopf von 1889.»

Fini: «Sie könnten noch einmal von vorn beginnen.»

Dini: «Diesmal ohne den Anderen.»

Fini: «Endlich die wunderbare …»

Dini: «… anmutige …»

Fini: «… durch und durch vernünftige …»

Dini: «… vollkommene Welt erschaffen …»

Fini: «… die nur Sie kreieren können.»

Fast eine Minute herrschte völlige Stille, bis Nietzsche sehr leise antwortete: «Das würde wirklich gehen? Ich meine, das wäre technisch möglich?»

Die Zwillinge schauten sich an und fühlten sich bestätigt.

Dini: «Die Hauptsache bleibt, dass die Kausalität gewährleistet ist.»

Fini: «Der Kreis der Bewusstseinszeitreise muss geschlossen sein.»

Dini: «Wenn Ihr Geist zurück in Ihr Gehirn von 1889 reist, an einen Zeitpunkt also, als Goikos Bewusstsein und das des Anderen noch nicht in Ihrem Kopf waren, dann verschwindet diese Zeitlinie hier komplett.»

Fini: «Mit Ausnahme Ihres Geistes. Alles, was Sie in dieser Zeit erlebt, erdacht und erforscht haben, wird dann mit Ihrem Bewusstsein in Ihrem Kopf von 1889 sein.»

Dini: «Sie werden noch viel überlegener sein, als Sie ohnehin schon immer waren.»

Fini: «Nichts wird der Erschaffung der vollkommenen Welt durch Sie im Wege stehen.»

Nietzsches Interesse war mehr als geweckt, aber auch sein naturgegebenes Misstrauen noch intakt. «Und Sie? Was wird in diesem Modell dann mit Ihnen?»

Dini: «Auch wir kehren zurück.»

Fini: «Wenn Sie die Kausalität herstellen.»

Dini: «Den Zeitreisekreis schließen.»

Fini: «Dann wird unser Raumschiff einfach wieder an den Zeitpunkt im 21. Jahrhundert zurückgeschleudert, an dem Goikos Bewusstseinszeitreise in Ihren Kopf startete.»

Dini: «Wir kommen an, in einer wunderbaren Welt des 21. Jahrhunderts.»

Fini: «Die auf der Grundlage Ihres überragenden Verstandes geschaffen wurde.»

Dini: «Da das Raumschiff von einer Subraumblase geschützt ist, können wir sogar Dinge aus dieser Zeitlinie, wie beispielsweise das Frank, das wir dringend benötigen, mit in unsere Ursprungszeit nehmen.»

Fini: «Es muss eben nur an Bord sein, wenn Sie Ihre Bewusstseinszeitreise zurück ins Jahr 1889 machen.»

Dini: «Können Sie sich noch an den genauen Zeitpunkt erinnern, an dem Goiko und der Andere in Ihrem Kopf angekommen sind?»

Der Philosoph räusperte sich. «Natürlich. Wie könnte ich das je vergessen? Ein Kutscher hat auf der Straße sein Pferd geschlagen, ich bin raus, habe mich zwischen die beiden ge-

310

stellt, bin dem Pferd um den Hals gefallen, und dann ist es irgendwie passiert.»

Fini: «Gut. Dann sollten Sie diesmal direkt an den Punkt reisen, an dem Sie beim Kutscher und dem Pferd ankommen. Das wäre perfekt. Wie viel Zeit haben wir noch?»

Goiko wies stolz auf seinen Timer. Drei Stunden, siebenunddreißig Minuten und einige Sekunden zeigte der an.

Dini: «Wir sollten jetzt das Frank holen und uns auf den Weg zum Gulphof machen. Wir sind zwar gut in der Zeit, aber man weiß ja nie.»

Fini: «Das stimmt. Man weiß nie. Wenn Sie uns die Kopfhörer zurückgeben, könnten wir unser Schiff kontaktieren, damit die alles vorbereiten.»

Nietzsche klatschte zweimal in die Hände, woraufhin die Ninjakatzen wieder ihr martialisches Kampfsportgespringe vollführten. Zwischendrin bildeten sie noch mal für wenige Sekunden eine große schwarze Hand. Diesmal eine Faust, aus der ein Daumen nach oben gestreckt war. Dann erneut Gehüpfe, bis plötzlich alle in der Ausgangsposition waren. Das Dreier-Außenteam hatte wieder die Kopfhörer auf den Ohren, und zwei der Ninjakatzen hielten einen mittelgroßen Metallbehälter.

«Ihr Gurkenkraut», sagte Nietzsche so beiläufig wie möglich.

«Warum tragt ihr die Kopfhörer nicht?» Njiuv war im Rahmen ihrer Möglichkeiten hörbar verärgert.

«Wir hatten Verhandlungen zu führen», erklärte Goiko. «Ohne Kopfhörer. Lange Geschichte. Wir haben das Frank. Und auch Nietzsche. Er wird mitkommen. Noch längere Geschichte.»

«Ist schon gut.» Regelrecht desinteressiert nahm Njiuv dies zur Kenntnis. «Wir haben hier Probleme. Also mal echt große Probleme. Und ihr übrigens auch. Der Turin-Berlin-Gulp hat Verstopfung. Jemand, der wohl nicht wollte, dass ihr rechtzeitig zurück nach Berlin kommt, hat ihn vergiftet. Aber das ist nicht alles. Um auf Nummer sicher zu gehen, hat er auch noch einen Knoten in den Gulp gemacht.»

«In den gigantischen Gulp? Wer könnte denn so etwas tun?»

«Ich sagte doch: echt große Probleme. Ungefähr achtzig Meter hoch, sieht aus wie Godzilla und greift uns an.»

«Das ist er. Der Andere.» Nietzsche trat an Goiko heran. «Entschuldigen Sie, ich habe mir erlaubt, Ihre Bedienstete auf Lautsprecher zu schalten, und mitgehört.»

«Das ist nicht unsere Bedienstete.»

«Das ist mir egal.» Nietzsche beugte sich zu Goiko, als würde er ihn in einen geheimen und diffizilen Plan einweihen wollen. «Seit das Bewusstsein des Anderen mein Gehirn verlassen hat, überlege ich, wohin er ist. Er hat offenkundig das Bewusstsein einer dieser riesigen Mutationen aus der Nähe der atomar verseuchten Insel Sorry übernommen.»

«Er heißt übrigens Florenz.»

«Wer?»

«Der Andere.»

«Wie die Stadt?»

«Ja.»

«Warum?»

«Lange Geschichte.»

Fini und Dini hatten sich kurz beraten und ein erstes Ergebnis.

Fini: «Als Florenz klarwurde, dass er nicht wie geplant mit dem Raumschiff als blinder Passagier in Goikos Kopf die Erde verlassen hatte, sondern sich nur in einer anderen Zeit im nächsten menschlichen Körper befand, fasste er einen verzweifelten Plan.»

Dini: «Mit Hilfe des Menschen wollte er die Zeitlinie massiv verändern.»

Fini: «Die Erde völlig zerstören.»

Dini: «So, dass auch wir hier länger festsitzen.»

Fini: «Damit er dann unser Raumschiff kapern ...»

Dini: «... und die Erde ihrem Schicksal überlassen kann wie uns auch.»

Fini: «Er muss nur dafür sorgen, dass es keine den Kreis schließende zweite Bewusstseinszeitreise gibt, und dann mit dem Raumschiff weit genug von der Erdzeitkausalität wegkommen, bevor diese Zeitlinie sich auflöst.»

Dini: «Wir denken mal, so zwanzig bis dreißig Lichtjahre würden da schon reichen.»

Goiko schaute die beiden ungläubig an. «Heißt das, wir müssen jetzt auch noch gegen eine Art Godzilla kämpfen?»

Fini: «Schlimmer. Wir kämpfen gegen einen Godzilla mit dem Bewusstsein eines hyperintelligenten Außerirdischen.»

Dini: «Dessen Gott-Psychose nach all diesen Erlebnissen wahrscheinlich wieder vollständig ausgebrochen ist.»

Fini: «Was ihn noch gefährlicher macht.»

Dini: «Denn schlimmer als ein Wahnsinniger, der sich für Gott hält ...»

Fini: «... ist ein Wahnsinniger, der über die Kräfte eines Gottes verfügt.»

Goiko atmete tief aus. «Dieses ständige ‹hyperintelligent› aller möglichen Lebensformen geht mir langsam auf die Nerven.»

Dini: «Das ist aus deiner Position heraus verständlich.»

Der Langzeitstudent machte eine wegwerfende Handbewegung. «Ja, komm. Ist auch mal gut jetzt. Selbst ohne ‹hyperintelligent› zu sein, erkenne ich immerhin ein Problem. Wir haben nur noch knapp dreieinhalb Stunden, um zum

Raumschiff zurückzukommen, und der Turin-Berlin-Gulp ist lahmgelegt.»

Dini und Fini wiegten bedeutungsvoll ihre Köpfe.

Fini: «Du hast recht. Für diese Art von Situationen gibt es auf unserem Heimatplaneten übrigens ein spezielles Wort.»

«Und das wäre?»

Dini: «Aussichtslos.»

25 Kampf mit Florenz

«Wir müssen dringend einen Weg finden, wie ihr schnellstmöglich zur Signora zurückkommt.» Die Panik in Njiuvs Stimme, die sonst so ruhig war, war nicht zu überhören. «Dieser Florenz-Godzilla rennt permanent mit seiner hochgradig atomar verseuchten Omme gegen unsere Subraumblase. Zwischendurch wirft er riesige Gegenstände dagegen. Manchmal auch Gebäudeteile oder Tiere. Alles allerdings vorher mit gewaltiger positronischer Energie aufgeladen. Der weiß genau, was er tut. Wenn er so weitermacht, gibt es irgendwann einen strukturellen Riss in unserem Subraumschutz, durch den sein Bewusstsein eindringen kann, und dann ...»

«Dann lässt unser Kadaver seinen letzten Pups. Um es mal mit dem anrührenden Refrain des traditionellen simorianischen Totengesangs auszudrücken.» Sonoro, der sich offensichtlich in ihrer Nähe aufhielt, hatte mit einem passenden Bild ausgeholfen.

Goiko versuchte, konstruktiv zu bleiben. «Wo liegt denn der nächste Direktgulp nach Berlin?»

«Mailand. Aber wenn Florenz das merkt, und er merkt alles, wird er Mailand zerstören. Also den Gulp. Wahrscheinlich wirft er ihn auch gegen unseren Schirm.»

Enttäuscht nahm Goiko Abstand von dem ungewohnt konstruktiven Ansatz und überließ sich dem vertrauten Trotz der Verzweiflung. «Dann weiß ich echt nicht, was wir tun sollen. Aber warum sollte auch ausgerechnet ich das wissen,

wenn nicht mal die versammelten ‹Herren Hyperintelligent›
eine Idee haben.»

«Hörte ich da meinen Namen? Oder meine Beschreibung?»
Geradezu beschwingt trat Nietzsche ins Bild.

«NUTZER, DIE NACH HYPERINTELLIGENT SUCH-
TEN, INTERESSIERTEN SICH AUCH FÜR NIETZ-
SCHE.» Fini erschrak über sein eigenes Werbe-Tourette.

«Wie passend. Diesen Werbespruch habe ich mir übrigens
selbst für meine Homepage ausgedacht. Schön, dass Ihre
Krankheit Sie auch mit charmanten Slogans füttert.»

Goiko tippte auf seinen Timer. «Haben Sie eine Idee, Herr
Nietzsche? Wir bräuchten sie schnell.»

«Baron Freiherr von …»

«Schon gut. Hat der Herr Baron eine Idee?»

Nietzsche war brüskiert. Ganz langsam, mit provozieren-
der Gelassenheit, begann er zu sprechen. «Als Erstes werde
ich in meiner neuen vollkommenen Welt einen Strafkatalog
für ungebührliches Verhalten benötigen. Wahrscheinlich das
A und O jeder funktionierenden Gesellschaftsordnung …»

«Die Idee, Baron Freiherr, die Idee!»

«Nun gut. Sie unterschätzen meine Möglichkeiten, was
verständlich ist. Wie sollte ein Geist wie der Ihre auch in
der Lage sein, meine Möglichkeiten auch nur annähernd
zu erkennen? Aber Sie unterschätzen auch die Möglichkeiten dieser Zeit.» Wieder klatschte er zweimal in die Hände,
woraufhin die Katzen ihr gewohntes Salto- und Flickflack-
Schauspiel darboten. Als es beendet war, befanden sich die
drei Zeitreisenden und Nietzsche allerdings nicht mehr in
einem Turiner Park, sondern in einem gut gepolsterten,
vollkommen dunklen Raum. Einer runden Kammer. Auch
der Metallbehälter mit dem Frank war darin und mit sechs
schwarzen Klammern stabil befestigt. Dass die vier dies über-

haupt sehen konnten, verdankten sie nur der Taschenlampe in Nietzsches Hand. «Herzlich willkommen im Innern der Ninja. Wenn ich gleich dieses Licht lösche, wird unsere Reise beginnen. Seien Sie unbesorgt. Es wird ziemlich rumpeln, aber Sie sind in vertrauenswürdigen Händen.»

Goiko stand der Mund offen. «Im Innern von was?»

«Die Ninjakatzen haben sich zu einer großen schwarzen Kugel vereint, in der wir uns befinden. Sie werden verblüfft sein, mit welcher Geschwindigkeit die Katzen diese Kugel über die Erdoberfläche, über jedes Hindernis und jeden Belag bewegen können. Nur Wasser mögen sie nicht so gerne, aber das können wir umgehen. Man ist auf unseren Komfort im Inneren bedacht, aber das ein oder andere Mal werden wir wohl erbaulich durchgerüttelt.» Herausfordernd schaute Nietzsche seine neuen Begleiter an: «Sind Sie bereit?»

«Wie könnten wir?», riefen Fini und Dini, während Goiko nur staunte.

«Dann also los!» Nietzsche klatschte zweimal, und die Kugel setzte sich in Bewegung.

Rund drei Stunden dauerte die Reise in der Ninja-Kugel. Nachdem Goiko die ersten dreißig Minuten durchgehend geschrien hatte, war er für den Rest der rollenden Fahrt in eine für alle Beteiligten erholsame Ohnmacht gefallen. Die Zwillinge und Nietzsche hingegen nutzten die Zeit für einen angeregten Diskurs. Beherzt im Scherz über Voltaire, Fichte und Herder, bereit zum Streit über Schopenhauer und Kant, blieb neben den ewigen Themen aber auch Raum, um über die aktuell drängende Not zu sprechen. Beispielsweise interessierte Nietzsche, wie sie denn in das Raumschiff zu gelangen gedächten. Trotz dieser Subraumblase, die zu durchdringen doch selbst für Florenz keine Kleinigkeit darstellte.

Dini: «Es gibt eine Schleuse. Bildlich gesprochen einen Tropfen in der Blase, durch den wir ein- und austreten können, wenn das Raumschiff es erlaubt.»

«Und wie stellen wir sicher, dass Florenz oder sein Bewusstsein nicht mit uns eindringt?»

Fini: «Wir müssen ihn ablenken.»

«Wie wollen wir das anstellen?»

Dini: «Darum kümmert sich Goiko.»

«Weiß er schon davon?»

Fini: «Nein, wir überraschen ihn damit, wenn er aus der Ohnmacht aufwacht.»

Der monströse Godzilla mit dem Bewusstsein von Florenz entdeckte die Katzen-Ninja-Kugel schon, bevor sie in der Nähe des Raumschiffs war. Als sie sich öffnete, trugen alle vier Passagiere Kopfhörer, auch Nietzsche, denn in der Nähe von Florenz hatte sein Schutzfeld keine Kraft mehr. Ohnehin war es ein Leichtes für Florenz, die Frequenzen zu knacken und direkt mit den vieren zu kommunizieren. Sein Interesse galt allerdings zunächst nur Nietzsche. Mit einem Organ, das klang, als würde Benedict Cumberbatch einem Drachen seine Stimme leihen, fuhr er den Philosophen an: «Wie ich sehe, hast du die Seiten gewechselt. Ich bin enttäuscht. Ich hätte gedacht, wenn man sich so viele schöne Jahre einen Körper teilt, wäre da eine belastbarere Verbindung gewachsen.»

Während Goiko noch damit beschäftigt war, wieder zu sich zu kommen, versuchte Nietzsche, den achtzig Meter großen Godzilla mit einem Blick tiefster Verachtung zu vernichten. «Gib dir keine Mühe. Ich bin über alles im Bilde. Ich weiß, dass du mich angelogen hast. Jahrzehntelang hintergangen. In allem.»

«Ach, darum geht es.» Godzilla lachte, dass die Erde bebte.

«Dafür hättest du aber keine außerirdischen Trickphilosophen bemühen müssen. Das hätte ich dir auch selbst sagen können, dass ich dich jahrzehntelang angeflunkert habe. Du hast ja nie gefragt.»

«Sehr lustig, du hältst dich wohl für wahnsinnig schlau, was?»

«Ich!» – Godzilla-Florenz atmete schwer durch seine Nüstern, und ein Sturm fegte über das Land – «Bin! Wahnsinnig! Schlau! Du! Wicht!»

Die Zwillinge schoben sich nach vorn. «Entschuldigung, aber uns ist da gerade was aufgefallen.»

Fini: «Du unterschätzt die mentale Kraft deines Körpers.»

Dini: «Will meinen, deine Gestalt beeinflusst dein Bewusstsein.»

Fini: «Wahrscheinlich mehr, als dir lieb ist.»

Dini: «Im Körper einer alten Frau hast du auch irgendwann angefangen zu denken wie eine alte Frau.»

Fini: «Also zumindest zum Teil.»

Dini: «Im Körper von Nietzsche hast du dich auch angepasst.»

Fini: «Da ist sogar dein Gottkomplex wieder ausgebrochen.»

Dini: «Alles normal.»

Fini: «Aber diese Gestalt jetzt ist doch noch mal eine andere Hausnummer.»

Dini: «Dieser Körper hat eine solche Kraft, wie auch du das nicht erwartet hast.»

Fini: «Das Stampfen, das Schnauben, das Brüllen, die sinnlose Gewalt. Das Wesen einer atomar verseuchten Monstermutation hat schon viel mehr Besitz von deinem Bewusstsein ergriffen, als dir das selber recht sein kann.»

Dini: «Wir würden vorschlagen, dass du schnellstens diesen Körper verlässt, bevor es zu spät ist.»

«HUAUARAREHEHEJEHEHH!!!!» Florenz brüllte, dass nicht nur die vier, sondern sogar die Ninjakatzen locker dreißig, vierzig Meter zurückgeweht wurden. «Netter Versuch! Aber so werdet ihr mich nicht aus dieser machtvollen Gestalt locken. Über Jahrzehnte habe ich die gezüchtet. Nur für diesen Moment, von dem ich wusste, dass er kommen würde. So, wie ich alles weiß. Weil alles vorbestimmt ist. Von mir vorbestimmt. Seid versichert, ich werde diese Gestalt wieder verlassen. Aber erst, wenn ich euch getötet habe!» Noch mal schnaubte er so stark, dass die Reisenden sich kaum auf den Beinen halten konnten.

Dini ließ sich davon nicht beeindrucken. «Wie willst du uns töten?»

«Oh, es freut mich, dass ihr das fragt. Ich habe mir nämlich etwas überlegt. Ich könnte euch einfach so zertreten, aber wo bleibt da die Eleganz? Nein, Zerstampfen wäre meiner nicht würdig. Was sollen die Leute denken? Die nachfolgenden Generationen. Ich werde stattdessen eure Kopfhörer deaktivieren. Technologisch eine Kleinigkeit für mich. Dann wird der Lärm dieser Welt euch langsam und qualvoll töten. Besonders für dich, mein alter Freund und Mitbewohner, ist das ein angemessenes, liebevoll komponiertes Ende. Die furchtbare Welt, für die du selbst verantwortlich bist, sorgt für dein Ableben.»

Nietzsche schäumte vor Wut. «Das darfst du nicht! Diese Art des Mordes und diese ethische Begründung – das sind meine Ideen. Die zu klauen, ist zutiefst unmoralisch. Selbst für eine atomar verseuchte Monstermutation.»

Godzilla stemmte seine zu kurzen Arme in die Hüfte. «Heißt das, mit dem Morden an sich und dem Vernichten eines gesamten Planeten könntest du dich arrangieren, nicht aber mit dem Stehlen einer deiner Ideen?»

«Irgendwo muss man ja die Grenze ziehen.»

«Du bist völlig wahnsinnig!»

«Na, das sagt der Richtige!»

«Es reicht, Freiherr! Sterbt jetzt, ihr Würmer!»

«Moooment!» Goiko, der endlich seinen Schwindel und die ohnmachtbedingte Hirntaubheit überwunden hatte, sprang vor Nietzsche, als würde er eine Pistolenkugel für ihn abfangen wollen. «Erinnerst du dich auch noch an mich?»

Florenz schnaubte wieder und wirbelte Zentner von Staub auf. «Wie könnte ich nicht? Ich vergesse nie ein Gehirn, in dem ich mal zu Gast war.»

«Du hast ja ganz schön zugelegt, alte Frau.» Godzilla verdrehte die Augen. «Wenn es dein Plan ist, mich zu stoppen, indem ich mich totlache, muss ich dir leider sagen, es läuft überhaupt nicht gut für dich.»

«Nein, ich wollte nur an unseren gemeinsamen Nachmittag erinnern. Alles, was du mir über die Cyanen erzählt hast, die guten Tassen Tee, und ich wollte dir danken.»

«Mir danken? Für den Tee?»

«Für den auch. Der war wirklich vorzüglich. Aber das meinte ich nicht. Vermisst du nicht etwas?»

Godzilla-Florenz richtete sich zur ganzen Höhe auf. Er war riesig. Die achtzig Meter, die Njiuv geschätzt hatte, reichten womöglich nicht mal. «Was denkst du denn, du Schabe, was ich vermissen könnte?»

Goiko bemerkte, dass bei einer solch absurden Überlegenheit des Gegners Furcht gar keine Kategorie mehr war. Ohne das geringste Zittern antwortete er: «Ich meine das, was du vergessen hast, als du völlig überhastet, praktisch wie aus einer Ohnmacht heraus, aus meinem Hirn gerissen wurdest. Da kann man schon mal was liegen lassen. Wem würde das nicht passieren?»

«Wovon zur Hölle redest du?»

«Von Erinnerungen an deine Familie, die Großeltern, Freunde, Kindheitserlebnisse, jugendlichen Übermut, Liebe, Begehren, jede Menge Spaß. Es ist wirklich ein ganzes Bündel glücklicher, besonderer Erinnerungen, die du da bei deinem überraschenden Aufbruch bei mir vergessen hast. Vermisst du die gar nicht? Ich dachte, vielleicht willst du sie ja zurück?»

Godzilla-Florenz stand völlig still. Dini und Fini hätten schwören können, dass seine Augen feucht schimmerten, aber bevor jemand auf falsche Gedanken kam, brüllte die Monstermutation: «DAS IST NICHTS, ICH HABE MIR NUR VORHIN BEIM ESSEN EINE KUH INS AUGE GE-RIEBEN!» Dann senkte er den kaufhausgroßen Kopf ganz herunter und flüsterte Goiko zu:

«Du lügst.»

Goiko zog Mundwinkel und Brauen hoch. Aus dem Augenwinkel sah er, dass sein Timer noch drei Minuten dreißig anzeigte. «Vielleicht. Aber was, wenn nicht? Willst du wirklich riskieren, diese wertvollen Erinnerungen für immer zu verlieren?» Florenz drehte den Kopf weg, sodass Goiko direkt in das waschgaragengroße Ohr sprechen konnte. «Warum schaust du denn nicht einfach mal nach?»

Dann passierte gar nichts. Selbst das Dauerlärmen der Umgebung verstummte. Immer weniger geschah, sogar die Erdrotation schien zum Erliegen zu kommen, bis schließlich alle Zeit stillstand und sich das Schicksal dieser Welt in nicht einmal einer Zehntelsekunde entschied.

26 Das Ende der Welt

Godzillas Kopf schoss zurück. Ein schwarzer Schatten.
«Jetzt!», schrie Goiko, ein Blitz, eine Staubwolke, ein Dröhnen, die Fanfare von «Also sprach Zarathustra», Godzillas Brüllen, Wanken, wie getroffen bäumte sich die Monstermutation auf, um dann mit unvorstellbarem Getöse leblos auf den Planeten Erde zu knallen.

Sonoro hatte die vier Reisenden mit der Tropfenschleuse direkt auf Runias Wissenschaftsstation geholt. Nietzsche war blass vor Schreck. Nicht wegen des Inneren des Raumschiffs, wegen des Labors, der neuen unbekannten Außerirdischen oder des plötzlichen Ortswechsels. Wobei auch das alles ihn gewiss schon genug hätte irritieren können. Allerdings war er kaum in der Lage, etwas davon wahrzunehmen. Zu sehr stand er noch unter dem Eindruck und Schock des gerade Erlebten. Obwohl er nicht mal wusste, was er eigentlich gesehen hatte.

«Grundgütiger! Was ist passiert?»

Goiko nahm seine Hand. «Die Kurzfassung, Baron Freiherr von Nietzsche, wir haben wenig Zeit. Legen Sie sich derweil schon mal hier hin.» Während er dem Philosophen auf die Liege half, brachten Njiuv, Runia und Juri die Bewusstseinszeitreise-Apparatur an den Start. «Wir haben noch genau hundertsiebzig Sekunden!»

Nietzsche bemühte sich, ruhiger zu atmen. «Wollen Sie nicht einfach Friedrich zu mir sagen? Erzählen Sie.»

«Natürlich. Alles kam aufs Timing an. Es ging ja darum,

323

Florenz-Godzilla abzulenken. Als er in meinen Kopf wollte, ist eine Ihrer Ninjakatzen dazwischengesprungen. Der schwarze Schatten. Das ging zu schnell für Florenz. Sein Bewusstsein war verwirrt und landete in der Katze. Gleichzeitig hat uns Sonoro, auf mein Zeichen hin, mit der Tropfenschleuse ins Schiff geholt. Florenz wusste nicht, wie ihm geschah. Doch noch schlimmer erging es dem Godzillakoloss. Plötzlich war er ohne Bewusstsein. Florenz fort, sein ursprünglicher Geist im Tiefschlaf. Er verlor das Gleichgewicht, krachte zu Boden und begrub neben mehreren tausend Quadratmetern Erde leider auch die Ninjakatze mit dem Bewusstsein von Florenz unter sich.»

Nietzsche staunte. «Die Katze hat sich für uns geopfert?»

«Allerdings.»

«Eine selbstlose Tat einer Katze. Bemerkenswert. Ich werde ihr im 19. Jahrhundert ein Denkmal errichten lassen. Und dieser Florenz? Ist er tot?»

Da Goiko die Achseln zuckte, trat Njiuv zwischen die beiden. «Das ist tatsächlich schwer zu sagen. Als das Monster die Katze erschlagen hat, konnte er sicher aus ihrem Gehirn fliehen. Allerdings gab es keine Möglichkeit für ihn, auf die Signora zu kommen. Von der Erde kann er nur in einem menschlichen Körper in einem Raumschiff entkommen, und die Realität, in der er sich befindet, wird sich jetzt zügig auflösen. Eigentlich hat er keine Chance.»

«Eigentlich?»

«Manchmal beschließt eine höhere Macht, dass ein Schicksal doch noch nicht auserzählt ist, und dann kann es die wundersamsten Rettungen geben. Man hat schon viel erlebt.»

Der Philosoph fuhr hoch. «Sind Sie etwa religiös? Das hätte ich von Außerirdischen nicht erwartet.»

Runia kam von hinten und setzte ihm die Zeitreisehaube

auf den Kopf. «Es tut mir leid, Herr Nietzsche, aber wir müssen jetzt.»

Nietzsche zuckte. «Was sind Sie? Sprechende Kleidung?»

«So ähnlich.»

«Ist ja auch egal. Werde ich bald alles in der Zukunft erfahren. Sie müssen sich übrigens nicht bei mir entschuldigen.»

Sonoro tockte an seinen Bildschirm. «Wir haben blinde Passagiere.»

Njiuv machte große Augen. «Wen?»

«Kann ich so schnell nicht sagen, es sind aber einige.»

«Egal, wir müssen jetzt los. Dann kommen die eben mit. Und ab.»

Runia startete den Zehn-Sekunden-Countdown und beugte sich noch einmal zu Nietzsche. «Sie täuschen sich, Herr Nietzsche. Wir alle müssen uns bei Ihnen entschuldigen. Sehr sogar. Ich versichere Ihnen, es tut jedem hier unsagbar leid.»

Zwei Sekunden blieben Nietzsche, dies zu verstehen und zu verzweifeln. Für einen Moment nur hatte er sein naturgegebenes Misstrauen außer Acht gelassen. Noch während die Blitze der Bewusstseinszeitreise-Apparatur über seinen Körper zuckten, schwor er sich, dass ihm das nie wieder passieren sollte.

Teil 4

27 Zurück

Als die Blitze, das Dröhnen und Leuchten aufhörten, zerfiel Nietzsche innerhalb weniger Sekunden zu Staub. Goiko war entsetzt, aber Runia beruhigte ihn. «Der Körper war eigentlich schon seit über hundert Jahren tot, nur das Bewusstsein, der Funke, hat ihn erhalten. Erst das von Florenz, das ihn faktisch unsterblich machte, und dann sein eigenes, durch Florenz trainiertes Bewusstsein, das wie ein Echo den Verfall des Körpers ebenfalls erheblich verlangsamte. Aber ohne den Funken zerfällt der künstlich erhaltene Körper binnen eines Augenblicks.»

Goiko schüttelte sich. «Fast wie bei Vampiren im Film.»

«Ja, genau, wie bei Vampiren. Rate mal, wie diese Legende entstanden ist, Darling.»

«Ach komm.»

«Na ja, praktisch alle Sagen haben ihren Ursprung in der Wirklichkeit.»

Sonoro checkte die Umgebung und war außergewöhnlich zufrieden. «Wir sind wieder genau an dem Punkt, an dem wir gestartet sind. In zehn Minuten läuft Fendos Ultimatum ab. Nichts an der Vergangenheit hat sich geändert. Also fast nichts, aber die Kausalität ist hergestellt, der Kreis geschlossen. Wir haben wieder eine stabile, geschlossene, lineare Zeitlinie. Alles ist gut.»

«Na ja.» Njiuv schien weniger euphorisch. «Für Herrn Nietzsche nicht ganz.»

«Was ist mit ihm geschehen?» Goiko bemerkte, dass er sich

zum ersten Mal, sein Philosophiestudium eingeschlossen, richtig für Nietzsche interessierte. Was so ein persönlicher Kontakt doch ausmachen kann.

«Zum Teil ist das in den Geschichtsbüchern nachzulesen. Er wollte in Turin dieses Pferd vor dem Kutscher schützen, ist dazwischengegangen und wurde dabei praktisch von einer Sekunde auf die andere schwachsinnig. Zu seiner Mutter soll er noch gesagt haben: ‹Mutter, ich bin dumm!› Was genau an diesem Nachmittag geschehen ist, gilt bis heute als eines der großen Rätsel der Philosophiegeschichte. Einige Jahre dämmerte Nietzsche in geistiger Umnachtung dahin, fast, als wäre er ohne Bewusstsein. Nur unterbrochen von kurzen Momenten des Irrsinns, die in ihm wie ein Widerhall seines Verstandes gedröhnt haben müssen. Bekannte erhielten von ihm sogenannte Wahnzettel, die Ausdruck eines handfesten Größenwahns waren, sich aber auch mit Riesenschlangen, Monstern und einer fortwährend lärmenden Welt auseinandersetzten.»

«Und was steht nicht in den Geschichtsbüchern?»

Njiuv atmete tief durch. «Wir konnten Nietzsches Bewusstsein aus der anderen Zeitebene nicht im Jahr 1889 belassen. Das hätte die gesamte Vergangenheit dramatisch verändert. Ein nicht kalkulierbares Risiko. Also ließen wir das Bewusstsein in seinem Gehirn nur aufschlagen und wegspringen. Um eben die Kausalität herzustellen. Das hat seinen Verstand von 1889 quasi pulverisiert. In der neuen Zeitlinie, der jetzigen, hat deine Zeitreise nie stattgefunden. Alles, was davon noch übrig ist, ist die Kiste mit dem Frank.»

«Und drei junge Gulpwürmer, die Fini in seiner Hosentasche hat mitgehen lassen.» Sonoro hatte die blinden Passagiere gefunden. «Sowie zwanzig Ninjakatzen, denen es irgendwie gelungen ist, sich unbemerkt mit in den Schleusentropfen zu schleichen, und die jetzt im Frachtraum trainieren.»

Njiuv seufzte. «Die Gulpwürmer können wir einfach auf der Erde aussetzen. Wenn die ausgewachsen sind, könnten die ein Segen für die Menschheit sein.»

«Na ja», sagte Sonoro, «dass das gelingt, hat laut Schiffsrechner eine Wahrscheinlichkeit von – Moment – 1:23 987. Also dass die Menschheit dieses Geschenk kapiert und sinnvoll nutzt. Die anderen 23 987 Wahrscheinlichkeiten enden alle damit, dass die Gulps auf die eine oder andere Art von den Menschen gegessen werden. Wie so vieles anderes auch, was ihnen wohlmeinende Spezies im Laufe der letzten Jahrtausende irgendwann mal als Geschenk auf dem Planeten hinterlassen haben. Die essen einfach alles auf.» Sonoro warf die Arme in die Luft, wie nur Playmobilfiguren die Arme in die Luft werfen können.

Goiko wollte sich nicht ablenken lassen. «Warum habt ihr denn Nietzsches Bewusstsein nicht wieder in seinen alten Körper geholt? Wir hätten ihn doch mitnehmen können.»

Njiuv antwortete ihm. «Das haben wir versucht. Sein Bewusstsein ist einfach unglücklich im Jahre 1889 abgeprallt. Wir haben es vermasselt. Und das Schlimmste: Wir wussten vorher schon, dass wir scheitern würden.»

«Wie das?»

«Das Schicksal von Nietzsches Bewusstsein ist im Universum kein Geheimnis. Es ist aus dem gekrümmten Raum heraus noch mehrere tausend Jahre weiter in die Vergangenheit und dazu in einen völlig anderen Quadranten geschleudert worden. Nachdem es unbekannte Zeit durchs All getrudelt sein muss, landete es schließlich auf Lindavia 3, einem Schrebergartenplaneten, und dort in einer außergewöhnlich langlebigen strauchartigen Pflanze. Rund zweitausend Jahre war

Nietzsches Bewusstsein in diesem Strauch gefangen, ehe dieser aus Altersgründen entwurzelt wurde und Nietzsches Geist in den Körper eines frisch verstorbenen Kleingärtners fuhr. Man muss wissen, die Bewohner dieses Schrebergartenplaneten sind keine umgänglichen Menschen. Im Gegenteil. In den letzten ungefähr fünfhunderttausend Jahren hat niemand mehr Lindavia 3 besuchen können, ohne irgendwann wegen einer Verletzung der Kleingartenkolonieregeln zum Tode verurteilt zu werden.

Nietzsche kannte diese Regeln nicht. Als er von ihnen erfuhr, hat er sie verachtet und sie aus blankem Trotz selbst dann nicht befolgt, wenn es für ihn eigentlich bequemer gewesen wäre. Daher wurde er immer, kurz nachdem er in einen neuen Körper geschlüpft war, gleich wieder zum Tode verurteilt. Nach der Vollstreckung des Urteils bezog er unverzüglich den nächsten; offenbar begünstigte die Atmosphäre von Lindavia 3 den schnellen Wechsel eines Bewusstseins von einem frisch verstorbenen Körper in einen neuen. Dort verletzte er umgehend die nächste Regel, weshalb er wieder zum Tode verurteilt wurde und so weiter und so fort. Man geht von rund zwölftausend Hinrichtungen Nietzsches aus, bis er endlich auf die Idee kam, unbemerkt den Präsidenten der Kleingartenkolonie zu vergiften. Dann fuhr er nach seiner jüngsten Hinrichtung in dessen Körper und war somit selbst Chef von Lindavia 3. Allerdings lässt sich nicht beschreiben, wie mies gelaunt er mittlerweile war. Schon bei seinem ersten Leben auf der Erde war er ja kein einfacher Charakter gewesen. Mit allen Freunden zerstritten; mit allen Frauen, die er umworben hatte, zerstritten; mit allen anderen Philosophen zerstritten; mit seinen Verlegern zerstritten; schwer krank, daher auch mit sämtlichen Ärzten zerstritten. Dazu die geringe fachliche Anerkennung.

Dann die andere Zeitlinie mit Florenz, wie das dort verlaufen ist, wissen wir ja. Mehrfach belogen und betrogen worden, auch von uns, schließlich zweitausend Jahre lang als Zierstrauch gelebt, dann die ständigen Hinrichtungen und nun Präsident eines Planeten voller Kleingärtner. Auch umgänglicheren Zeitgenossen als Nietzsche wäre das irgendwann aufs Gemüt geschlagen. Seitdem will Nietzsche das Universum verklagen. Grob gesagt, glaube ich, wegen allem und überhaupt. Wegen seines extremen Selbstmitleids konnte es niemand mehr mit ihm in einem Raum aushalten. Spätestens nach fünf Minuten brachte sich jeder in seiner Nähe um, selbst die Pflanzen, die mit ihm in einem Zimmer waren, gingen ein. Daher hat ihn der Vereinsvorstand des Schrebergartenplaneten in einen langen Tiefschlaf versetzt, in eine fest verschlossene Stasiskapsel verfrachtet und demjenigen, der bereit wäre, Nietzsche in dieser Kapsel zum intergalaktischen Gerichtshof zu bringen, ein Vermögen geboten. Es hat sich aber niemand gefunden, selbst unter den furchtlosesten Weltraumdesperados nicht, der ein solches Risiko eingehen wollte. Bis …» Njiuv zögerte kurz und machte eine einladende Handbewegung, damit Goiko den Satz für sie beenden konnte.

«Bis eine Gruppe von Artenschützern so verzweifelt auf der Suche nach Geld war, dass sie diese hochgefährliche Fracht transportierten?»

«Sonst hätten wir das Schiff niemals kaufen können. Wir wussten ja damals noch nicht, dass wir selbst nicht unwesentlich für seine Lage mitverantwortlich sein würden.»

Goiko musste sich setzen. «Diese letzte Kapsel, vor der alle so irrsinnige Angst haben – darin ist Nietzsche?»

«Wir wissen nicht mal, wie er mittlerweile aussieht. Man hat uns fest versprochen, dass sich diese Kapsel erst öffnen wird, wenn wir sie am intergalaktischen Gerichtshof abgeliefert haben.»

«So fest, wie die Zwillinge Nietzsche versprochen haben, dass er auf der Erde noch zu Lebzeiten berühmt, anerkannt, reich und umworben sein wird?»

«In etwa.»

Ein greller Blitz zuckte durch den Raum und sorgte für eine respektable Explosion. Nur mit Mühe konnten sich Runia und Juri noch in Sicherheit bringen. Auf Sonoros Bildschirmen verschwanden die Außenbilder, stattdessen erschien Fendo.

«Einen wunderschönen guten Tag wünsche ich. Wie ich höre, war man auf Reisen?»

«Fendo? Sie sind früh dran.»

«Und doch zu spät. Ich hätte diese Apparatur gleich nach Kiras Reise zerstören sollen. Dann wäre mir euer Ausflug erspart geblieben.»

Erst jetzt wurde allen klar, was es mit dem Blitz auf sich hatte. Fendo hatte die Bewusstseinszeitreisemaschine vernichtet.

«Das war's also mit den Vergangenheitsmanipulationen. Ab jetzt gibt es nur noch die eine gute lineare Zeit. Für immer. Dafür sorge ich.»

Sonoro tat überrascht. «Wie kommen Sie darauf, dass wir durch die Zeit …»

«Ach, hören Sie auf. Wir haben das Frank auf Ihrem Schiff geortet. Sie haben ja sogar schon Ihre Türen versorgt.»

Njiuv trat vor. «Dann wissen Sie also, dass wir nun jederzeit abfliegen können.»

«Sie kämen nicht weit.»

«Wir sind ein offizielles Artenschützerschiff. Wenn Sie uns innerhalb der Erdatmosphäre zerstören oder auch nur Goiko etwas antun, solange er auf unserem Schiff ist, wäre das ein Verstoß gegen …»

«Gleich hinter dem Mond wartet ein riesiges Kriegsschiff der Schorfen. Dort ist offenes Weltall. Es kümmert da niemanden, auch keine Konvention von irgendwas, wenn Sie abgeschossen werden. Und die Schorfen kümmert das schon gar nicht. Aber viel wichtiger: Wenn Sie einfach abfliegen, wird das Bewusstsein Ihrer lieben Kira niemals in ihren Körper zurückkehren können. Ich hoffe doch, es geht ihrer Hülle nach wie vor gut?»

Während Fendo, sich ihrer Überlegenheit sicher, dem Klang ihrer Worte nachhing und eine kleine Wirkungspause einlegte, kontrollierte Runia für alle Fälle die Kammer, in der sie Kiras Körper konserviert hatte. «Also, meine Lieben, habt ihr euch beraten? Wie ist denn die Entscheidung? Nehmt ihr mein Angebot an, oder …» – erneut hielt sie wegen des Effekts kurz inne – «… stimmt ihr meinem Vorschlag zu?» Zufrieden mit ihrem kleinen Scherz, wartete sie auf Antwort.

«Er ist weg!» Alle Köpfe drehten sich zu Runia. Sie checkte die Kammer wieder und wieder, aber kam zu keinem anderen Ergebnis. «Kiras Körper. Er ist weg!»

«Wie kann das sein?» Juri war außer sich, Goiko überfordert: «Vielleicht ist er auch zu Asche geworden?»

«Unmöglich. Dazu war er viel zu jung. Außerdem hatte ich ihn konserviert und kontrolliert. Ich habe keine Erklärung. Er ist einfach weg!»

Gelangweilt schlug sich Fendo den Handrücken vor die Stirn. «Was in Gottes Namen ist das denn jetzt wieder für ein alberner Versuch? Haben sich den Ihre Trickphilosophen ausgedacht?»

«Die haben damit nichts zu tun, Fendo.»

Juri, Goiko, Sonoro, Njiuv, Runia, Dini und Fini schauten

sich an. Doch keiner von ihnen hatte den letzten Satz gesagt. Sonoro gelang es, die Bildschirmperspektive mit Fendo weiter aufzuziehen. Hinter ihr standen zwei Leibwächter, die ängstlich in dieselbe Richtung wie Fendo blickten. Sonoro zog noch etwas mehr auf. Dann sahen sie sie. Kira, die eine Waffe direkt auf Commander Fendo richtete.

«Und außerdem ist das auch kein Trick, Fendo. Das hier ist Ihr wohlverdientes Ende.»

28 Kiras zweite Flucht

«Wie können Sie? Ich meine, wie kommen Sie? Das ist doch
völlig unmöglich!» Es war weniger die Angst vor dem Tod,
die Fendo zum Stammeln brachte, als vielmehr die Verzweiflung, weil sie überhaupt nicht verstand. Etwas, das sie nicht
vorhergesehen hatte. Nicht mal in den unwahrscheinlichsten
Unwahrscheinlichkeitsszenarien.

Kira genoss ihren Triumph. «Denken Sie etwa, ich hätte in
beinah fünfundzwanzig Jahren bei den Cyanen nichts gelernt?
Sie sind nur deren Handlanger. Ich habe bei ihnen gelebt. Vor
Ihnen steht nicht mehr die junge Kira, die Sie gerade noch
in Ihrem Gefängnis zu Gast hatten. Aus meiner Zeit bei den
Cyanen weiß ich Dinge, die dieser ganze Planet nicht weiß,
geschweige denn Sie. Ich habe Fähigkeiten …» Kiras Hand
begann plötzlich zu wackeln. Mit Mühe hielt sie die Waffe
oben und sprach weiter. «Fähigkeiten, die … die Sie … nie …
Sie nie …» Sie ließ den Arm mit der Waffe sinken. Ihr Kopf
kippte nach vorn auf die Brust. Einer der Leibwächter sprang
vor, entriss ihr die Waffe und warf sie zu Boden, bemerkte
dann aber, dass die röchelnde Kira längst keine Bedrohung
mehr war. «Ich … ich … ich muss zurück … es geht nicht.»

Runia rannte zum Bildschirm. «Um aller Textilien willen,
Fendo! Sie stirbt!»

Commander Fendo war wieder Herr der Lage. «Ach, tut
sie das? So kann's gehen. Gerade war *ich* so gut wie tot, jetzt
ist sie es. Sie hätte abdrücken sollen, als sie die Gelegenheit
dazu hatte.»

Wütend schlug Runia ihre Ärmel gegen die Übertragungswand. «Verdammt, Fendo, was, denken Sie, werden die Cyanen sagen, wenn sie erfahren, dass Sie Kira ohne Not haben sterben lassen? Die Kira, deren Bewusstsein fast fünfundzwanzig Jahre bei ihnen gelebt hat. Wie werden die das finden? Was wissen Sie wirklich über die Cyanen?»

«Was hat denn das damit zu tun? Was kann ich schon machen? Ich weiß noch nicht mal, was ihr Problem ist.»

«Das ist doch offensichtlich. Das entwickelte, wahrscheinlich erheblich gewachsene Bewusstsein kommt mit dem alten Körper nicht klar. Fünfundzwanzig Jahre waren womöglich zu lang. Wahrscheinlich hat auch die Zusammenführung eher unter improvisierten Bedingungen stattgefunden. Das Bewusstsein stößt den Körper ab oder andersherum. Wir brauchen ein passendes Gefäß für das Bewusstsein. Wo es sich sicher fühlt. Eines, das es kennt, sonst verliert Kiras Bewusstsein die Orientierung, gerät in Panik und schießt ins Universum raus. Es könnte Jahrhunderte dauern, bis die Cyanen es wiederfinden würden. Ich glaube wirklich nicht, dass die das lustig fänden. Und dann müsste auch der leere Körper sofort zurück in mein Labor, damit ich ihn stabilisieren kann. Himmel, Fendo, tun Sie doch was!»

Runia war längst ein einziges Knäuel aus aufgewühltem, hektisch raschelndem Stoff. Keiner der Anwesenden hatte sie je so gesehen. Am allerwenigsten Fendo, die sich nun doch von ihrer Panik anstecken ließ. Kira stöhnte, zuckte heftig auf dem Boden, weißer Schaum trat aus ihrem Mund und die Augäpfel aus den Höhlen.

«Holt ihren Zylinder!» Die Leibwächter fixierten die kollabierende Kira und schienen Fendo nicht mal zu hören. Die wiederholte ihren Befehl lauter und präziser.

«Der Zylinder, in dem wir ihr Bewusstsein erhalten haben.

Den kennt sie, dorthin wird sie sich flüchten. Holt ihn, öffnet ihn, damit sie zurück kann, und dann sorgt dafür, dass dieser Körper in Gottes Namen in das Labor dieser hysterischen Kuh kommt.» Während Paul und Jonas, ihre beiden Leute, losrannten, wandte sich Fendo wieder der Signora zu. «Falls Sie denken, dass sich durch diesen Blödsinn etwas ändert, täuschen Sie sich. Ich warte immer noch auf Ihre Entscheidung, und ich will sie unverzüglich. Ihre Zeit ist abgelaufen!»

Langsam und sichtlich verunsichert schob Njiuv Runia etwas zur Seite. «Wir haben lange und ausführlich darüber gesprochen und sind zu dem Schluss gekommen ...» – sie schaute noch einmal in alle Gesichter, um sich zu versichern – «... dass wir Ihr Angebot annehmen würden. Unter einer Bedingung.»

Fendo lachte wütend. «Sie sind so was von nicht in der Lage, Bedingungen zu stellen.»

Njiuv schob mit den Händen Luft nach unten, wie um sie zu beruhigen. «Nun, vielleicht hören Sie sich diese erst einmal an.»

«Ich habe mir genug angehört. Viel zu lange habe ich mir viel zu viel von Ihnen angehört!»

«Also unsere Bedingung wäre ...»

Fendos Jungs kamen mit einem ungefähr vierzig Zentimeter hohen Zylinder wieder in den Kommunikationsraum. Kiras Körper bog sich unter angsteinflößenden, dunklen Schreien in ein extremes Hohlkreuz, Teile ihrer Haut, ihres Gewebes lösten sich auf, so als würde sie bei lebendigem Leibe verwesen.

«Was zum Teufel?» Fendo wusste nicht, ob sie sich ekeln oder fürchten sollte. Sie wusste nur, wenn sie jetzt nichts unternahm, würde es wohl tatsächlich zu spät sein. «Jonas, öffnen Sie einen Transportkanal zur Signora, damit die gleich diesen widerlichen Kadaver hier abholen können. Und du …» – sie sprang förmlich zum Zylinder und öffnete rasend schnell das Zahlenschloss – «… meine liebe Kira, komm jetzt bitte, husch, husch, zurück in dein Körbchen.» Ein Lichtstreifen prüfte nach der letzten Zahl Fendos Iris, der Zylinder öffnete sich, eine gläserne Röhre fuhr nach oben, hakte ein, der Deckel drehte sich mehrfach hin und her. Dann machte es klack, als wäre ein Schloss geöffnet worden.

«Fendo!» Runia rief jetzt sehr laut und entschlossen von der anderen Seite des Bildschirms. «Haben Sie sich eigentlich gar nicht gefragt, wie es Kiras Bewusstsein gelingen konnte, aus diesem mit überlegener, perfekter Cyanentechnologie gesicherten Zylinder zu entkommen?»

Fendo fuhr herum. «Wieso?»

Runia zuckte ihre Schulterpolster. «Na, weil wir uns das bis grad eben gefragt haben.»

Der Deckel klappte auf. Gleichzeitig verwandelte sich der sterbende Kira-Körper in ein großes, majestätisches, schwarzes Shire Horse mit wallender Mähne. Eben jenes, auf dem Kira Fendo schon einmal entkommen war. Mit bloßem Auge war es nicht zu erkennen, aber hätte man eine hochauflösende Kamera gehabt, eine, die eine Quadrillion Bilder pro Tausendstelsekunde macht, dann hätte man sehen können, wie ein kleiner Funke aus dem Zylinder aufstieg, zwei, drei suchende Kreise drehte und dann pfeilgerade in das Hirn des Pferdes schoss.

«Neeeeiiiiiiiiinnnn!!!» Noch in Fendos langgezogenem Schrei verwandelte sich das gewaltige Pferd in eine kleine Maus, vermutlich, um ein schwierigeres Ziel abzugeben, denn Commander Fendo hatte bereits ihre Waffe gezogen und feuerte wie von Sinnen auf das Tier. Obwohl Sonoros Transportstrahl TK17 sofort erfasste und zur Signora holte, wurde er noch von drei Schüssen erwischt. Blut spritzte aus dem Wirbel und blieb an Bord von Fendos Schiff, während der schwerverletzte TK17 mit Kiras Bewusstsein als Passagier auf das Schiff der Artenschützer gezogen wurde.

In all diesem Chaos und Lärm hatte sich Njiuv wieder direkt vor dem Bildschirm postiert und brüllte: «Unsere Bedingung wäre übrigens: FICK DICH SELBER, BITCH!!!»

Dann schlug sie auf einen Knopf, und die Signora startete umgehend.

29 Tekis Ende

«Ich dachte, Auftragsklone können nicht fluchen. Das wäre von ihrer Programmierung her unmöglich?» Mindestens so bewundernd wie erstaunt grinste Goiko Njiuv an.

«Es ist auch unmöglich, aber ich hatte eben den unbedingten Wunsch, es zu können. Wenigstens ein Mal meinem Zorn, meinen düsteren Gedanken Ausdruck verleihen zu dürfen.»

«Und dann ging es eben doch? So einfach?»

«Einfach ist es nie. Höchstens im Märchen oder in Romanen, aber wir sind leider dem echten Leben ausgeliefert. Nichts passiert einfach nur so, weil man es sich ganz doll wünscht. So etwas zu behaupten, ist eine Frechheit.»

«Wie war es dann möglich?»

«Runia hat einige wüste Beschimpfungen und Flüche mit meiner Stimme auf Band gesprochen und Juri mir so etwas wie eine kleine Jingle-Maschine gebaut. Wir hatten etwas Zeit, als ihr Nietzsche abgeholt habt. Jetzt kann ich immer, wenn mir danach ist, den passenden Fluch abspielen und muss nur synchron dazu die Lippen bewegen. Das kriege ich hin.»

Goiko konnte es nicht fassen. «Aber ist das nicht Betrug – an deiner Natur oder Programmierung oder so?»

«Betrug ist immer relativ.»

«Was?»

«Ein Gedanke, auf den mich Dini und Fini gebracht haben.»

«O ja, dieser Gedanke sieht den beiden allerdings ähnlich.»

«Warte, es geht noch weiter. Um einen Betrug moralisch zu bewerten, sollte man nicht die Tat betrachten, sondern immer das Motiv.»

«Na klar, wenn's für die gute Sache ist …»

«Nee, lass mal, die beiden haben das noch mit einem Beispiel ausgeschmückt. Wenn ein reicher Mann einen Armen ums Brot betrügt, dann ist das verwerflich. Wenn aber ein Verhungernder einem Reichen das Brot stiehlt, dann tut er damit auch dem reichen Mann eigentlich etwas Gutes. Da er ihn vor der moralischen Verfehlung, einen anderen verhungern zu lassen, obwohl er dies ohne großes Opfer hätte verhindern können, bewahrt.»

Goiko lachte. «Na super, mit dieser kommunistischen Gutmenschen-Trickphilosophie würdest du auf der Erde aber nicht weit kommen.»

«Die Erde verlassen wir zum Glück gerade.»

«Aber nur, um sie zu retten.»

Nun lächelte auch Njiuv. «Ja, stimmt. Verrückte Welt, was? Oder» – sie machte eine kurze Pause – «‹verdammte Hacke!›»

Runia und Juri war es derweil gelungen, den nach wie vor heftig blutenden TK17 auf die Behandlungsliege zu bugsieren. Unmittelbar nach seiner Ankunft auf der Signora hatte seine DNA ihn in einen jungen Mann verwandelt. In diesem Fall weniger wegen eines taktischen Vorteils; vielmehr war es für die Humanoiden auf der Wissenschaftsstation vermutlich der am wenigsten gewöhnungsbedürftige Anblick.

Juri wunderte sich, dass Runia ansonsten keinerlei Maßnahmen einleitete. «Wollen Sie nicht irgendetwas tun?» Runia schüttelte den Tüll ihres Kopfes. «Ich kann ihm nicht helfen. Wenn er wollte, hätte er sich längst in ein Lebewesen verwandeln können, dem diese Verletzungen nichts aus-

machen. Eines mit zwei oder drei Herzen, wo es nicht lebens-
bedrohlich ist, wenn eins davon blutet, zum Beispiel. Er will
sterben.»

«Warum?»

«Nur wenn er stirbt, wird Kiras Bewusstsein befreit und
kann in ihren eigentlichen Körper zurückkehren.» Runia öffnete eine Kammer, aus der sie Kiras konservierte Gestalt auf
einer Liege hervorzog.

Juri erahnte langsam die Hintergründe. «Sie war überhaupt
nie verschwunden?»

«Natürlich nicht. Als wir begriffen hatten, dass Kiras Bewusstsein bei Fendo ist, habe ich TK17 von Bord geschmug-
gelt. Durch verschiedenste Gestaltwechsel, wahrscheinlich
ist er zwischenzeitlich auch mehrfach als eine der Wachen
aufgetreten, muss es ihm gelungen sein, bis ganz nah an
Commander Fendo ranzukommen. Dann hat er Kiras Gestalt angenommen, und den Rest unseres Plans haben Sie ja
direkt miterleben dürfen.»

Juri blickte liebevoll zu TK17. «Er hat alles riskiert, um Kira
zu retten. Es muss doch noch eine andere Möglichkeit als
seinen Tod geben, um Kiras Bewusstsein wieder aus ihm
rauszuholen.»

«Keine, die nicht für Kira und ihren Körper extrem gefährlich wäre.»

«Vielleicht will Kira gar nicht, dass er für sie stirbt. Also
nicht um diesen Preis zurück in ihren Leib, sondern dann
eben lieber bei ihm bleiben.»

Runia nickte. «Ich nehme an, genau darüber diskutieren
sie gerade in seinem Geist. Oder streiten sogar. Doch TK17
wird da nicht mit sich handeln lassen.»

«Wieso?»

«Er ist ein Chamäleonsoldat. So liebenswert und aufopfernd sind die normalerweise gar nicht. Sie gehören zu den gefährlichsten und skrupellosesten Killermaschinen des Universums. Ihre Natur zwingt sie dazu. Erbarmungslos. Sie können sich ihrer Mission nicht widersetzen. Sie haben keinen Einfluss auf ihre DNA. Sie sind wie humanoide Drohnen, nur eben noch viel gefährlicher. Eine selbstlose Tat ist ihnen unmöglich.»

«Und doch gibt er sein Leben für das von Kira.»

«Das war der Trick, den TK17 ersonnen hat, um seine eigene DNA zu überlisten. Die Chamäleonsoldaten wünschen sich, selbst über ihre Gestalt bestimmen zu dürfen, eigene Entscheidungen für sich treffen und dadurch vielleicht irgendwann sogar einmal ein Gewissen entwickeln zu können. Das war die Klage, die TK17 am intergalaktischen Gerichtshof einreichen wollte. Das war seine Mission.»

«Die durch seinen Tod vorzeitig beendet ist.»

«Im Gegenteil. Ein Chamäleonsoldat scheitert nie. Ihm gegenüber hätte es am Gerichtshof größtes Unbehagen und Misstrauen gegeben. Er war der Vertreter einer im ganzen Universum gefürchteten Kampf- und Tötungselite. Seiner Art einen freien Willen zuzubilligen, wäre, vorsichtig gesprochen, auf massiven Widerstand gestoßen. Selbst wenn er überzeugend argumentiert hätte, wäre das seiner DNA, die ihm das strategisch vorteilhafteste Auftreten garantiert, zugeschrieben worden. So aber wird eine junge Frau für die Chamäleonsoldaten sprechen. Die ihr Leben einem der ihren verdankt. Der sogar für sie gestorben ist. Die eine Ahnung davon vermitteln kann, welches Potenzial in diesen Killermaschinen steckt. Kira wird ein besserer und glaubwürdigerer Anwalt seiner Sache sein, als es ein Chamäleonsoldat je hätte sein können. Sein Tod verschafft TK17 und seiner gesamten Art im Moment den größten taktischen Vorteil.

Nur deshalb durfte er für Kira sterben. So überlistet er seine DNA.»

Juri nahm die Hand des intergalaktischen Elitekriegers. «Es war mir eine Ehre, von Ihnen gerettet worden zu sein. Die Minuten auf dem Rücken des Shire Horse und des Eisdrachen rechne ich zu den glücklichsten meines Lebens.» Er spürte einen sanften Gegendruck. «Erklärt er Kira gerade all das, was Sie mir erläutert haben?»

«Das und vermutlich noch einiges mehr.»

«Sie meinen, dass er sie liebt?»

«Oh, das ganz sicher nicht.»

«Verstehe, Liebe verschafft einem ja nie den größtmöglichen taktischen Vorteil.»

«Unter anderem. Aber er wird sich gewiss dafür entschuldigen, dass es ihm unmöglich ist.»

TK17 drückte den Rücken durch. Kiras Körper erwachte auf der zweiten Liege. Nur kurz schüttelte sie sich, dann sprang sie rüber zum Chamäleonsoldaten. «Bitte bleib!» Noch ehe sie ihn erreichte hatte, wechselte sein Körper die Gestalt. Ein Pflanzenzweig mit zwölf grünen Blättern, die nun aber wie bei einem langsamen Countdown nacheinander verdorrten.

«Er stirbt. Der Soldat ist bereits tot, nun stirbt auch die Kreatur. Ich habe das mehrfach beobachten können.»

Während Kira weinend zusah, wie das vierte Blatt die Farbe verlor, fragte Juri nach. «Sie haben bereits Chamäleonsoldaten sterben sehen?»

«Immerhin haben sie viele von meiner Art getötet und wir auch ein paar von ihnen. Die Form meiner Spezies können sie übrigens nicht annehmen. Es war ein ausgesprochen langer, unvorstellbar grausamer Krieg.»

«Und trotzdem haben Sie jetzt mit ihm zusammengearbeitet?»

«Natürlich. Irgendwann muss doch irgendwer irgendwo mal anfangen. Welchen Vorteil sollte es denn haben, das nicht zu tun?»

Nachdem das zwölfte Blatt verdorrt war, veränderte sich die Farbe des gesamten Zweiges zu einem matt leuchtenden Hellbraun. Juri half Kira auf die Beine und zog sie vorsichtig von der Liege weg.

«Wohin ist sein Bewusstsein?»

Runia, die einen sehr schweren, mehrfach gesicherten Kasten aus einem Juri unbekannten Material vorbereitete, ließ einen Teil ihres Fadens wedeln. «Einfach aufgelöst. Bei den allermeisten hochentwickelten Spezies ist das Bewusstsein fest mit dem Körper verbunden. Stirbt der Körper, stirbt auch das Bewusstsein. Da ist es mal ein Vorteil für euch Menschen, dass euer Geist noch nicht so weit ausgebildet ist. Dadurch kann man, mit etwas Mühe, euer Bewusstsein von der äußeren Gestalt separieren. Obwohl man das wirklich nicht zu oft oder zu lange machen sollte. Sonst kann etwas entstehen, das sich nicht mal mehr selbst kontrollieren kann.»

Beide dachten offenkundig an die letzte Kapsel im Frachtraum, wollten aber nicht darüber sprechen.

«Ist das eine Art Weltraumsarg?» Juri wies auf den beeindruckenden Behälter für den toten Zweig.

«Mehr eine Art Tresor, wenn nicht sogar Mini-Hochsicherheitstrakt. Obwohl TK17 tot ist, ist seine DNA immer noch extrem gefährlich. Ein kleines Stück, eine mickrige Faser oder auch nur ein Blutstropfen in den falschen Händen könnte dem gesamten Universum ziemlichen Ärger bereiten.»

«Whääääp!!! Whääääp!!! Whääääp!!!»

«Wenn man von Ärger spricht. Roter Alarm! Wie es aussieht, hat Fendo nicht geblufft!» Während Runia recht gelassen reagierte, brach um sie herum Hektik aus.

Njiuv wurde augenblicklich wieder zum unumstrittenen Kapitän. «Runia, du bleibst hier und kümmerst dich um den Leichnam. Alle anderen kommen mit mir auf die Brücke. Trotz Ihrer verständlichen Trauer bitte auch Sie, Kira. Möglicherweise brauchen wir Sie jetzt dringend.»

30 Die Schorfen

Auf der Brücke warteten bereits Rooooz und Kraschguru, als Njiuv mit allen restlichen Passagieren dazukam. Selbst der intelligente Schleim schien gespannt auf dem Boden des Raumes zu wabbeln, der nach wie vor wie die Kulisse der Original-Enterprise aussah. Mit der gleichen Lässigkeit wie beim ersten Mal warf sich Njiuv in ihren Sessel und rief: «Auf den Schirm!»

Auf diesem sah man zunächst die Seitenfront eines augenscheinlich sehr, sehr, sehr, sehr, sehr großen Raumschiffs. Auch wenn die Proportionen im Weltraum natürlich schwierig abzuschätzen sind, war sich Goiko sicher, dass es noch um ein Vielfaches gewaltiger war als das riesige Schiff, das die Start- und Landebahnen des Flughafens Berlin-Brandenburg unter sich begraben hatte. Es sah auf den ersten Blick recht ansprechend aus. Fast wie eine monumentale, von Gaudi und Giger gestaltete Träne, die durchs Weltall tropfte. Doch beim genaueren Hinsehen begriff Goiko, dass all die kleinen Wölbungen, Schlieren und Spuckefäden der Außenhaut Kanonen, Abschussrampen und Waffensysteme waren. Ein Kriegsschiff der Schorfen. Nach wenigen Sekunden verschwand die Panorama-Ansicht, und stattdessen erschien der voluminöse, amöbenartige Körper des Schorfenkapitäns mit seinen beiden etwas kleineren Adjutanten.

Kraschguru musste lachen oder eben das, was sein Körper statt lachen veranstaltete, wenn er Frohsinn demonstrieren wollte. «Schaschlu, das hätte ich mir ja denken können, du alter, unwürdiger Feigling. Warum ist unser Schiff nicht längst zerstört? Fehlt dir etwa der Mumm, einen wehrlosen Feind zu vernichten? Hat man dir denn gar nichts beigebracht auf der Schorfen-Akademie für rücksichtslose Kriegsführung? Hummp-Hummp-Hummp-Hummp!» Laut dröhnten die Geräusche des amüsierten Kraschgurus, während kleine grüne Wirbel der Freude durch die Amöbengestalt tanzten.

Schaschlu schien weniger gut aufgelegt. «Hier spricht Hauptoberwichtigeralsdu Admiral Schaschlu vom Sternenzermantscher Braaddsch der Schorf'schen Kriegsflotte. Ich verlange, Ihren Kapitän zu sprechen.»

Njiuv lehnte sich zurück. «Hier ist Kapitän Njiuv vom ausrangierten Nahverkehrszubringerschiff Signora. Womit kann ich Ihnen dienen?»

«Ihre sofortige Vernichtung wurde beschlossen und genehmigt.»

Njiuv zog die linke Augenbraue hoch. «Und worauf warten Sie dann noch?»

Schaschlu räusperte sich. Also genau genommen stieg eine lila Blase in seinem Körper nach oben, bis sie an der Außenhaut zerplatzte. «Wir wurden gebeten, die Passagierin Kira vorher an Bord zu nehmen. Sie wird in den Genuss der in der ganzen Galaxie gerühmten schorfianischen Gastfreundschaft kommen, worum wir selbst sie am meisten beneiden. Freunde haben uns darum gebeten. Ja, wir haben durchaus Freunde, die uns um Gefallen bitten. Wie man das unter Freunden eben macht. Wir sind absolut in der Lage, Freundschaften zu pflegen, und wünschen diesbezüglich gar keine Belehrungen. Auch ist Ihre Arroganz da völlig fehl am Platz. Helfen Sie uns, einem Freund zu helfen. So viel Anstand sollten Sie doch haben. Liefern Sie uns die Passagierin Kira aus, bevor wir Sie vernichten.»

Njiuv lief es kalt den Rücken runter. Oder feucht? Mit Schrecken bemerkte sie, dass sich Kraschguru hinter sie geschlichen hatte und in ihren Nacken tropfte.

«Der tut nur so charmant. Fallen Sie da nicht drauf rein. Ich weiß, er ist schneidig und redegewandt, dieser erbärmliche Schaschlu. Damit wickelt er immer alle um den Finger. Das ist der Unterschied zwischen uns. Deshalb ist er heute Hauptoberwichtigeralsdu Admiral und ich ein so gut wie toter Exilant. Nur weil ich eben nicht ganz so ein einnehmendes Wesen habe wie er. Mag sein. Aber das ist nur Fassade. Diese Kira ist sein Schwachpunkt. Da können wir ihn kriegen. Lassen Sie mich nur machen. Zur Kriegsführung gehört auch psychologisches Verhandlungsgeschick. Ich war da einer der Besten auf der Schorfen-Akademie für rücksichtslose Kriegsführung. Geben Sie mir freie Hand, und ich handele im Gegenzug für diesen wertlosen Menschen einen schnellen, fast schmerzlosen Tod für Sie alle raus. Hm?»

Njiuv war längst von ihrem Sessel aufgesprungen und ließ sich von Dini ein Handtuch geben, um ihren Nacken abzutrocknen.

«Hummp-Hummp-Hummp-Hummp!!!» Nun war es Schaschlu, der lachte. Bei ihm waren die inneren Wirbel der Freude beige. «Kraschguru, du Idiot! Ich konnte jedes Wort deines jämmerlichen Plans mithören.»

Der Schorf'sche Dissident war empört. «Das kann nicht sein, ich habe geflüstert.»

«Hat man dir die Zelle gespalten? Unsere Körper sind amöbenförmig. Wir können nicht flüstern. Aber egal, es geht um einen Gefallen für Freunde, also bin ich bereit, euch allen einen schnellen, schmerzfreien Tod zuzusichern, wenn ihr mir die Passagierin Kira unverzüglich ausliefert.»

Kraschguru begann nun, violett zu schimmern. «Was bildest du dir ein, du speichelleckender, niedlicher Troll! Das ist indiskutabel, und das weißt du genau. Ich komme aus einer der ältesten und angesehensten Schorfen-Familien. Ich habe ein Anrecht auf einen langen, grausamen und qualvollen Tod. Wenn du mir diesen Respekt durch eine schnelle, schmerzfreie Exekution verweigerst, würde das eine hundertjährige Blutfehde zwischen unseren Familien auslösen!»

Auch Schaschlu wechselte jetzt ins Violette. «Es wäre mir ein ungeheure Ehre, als Auslöser einer solch machtvollen Blutfehde in die schorfianischen Geschichtsbücher eingehen zu dürfen.»

«Allerdings. Und auch meine Familie wäre gewiss stolz auf mich und meinen sinnstiftenden Tod.»

«So sei es. Waaaadsch!»

«Der Handel gilt! Waaaadsch!»

Zufrieden waberte sich Kraschguru wieder herum zu den anderen auf der Brücke der Signora. «Es war nicht einfach. Aber ich denke, ich habe ein für uns sehr gutes Ergebnis aushandeln können. Dieser eitle Schönling dachte, er könnte mich über den Tisch ziehen. Aber da hat er sich den Falschen ausgesucht. Oder wie man unter uns Amöboiden sagt: Versuch mal, einen Pudding an die Wand zu nageln. Pah!»

Njiuv wartete, bis Kraschguru weit genug von ihrem Sitz entfernt war. Dann wischte sie ihn notdürftig trocken, nahm Platz und sprach Schaschlu direkt an. «Wir werden Ihnen Kira nicht ausliefern.»

Der war überrascht. «Nicht? Haben Sie nicht gehört, dass es um einen Freundschaftsdienst geht? Besitzen Sie etwa nicht die geringste soziale Kompetenz?»

Njiuv drehte sich zur Seite. «Kira, möchten Sie an die Schorfen ausgeliefert werden?»

Kira schüttelte den Kopf.

Schaschlu war genervt. «Na wunderbar, wenn wir jetzt hier jeden Einzelnen fragen, was er gerne möchte, werden wir nie ein akzeptables Ergebnis für die Gemeinschaft bekommen.» Er schlabberte leicht zur Seite und sprach seinen Assistenten an: «Erster Offizier, Maschmuru, möchten Sie gern gefressen werden?»

«Nein, mein Kapitän!»

Schaschlu ließ sich auf Maschmuru fallen. Kurz noch sah man den Ersten Offizier im Innern von Schaschlu, dann waren da viele rote Wirbel, schließlich eine große dunkelgrüne Blase, die nach oben stieg und an der oberen Hautkante platzte. «So, ich habe einem meiner Leute mal eine Bitte nicht erfüllt. Jetzt sind Sie dran!»

Njiuv fragte sich, ob wohl eigentlich jeder, mit dem sie über diesen Schirm verhandelte, früher oder später seine eigenen Leute umbrachte, blieb aber fürs Erste bei der Sache. «Und wenn Sie Ihre gesamte Besatzung auffressen, wir werden Ihnen Kira nicht ausliefern.»

Schaschlu wurde jetzt wirklich wütend. Kurz wogte er zur Seite, sein zweiter Assistent hüpfte schon ein Stück zurück, aber Schaschlu entschloss sich dann doch, vorerst keine weiteren Besatzungsmitglieder zu verspeisen. «Also gut, ich wollte fair sein. Aber ihr engstirnigen Artenschützer lasst einem ja keine Wahl. Zerstörung des Nahverkehrszubringerschiffs Signora einleiten.»

«Und was ist mit Kira?»

«Die konnten wir leider nicht mehr retten.»

«Da werden die Cyanen aber ganz schön sauer sein.»

«Was will man machen? Wir werden ihnen sagen, dass ihr zuerst das Feuer eröffnet habt, wir uns irgendwie verteidigen mussten. Es wird auf Notwehr rauslaufen.»

«Notwehr? Wir haben nicht mal Waffensysteme.»

«Wir haben gute Kontakte zu den ermittelnden Behörden. Die werden bei der Sicherung der Beweismittel gewiss das eine oder andere Auge zudrücken. Wir starten jetzt den Countdown. Sie haben noch sechzig Sekunden. Gibt es irgendetwas, das Sie dem Universum mitteilen wollen?»

Roooooz trat plötzlich nach vorne. «Ich hätte hier vielleicht noch eine Kleinigkeit. Einen Vertrag, den ich die Gelegenheit hatte, auf der Erde abzuschließen.»

Schaschlu war beinah besorgt. «Wollen Sie wirklich mit so etwas Ihre letzten Sekunden vertun? Erdverträge haben schon in Kürze keinerlei Bedeutung mehr. Das ist ja der Grund, weshalb wir Ihr Schiff zerstören. Um den anderen Menschen, den Herrn Goiko Schulz, zu beseitigen. Wenn das getan ist, wird uns sehr bald die Erde übergeben, und wir werden alle Gesetze, Regeln und Verträge dort für nichtig erklären.»

«Nicht diesen.» Rooooooz schwankte leicht. «Denn der betrifft die Virgilen, und die sind dafür bekannt, sich immer alles zu holen, worauf sie einen Anspruch haben.»

Mehrere Blasen stiegen in Schaschlu hoch. «Und was bitte sollte ich mit den widerwärtigen Virgilen zu schaffen haben?»

«Noch nichts. Aber» – er hielt den Vertrag hoch – «aus dieser Versicherungspolice geht hervor, dass, falls ich auf einer Reise mit einem Raumschiff hinter dem Mond ums Leben komme, meinen Begünstigten, also den hier eingetragenen Virgilen, eine Entschädigung von fünfhundert Quintillionen Euro zusteht, umzurechnen zum Kurs von 1:1 in fünfhundert Quintillionen Vero, der Währung der Virgilen.»

Schaschlu blubberte vor Wut. «Was soll das sein?»

«Eine Risiko-Lebensversicherung. So etwas gibt es auf der Erde. Tolle Sache, das. Die dachten, ich wäre ein Verrückter, ein Spinner. Von wegen Raumschiff, Mond und Virgilen. Die konnten sich kaum das Lachen verkneifen. Ich aber war bereit, meine Prämie von hunderttausend Euro sofort bar zu bezahlen. Habe noch gedroht, sonst auf direktem Wege zur Konkurrenz zu gehen. Da haben sie diese Police in ihrer Gier schnellstmöglich abgeschlossen. Sie ist fünf Jahre gültig. Ich habe sofort eine beglaubigte Kopie an den obersten virgilischen Aufsichtsrat übermittelt und nicht die geringsten Zweifel, dass diese im Falle meines Todes die komplette Summe von der Erde eintreiben werden. Habt ihr Zweifel?»

Der Schirm verdunkelte sich, es war nur noch der Countdown zu sehen, der mittlerweile bei dreißig Sekunden angekommen war.

Roooooz sprach ganz ruhig weiter. «Wenn ihr uns zerstört, bekommt ihr die Erde. Aber sie wird euch nichts nützen, da sie extrem hoch verschuldet sein wird. Ich habe euch eure Beute vergiftet. Wenn ihr sie trotzdem reißt, werdet auch ihr untergehen. Mit der Zerstörung dieses Schiffes schickt ihr das Schorf'sche Imperium in die Insolvenz. Für alle Zeiten, denn die Virgilen werden nie lockerlassen.» Der Countdown war bei fünfzehn Sekunden. «Ganz zu schweigen davon, was die Cyanen dazu sagen. Die Erde wird zu so etwas wie toxischen Hypothekenpapieren» – zehn Sekunden – «verseuchten Staatsanleihen. Keine Bad Bank des Universums wird sie euch abnehmen!» – fünf Sekunden – «Ihr wärt für alle» – drei – «Zeiten» – zwei – «ruiniert!» – eins – und …

31 Abflug

Alle schauten wie gebannt auf die abgelaufene Uhr. Nichts war geschehen. Dann erschien Schaschlu wieder auf dem Schirm. Er wirkte zerknirscht. «In Absprache mit Freunden, die hier nicht genannt werden wollen, hat das ruhmreiche Schorf'sche Imperium euch eine Bedenkzeit gewährt.»

Njiuv verstand nicht recht, was er meinte. «Bedenkzeit wofür?»

«Ob ihr unser Angebot annehmt.»

«Welches Angebot?»

«Ihr wisst nicht, welches Angebot?»

«Nein.»

Schaschlu schüttelte verbittert sein sichtbares Inneres. «Nun, wenn ihr noch nicht einmal wisst, welches Angebot, ist es ja umso edler, dass wir euch noch etwas Zeit zum Nachdenken geben.»

Sonoro ließ sich per Zeichen von Njiuv die Erlaubnis für eine Nachfrage geben. «Der Zerstörungs-Countdown ist abgelaufen.»

«Ja und?»

«Ihr habt uns aber nicht zerstört.»

«Ja und?»

«Warum, verdammte Hacke?»

Bei Schaschlu bildeten sich blassrosa Bläschen. «Nun ja, das Schorf'sche Imperium hat seit über zweihundert Jahren keinen Zerstörungs-Countdown mehr abgebrochen. Der Einzige an Bord, der weiß, wie man diese Uhr anhält, war mein Erster Offizier, Maschmuru, den ich leider kurz vorher aufgegessen habe. Immerhin habe ich nicht Raschmuru, meinen Zweiten Offizier, aufgegessen. Denn der ist der Einzige, der weiß, wie man das Waffensystem im Zerstörungscountdown stoppen kann. Tja, da kann man mal sehen. So sind es eben oft Kleinigkeiten, die über das Schicksal von ganzen Galaxien entscheiden können. Wir werden uns bei Ihnen melden, wenn Ihre Bedenkzeit abgelaufen ist.»

Der Bildschirm verdunkelte sich. Wenige Sekunden später zog sich das gigantische Raumschiff der Schorfen zurück. Dini und Fini eilten sofort zu Rooooooz. «Respekt, der Herr Wuuuuur, kein schlechter Zug.» Fini stockte plötzlich, ehe er ausrief: «SORGFÄLTIGE ERNÄHRUNG KANN LEBEN VERLÄNGERN!» Dini winkte ab. «Entschuldigen Sie meinen Bruder, er hat nach wie vor mit diesem Werbe-Tourette zu kämpfen. Aber haben Sie denn auch bedacht …»

«… dass die Virgilen vielleicht auf die Idee kommen könnten, die Bedingungen für das Auszahlen der Versicherungssumme zu erfüllen?»

«Also uns vernichten?»

«Oder vernichten lassen?»

Roooooz drehte sich vor Freude. «Stellen Sie sich vor, ich hatte auch Gelegenheit, für diesen Fall Vorsorge zu treffen. Von den Virgilen droht uns fürs Erste keine Gefahr.»

«Fürs Erste?»

«Nun, wenn man sich gegen alles absichert, entstehen keine Gelegenheiten mehr.»

Auch Sonoro zeigte sich beeindruckt. «Gab es denn nicht auch die Möglichkeit, einen Deal mit den Cyanen abzuschließen? Sie hätten jetzt ein sehr reicher, vielleicht sogar mächtiger Handlungsreisender sein können. Ganz zu schweigen von all Ihren irdischen Artefakten, die doch so enorm im

Wert steigen, wenn die Erde erst vollkommen zerstört ist. Hat da etwa tatsächlich erstmals ein Wuuuuur die Moral für sich entdeckt, Sie blauer Brummkreisel?»

«Mitnichten. Im Übrigen unterschätzen Sie die wuuuuuranische Kultur erheblich, wenn Sie denken, wir würden keine Moral kennen. Kaltblütigkeit ergäbe ohne feste moralische Prinzipien nicht den geringsten Sinn. Aber falls Sie meine Tat für eine gute oder gar für selbstlos halten, muss ich Sie enttäuschen. Der Deal mit den Cyanen läuft mir nicht weg. Im Gegenteil, je näher wir dem intergalaktischen Verbrauchergerichtshof kommen, desto besser wird meine Verhandlungsposition. Was für ein Wuuuuur wäre ich denn, wenn ich die erstbeste Gelegenheit ergreifen würde? Ich *sammle* Gelegenheiten, ich verballere sie nicht. Zunächst einmal verbessert sich so meine Position hier an Bord doch ganz erheblich. Mein lieber Sonoro, ich hörte, Sie hätten ein großzügiges privates Quartier, fern von den lauten Triebwerken mit ganz überwältigender Aussicht. Ich denke, es ist mal an der Zeit, ganz neu, wertfrei und ergebnisoffen über die Verteilung der Unterkünfte auf der Signora zu sprechen. Vielleicht sollten Sie aber vorher noch Ihre Gestalt wechseln. Denn Sie werden sehr gute Laune für dieses Gespräch benötigen.»

Juri näherte sich vorsichtig der sinnierenden Kira. Erstmals, seit ihr Bewusstsein wieder in ihren Körper zurückgekehrt war. «Ich weiß, nichts von dem, was ich sagen könnte, wäre angemessen. Aber dennoch möchte ich, dass du weißt, wie leid mir das alles tut.»

Kira hob nicht mal den Kopf. «Das weiß ich. Du brauchst dich nicht zu entschuldigen, oder, präziser gesagt, du kannst dich gar nicht entschuldigen. Mache nicht den Fehler, mich mit deiner Kira zu verwechseln. Ich war fünfundzwanzig

Jahre lang an einem Ort, den ich dir nicht beschreiben kann.»

«Das ist furchtbar, wir konnten dich nicht früher retten.»

«Retten? Die Cyanen sind gar nicht so schlimm, wie ihr vielleicht meint. Sie sind kalt, rational und neugierig. Das ist alles. Wie schlimm war es bei ihnen? Wie schlimm ist es hier? Mein Retter zumindest ist tot.»

Juri schaute zu Boden. «Ich glaube, auf seine Art hat er dich geliebt.»

Kira hob Juris Kinn, sodass sie wieder Auge in Auge standen. «Ich war zu lange bei den Cyanen, um das ernsthaft denken zu können. Seine Mission war der intergalaktische Gerichtshof. Das Shire Horse, der Eisdrache, der wilde Ritt. Seine DNA hat diese Gestalten nicht zufällig gewählt. Mein Herz zu berühren, verschaffte ihm den größten strategischen Vorteil.»

«Hast du ihn geliebt?»

«Wenn man fünfundzwanzig Jahre lang getrennt ist, kann man sich in vieles reinsteigern.»

Juri formte seine Hände zu einer kleinen Schale und bot sie ihr an. «Ich war wahrlich nie ein Experte in Sachen Liebe. Vielleicht bin ich auf diesem Gebiet sogar der größte Laie, den es auf der Erde gibt. Aber ich denke doch, wenn jemand von seiner Natur, seiner DNA, dazu gezwungen wird, alles zu tun, was einem anderen gefällt, was ihm Freude macht, was sein Herz berührt, dann könnte das ein Laie wie ich schon mal mit Liebe verwechseln.»

Nun wich Kira seinem Blick aus, aber ganz langsam schob sie ihre Hand vor, legte sie in Juris und flüsterte: «Moj malen'kij issledovatel», «Mein kleiner Forscher».

Und Juri antwortete: «Dann ist es gut», «To vse v porjadke».

Während Njiuv die Anzeigen auf ihrem Kapitänssessel checkte, sprach Goiko sie an. «Komische Gestalten, diese Schorfen, was?»

«Das kann man wohl sagen.»

«Hast du die Bilder auf ihrer Brücke gesehen? Auf jedem war ein Spiegelei. Aus unterschiedlichen Perspektiven. Ist das der übliche Kunstgeschmack von Amöbenvölkern?»

Njiuv lachte. «Das waren keine Bilder. Das waren Übertragungsschirme mit Außenaufnahmen.»

«Außenaufnahmen?»

«Ja.»

«Aber warum haben wir denn dieses Spiegelei nicht bemerkt?»

«Goiko. Wir sind das Spiegelei. Das ist unser Schiff, das du dort betrachtet hast!»

Goiko wurde bewusst, dass er die Signora noch nie von außen gesehen hatte. In der anderen Realität war sie getarnt gewesen, und ansonsten hatte er sich immer nur in der Signora aufgehalten.

Njiuv strich sich eine Strähne aus dem Gesicht. «Wir befinden uns auf einem ehemaligen Nahverkehrsschiff. So wie ihr Reklame auf eure Busse klebt, machen das die Thorianer mit ihren Raumtransportern. Nur dass dort eben die komplette Form als Werbeträger fungiert. Eine thorianische Fastfood-Kette wollte so auf ihr Frühstücksangebot aufmerksam machen. Teil ihrer Kampagne war eine ganze Flotte von Nahverkehrsspiegeleiern. Als Raumschiffe. Wenn von denen mehrere in Formation fliegen, sieht das ziemlich beeindruckend aus. Es gibt übrigens auch Schiffe, die die Gestalt von gebratenem Speck oder kleinen Würstchen haben.»

«Na, da haben wir mit unserem Spiegelei ja noch richtig Glück gehabt.»

«Kann man so sehen.»

«Wann werden wir am intergalaktischen Verbraucher-gerichtshof ankommen?»

«Schwer zu sagen. Erst mal ist nach wie vor die Frage, ob wir ihn überhaupt erreichen. Die Cyanen, Schorfen und auch Commander Fendo werden gewiss neue Pläne entwickeln. Außerdem: Selbst wenn wir es schaffen sollten, ist damit die Erde nicht automatisch gerettet.»

«Weil wir erst den Prozess gewinnen müssten?»

«Unter anderem. Aber die Erde muss auch so lange durch-halten. Mittlerweile toben auf fast allen Kontinenten Kriege. Dazu Hunger, Vertreibung, archaische Brutalität, Naturkata-strophen … Es sieht dort wirklich nicht gut aus. Wenn es der Menschheit nicht gelingt, ihren eigenen galoppierenden Irr-sinn zu stoppen, könnte die Erde bald im restlichen Univer-sum als ‹failed planet› gelten. Dann kann ihr niemand mehr helfen, und die Cyanen beziehungsweise die Schorfen hätten auf diese Art und Weise ihr Ziel erreicht.»

«Können wir von unterwegs noch etwas für die Erde tun?»

«Schwierig. Wir werden es versuchen. Allerdings ist deine Mutter …»

«Ich weiß, sie ist in Fendos Gewalt. Noch geht es ihr gut. Wir stehen in Kontakt. Sie ahnt nicht einmal etwas von der Gefahr, in der sie sich befindet.»

«Der Kampf um die Zukunft eures Planeten wird nach wie vor auch auf der Erde geführt werden müssen. Wer unterwegs noch alles so auf uns wartet, sag ich dir mal lieber nicht.»

«Warum nicht?»

«Weil Vorfreude, schönste Freude. Immerhin haben sich unsere Chancen ganz erheblich verbessert. Von ungefähr eins zu einer Milliarde auf rund eins zu fünfhundert Millio-nen. Und wir haben ein prima Team.»

Jetzt musste Goiko lachen. «Haben wir das? Einen Choleriker aus Plastik, eine textilverliebte, brillante Wissenschaftlerin und heilenden Schleim von herausragender moralischer Integrität?»

«Das ist ja wohl nicht so schlecht.»

«Außerdem einen wenig vertrauenswürdigen Handlungsreisenden in Gelegenheiten, zwei Trickphilosophen, einen wahnsinnigen Dissidenten, dem seine widerliche, blutrünstige Spezies zu verweichlicht ist, das schlafende Bewusstsein von Friedrich Nietzsche, vor dem sich das halbe Universum fürchtet, zwanzig Ninjakatzen, einen abgetakelten russischen Zeitreiseforscher, der wahrscheinlich das Schicksal der gesamten Menschheit verbockt hat, und eine junge Frau, von der wir nicht wissen, wie gefährlich und verrückt ihr Bewusstsein nach fünfundzwanzig Jahren bei den Cyanen ist.»

«Na, und meene Weenichkeit wär da denn ja nu ooch noch da, wa?»

«Genau, und ein berlinerndes Nahverkehrsraumschiff, das die letzten Wartungstermine verpasst hat und aussieht wie ein Spiegelei.»

Njiuv strahlte Goiko an: «Hast du nicht noch zwei vergessen?»

«Ah ja, natürlich. Der schluffigste Mensch der Welt, der es als Einziger nicht auf die Reihe gekriegt hat, seinen völlig sinnlosen Internetcomputerhilfevertrag irgendwann mal zu kündigen, und eine wunderschöne, perfekte Frau, die nur lebt, um zu sterben.»

«Bitte?»

«Du hast es selbst gesagt. Wenn deine Mission erfüllt ist, wird deine Lebensenergie von ganz allein erlöschen.»

«Das sind nun mal die allgemeingültigen intergalaktischen

Regeln für Klone. So halten wir das Gleichgewicht, werden nie zur Belastung und daher auch nirgendwo angefeindet oder verfolgt. Für uns eine sehr faire Vereinbarung.»

«Aber ist es denn nicht seltsam, das ganze Leben einer Mission zu widmen, die in dem Moment, wo sie erfüllt ist, automatisch die eigene Existenz auslöscht?»

Njiuv schaute Goiko interessiert an. Nach einigem Überlegen antwortete sie: «Eigentlich glaube ich nicht, dass es seltsamer ist, als sich ein ganzes Leben lang erfolglos mit der Frage zu beschäftigen, was denn wohl der Sinn des eigenen Lebens ist.»

Goiko war zufrieden mit dieser Antwort. Er sprach möglichst ziellos in den leeren Raum, wie er es immer tat, wenn er Kontakt zum Schiff suchte. «Wie lange werden wir unterwegs sein bis zum intergalaktischen Verbrauchergerichtshof?»

«Na, dit is nu schwer zu sagn.»

«Wie? Ich dachte, du gibst das in den Computer ein und zack.»

«Wie mittem Navi oder wat?»

«Ja, so ungefähr.»

«Navi ham wa nich. Wir ham ja kaum ordentlichet Kartenmaterial.»

Njiuv fasste Goiko liebevoll an den Unterarm. «Durchs All reist man nicht so komfortabel wie über deutsche Autobahnen. Außerdem ist das eine wirklich lange Strecke.»

«Wie lang?»

«Na, dit is schwer zu sagn.»

«Ungefähr.»

«Na jut, um dir mal 'ne Vorstellung zu jeben: Auf Erdenverhältnisse übatrajen könnte man sagn, wir reisn von Berlin nach Australien. Oder korrekter noch isset andersrum. Wir reisn von den aller-, allerabjelegenstn Outbacks in

363

Down Under bis nach Mitteleuropa, also Berlin oder Paris. Wobei, am passendstn für das Bild wäre eijentlich Brüssel.»

Goiko schaute wieder zu Njiuv. «Das heißt, wir sind dann so ungefähr eine Woche unterwegs, plusminus paar Tage?»

Njiuv lächelte. «Nein, eine Woche würde es dauern, wenn wir mit Flugzeug, Schiff oder Bahn reisen würden. Wir bewegen uns aber eher mit einem Aufsitzrasenmäher. Das beschreibt es eigentlich ganz gut. Stell dir vor, du fährst aus den tiefsten Outbacks Australiens bis nach Brüssel mit einem Aufsitzrasenmäher, der aber immerhin auch übers Wasser tuckern kann. Das ist in etwa so die Reise, die vor uns liegt.»

Versonnen schaute Goiko über den großen Bildschirm ins Weltall. «Na ja, wenn man mit einem Aufsitzrasenmäher reist, lernt man dafür wenigstens unterwegs gut Land und Leute kennen, oder?»

Njiuv lachte. «Ja, ich denke, davon können wir ausgehen. Wollen wir los?»

Goiko spürte plötzlich ein Kribbeln. Einen Moment überlegte er, dann traute er sich doch zu fragen. «Ich weiß, das klingt jetzt komisch, aber ich habe immer davon geträumt …»

Njiuv schwang sich aus dem Kommandosessel. «Ich hörte schon von diesem Traum. Nur zu.»

Goiko warf sich in den Sessel, und noch im Fallen rief er strahlend: «Der zweite Stern von rechts. Bis zum Morgengrauen. Direkter Kurs!»

Dank

«Wenn wir in der Zukunft eine Vergangenheit haben wollen, müssen wir echt mal aufhören, erst nachmittags aufzustehen.»

«Quatsch, in der Zukunft werden Zeitreisen möglich sein. Man steht gegen Mittag auf, reist einige Stunden zurück und beginnt dann um sechs Uhr früh schön ausgeschlafen seinen Tag.»

«Echt?»

«Weiß nicht. Vielleicht. Wenn ich völlige Klarheit über die Zukunft habe, schreibe ich mal einen Roman drüber.»

Ungefähr dieser Dialog vor rund fünfundzwanzig Jahren war vielleicht die Keimzelle für diesen Roman. Bei der Gelegenheit: Lieber Hendrik, viele Grüße, wo immer du dich auch gerade aufhältst.

Gabi und Roberta danke ich nicht nur für ihre Nachsicht mit mir während des Schreibens, sondern für alles. Auch für ihren fachlichen Rat. Gunnar danke ich für das anhaltende Gespräch über den Roman und so manch aufmunterndes Wort zur rechten Zeit.

Für einige Figuren dieser Geschichte habe ich wieder Namen von Kollegen genutzt, ein freundlicher Gruß und Zeichen höchster Wertschätzung. So auch den Namen des Zauberkünstlers Alpar Fendo, der für seine Bühnenshow, ohne dass wir voneinander wussten, denselben Titel gewählt hat wie ich für meinen Roman. Zudem danke ich Abini Zöllner, die mir geholfen hat, das Raumschiff korrekt berlinern zu lassen.

Der größte Dank ist im Prinzip auch schon in den Roman selbst eingeflossen. Wer einer ähnlichen Sucht verfallen ist wie ich und sich die Mühe macht, der wird vielleicht die vielen Zitate und Anspielungen auf Science-Fiction-Klassiker bemerken, ob Literatur, Film, Comic oder Fernsehserien. Den Autoren dieser Werke gilt meine größte Zuneigung. Zum Teil kenne ich nicht einmal ihre Namen, aber ohne sie wäre meine Welt unerträglich viel kleiner.

Das für dieses Buch verwendete Papier ist FSC®-zertifiziert.